高陡软岩边坡控制与智能匹配优化设计技术

王文忠　冉启发　孙世国等　著

科学出版社

北京

内 容 简 介

　　高陡边坡的安全控制与设计是边坡研究领域的重要论题,涉及复杂工程地质条件下的岩体破坏机制、边坡稳定计算理论与方法的完善程度、开挖工程控制技术以及相关的防治措施等,而高陡边坡的设计又是这些技术的集成与综合匹配的优化问题。本书着重介绍了边坡安全的评价技术、滑面确定技术、变形控制方法以及高陡软岩边坡的优化设计技术的基本原理和基本方法。

　　全书共分为三篇,第一篇主要介绍二维、三维滑移场技术方法和基本原理、边坡岩体变形的监测技术;第二篇结合工程实例,着重介绍边坡岩体力学参数的综合分析方法、边坡岩体变形的三维效应与安全控制技术、边坡稳定性的综合评价、变形预测及边坡优化设计方法等;第三篇着重介绍松散体高陡边坡稳定性综合评价技术、优化设计方法和综合治理技术措施等。

　　本书可供露天矿山、水利水电大坝、高速公路和铁路以及土木工程等领域工程技术人员参考,也可作为相关专业研究生、博士生的参考书。

图书在版编目(CIP)数据

高陡软岩边坡控制与智能匹配优化设计技术/王文忠,冉启发,孙世国等著. —北京:科学出版社,2008

　ISBN 978-7-03-021485-0

　Ⅰ. 高⋯　Ⅱ. ①王⋯②冉⋯③孙⋯　Ⅲ. 岩土工程-边坡稳定性-研究
Ⅳ. TU457

中国版本图书馆 CIP 数据核字(2008)第 040723 号

责任编辑:沈　建/责任校对:陈玉凤
责任印制:刘士平/封面设计:陈　敬

科学出版社 出版
北京东黄城根北街 16 号
邮政编码:100717
http://www.sciencep.com

新蕾印刷厂 印刷
科学出版社发行　各地新华书店经销

*

2008 年 5 月第 一 版　　开本:B5(720×1000)
2008 年 5 月第一次印刷　　印张:23 1/4
印数:1—2 500　　　　　　字数:456 000

定价:68.00 元
(如有印装质量问题,我社负责调换〈路通〉)

前　　言

　　随着各项工程建设事业的快速发展,在露天矿山、水利水电及交通运输等领域出现了越来越多的高陡边坡,而边坡岩土体的崩塌、滑坡、泥石流等失稳破坏将会给人民的生命和财产造成巨大的损失。因此,高陡边坡的稳定问题是当今边坡工程研究的前沿课题。而边坡稳定性评价的可靠性与准确性,除工程地质赋存条件下,主要取决于计算理论的完善程度与滑面位置确定的准确性两大方面问题。又由于边坡工程地质的复杂性决定潜在滑移面形状很难用某个标准函数能够表示,或者说滑移面形状不能用数学上的某个标准函数来确定,由此给滑面确定与边坡稳定分析可靠性带来了许多困难。正是在这一背景下,国内外有关学者开始研究临界滑移场理论与方法,经过大量工程实践验证,有了很大进步。著者根据其理论基础,建立了三维对称破坏模式下三维滑移场搜寻方法,经过实例验证效果较好。临界滑移场的力学基础是条块间推力最大准则,直接从边坡整体出发,认为边坡体内任一点都存在滑动的可能,而且唯一存在最危险滑移方向与最不利推力,通过数学与力学方法可以求出边坡岩体各个离散单元体的最危险滑动方向;再运用数学与力学手段求出临界滑移场;同时解出边坡最小安全系数,其计算精度接近理论解;从而成功地解决了复杂介质滑移面确定问题。在此基础上,著者以边坡滑移场理论为基础,将边坡岩体限定的安全系数、地质构造和岩体力学参数等综合起来,实现边坡智能匹配设计技术与方法,从而实现边坡局部设计、整体设计及其相关安全评价一体化的目标。

　　本书以二维、三维滑移场理论为主线,对边坡的优化设计方法进行了深入探索。在此基础上,再结合目前边坡研究领域较先进的理论分析方法,以某大型露天边坡及排土场边坡工程地质条件、监测资料、岩石力学参数以及未来规划开采方案为基础,对其安全性进行了较为全面的研究,从而为边坡稳定及设计服务。

　　全书共分为三篇,第一篇着重介绍二维与三维滑移场的理论基础与技术方法、边坡动态监测方法;第二篇结合矿山实际工程,着重进行边坡动态分析方法、岩石力学参数的确定方法、边坡岩体的三维变形效应与皮带运输系统的安全设计、边坡岩体变形发展趋势预测、边坡安全评价等综合研究;第三篇着重探讨松散体排弃物的堆置高度、安全评价及其优化设计方案的确定、联合加固措施的确定等内容,从而为边坡稳定性研究提供了新的技术手段与措施。

　　全书由王文忠教授级高工、冉启发教授级高工和孙世国教授负责编写,研究生谭亮、冯少杰、段伟国和韦寒波负责前期资料的整理和编写工作,其中第 1、2 章由孙世国、谭亮、陈路良编写,第 3、4、6 章由王文忠、冉启发、段伟国、孙世国编写,第 5 章由孙世国、冯少杰、谭亮编写,第 7、8 章由王文忠、冉启发、朱家春、段伟国、冯少杰编写,第 9 章由孙世国、朱家春、冉启发、王文忠、冯少杰编写,第 10、11、12、13 章由冉启发、王文忠、韦寒波、朱家春、孙世国编写。

本书获得北京市科研基地-创新平台-土木工程设计及其防灾减灾技术研究(项目编号:PXM2008-014212-053940)、北方工业大学重点项目“复杂边坡灾变过程中某些关键控制技术的研究”和云南省监狱管理局项目“复合型深大露天边坡控制开采及滑坡预报研究”(项目编号:云狱发(2006)405 号)联合资助。

由于作者水平有限,书中难免存在不足之处,望读者不吝赐教和批评指正。另外书中引用了参考文献中一些学者的研究成果或观点,在此表示感谢。

目　　录

第三篇　龙桥排土场边坡滑移场及其参数智能匹配设计

第一篇 边坡滑移场理论与智能匹配设计技术

第1章　边坡岩体滑移场理论与技术方法

1.1　概　　述

　　滑坡是自然界中主要的地质灾害之一，给人类生命财产造成频繁而巨大的损失。在矿山、水利、交通等领域都涉及大量的边坡稳定问题。目前我国正处于各项工程建设高速发展的时期，滑坡灾害给水利、铁路、公路、矿山建设带来了巨大损失。人类一直在努力探索预防与治理滑坡，这些努力表现在认知滑坡机理，完善边坡稳定分析理论和方法、开发滑坡治理技术和滑坡预报等方面。然而对滑坡认识也依赖于岩土力学、工程地质、数学、计算机等学科的发展，这些学科领域的发展进一步地带动了边坡研究领域的深化，人类才能在滑坡防治方面取得更重大的进展。

　　目前在我国各类深大露天矿山的开发与开采过程中，边坡岩体稳定与否是制约着矿山生产效益最主要的影响因素之一，因此，提高矿山的生产效益最关键的问题是既要增大坡角，又要确保边坡的稳定性，这是一对十分尖锐的矛盾，而边坡稳定性的评价是否准确，一是要看计算方法的完善程度，二是要看滑面位置确定是否准确及工程地质掌握程度。然而准确的临界滑移面的求解是非常困难的，经验试算法因人而异，又缺乏科学性；纯解析法无法在实际工作应用，动态规划法又受到各种条件限制；随机搜索法也带有盲目或半盲目性，优化法应用最为广泛，但无法克服局部极值等问题。因此，广大科技人员迫切希望能有一种近似解方法代替理论解，确保临界滑移面在理论解附近，误差能控制在一定的限度内。工程界也急需一种实用的计算方法，能迅速、准确达到工程许可的精度地求解临界滑移面，并要求程序具有一定的实用性，解答稳定可靠，用户应用方便。由此人们开始并逐步研究和探索出临界滑移场理论方法，经过验证其效果满足实际工程的需求。临界滑移场的力学来源是条块间推力最大准则，其数学基础是最优控制理论的最优性原理，临界滑移场法抛弃以往试图从众多试算滑移面中搜索出临界滑面的模式，而是直接从整体出发，认为边坡体内任一点都存在滑移的可能，而且唯一存在最危险滑移方向与最不利推力，通过数值手段求出边坡体离散状态点的最危险滑移方向，形成离散的临界滑移场，再由插值理顺出连续的临界滑移场。边坡最小安全系数在这过程中自动得出。临界滑移场不仅含有形状任意的临界滑移面，而且包括众多危险滑移面，临界滑移场中的临界滑移面是整体的最优值，而且稳定生成，精度可充分接近理论解，能成功地解决复杂介质，不同条块间力假设条件下的临界滑移场求解问题，具有重要理论意义和实际工程价值，目前已有一些技术人员将该方法应用到实际工程中去。

1.2　任意滑移面边坡剩余推力法

Janbu 法和推力传递法均针对任意滑移面而提出。前者假定土条间合力作用点的位置，后者则假定土条间作用力平行于土条底面（图 1-1）。以推力传递法为例，其推力公式为

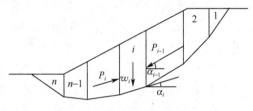

图 1-1　推力传递法

$$P_i = F_s w_i \sin\alpha_i - (w_i \cos\alpha_i - P_{i-1} \sin\Delta \alpha_i) \tan\varphi_i - c_i l_i + P_{i-1} \cos\Delta \alpha_i \qquad (1\text{-}1)$$

或简写为

$$P_i = F_s w_i \sin\alpha_i - w_i \cos\alpha_i \tan\varphi_i - c_i l_i + P_{i-1} \psi \qquad (1\text{-}2)$$

式中，$\psi = \cos\Delta\alpha_i + \sin\Delta\alpha_i \tan\varphi$ 被称为推力系数，$\Delta\alpha_i = \alpha_i - \alpha_{i-1}$。安全系数 F_s 通过迭代得出。最后满足 $P_{n+1} = 0$ 的 F_s 即为方程解。此时，从满足可动解的要求看，滑块底面及侧面均应是滑移面，然后按照滑块平衡法逐块进行分析。但是，无论是 Janbu 法还是推力传递法均不认为土条侧面是滑移面。例如，按照推力传递法，只有当 $\alpha = \varphi$ 时恰好满足滑移条件，一般 α 均小于 φ，因而不能判定相应的解为可动解。而对于滑面端部 α 大于 φ 的土条，则又破坏了屈服条件。王元汉教授对此做了改进，假定土条件间切向力 T 和法向力 N 之间满足下列屈服条件：

$$T = \frac{N\tan\varphi}{F_s} \qquad (1\text{-}3)$$

这样修改后，将保证所得的解为可动解。但是求可动解时是在求解不同的滑移面安全系数的极小值。

1.3　边坡全局临界滑移场

朱大勇教授等认为临界滑移场方法应直接从整体出发，通过数值方法模拟出边坡体内任一点的危险滑移方向和条块间最不利推力，最终得到一簇任意形状危险滑移面的临界滑移场，其中一条为临界滑移面，其余的危险滑移面是次临界的

破坏面，以剩余推力值表示其稳定程度。临界滑移场法求解方便可靠，所得临界滑移面能逼近解析解。

临界滑移场法成功地解决了求解边坡任意形状临界滑移面问题。在应用临界滑移场法进行大量边坡工程计算时，发现很多边坡不能用单一的临界滑移面及其安全系数（亦即通常的最小安全系数）全面评价边坡的稳定性，有些危险面的剩余推力值也相对接近零，而且潜在滑体更大或处在重要的工程部位，有必要对它们进行准确的稳定性计算。在常规边坡工程计算中，也常对边坡特殊部位进行单独验算，但计算工作量非常大，且过分依赖经验判断。临界滑移场中危险滑移面是在整体边坡临界状态下，对应于某一出口的剩余推力极值曲线，而并非是该出口的最危险滑移面（或称局部临界滑移面），因此直接利用临界滑移场中的危险滑面计算其安全系数是不合理的，为此便提出边坡全局临界滑移场理论。在临界滑移场方法的基础上进行改进，提出建立边坡全局临界滑移场的数值方法，将边坡所有出口的最危险滑移面即局部临界滑移面全部求出，并计算对应的安全系数。边坡的全局临界滑移场可以全面定量评价整体和局部的稳定性，有利于工程更加全面的判断与决策。

1.4　边坡临界滑移场的数值模拟方法

1.4.1　基本概念的提出

极限平衡理论的边坡稳定性计算方法很多，各种方法不同之处是条块间作用力方式假设不同。著者只考虑条块间的水平作用力，相当于简化 Janbu 法。即做以下简化假定：

（1）不考虑各块滑移体自身相互挤压作用。

（2）不考虑各分块两侧面上的摩擦力。

（3）各段滑体上的推力作用方向水平；当滑移面已知时，边坡安全系数 F_s 表达式如下：

$$F_s = \frac{\sum\limits_1^n (c_i b_i + w_i \tan\varphi_i) \dfrac{\sec^2\alpha_i}{1 + \dfrac{\tan\alpha_i \tan\varphi_i}{F_s}}}{\sum\limits_1^n w_i \tan\alpha_i} \tag{1-4}$$

式中，c_i、φ_i 为第 i 条块底面凝聚力、内摩擦角；α_i、b_i 分别为第 i 条块底面倾角、条块宽度；w_i 为第 i 条块重量。

式（1-4）为非线性，F_s 需迭代求解。但从另一个途径也能求解 F_s。即假定 F_s 初试值为 F_s'，可依次递推计算各条块间推力 $P_1 \rightarrow P_2 \rightarrow \cdots \rightarrow P_i \rightarrow P_{i+1} \rightarrow \cdots \rightarrow P_{n+1}$（$P_1$ 为初始已知的）。

通过受力分析（图 1-2），对任一土条，取垂直与平行土条底面方向力的平衡，有

$$\begin{cases} N_i - w_i\cos\alpha_i - (P_{i+1} - P_i)\sin\alpha_i = 0 \\ T_i - w_i\sin\alpha_i + (P_{i+1} - P_i)\cos\alpha_i = 0 \end{cases} \tag{1-5}$$

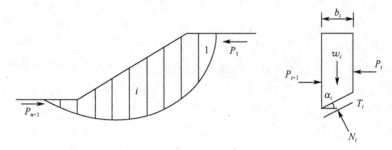

图 1-2   边坡受力机制分析图

根据安全系数定义和摩尔-库仑破坏准则，有

$$T_i = \frac{c_i\dfrac{b_i}{\cos\alpha_i} + N_i\tan\varphi_i}{F_s'} \tag{1-6}$$

联合解式（1-5）和式（1-6），消除 T_i、N_i，得如下计算公式：

$$P_{i+1} = P_i + \frac{w_i(F_s'\tan\alpha_i - \tan\varphi_i) - c_ib_i\sec^2\alpha_i}{F_s' + \tan\alpha_i\tan\varphi_i} \tag{1-7}$$

在滑坡出口处 P_{n+1} 称为剩余推力。显然如果 $P_{n+1} > 0$，则 $F_s' > F_s$；如 $P_{n+1} < 0$，则 $F_s' < F_s$，迭代 F_s'，使得 P_{n+1} 接近零，此时边坡处于临界状态或极限平衡状态，$F_s' = F_s$。

上述过程与解式（1-4）是等效的，但更能把握滑移场力学机理，剩余推力物理意义明确。

当滑移面未知时，就需要寻找安全系数最小的滑移面，即临界滑移面。传统的做法是计算每个试算滑移面的安全系数，然后比较出最小值 $F_{\min}$。改变计算思路，计算一安全系数试算值 F_s' 下的所有试算滑移面的剩余推力，比较出最大剩余推力 $P_{\max}$。根据 $P_{\max}$ 的正负判断 F_s' 的改进方向，迭代 F_s' 使 $P_{\max}$ 充分接近零，此时的 F_s' 即为 $F_{\min}$。实际过程就是如何求解一定 F_s' 下最大剩余推力及其对应的危险滑移面。

求最大剩余推力 $P_{\max}$ 实际上是个最优控制问题。如图 1-3 所示边坡，规定滑移出口段范围 A_1A_2，入口段范围 B_1B_2，因此这是一个两端非固定的最优控制问题。根据最优控制论，边坡体内应存在无数条剩余推力极值曲线，每条极值曲线对应出口处 P 为最大。这些极值曲线互不交叉，构成极值曲线场，命名边坡的剩余推力极值曲线场为危险滑移场。

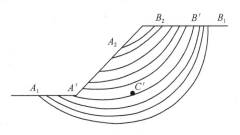

图 1-3　边坡危险滑移场示意图

当 $P_{\max} = 0$ 时，边坡危险滑移场便成为临界滑移场。

1.4.2　临界滑移场的数值模拟

由于边坡最小安全系数未知，不可能一步到位确定临界滑移场，而需通过调整安全储备 F_s 计算逐一对应的危险滑移场来实现。取图 1-3 危险滑移场中某条危险滑移面 $A'B'$ 分析。对于固定出口点 A' 来说，$A'B'$ 是最优路径。即沿此路径滑移 A' 处剩余推力达到最大。在 $A'B'$ 中任取一点 C'，$C'B'$ 同样是最优路径即沿此路径滑移 C' 处推力达到最大，并且此时无需知道 A' 位置。这就是控制论中的最优性原理。它说明整体最优的控制，其局部必定是最优的。边坡体内任一点都唯一存在一条以它为终端的最优路径使其推力最大。也就是说边坡体内任一点均对应有最大推力及危险滑移方向，而且它们只与该点滑向后方的坡体有关。为此，将边坡体离散成众多状态点，每个状态点对应有两个相关的状态值即最大推力 P，危险滑移方向与水平线交角 α。通过计算每点状态值模拟边坡危险滑移场。

如图 1-4 所示边坡，所有潜在滑移面的范围在曲线 A_1B_1、A_2B_2 之间，将边坡体均匀分成 n 个条块，条宽为 b。定义条块间接触面为条块线，共有 $n+1$ 个条块线。再定义 B_1B_2 间条块为入口段，A_1A_2 间条块为出口段，A_2B_2 间条块为过渡段。潜在滑移面只在条块线上发生转折，而在每一条块内看成是直线，如果条宽 b 很小，可足以描述滑移面的弯曲变化。每个条块线再离散若干状态点，状态点编号 i、j，其中 i 为自上开始编号的状态点序号，j 为条块线编号。状态点 i、j 的两个状态值为 $P_{i,j}$、$\alpha_{i,j}$。状态点间距为 d，d 的大小由计算精度和费用权衡确定。如果限定潜在滑移面必须经过状态点，势必造成精度不如意或费用超出工程许可。允许滑移面穿过状态点之间任一点，条块线上状态值 P、$\tan\alpha$ 看成分段线性分布的。进一步分析可知，最大推力 P 相当于朗肯土压力，因此 P 从理论上讲大致呈二次函数分布。如果状态点较密，用分段线性分布代替二次分布，精度足够满足计算要求。

边坡破坏可看成是上条块对下条块逐级推动所致，力学上不允许条块间传递

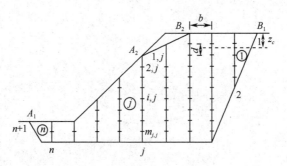

图 1-4　边坡体分条段示意图

拉力，即负推力。若计算到第 i 土条，就出现剩余推力 $P_{i+1} < 0$，这时可以有两种不同的处理方法，第一种方法叫做"分段平衡法"，认为第 i 土条处于稳定平衡，把第 $i+1$ 土条作为第一个土条，重新开始向下计算；第二种方法叫做"总体平衡法"，仍把负值 P_{i+1} 代入公式（1-7）继续计算。这样得出的最后剩余推力要比分段平衡法小，按总体平衡计算，实质上是认为土体在 P_{i+1} 处可以承受拉应力，这是不合理的，著者建议采用分段平衡法计算。

　　每个条块线的状态值只与上条块线的状态值及本条块的介质物理力学性质有关。现假定 j 条块线状态值 $P_{i,j}$、$\alpha_{i,j}$（$i = 1, m_j$）已经算出，计算 $j+1$ 条块线状态值 $P_{i,j+1}$、$\alpha_{i,j+1}$。

　　设 $\alpha_{i,j+1} = \bar{\alpha}$，如图 1-6 所示。过状态点 $S(i, j+1)$，作倾角为 $\bar{\alpha}$ 的滑面 SK，K 点位于上条块线的两状态点 $R(l, j)$，$V(l+1, j)$ 之间。j 条块所受的上条块推力 P_K 为

$$P_K = P_{l,j} + \frac{\overline{KR}}{\overline{RV}}(P_{l+1,j} - P_{l,j}) \tag{1-8}$$

再由式（1-7）计算 $\bar{\alpha}$ 对应的 j 条块对下条块的推力 $\overline{P}$。调整 $\bar{\alpha}$，使 $\overline{P}$ 为最大，此时便得状态点 $i, j+1$ 的状态值 $P_{i,j+1}$、$\alpha_{i,j+1}$。以此类推可以计算所有状态点的状态值。

　　所有状态点的危险滑移方向便构成离散状态下边坡危险滑移方向场（DSDF）。从出口段边坡面状态点出口，顺着危险滑移方向逆向追踪滑移路径，形成完整的滑移面（图 1-5）；滑移面经过每个条块时，处于条块左侧两状态点滑移方向之间，且按比例均匀插值；到达入口段时，如果剩余推力 $P > 0$，则继续追踪，当剩余推力 $P \leqslant 0$ 时，就此中断追踪，定出滑移面入

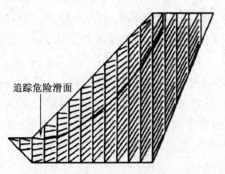

图 1-5　边坡状态点危险滑移方向场

口。出口段边坡面所有状态点均对应有危险滑移面，这些滑移面就构成连续的危险滑移场。

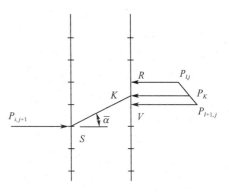

图 1-6　条块推力计算图

　　调整安全储备 F'_s，使得最大剩余推力的最大值接近零，便求得临界滑移场，接近零的最大的最大剩余推力所对应的危险滑移面就是临界滑移面。

　　边坡临界滑移场（临界滑移场）在一定程度上解决了边坡整体和局部稳定性同步计算问题。临界滑移场中各出口的危险滑面是边坡在整体临界状态下（此时安全系数即为通常的最小安全系数）剩余推力极大的最优面。对于滑体体积与高度均接近的危险滑面而言，剩余推力值的大小可以反映危险滑面相对稳定性程度。

　　边坡全局临界滑移场是临界滑移场的延伸和发展，它是所有出口的局部临界滑移面组成的安全系数极值曲线场。临界滑移场是以最大的剩余推力等于零为目标求出边坡整体临界状态下的安全系数；全局临界滑移场依次从每个出口出发，使其对应的剩余推力均等于零。要求解某出口的局部临界滑移面，只需先求解该出口剩余推力为零的危险滑移场。

1.5　对称破坏机制下的边坡稳定三维滑移场分析方法

　　目前，在边坡稳定分析领域中，二维方法是常用的手段，经过多年的研究和实践已经形成较为适用的方法；但对于边坡岩体而言，有三个基本事实：

　　（1）构成边坡的工程地质体，其力学、物理性质具有空间变异性，具有三维属性。

　　（2）边坡破坏过程的渐进性，一般从局部破坏开始，然后逐渐扩展，最终产生大规模破坏的渐进过程。这个过程是一个漫长、渐进损伤与破坏的过程，属于三维现象。

　　（3）任何边坡都是三维地质体，然而目前边坡计算中，常用方法是计算边坡一个或几个剖面的二维方法。

　　从边坡实际破坏特点和破坏模式上看，三维分析将更符合实际、更趋完善。因此，越来越多的工程问题提出了建立三维边坡稳定分析的要求。

　　从边坡三维研究现状来看，已有众多文献介绍了边坡稳定三维分析方法的研究成果，其中具有代表性的成果是 Duncan 教授的计算方法和陈祖煜教授的上、下限的分析方法等，初步形成了相对合理的计算理论和方法；但还有许多问题需要进一步的研究和探索。目前工程上没有广泛应用和普及的主要原因之一是三维滑面如何确定的问题，如何解决这一问题已成为三维分析中最关键的问题之一。

虽然滑移场技术已成功地应用到二维边坡滑面搜寻中，但如何将该技术方法推广应用到三维边坡稳定分析中去，使其分析因素更加全面、更加完善，将是本书要解决的问题；与二维相比，从边坡体的滑移机制与作用属性来看，二维评价不考虑侧向约束关系的影响，计算结果是滑坡概率偏大，同时沿边坡走向各个剖面的边坡体变形与破坏特点也有较大的差别，因此，三维空间条件下边坡稳定性的评价存在许多技术难点，主要表现在：①边坡沿走向的破坏范围如何确定，即沿走向的临界危险区域的界定技术。②三维滑体的滑面形状如何？各个剖面的滑面都是同深度和相同形状吗？如要对滑体采取加固措施，可以优化吗？边坡三维分析条件下如何设计、如何找出最佳坡角？如果是加固治理，在边坡三维设计中如何找出最小的投资而又能满足工程安全的要求，这是广大科技人员追求的目标。

1.5.1　边坡稳定分析的理论基础

摩尔-库仑强度准则表达式为

$$\tau_f = c' + \sigma' \tan\phi' = c' + (\sigma - u)\tan\phi' \tag{1-9}$$

式中，c' 为岩土的有效黏聚力；ϕ' 为岩土的有效内摩擦角；u 为孔隙水压力；σ 和 σ' 分别为破坏面上总应力和有效应力。

极限平衡分析方法的特点是只考虑静力平衡和岩土的摩尔-库仑破坏准则，是通过岩土体在破坏一瞬间力的平衡来求解的。但是，实际边坡问题往往是静不定的，针对这个矛盾，极限平衡分析方法采取的解决办法是引入了一些简化假定，这样处理虽然在严密性上受到了一定的影响，但是从工程角度出发，其计算结果对精度的影响不太大，但分析计算工作量减少许多，能够很好地符合实际工程的要求。因此，极限平衡分析法在工程中获得了广泛的应用。

1.5.2　剩余推力

边坡破坏一般是经历一个从局部破坏开始，然后逐点扩展，最终产生大规模破坏的渐进过程。由于边坡破坏具有渐进性，所以，可以把边坡体化分为若干个单元体，每个单元体都是一个研究对象，都存在着潜在滑移的可能，对所有单元进行计算和判别。

传统的研究方法是从整体出发，找出安全系数最小时的状态，或者求某个边剖面上的安全系数。首先假设每个单元都有可能破坏，根据每个单元上的受力情况，找出促使其下滑的所有力的合力（记做 $F_\mathrm{下}$）和阻碍其下滑的力（记做

$F_{抗}$)，二者之差就是所谓的剩余推力，记做 ΔF，即

$$\Delta F = F_{下} - F_{抗} \tag{1-10}$$

从上面的公式可以看出某一点的 ΔF 越大，则该点滑移的可能性就越大，则可以求出对象中所有单元的最大剩余推力 ΔF_{max}。如果 $\Delta F = 0$，说明此时的土体单元处于极限平衡状态，是处于破坏和不破坏之间的临界状态。

1.5.3　临界滑移场

将边坡看作一个整体，认为边坡体内任何一点都有滑移的可能，且唯一存在最危险滑移方向和最不利剩余推力，然后以数值方法求解出边坡体离散状态点的最危险滑移方向，形成离散的临界滑移场，再利用插值的方法构建连续的临界滑移面，则边坡的最小安全系数也随之自然产生。临界滑移场不仅含有形状任意的临界滑移面，而且包含众多的危险滑移面。临界滑移场中临界滑移面是整体的最优值，且能够稳定快速的求得，精度也能够满足工程需求。

边坡岩体破坏是系统特征的宏观表现，在极限平衡法中可以用安全系数作为控制系统的特征值；为了求得安全系数，传统的方法试图直接建立安全系数的完整表达式。而在实际工程中，通过计算剩余推力来调整边坡的安全储备，使得边坡达到一种极限平衡状态（指定的安全储备条件下）。采用这样的途径，力学机理更加明确，计算工作量也没有增加。

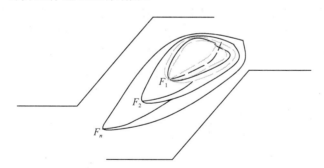

图 1-7　局部三维危险滑移场

假定边坡有足够多的可能出口（图 1-7），每个出口又对应众多的危险滑移面，则每个滑移面都有与之对应的安全系数，这种局部最小安全系数对应的滑移面就是局部危险滑移面，在这些局部极小安全系数中的最小者，所对应的滑移面即是临界滑移面。因此，在分析过程中，我们先假定一个安全系数 F_0，再设法判断边坡在 F_0 状态下的稳定情况，对边坡坡面上的每个可能的滑移出口，也应该同样存在这样的危险滑移面，它所对应的剩余推力是该出口最大的，也即是局部最大（图 1-8），若剩余推力 P 为正，说明该出口潜在滑移面的安全系数小于 F_0，

若剩余推力 P 为负,则说明安全系数大于 F_0;若所有剩余推力 P 均为负,说明整体边坡安全系数大于 F_0,只要存在一个正的剩余推力,则边坡安全系数便小于 F_0。若最大剩余推力为零或者充分接近零,边坡安全系数为 F_0,由此,通过调整安全系数使得最大剩余推力为零或者充分接近零,便可求出边坡最小安全系数及其对应的临界滑移面。由此就可以建立起以剩余推力为目标函数,来求解泛函的极大值。

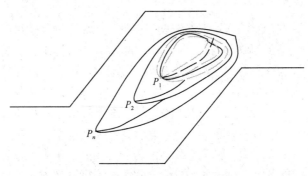

图 1-8　滑移出口剩余推力

对于给定出口,剩余推力极大值是一个一端固定另一端非固定的变分问题;如果不限定出口,那么就是一个两端非固定的变分问题。根据变分学原理,在边坡体存在一簇极值曲面场,这些极值在曲面场的内部互不相交,也就是场内每一点都存在且仅有一个极值曲面通过。这些极值曲面在出口处剩余推力均为局部最大。这些极值曲面场就是边坡岩体危险滑移场,场中曲面代表边坡岩体三维危险滑移面。每指定一个安全系数 F_s 对应该状态下的临界滑移场;每个临界滑移场中又包含无数个危险滑移面,每个危险滑移面则对应了剩余推力的局部极大值。如果取 $F_s = 1$,就可以用最大剩余推力值的正负作为判断边坡是否失稳:

$$P_{max} \begin{cases} < 0 \longrightarrow \quad 稳定 \\ = 0 \longrightarrow \quad 极限平衡 \\ > 0 \longrightarrow \quad 不稳定 \end{cases} \tag{1-11}$$

当 $P_{max} = 0$ 时,边坡达到极限平衡状态,此时危险滑移场即为临界滑移场,其中最大剩余推力为零所对应的滑移面就是临界滑移面。

同时需要指出的是,临界滑移场在边坡体内是客观存在的,其求解不要求规范破坏模式,不限定滑移面的形状,临界场中的滑移面是任意形状的。

1.5.4　最优控制原理

经典的最优控制是按照被控对象的动态特性,找出一个容许控制方案,使被控对象按照性能要求运转,并最终使某一性能指标在某种意义下达到最优值。这种理论已成功地应用于各种领域，在搜索滑移面时，采用最优化控制理论能够计算出最危险滑移面，与传统试算搜索滑移面的方法相比，采用最优化控制理论寻找滑移面能够极大地提高计算效率。

建立起以剩余推力为目标函数的泛函后，求最大剩余推力 P_{max} 实际上是个最优控制问题，因为边坡总是沿着最终剩余推力最大的路径产生滑移。如图 1-9 所示，若边坡面上 A 点是滑坡出口，将 B 看作起始点，继而将危险滑移面的确定看成是一个决策问题，沿着 BOA 滑移剩余推力最大，那么选择危险滑移面 BOA 即为最优决策。在 BOA 面上任选一点 D，如果不考虑 DECF 左侧的坡体，依据最优性原理，则 BD 本身也必须最优，即沿着 BD 滑移剩余推力也必最大。

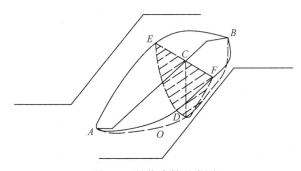

图 1-9   最优决策示意图

既然边坡体内任意一点都存在唯一的最危险滑移方向和最大剩余推力，尽管不能通过微分方程解出连续的危险滑移面，但是根据优化控制原理，可以将边坡进行离散，通过数值分析方法求得离散状态点的危险滑移方向和最大剩余推力，便可以通过插值的方法得到连续的危险滑移场。

1.5.5 基本原则

建立在极限平衡原理基础上的边坡稳定分析方法应该包含以下几个基本的原则。

1）安全系数的定义

岩土体沿着某一滑裂面滑移的安全系数 F 的定义是：将土的抗剪强度指标降低为 c'/F 和 $\tan\phi'/F$，则土体沿此滑裂面处处达到极限平衡，即

$$\tau = c'_e + \sigma'_n \cdot \tan\phi'_e \tag{1-12}$$

$$c'_e = c'/F \tag{1-13}$$

$$\tan\phi'_e = \tan\phi'/F \tag{1-14}$$

将强度指标的储备作为安全系数定义的方法是经过多年的实践被工程界广泛认可并使用的，采用这样的定义方法，在数值计算方面会增加一些迭代与收敛方面的问题。

2）摩尔-库仑强度准则

假定岩土体的一部分沿着某个滑裂面移动，那么在这个滑裂面上，土体处处达到极限平衡，即正应力 σ_n' 和剪应力 τ 满足摩尔-库仑强度准则。则有

$$\Delta T = c_e' \Delta x \sec\alpha + (\Delta N - u \Delta x \sec\alpha)\tan\phi_e' \qquad (1-15)$$

式中，N 为土条底的法向力；T 为土条底的切向力；α 为土条底倾角；$\tan\alpha = \mathrm{d}y/\mathrm{d}x$；$u$ 为孔隙水压力。

3）静力平衡条件

根据分析方法的不同，采用条分法及其衍生方法的边坡体，每个条块和整个滑体都要满足力或力矩的平衡。在静力平衡方程组中，未知数的数目超过了方程式的数目，解决这一静不定问题的方法通常是做不同的简化，使得剩下的未知数和方程数目相等来求解安全系数。

1.5.6　离散化与单元剖分

著者将整个边坡离散为垂直的棱柱形条块。坐标原点位于坡脚沿走向方向的中点，x 轴沿着宽度方向，y 轴是滑坡的主滑移方向，z 轴竖直向上，三者符合右手定则，如图 1-10 所示。

定义每一条块沿滑向的棱边为条块线，再在条块线上按照精度要求划分状态点进行计算，条块线与状态点划分如图 1-11 所示。

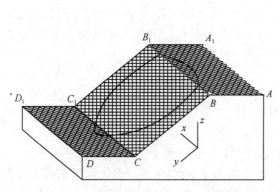

图 1-10　整体坐标系及单元剖分示意图

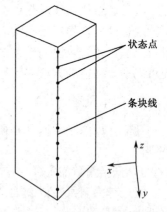

图 1-11　单元条块线和状态点

则根据图 1-12 所示的推力传递机制，可以对计算条块和上部相邻条块的剩余推力关系进行推演，得出一般单元的推力传递关系。

则第 (i,j) 单元受上部相邻条块的推力合力为 $\hat{F}_{(i-1,j-1)}$，由 $F_{(i-1,j-1)R}$、$F_{(i-1,j)L}$ 合成，$F_{(i-1,j-1)R}$、$F_{(i-1,j)L}$ 分别为上部右侧条块和左侧条块传递给本条块的推力，则

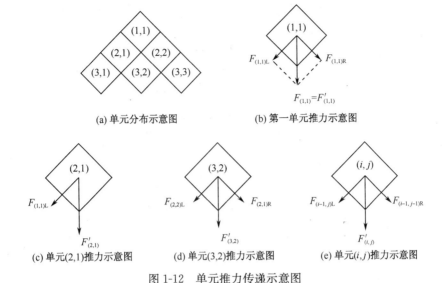

(a) 单元分布示意图　　　　　　　(b) 第一单元推力示意图

(c) 单元(2,1)推力示意图　　　(d) 单元(3,2)推力示意图　　　(e) 单元(i,j)推力示意图

图 1-12　单元推力传递示意图

$$\hat{F}_{(i-1,j-1)} = \frac{\sqrt{2}}{2}F_{(i-1,j-1)\,\mathrm{R}} + \frac{\sqrt{2}}{2}F_{(i-1,j)\mathrm{L}}$$
$$= \frac{1}{2}F_{(i-1,j-1)} + \frac{1}{2}F_{(i-1,j)} \tag{1-16}$$

式中，$F_{(i-1,j-1)}$ 为上部相邻单元作用于本单元的合力，$F'_{(i,j)}$ 表示本单元自重及其他荷载产生的推力。

则第 (i,j) 单元的剩余推力为

$$F_{(i,j)} = \hat{F}_{(i-1,j-1)} + F'_{(i,j)} \tag{1-17}$$

式中，$\hat{F}_{(i-1,j-1)}$ 为上部相邻单元作用于本单元的合力，$F'_{(i,j)}$ 表示本单元自重及其他荷载产生的推力。

1.5.7　平衡方程的建立

在分析条柱受力平衡时，引入下列假定：

（1）条块承受两相邻上部条块的推力分别平行于上部条块底滑面且合力通过棱边向下传递。

（2）所有条柱的底滑面均处于极限平衡状态，满足摩尔-库仑准则。

（3）主滑方向平行于 yoz 平面，临界滑移面由单元体底滑面拟合。

条块受力如图 1-13 所示。

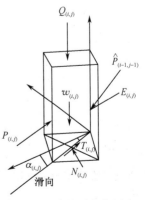

图 1-13　条块上的作用力

根据推力传递机制，则 $\hat{P}_{(i-1,j-1)}$ 由 $P_{(i-1,j-1)\mathrm{R}}$、$P_{(i-1,j)\mathrm{L}}$ 合成，$P_{(i-1,j-1)\mathrm{R}}$、$P_{(i-1,j)\mathrm{L}}$ 分别为上部左侧条块和右侧条块传递给本条块的推力，则 $\hat{P}_{(i-1,j-1)}$ 在滑动方向的分力为 $P'_{(i-1,j-1)}$，垂直于滑向的分力为 $P^*_{(i-1,j-1)}$，即

$$P'_{(i-1,j-1)} = \frac{1}{2}P_{(i-1,j-1)}\cos(\alpha_{(i-1,j-1)} - \alpha_{(i,j)}) + \frac{1}{2}P_{(i-1,j)}\cos(\alpha_{(i-1,j)} - \alpha_{(i,j)})$$
$$(1\text{-}18)$$

$$P^*_{(i-1,j-1)} = \frac{1}{2}P_{(i-1,j-1)}\sin(\alpha_{(i-1,j-1)} - \alpha_{(i,j)}) + \frac{1}{2}P_{(i-1,j)}\sin(\alpha_{(i-1,j)} - \alpha_{(i,j)})$$
$$(1\text{-}19)$$

条块平行于滑面方向的平衡：
$$P'_{(i-1,j-1)} + k_{(i,j)}w_{(i,j)}\cos\alpha_{(i,j)} - P_{(i,j)} + w_{(i,j)}\sin\alpha_{(i,j)} - T_{(i,j)} = 0 \quad (1\text{-}20)$$
条块垂直于滑面方向的平衡：
$$P^*_{(i-1,j-1)} - k_{(i,j)}w_{(i,j)}\sin\alpha_{(i,j)} + w_{(i,j)}\cos\alpha_{(i,j)} - N_{(i,j)} = 0 \qquad (1\text{-}21)$$
式中，$k_{(i,j)}$ 为第 (i,j) 条块水平地震力系数。

条块底面满足摩尔-库仑准则：
$$T_{(i,j)} = \frac{\dfrac{c_{(i,j)}A_{(i,j)}}{\cos\alpha_{(i,j)}} + \left(N_{(i,j)} - \dfrac{u_{(i,j)}A_{(i,j)}}{\cos\alpha_{(i,j)}}\right)\tan\varphi_{(i,j)}}{F'_\mathrm{s}} \qquad (1\text{-}22)$$

联立式（1-19）、式（1-20）、式（1-21），可解得

$$P_{(i,j)} = P'_{(i-1,j-1)} + (k_{(i,j)}\cos\alpha_{(i,j)} + \sin\alpha_{(i,j)})w_{(i,j)} - \frac{c_{(i,j)}A_{(i,j)}}{F'_\mathrm{s}\cos\alpha_{(i,j)}}$$
$$- \left[P^*_{(i-1,j-1)} + (\cos\alpha_{(i,j)} - k_{(i,j)}\sin\alpha_{(i,j)})w_{(i,j)} - \frac{u_{(i,j)}A_{(i,j)}}{\cos\alpha_{(i,j)}}\right]\frac{\tan\varphi_{(i,j)}}{F'_\mathrm{s}}$$
$$(1\text{-}23)$$

式中，F'_s 为稳定系数；$u_{(i,j)}$ 为孔隙水压系数。

若不考虑地震力和孔隙水压力的影响，则式（1-23）回归为

$$P_{(i,j)} = P'_{(i-1,j-1)} + \sin\alpha_{(i,j)}w_{(i,j)} - \frac{c_{(i,j)}A_{(i,j)}}{F_\mathrm{s}\cos\alpha_{(i,j)}} - (P^*_{(i-1,j-1)} + \cos\alpha_{(i,j)}w_{(i,j)})\frac{\tan\varphi_{(i,j)}}{F_\mathrm{s}}$$
$$= P'_{(i-1,j-1)} + \sin\alpha_{(i,j)}w_{(i,j)}$$
$$- \frac{1}{F'_\mathrm{s}}(c_{(i,j)}A_{(i,j)}\sec\alpha_{(i,j)} - P^*_{(i-1,j-1)}\tan\varphi_{(i,j)} + \cos\alpha_{(i,j)}\tan\varphi_{(i,j)}w_{(i,j)}) \quad (1\text{-}24)$$

在式（1-23）、式（1-24）中，对于给定的 F'_s，调整 $\alpha_{(i,j)}$ 使得 $P_{(i,j)}$ 达到最大，然后比较 $P_{(i,j)}$ 的正负，采用三维剩余推力法迭代求解。

1.5.8　临界滑移场的搜寻技术

当滑移面未知时，需要寻找安全系数最小的滑移面。传统的做法是计算每个

试算滑移面的安全系数，然后比较出最小值 $F_{\min}$ 。著者认为计算一个安全系数试算值 F'_s 的所有可能滑面出口的剩余推力，求出最大剩余推力 $P_{\max}$ 。根据 $P_{\max}$ 的正负判断 F'_s 的改进方向，迭代 F'_s 使 $P_{\max}$ 为零或充分接近零，此时的 F'_s 即为 $F_{\min}$ 。

迭代公式为

$$F_s^3 = F_s^1 - p_1 \frac{F_s^2 - F_s^1}{p_2 - p_1} \tag{1-25}$$

式中，p_1、p_2 为前两次迭代的出口最大剩余推力值，F_s^1、F_s^2 为前两次迭代的采用的安全系数。

由此求解三维临界滑移面和三维危险滑移场的问题转化为求解一定安全系数 F 下出口最大剩余推力问题。

求最大剩余推力 $P_{\max}$ 实际上是个最优控制问题。取边坡体中的一列滑块，如图 1-14 所示，规定滑移面出口区范围 $B'_2 B_2 A_2 A'_2$ 与 $A'_2 A_2 A_1 A'_1$，入口区范围 $B_1 B'_1 B'_2 B_2$，因此这是一个两端非固定的最优控制问题。

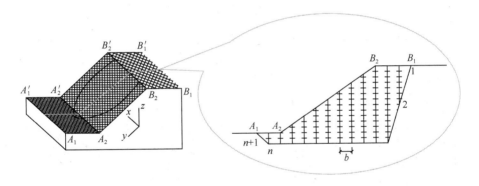

图 1-14　边坡体状态单元划分示意图

根据最优控制论，边坡体内应存在无数个剩余推力极值曲面，每个极值曲面对应出口处 P 为最大。这些极值曲面互不交叉，构成极值曲面场，即危险滑移场。

当 $P_{\max} = 0$（或其相对值充分接近零），此时边坡危险滑移场即为临界滑移场。

1.5.9　临界滑移场的数值模拟

从理论上讲，临界滑移场是存在的，但完全通过解变分法的欧拉方程确定临界滑移场是不现实的，必须另寻数值方法解决。

由于边坡最小安全系数未知，很难一次就能确定临界滑移场，而是需要通过

调整安全储备 F_s 逐一计算对应的危险滑移场来实现。取图 1-15 危险滑移场中某条危险滑移面 $AEBF$ 分析。对于固定出口点 A 来说，$AEBF$ 是最优路径。即沿此路径滑移 A 处剩余推力达到最大。在 $AEBF$ 面上任取一点 C，$CEBF$ 同样是最优路径，即沿此路径滑移 C 处推力达到最大，并且此时无需知道 A 位置。它说明整体最优的控制，其局部必定是最优的。边坡体内任一点都唯一存在一个以它为终端的最优路径使其推力最大。也就是说边坡体内任一点均对应有最大推力及危险滑移方向，而且它们只与该点滑动方向后方边坡岩体有关。

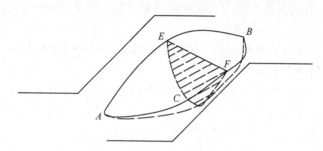

图 1-15　边坡危险滑移场示意图

需要将边坡体离散成众多状态点，每个状态点对应有两个相关的状态值即最大剩余推力 $P_{(i,j)}$，危险滑移方向与水平线交角 $\alpha_{(i,j)}$ ，通过计算各点状态值模拟边坡危险滑移场。

如图 1-14 所示，在入口区域 $B_1 B_1' B_2' B_2$ 与出口区域 $A_1 A_1' A_2' A_2$ 之间是所有潜在滑移面通过的范围。将边坡体均匀划分成众多棱柱形条块。潜在滑移面只在条块线上发生转折，在每一条块内看成是直线，如果条块很小，则可以连接成连续的滑移曲面。

通常做法是将每个条块线离散为若干状态点，状态点编号 i、j、k，其中 k 为自每一条块顶端开始编号的状态点序号，i、j 为条块编号。状态点 i、j、k 的两个状态值为剩余推力 $P_{i,j}$ 和方向 $\alpha_{i,j}$ 。状态点间距为 d 。允许滑移面穿过状态点之间任一点，条块线上状态值 $P_{(i,j)}$、$\alpha_{(i,j)}$ 看成分段线性分布。

每个条块线的状态值只与上条块线的状态值及本条块的介质物理力学性质有关。当 $(i-1,j-1)$ 条块与 $(i-1,j)$ 条块的状态值已经算出，就可以计算 (i,j) 条块线状态值 $P_{(i,j)}$、$\alpha_{(i,j)}$ 。

如图 1-16 所示，设 $\alpha_{(i,j)} = \bar{\alpha}$，过状态点 $S(i,j,m)$，作倾角为 $\bar{\alpha}$ 的滑面 SK，K 点位于上条块线的两状态点 $R(i-1,j-1,k-1)$、$V(i-1,j-1,k)$ 之间。$(i-1,j-1)$ 条块所受的上条块推力 $\bar{P}_{(i-1,j-1,K)}$ 为

$$\bar{P}_{(i-1,j-1,K)} = P_{(i-1,j-1,k-1)} + \frac{\overline{KR}}{\overline{RV}}(P_{(i-1,j-1,k)} - P_{(i-1,j-1,k-1)}) \qquad (1\text{-}26)$$

再由式（1-23）或式（1-24）计算 $\alpha_{(i,j)}$ 对应的 (i,j) 条块对下条块的推力 $\overline{P}$。调整 $\overline{\alpha}$，使 $\overline{P}$ 为最大，此时便得状态点 (i,j,m) 的状态值 $P_{(i,j)}$、$\alpha_{(i,j)}$。以此类推可以计算所有状态点的状态值。

调整安全储备 F'_s，使得各个出口的最大剩余推力中的最大值接近零，便求得临界滑移场，最大剩余推力为零的出口所对应的危险滑移面就是临界滑移面。至此，离散的边坡危险滑移场各状态点的状态值均已经计算得出，继而就可以逆向搜索连

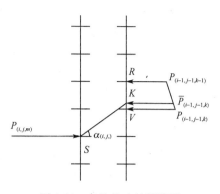

图 1-16　条块推力计算简图

续的临界滑移面：从出口点出发，向滑体后方追踪危险面路径。滑移面经过某条块时，必位于上下两状态点滑向之间或与其中之一点重合，且按比例线性分布，直至到达入口区域，定出滑移面入口，形成一个完整的连续滑移面。

1.5.10　滑坡实例验证分析

某露天矿 E1000 地区与 1986 年 3 月 30 日发生一起大型滑坡，实测滑坡范围是 E928～E1096，N1087～N1197，标高 ＋75～＋33.7，滑体沿滑向长约 110m，高差 41.3m，滑坡平面位置如图 1-17 所示，滑体体积为 $6.8 \times 10^4 \mathrm{m}^3$，并由此而

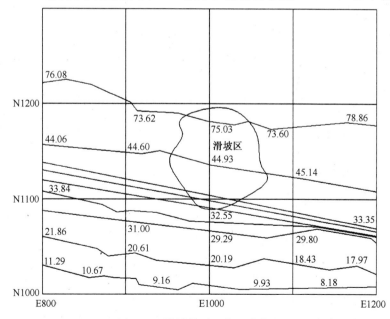

图 1-17　滑坡体平面位置分布图

严重地影响到矿山的安全生产。

滑坡发生在第四纪表土层及第三系绿色泥岩岩层内，其中夹杂着 12m 厚的风化页岩。表土层厚 8～11m，绿色泥岩与页岩呈层状岩体构造。滑区内层理发育，其边坡岩土层构造如图 1-18 所示，各层岩土体的强度指标如表 1-1 所示。

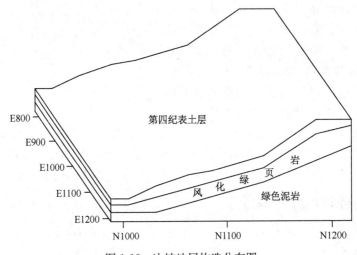

图 1-18　边坡地层构造分布图

表 1-1　岩体力学参数

岩性	厚度/m	黏聚力/kPa	摩擦角/(°)	容重/(10³kg 全局/m³)
第四纪表层土	10	3.069	11	1.88
风化绿页岩	12	3.942	11.78	2.00
绿色泥岩		5.011	24.6	2.07

自 1982 年以来，该边坡区段逐年向到界边坡推进，1986 年废除 4—28 段干线，7—28 段干线北移。由于露天采掘和推进，上部坡角增大，并由此对上部坡体的稳定性产生严重的影响，最终诱发了滑坡灾害。

采用边坡三维滑移场分析方法，对该滑坡实例进行分析。首先根据边坡地层产状及岩土体力学强度指标建立三维计算模型，如图 1-19 所示，采用计算参数取表 1-2 所示。由此搜出的滑体如图 1-19 所示，求接出的安全系数为 0.954。

表 1-2　模型尺寸及划分精度（单位：m）

计算范围	计算宽度	坡角以下计算深度	网格尺寸	深度步长	倾角变化幅度	备注
N985～N1210	240	30	7×7	4	0.1	

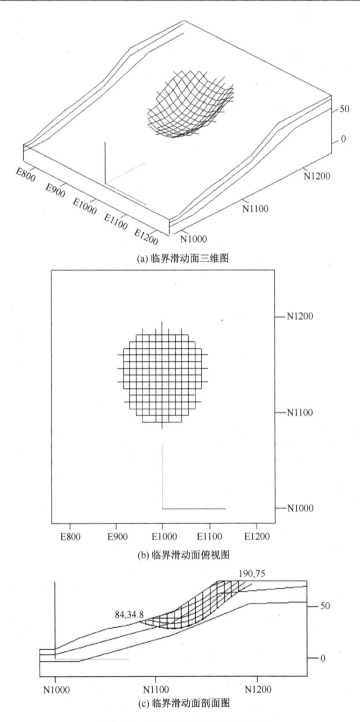

(a) 临界滑动面三维图

(b) 临界滑动面俯视图

(c) 临界滑动面剖面图

图 1-19　滑坡三维分析结果示意图

从图 1-19 可以看出，由于发生滑坡的第四纪表土层和风化绿页岩的力学强度指标相差不大，滑移面剖面呈圆弧状，这也符合理论和工程实际。运用三维滑移场分析求出的滑体标高为 +75～+34.8，滑体沿倾向长约 106m，与实测相差 3.64%；高差 40.2m，与实测相差 2.73%，结果与实测基本一致，计算得出了安全系数为 0.954，边坡已经发生滑坡灾害，且该滑面与实测比较吻合。

第 2 章　边坡岩体变形监测技术

2.1　边坡岩体变形监测的设计原则

在露天开采过程中，不同的开采深度，不同区域的地质构造、地层分布，岩性强弱差异比较大。因此，同一采动效应，对不同区段边坡岩体稳定性的影响程度是不同的，从而产生不同的变形量，并在露天矿边坡体中形成不同的变形区段。因此，在边坡变形的检测中，为了做到既节省开支，同时又能全面了解露天矿边坡整体的变形概况，根据露天矿开采特点、周边环境工程分布特征和通视条件，对变形实施分级检测原则，以便保证在有限的人力、物力和财力条件下，以最小的投入，获取最全面的变形材料，从而掌握矿山开采过程中整个边坡岩体的动态状况。也就是既要掌握局部危险变形区域，同时又要掌握整体的变化规律，以便为后续开采设计提供可靠的基础数据，合理地调配人力、物力和财力，避免盲目性和被动性。一般采用三级检测原则，下面就其具体检测要求分别加以叙述。

2.1.1　Ⅰ级监测

Ⅰ级监测是对边坡整体及其周边环境动态变形影响的全面监测。目的在于查明潜在边坡不稳定区域以及露天开采对境界外的影响范围和重要建筑设施的变形概况。其监测点的设计和设置，应结合矿山地形地势的分布特点和通视条件，在地质构造复杂、地下水丰富、边坡角大的区域和主要运输干线上布设监测点。监测点的数量以能够控制住区域变形为宜，施测周期可根据各采区采掘推进速度和季节等条件变化，在每季度或半年测量一次，作为全面了解和掌握矿山变形情况的依据。

2.1.2　Ⅱ级监测

Ⅱ级监测是在Ⅰ级监测的基础上，对初步探测出危险区域进行重点监测。Ⅱ级监测应初步掌握不稳定的边界范围、位移量和移动速率大小，并依据监测期移动速率变化，结合地质构造及其地层分布性态，分析和预测变形发展趋势，同时根据这些变化条件，确定下一步监测周期。Ⅱ级监测应考虑下列因素：

测线数应该根据地质、采矿条件和危险区范围来确定。一般情况下，沿着预测滑动方向（多为倾向）设 2～3 条测线，用来控制滑区沿倾向的变形范围。测点间距应根据露天坑深度、阶段平盘高度和宽度确定。在每个阶段上，至少应于段肩和段脚附近各设一个测点。阶段平盘上测点布设应考虑测量方便和观测人员的安全。露天矿境界线外周边地面监测点间距按表 2-1 规定确定。

表 2-1　地面监测点间距与开采深度之间的关系

露天开采深度/m	地面测点间距/m	露天开采深度/m	地面测点间距/m
<100	5～10	>200	20～30
100～200	10～20		

沿边坡体垂直滑动方向（即走向方向）布设 2～3 条测线，用以掌握滑坡沿体走向的变形范围。

对境界外某些重要工业设施，应专门设线定期进行监测，用以掌握地表变形范围，破坏范围及其对周边环境工程影响大小等，以便为矿区或城市规划设计提供决策依据。测点设计应沿平行矿坑走向和垂直矿坑走向布设成网络状，用以掌握地面环境工程的安全。

2.1.3　Ⅲ级监测

Ⅲ级监测是对Ⅱ级监测中变形量较大、有可能产生破坏性滑动的边坡滑移区进行连续监测，并对原监测方法做适当调整。Ⅲ级监测主要采用专用仪器设备，如裂缝计或位移计等。Ⅲ级监测的目的主要是为了进行滑坡预测或预报，以便为安全生产或减少滑坡损失服务。

2.2　地表位移监测的精度要求和确定

变形观测的精度是一个极为重要的问题，它决定着观测方法和观测仪器的选用，以及各种技术措施的制定，甚至还可以影响到观测技术的发展。应该说合理的变形观测精度指标，取决于工程的需要与现实的可能。精度要求过高，将使观测工作更加复杂、监测费用更高。精度规定太低，又不可能得到有关边坡变形的正确信息。因此，确定合理的观测精度将是工程设计与研究中最重要的参数。随着现代科学技术的发展，监测仪器得到飞速的发展，监测精度也逐步得到提高。

国际测量协会（FIG）所属工程测量委员会中的变形观测及其自动化小组对变形观测精度方面提出的报告认为："变形观测精度要求取决于预计变形值的大小和观测目的。如果观测是为了监视建筑物的安全，则其观测中误差应小于容许变形值的 1/10～1/20。"

国际测量协会给出这个中误差是为了满足监测建筑物安全的需要。由于位移值是前后两次观测值之差，因此，在这里观测中误差对容许变形值的影响为 $\frac{\sqrt{2}}{10} \sim \frac{\sqrt{2}}{20}$，即约为 1/7～1/14。由于极限误差为中误差的 2 倍，则其观测精度的极限误差对容许变形值的影响为 1/3.5～1/7。也就是说，根据国际测量协会提出的这个观测中误差有 68% 的概率对容许变形值的影响不会超过 1/7～1/14；有 95% 的概率对容许变形值的影响不会超过 1/3.5～1/7；因此，在预测或估算变形值是否超过容许变形值时，要考虑到观测精度的影响。

前苏联学者提出，对于监测安全的位移中误差，在位移值的 1/4～1/10 之间。前苏联提出的这个位移中误差和国际测量协会一样，是从监测建筑物的安全需要提出的。它和国际测量协会不同的是：前苏联学者提出的位移中误差是位移值的几分之几；国际测量协会提出的观测中误差是容许变形值的几分之几。位移中误差和观测中误差大小是有区别的。位移值和容许变形值其大小也是不同的。前苏联学者提出的这个位移中误差，当位移值未达到容许变形值之前，其观测精度比国际测量协会的高，因为此时的位移值要小于容许变形值。而当位移值大于容许变形值时，建筑物仍未破坏，那么，其观测精度与国际测量协会相比就低。前苏联学者提出的这种观测精度要求，对我国边坡变形监测比较适用。这主要是由于边坡从开始变形到最终产生破坏性滑坡，大致可以分为三个阶段，即蠕动变形阶段、变形发展阶段和加速变形阶段。由于各个阶段变形值大小不同，为了使监测成果能够正确地体现出实际变形大小，同时又要尽可能地节省监测成本，那么，观测精度可以根据变形值的量级制定相应的观测精度，以避免其观测精度制定过高而造成的不必要的损失。

目前我国煤矿测量规程规定：“当观测点的水平移动或下沉值大于 30mm 时，即认为滑坡期已经开始。”按照这个限差要求，可以反求出一次观测值的允许中误差应小于 10.6mm。当边坡岩体处于蠕动变形期时，其观测精度要求更高，从而可以保证检测边坡岩体是否变形及变形值大小的目的。

2.3　地面位移监测方法

2.3.1　测角前方交会

(1) 原理和方法。测角前方交会一般采用两个或三个已知坐标的测站点观测测点的坐标变化值。

如图 2-1 所示，A、B 为已知坐标的测站点，AB 之间的距离为 S，P 为测点。第一观测周期分别在 A、B 点安置经纬仪，测出交会角 β_1、β_2，算得 P 点的坐标为（x_P^1，y_P^1）。第 i 期观测时，测得 β_1^i、β_2^i，为了求得第 i 观测周期角度的水平位移，可以把第一观测周期计算的坐标作为第 i 周期的近似坐标。由两周期角度观测值的差数,通过间接平差,即可求得坐标变化值,即测点的位移值。

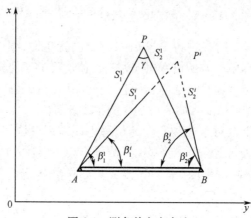

图 2-1　测角前方交会法

当只有两个测站点的测角交会时,观测方程为

$$\begin{pmatrix} V_1 \\ V_2 \end{pmatrix} = \begin{pmatrix} a_1 & b_1 \\ a_2 & b_2 \end{pmatrix} \begin{pmatrix} \mathrm{d}x \\ \mathrm{d}y \end{pmatrix} - \begin{pmatrix} l_1 \\ l_2 \end{pmatrix} \tag{2-1}$$

式中

$$\left. \begin{array}{ll} a_1 = \dfrac{\rho \sin a_1}{S_1} & b_1 = -\dfrac{\rho \sin a_1}{S_1} \\[3mm] a_2 = -\dfrac{\rho \sin a_2}{S_2} & b_2 = \dfrac{\rho \sin a_2}{S_2} \\[3mm] \multicolumn{2}{c}{l_i = \beta_i - \beta_i^0} \end{array} \right\} \tag{2-2}$$

式中,β_i^0 为由近似坐标计算的角度近似值。

法方程为

$$\begin{pmatrix} [aa] & [ab] \\ [ab] & [bb] \end{pmatrix} \begin{pmatrix} \delta_x \\ \delta_y \end{pmatrix} - \begin{pmatrix} [al] \\ [bl] \end{pmatrix} = 0 \tag{2-3}$$

如果以第一观测周期的坐标作为第 i 观测周期的近似坐标,并以两期观测值的差数作为常数项,则位移值的计算公式为

$$\begin{pmatrix} \delta_x \\ \delta_y \end{pmatrix} = \begin{pmatrix} [aa] & [ab] \\ [ab] & [bb] \end{pmatrix}^{-1} \begin{pmatrix} [al] \\ [bl] \end{pmatrix} \tag{2-4}$$

(2)测角前方交会的精度估算。P 点位移值的中误差为

$$\left. \begin{array}{l} m_{\delta x}^2 = 2\mu^2 \dfrac{1}{P_x} = 2\mu^2 \dfrac{[bb]}{D} \\[3mm] m_{\delta y}^2 = 2\mu^2 \dfrac{1}{P_y} = 2\mu^2 \dfrac{[aa]}{D} \\[3mm] M^2 = 2\mu^2 \dfrac{[aa] + [bb]}{D} \end{array} \right\} \tag{2-5}$$

式中，μ 为测角中误差。

$$[aa] = \rho^2 \left(\frac{\sin^2 a_1}{S_1^2} + \frac{\sin^2 a_2}{S_2^2} \right)$$

$$[bb] = \rho^2 \left(\frac{\cos^2 a_1}{S_1^2} + \frac{\cos^2 a_2}{S_2^2} \right)$$

$$D = \begin{pmatrix} [aa] & [ab] \\ [ab] & [bb] \end{pmatrix} = \rho^4 \frac{\sin^2 \gamma}{S_1^2 S_2^2}$$

代入式（2-5）得

$$\left. \begin{aligned} m_{\delta x}^2 &= \frac{2\mu^2 S^2}{\rho^2 \sin^4 \gamma} (\sin^2 \beta_1^2 \cos^2 \alpha_1 + \sin^2 \beta_2^2 \cos^2 \alpha_2) \\ m_{\delta y}^2 &= \frac{2\mu^2 S^2}{\rho^2 \sin^4 \gamma} (\sin^2 \beta_1^2 \sin^2 \alpha_2 + \sin^2 \beta_2^2 \sin^2 \alpha_2) \end{aligned} \right\} \tag{2-6}$$

P 点位移值的中误差为

$$M = \pm \sqrt{m_{\delta x}^2 + m_{\delta y}^2} = \pm \frac{\sqrt{2}\,\mu S}{\rho \sin^2 \gamma} \sqrt{\sin^2 \beta_1 + \sin^2 \beta_2} \tag{2-7}$$

由上式可知，影响位移值精度的主要因素有测角误差，已知边 S 的长度以及交会图形的好坏，下面分别进行讨论。

（1）测角误差的影响。由式（2-7）可知，测角精度对位移值精度的影响很大，如已知边 S 的长度为 2000m，且 $\beta_1 = \beta_2 = 45°$，$\gamma = 90°$，当测角中误差分别为 $0.5''$、$1.0''$、$1.5''$、$2.0''$ 时，位移值的中误差相应为 6.85mm、13.70mm、20.55mm、27.40mm。为了保证交会的精度，一般要求测角中误差不应超过 $0.7'' \sim 1.0''$。

（2）基线长度的影响。与测角误差的影响一样，基线长度与位移值的误差成正比。基线愈长，位移值的误差愈大，当测角中误差为 $1.0''$，基线长度分别为 1000m、2000m、5000m 时，相应的位移值中误差分别为 6.9mm、13.7mm、34.3mm，因此为了保证交会的精度，基线和交会边的长度一般不宜过长。在有些大型露天矿山由于电磁波测距仪的应用，一般不采用测角交会法。

（3）测角交会最有利的图形。图形的好坏对测角交会有重要的影响，下面分析测角交会最有利的图形。

在交会角 γ 不变的情况下，β_1、β_2 角应保持何种关系，才能使位移值的精度最高？在式（2-7）中，设 $y = \sin^2 \beta_1 + \sin^2 \beta_2$，因为 $\beta_2 = 180° - \beta_1 - \gamma$，故有

$$y = \sin^2 \beta_1 + \sin^2 (\beta_1 + \gamma)$$

为了求出 $y =$ 最小的 β_1 值，对上式进行微分，并令其等于零。

$$\frac{\mathrm{d}y}{\mathrm{d}\beta_1} = 2\sin\beta_1 \cos\beta_1 + 2\sin(\beta_1 + \gamma)\cos(\beta_1 + \gamma) = 0$$

即

$$\sin2\beta_1 + \sin2(\beta_1 + \gamma) = 0$$

因为

$$\sin2(\beta_1 + \gamma) = \sin2(180° - \beta_2) = -\sin2\beta_2$$

所以

$$\sin2\beta_1 - \sin2\beta_2 = 0$$

也即

$$\beta_1 = \beta_2$$

由此可知，当 γ 角已定，观测角 $\beta_1 = \beta_2$ 时，交会最为有利。

为了详细了解基线方向（或垂直基线方向）的误差分布规律，现对测角对称交会的点位误差，以误差椭圆进行简要分析，如图 2-2 所示，对于基线长度为 S 的对称交会，$\alpha_1 = \alpha$，$\alpha_2 = 360° - \alpha$，交会角 $\gamma = 2\alpha$。将前述法方程式系数及上述关系式代入式

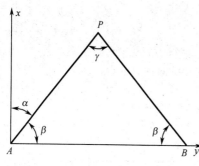

图 2-2　侧角对称交会的点位误差

（2-8），可得误差椭圆的主轴方向为

$$\tan2\varphi_0 = \frac{2[ab]}{[aa] - [bb]} = 0 \tag{2-8}$$

此时主轴方向 $\varphi_0 = 0$、$\varphi_0 = 90°$，也即主轴方向与 x、y 轴重合。由式（2-6）可得 $m_{\delta x}$、$m_{\delta y}$ 的比值为

$$\frac{m_{\delta x}}{m_{\delta y}} = \cot\alpha = \cot\frac{\gamma}{2} \tag{2-9}$$

根据上式，当：

$$\gamma = 90° \text{ 时，} \frac{m_{\delta x}}{m_{\delta y}} = 1$$

$$\gamma > 90° \text{ 时，} \frac{m_{\delta x}}{m_{\delta y}} < 1$$

$$\gamma < 90° \text{ 时，} \frac{m_{\delta x}}{m_{\delta y}} > 1$$

由此可知，当 $\gamma = 90°$ 时，P 点的误差椭圆为误差圆；当 $\gamma > 90°$ 时，误差椭圆的极大值方向在 y 轴；当 $\gamma < 90°$ 时，误差椭圆的极大值方向在 x 轴。不同交会角的误差椭圆如图 2-3 所示。

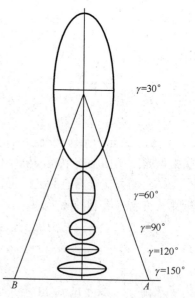

图 2-3　不同交会角的误差椭圆

2.3.2　测边交会

（1）原理和方法。测边交会与测角交会的区别仅在于：前者是观测距离来确定测点的水平位置，而后者是观测角度来确定测点的水平位置，应用电磁波测距仪进行测边交会，其点位测量精度较高，具体分析如下：

两个测站点的测边交会，其观测方程为

$$\begin{bmatrix} V_1 \\ V_2 \end{bmatrix} = \begin{bmatrix} a_1 & b_1 \\ a_2 & b_2 \end{bmatrix} \begin{bmatrix} \delta_x \\ \delta_y \end{bmatrix} - \begin{bmatrix} l_1 \\ l_2 \end{bmatrix} \tag{2-10}$$

式中

$$\begin{aligned} a_i &= \cos\alpha_i \\ b_i &= \sin\alpha_i \\ l_i &= S_i - S_i^0 \end{aligned} \tag{2-11}$$

式中，S_i^0 为由近似坐标计算的近似边长。

考虑到测边的精度不一定相等，故法方程为

$$\begin{pmatrix} [Paa] & [Pab] \\ [Pab] & [Pbb] \end{pmatrix} \begin{pmatrix} \delta_x \\ \delta_y \end{pmatrix} - \begin{pmatrix} [Pal] \\ [Pbl] \end{pmatrix} = 0 \tag{2-12}$$

由式（2-12）求出计算位移值的公式为

$$\begin{pmatrix} \delta_x \\ \delta_y \end{pmatrix} = \begin{pmatrix} [Paa] & [Pab] \\ [Pab] & [Pbb] \end{pmatrix}^{-1} \begin{pmatrix} [Pal] \\ [Pbl] \end{pmatrix} \tag{2-13}$$

（2）测边交会的精度估算。P 点位移值的中误差为

$$\left.\begin{aligned} m_{\delta x}^2 &= 2\mu^2 \frac{1}{P_x} = 2\mu^2 \frac{[Pbb]}{D} \\ m_{\delta y}^2 &= 2\mu^2 \frac{1}{P_y} = 2\mu^2 \frac{[Paa]}{D} \\ M^2 &= 2\mu^2 \frac{[Paa]+[Pbb]}{D} \end{aligned}\right\} \tag{2-14}$$

式中，μ 为单位权中误差；D 为法方程系数矩阵的行列式。

为了便于讨论，下面以测边精度相等的对称交会来分析误差椭圆问题。如图（2-2）所示，$a_{AP}=\alpha$，$a_{BP}=360°-\alpha$，$\gamma=2\alpha$，由于 $[ab]=0$，故可得误差椭圆的主轴方向为

$$\tan2\varphi = \frac{2[ab]}{[aa]-[bb]} = 0 \tag{2-15}$$

即主轴方向与 x、y 轴重合。而 $m_{\delta x}$、$m_{\delta y}$ 的比值为

$$\frac{m_{\delta x}}{m_{\delta y}} = \tan\alpha = \tan\frac{\gamma}{2} \tag{2-16}$$

当：

$$\gamma = 90° \text{ 时}, \frac{m_{\delta x}}{m_{\delta y}} = 1$$

$$\gamma > 90° \text{ 时}, \frac{m_{\delta x}}{m_{\delta y}} < 1$$

$$\gamma < 90° \text{ 时}, \frac{m_{\delta x}}{m_{\delta y}} > 1$$

由此可知，当 $\gamma = 90°$ 时，P 点的误差椭圆为误差圆，此时测定的位移值精度最高；当 $\gamma > 90°$ 时，误差椭圆的极大值方向在 x 轴，比较式（2-16）和式（2-9）可知，测边交会和测角交会误差椭圆的极大方向恰好相反，误差椭圆随交会角 γ 大小变化情况如图 2-4 所示。

当测边精度相等时，式（2-14）中的 M 将为

$$M = \frac{2\mu^2}{\sin\gamma}$$

由上式可知，P 点位移值精度仅与交会角 γ 与测边精度有关，边长测量一般采用电磁波测距仪施测，因而其测量精度很高，经计算证明：在 $45° \leqslant \gamma \leqslant 135°$ 时，交会出的点位精度高；而当 $\gamma < 25°$ 或 $\gamma > 155°$ 时，交会出的点位精度较低，这种交会图形在实际施测中应尽量避开。

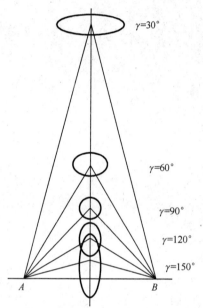

图 2-4　误差椭圆随交会角 γ 大小变化情况

2.3.3　导线测量

如图 2-5 所示，在边坡地表位移监测中，导线测量法具有简单、灵活的特点，在一般工程测量和变形监测中有许多优越性，但该方法测量成果的精度受测程大小和测角误差大小的影响较大，具体分析如下：

如图 2-5 所示，A、B 为已知点，AB 边与 x 轴夹角为 α_{AB}，则点位坐标为

$$\begin{cases} x_P - x_A = S\cos(\alpha_{AB} - \alpha) \\ y_P - y_A = S\sin(\alpha_{AB} - \alpha) \end{cases} \tag{2-17}$$

在变形监测中，求出相对位置变化，即满足变形分析的需要，因此可略去已知点 A、B 点位误差的影响，求出 P 点的点位中误差为

$$m_P = \pm\sqrt{\frac{S^2}{\rho}m_\alpha^2 + m_S^2} \tag{2-18}$$

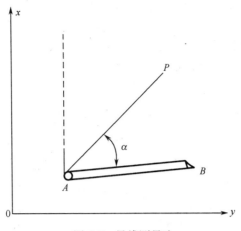

图 2-5　导线测量法

由式（2-18）可知：导线测量点位误差大小与测角误差和边长测量误差有关，当边长一定时点位误差大小与测角误差近似呈线性关系。图 2-6 为导线测量点位误差随测程与测角误差大小关系的变化曲线。由图中可以看出，当测角误差为某一定值时，点位误差与测程大小近似地呈线性关系，测角误差不同，点位误差随测程递增的速度不同，测角误差越大，递增速率就越大。

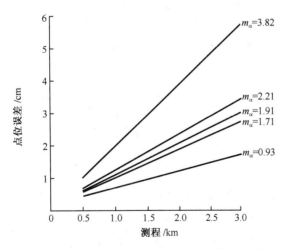

图 2-6　导线测量法点位误差随测程与测角误差大小
关系的变化曲线

2.3.4　边角交会

边角交会是在边交会的基础上又施测了角度，有多余观测，可进行平差改正计算，因此其点位测量精度与前几种方法相比最高。边角交会点位误差大小随测程变化曲线如图 2-7 所示。从图中可看出边角交会法点位误差系以边交会点位误差曲线为渐近线（此时将测距误差视为常数），呈渐变增大。边角交会法用于测程较大或设置控制点测量时较好。

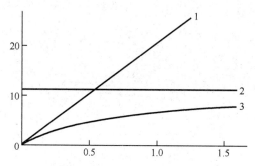

图 2-7　边角交会点位误差大小随测程变化曲线
1—三角测量；2—三边测量；3—边角测量

2.3.5　几何水准测量

垂直变形观测，就是定期测量观测点相对控制点的高差，以求出观测点的高程，并将不同时期所测得的高程加以分析比较，以确定边坡岩体的下沉量和垂直变形量。目前边坡地表垂直变形观测主要采用三种方法，即几何水准测量法、三角高程测量法、地面倾斜仪测量法。首先介绍一下几何水准测量方法的技术要求。

1）监测点布设及施测要求

在露天边坡监测中，由于同一边坡上下盘之间高差较大，所以应用水准仪测量高程点位，监测点一般仅能沿某一平盘布设（即沿走向方向），控制点设在滑区外相对较稳定一侧或两侧，构成支水准路线或附合水准路线。控制点应按三等水准测量限差要求施测，监测点应按四等水准测量限差要求施测，当滑动变形较大时，监测点可按等外水准测量限差要求施测，其具体观测技术及限差要求见表 2-2。

表 2-2　观测技术及限差要求

等级	每公里高差中数中误差/mm	往返互差环线或附后路线闭合差/mm		仪器级别	视线长度/m	前后视距差/m
		平　地	山　地			
三等	±6	±12$\sqrt{L}$	±4$\sqrt{n}$	DS1 DS3	100 75	3
四等	±10	±20$\sqrt{L}$	±6$\sqrt{n}$	DS3	100	5
等外	±20	±40$\sqrt{L}$	±12$\sqrt{n}$	DS10	100	10

2）水准测量误差的主要来源

水准测量误差的来源通常包括三个方面，即仪器构造上的不完善为仪器系统误差；作业环境影响即地球曲率的影响；操作人员感官灵敏度的限制即观测误差。在此我们仅就观测误差及其他外界影响误差做一简要讨论。

（1）水准管气泡居中的误差。水准测量的主要条件是视线必须水平。它是利用水准管气泡位置居中来实现的。气泡居中与否是用眼睛观察的，由于生理条件的限制，不可能做到严格辨别气泡的居中位置。同时，水准管中的液体与管内壁的曲面有摩擦和黏滞作用，这种误差叫做水准管气泡居中的误差，它的大小和水准管内壁曲面的弯曲程度有关。比较两种原因，以后者为主。

通常水准管内壁 2mm 弧长所对的圆心角来表示水准管的分划值，以 L 表示，水准管气泡居中的误差大约为 $0.1L$，它在读数上引起的误差为

$$m = \frac{0.1 \times L}{\rho''} \times S \qquad (2\text{-}19)$$

式中，L 以秒为单位；$\rho'' = 206265$；S 为视线长。采用符合式水准气泡时，水准管居中的精度可提高一倍，上式将写成

$$m = \frac{0.1 \times L}{2\rho''} \times S \qquad (2\text{-}20)$$

设水准管的分划值 $L = 20''$，距离 $S = 75\text{m}$，则

$$m = \frac{0.1 \times 20}{2\rho''} \times 75 \times 1000 \approx 0.4\text{mm}$$

（2）在水准尺上的估读误差。观测员读数时是用十字丝在厘米间隔内估读毫米数，而厘米分划又是经过望远镜将视角放大后的像。可见毫米数的准确程度将与厘米间隔的像的宽度及十字丝的粗细有关。

目前望远镜的十字丝宽度经目镜放大后在人眼明视距离上约为 0.1mm。如果厘米间隔的像大于 1mm，则估读间隔的十分之一，即水准尺读数的毫米值基本上可以得到保证。否则读数精度将受影响。用放大率为 20 倍的望远镜在距 50m 以内时，厘米间隔的像即可≥1mm。

由此可见，此项误差与望远镜的放大率和视距长度有关，因此对各级水准测量规定仪器望远镜的放大率和限制视线的最大长度是有必要的。

（3）水准尺竖立不直的误差。水准尺是否竖直，会影响水准测量的读数精度。如果尺子没有竖直，则总是使尺上的读数增大。因此作业时努力使水准尺保持在竖直位置是很重要的。但是由于它是系统性的影响（无论前视或是后视都会使读数增大），在高差中会抵消一部分，所以只要扶尺认真，这项影响在最后成果中将不会占主要地位。

（4）仪器和尺子升沉的误差。对一条水准路线来讲，还会出现尺子与仪器的上升和下沉的问题。由于仪器、尺子的重量会下沉，而又由于土岩的弹性会使仪

器、尺子上升。对于同类土岩的水准路线它们造成的影响是系统性的，如果属于尺子下沉，则是使高差增大，反之是使高差减小。因此，在监测中，如果有条件，在具体施测时对一条水准路线采用往、返方向进行观测，那么在往返测的平均值中这种误差的影响将会得到减弱。

（5）大气折光影响。由于空气的温度不均匀，将使光线发生折射，视线即不成一条直线。特别在晴天，靠近地面的温度较高，使空气密度较上面为稀。因此，视线离地面愈近折射也就愈大，从而引起尺子上的读数增大，因此一般规定视线要高出地面一定的高度，就是为了减少此项影响。

以上所述各项误差来源，都是采用单独影响原则进行分析的，而实际情况则是综合性的影响。根据偶然误差的特性，在最后结果中还会互相抵消一些。只要在监测中注意上述措施，各项外界影响的误差都将大为减小，完全能够达到施测精度的要求。用自动安平水准仪作业时，因不需要用微倾螺旋调整水准管气泡居中，使观测速度提高很多，而且仪器与尺子升沉的误差影响也同时减小。此外，当某种外界因素使视线产生微小倾斜时，补偿器能够迅速调整而仍读水平线的读数，因而在整个水准路线总高度中的精度也将得到提高。在边坡垂直变形监测中应注意这些问题，减小测量误差，提高监测质量，从而为边坡安全服务。

2.3.6　三角高程测量

在边坡变形监测中，由于露天边坡有其特定的地形条件，主要是高差大，同一剖面上下盘监测点之间的高程不易应用水准测量法，因此，三角高程测量方法有其特殊的优越性，尤其是电磁波测距仪用于边坡变形监测中，距离测量简便且测量精度非常高，这样高程点位可伴随平面点位一起测量，同时求算出三维坐标，为边坡岩体的三维变形分析创造了条件，所以三角高程测量方法将愈来愈受到人们的重视，并在各种工程测量中得到应用。

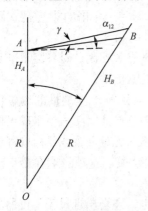

图 2-8　利用斜距计算高差

1）三角高程测量原理

在直接测出地面两点的倾斜距离的条件下，一般都直接利用斜距计算高差，如图 2-8 所示。在 A 点安置仪器，B 点安置反射镜，测得垂直角。R 和斜距 D 由三角形 ABO 可以写出

$$(H_B+R)^2 = (H_A+R)^2 + D^2 - 2(H_A+R)D\cos A \tag{2-21}$$

式中，$A = 90° + \alpha_{12} - \gamma$，$\gamma$ 为球气差对垂直角的影响，故

$$\cos A = -\sin(\alpha_{12}-\gamma) = -(\sin\alpha_{12}\cos\gamma - \cos\alpha_{12}\sin\gamma)$$

取

$$\cos\gamma = 1, \quad \sin\gamma = \gamma = \frac{KS}{2R} = \frac{KD\cos\alpha_{12}}{2R}$$

代入式（2-21）中化简后得到

$$h_{12} = 1 + \frac{D\sin\alpha_{12}}{2R} = D\sin\alpha_{12} + \frac{(1 - K\cos^2\alpha_{12})}{2R}D^2\left(1 - \frac{H_m}{R}\right) \quad (2\text{-}22)$$

考虑到仪器高 i_1 和反射镜高度 V_2，经化简并略去微小项，最后可得单向三角高程测量的计算式：

$$H_B - H_A = D\sin\alpha_{12} - \frac{D^2\sin^2\alpha_{12}}{2R} + \frac{1-K}{2R}D^2 + i_1 - V_2 \quad (2\text{-}23)$$

式中，α 为测站上所测垂直角的平均值；D 为斜距；i_1、V_2 为仪器高和照准目标在标志上的高度；R 为地球平均半径，可取 6371km；K 为竖直折光系数。

三角高程测量单向观测的高差中误差，可由下式计算：

$$m_h = \pm\left\{\left(\sin\alpha_{12} - \frac{D\sin^4\alpha_{12}}{R^2}\right)m_D^2 + \left[D^2\cos^2\alpha_{12} + \left(\frac{D\sin\alpha_{12}\cos\alpha_{12}}{R}\right)^2\right]\frac{m_v}{\rho^2}\right.$$
$$\left. + \left(\frac{Dm_v}{2R}\right)^2 + m_1^2 + m_2^2\right\}^{\frac{1}{2}} \quad (2\text{-}24)$$

2）三角高程测量的误差来源分析

为了减小三角高程测量误差，现将三角高程测量中的主要误差来源做一分析。

（1）竖直角的测量误差。测角误差中包括：仪器误差、观测误差及外界条件的影响。观测误差中有照准误差、读数误差及竖盘指标水准管气泡居中的误差等。仪器误差中有单指标竖盘偏心误差及竖盘分划误差等。外界条件影响主要是大气折光，有时空气对流、空气能见度等也影响照准精度。目前经纬仪竖盘指标有的已有归零装置，这样能减弱气泡居中误差的影响，从而提高了测角精度。竖直角测定误差对三角高程测量的影响与边长有关，边长愈长影响愈大。

（2）边长误差。边长误差的大小取决于测量仪器。目前电磁波测距仪用于边坡变形监测，其边长测量精度与过去相比有质的飞跃，在测程较大时对高程点位精度影响不占主导地位。

（3）大气折光系数的误差。在实际测试中，大气折光系数并非是常数，其大小主要决定于空气的密度，而空气密度从早到晚不定地变化着，一般情况下早晚变化大，中午附近比较稳定，阴天与夜间空气的密度也较稳定。所以折光系数是个变数，通常采用平均值来计算大气折光的影响，故系数值是有误差的。曾有实验说明，折光系数的中误差约为±0.03～±0.05。折光系数的误差对于短程距离测量的影响不是主要的，但对于长距离三角高程测量的影响很显著，应予以注意。

（4）仪器高 i 和目标高 V 的测定误差。对于 i 及 V 的测定误差，因为它们相互独立，测量时只要注意不出现粗差，那么这两项误差不构成主要影响。

2.3.7　激光三维扫描技术

地面三维激光扫描系统是近几年发展起来的,它在一些国家和领域已经发展成熟并得到广泛应用,它是集成了多种高新技术的新型空间信息数据获取的手段与工具。这一技术在国际上处于领先水平而在国内尚处于起步阶段,整个系统由地面三维激光扫描仪、数码相机、后处理软件、电源以及附属设备构成,它采用非接触式高速激光测量方式,获取地形或者复杂物体的几何图形数据和影像数据,最终由后处理软件对采集的点云数据和影像数据进行处理转换成绝对坐标系中的空间位置坐标或模型,以多种不同的格式输出,满足空间信息数据库的数据源和不同应用的需要。

从扫描的空间位置或系统运行平台来划分可分为如下三类:

(1) 机载型激光扫描系统。这类系统由激光扫描仪 (LS)、飞行惯导系统 (INS)、DGPS 定位系统、成像装置 (UI) 计算机以及数据采集器记录器处理软件和电源构成。DGPS 系统给出成像系统和扫描仪的精确空间三维坐标,惯导系统给出其空中的姿态参数,由激光扫描仪进行空对地式的扫描来测定成像中心到地面采样点的精确距离,再根据几何原理计算出采样点的三维坐标。

(2) 地面型激光扫描仪系统。此类别可划分为两类,一类是移动式扫描系统,一类是固定式扫描系统。

(3) 手持型激光扫描仪。这是一种便携式的激光测距系统,可以精确地给出物体的长度、面积、体积测量。它可以帮助用户在数秒内快速地测得精确、可靠的成果。其应用范围包括古建筑重建、建筑应用、洞穴测量和液面测量等。此类型的仪器配有联机软件和反射片,如莱卡的迪士通系列产品。

地面三维激光扫描仪通过数据采集获得测距观测值 S,精密时钟控制编码器同步测量每个激光脉冲横向扫描角度观测值 α 和纵向扫描角度观测值 θ。地面激光扫描三维测量一般使用仪器内部坐标系统,X 轴在横向扫描面内,Y 轴在横向扫描面内与 X 轴垂直,Z 轴与横向扫描面垂直,如图 2-9 所示。由此可得到三维激光脚点坐标的计算公式:

$$\begin{cases} x = S\cos\theta\cos\alpha \\ y = S\cos\theta\sin\alpha \\ z = S\sin\theta \end{cases} \quad (2\text{-}25)$$

地面三维激光影像扫描仪经过近几年的发展,在测程范围、测距精度、测量速度、测量采样密度、激光安全等方面取得较大的进步,测量数据处理软件功能方面也趋于完善。目前,国内

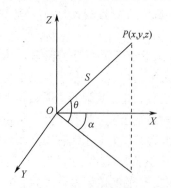

图 2-9　激光扫描三维测量原理

正在对国外几种商用地面三维激光影像扫描仪进行初步研究和应用。各种地面三维激光影像扫描仪具体性能具有一定差别，见表 2-3。

表 2-3 3 种典型地面三维激光影像扫描仪主要技术指标

系统名称	ICRIS-3D	Cyrax 2500	LMS-Z420
测距精度	3mm	在 1.5～50m 范围内可达 6mm	在 2～250m 范围内可达 10mm 距离在 1000m 可达 20mm
测距范围	可达 1500m	100m	1000m
数据采样率	2000 点/s	1000 点/s	3300 点/s
最小点间隔	2.6mm（距离在 100m 范围内）	0.25mm（距离在 50m 范围内）	18mm（距离为 100m 时）
模型化点定位精度	3mm	2mm	20mm
激光点大小	在 100m 时为 29mm	在 0～50mm 范围内小于 6mm	在 100m 时为 30mm
扫描视场	水平：40° 垂直：40°	水平：40° 垂直：40°	水平：300° 垂直：80°
激光等级	一级激光	二级激光	三级激光
激光波长	大于 1500mm	……	近红外光线波长

从以上几种地面激光影像扫描仪的主要测量技术指标可以看出，无棱镜反射激光扫描测程可达到 1500m，测距精度可达到毫米级，扫描数据采样率每秒超 1000 点。此外，各种仪器均备有功能强大的点云数据处理软件，如 ILRIS-3D 的 InnovMetric 软件、Cyrax 2500 的 Cyclone 软件和 LMS-Z420 的后处理软件（3D-RiScan、Polyworks 和 Platin），具有三维影像点云数据编辑、扫描数据拼接与合并、影像数据点三维空间量测、点云影像可视化、空间数据三维建模、纹理分析处理和数据转换等功能。

地面三维激光影像扫描技术是空间点阵扫描技术和激光无反射棱镜长距离快速测距技术发展而产生的一项新测绘技术。由于三维激光影像扫描技术在获取中长距离的三维激光点云影像数据方面取得了突破以及数据融合了其他信息内容，为其在土木工程建设、城市规划及数字城市等宏观领域的广泛应用提供了条件。快速、高效地获取测量目标的三维影像数据，使得测绘技术人员突破传统测量数据处理方法，进行新的数据挖掘和开发研究。地面三维激光影像扫描技术是继 GPS 空间定位技术后的又一项测绘技术革新，将使测绘数据的研究内容、研究方法进入新的发展阶段。因此，地面三维激光影像扫描技术在测绘领域具有广泛的应用前景。

2.4　边坡地下位移监测的设计方法

2.4.1　地下位移监测

地下位移监测是通过仪器测量地下岩体相对于稳定地层的位移（位移量、位移速度和方向），确定岩体的滑移面。另外，对采取了加固工程的边坡，地下位移检测是检查和评价工程质量和效果的一种手段。

地下位移监测一般是通过打钻孔的方法实现的，检测用钻孔应穿过不稳定层并钻至稳定地层。

地下位移监测设备有移动式钻孔测斜仪、应变式位移传感仪、钻孔伸长计、倒置摆以及沉降仪等。

2.4.2　不同开采阶段的边坡监测

根据露天矿不同发展阶段对边坡监测的要求以及不同阶段监测程序的适应性，可以将露天矿边坡监测分为三个不同阶段：初期动态监测、中期动态监测和临滑期动态监测。

2.4.3　地下位移监测技术与方法

边坡岩体内部平面位移监测主要应用倾斜仪，其原理是通过边坡岩体中的钻孔安装测试导管来进行的。当边坡体产生滑动变形时，埋在边坡岩体内部的测试导管由于受到下滑力的作用而产生变形。然而，由于不同深度上岩体的位移与变形不相等，因此测试导管沿轴线方向形成了不同曲率的弯曲变形，通过测试各段或各个深度上的水平位移（或倾角），再通过累加计算即可求出不同深度上相对孔底的水平位移值；如果孔口地面点的位移监测与地下位移监测同步进行，那么可以求出不同深度上地下位移的绝对值。

不同深度上由于受力不均匀而产生不同的曲率或倾角 Q_i，测试仪通过测量 Q_{xi} 和 Q_{yi} 便可求出不同深度上岩体的平面位移值，即

$$x = L \sum_{i=1}^{n} \sin Q_{xi}, \quad y = L \sum_{i=1}^{n} \sin Q_{yi} \tag{2-26}$$

$$u = \pm \sqrt{x^2 + y^2}, \quad \tan \alpha_i = \frac{y}{x} \tag{2-27}$$

式中，L 为一次测试距离；Q_{xi}、Q_{yi} 为监测孔沿 x、y 方向偏斜角。由式（2-26）、式（2-27）两式便可确定不同深度上位移矢量及矢量方向，从而可以测量出边坡岩体地下位移量。

2.4.4　位移量的计算方法

平面型测斜仪测点之间的长度为 0.5m，根据测斜仪测出柔性导管的倾角变化，可计算出各测点相对孔底的平面位移量。

$$\sum \Delta x = \sum_{i=1}^{i} L\sin\alpha_x$$

$$\sum \Delta y = \sum_{i=1}^{i} L\sin\alpha_y$$

式中，$L=0.5m$（测斜仪长度）；α_x 为 i 测点 x 向倾角；α_y 为 i 测点 y 向倾角。

由于测斜仪的长度一定，若在岩体变形中柔性导管不能伸长，那么测试导管中各测点之间的距离保持不变（等于测斜仪的长度 L）。当边坡岩体产生移动变形时，Δd（水平移动）增大，那么相邻两测点之间的垂直距离将小于仪器长度 L，此时该测点相对下一测点的沉降量为

$$\Delta H_i = L - \sqrt{L^2 + u^2}$$

该测点相对起测点（或基岩的沉降量）为

$$\Delta H = \sum_{i=1}^{i} \Delta H_i = iL - \sum_{i=1}^{i} \sqrt{L^2 + u^2}$$

依此类推可计算出任意测点的下沉量。假如由于监测孔的测试深度不够（即实际变形深度大于测试深度），那么根据监测孔地面点的沉降量（即根据地表位移测量结果），仍可计算出孔内各测点的绝对下沉量。

2.4.5　沉降量的计算方法的适用性分析

（1）当边坡岩体产生下沉，而没有平面移动时，该方法不适用。实际上这种变形模式在边坡变形中不存在。

（2）当边坡体为平面滑动时，假设滑动除在滑面或滑带出产生移动外，其他岩体为刚体，那么仅在滑面处产生沉降量，其余岩体不产生相对下沉；在实际变形中，边坡体除在滑面处产生沉降量外，其余岩体也产生相对变形。

（3）当边坡体为圆弧形滑动时，在各测点处均有下沉量。

（4）当边坡体为倾倒变形时，岩体内各测点均有下沉量。

2.4.6　破坏模式的判别

矿山工程开挖破坏了原岩的应力平衡状态，边坡岩体内部的应力将重新分布并过渡到另一平衡状态。所谓平衡就是所有作用力的矢量之和为零，而当边坡岩体内部的应力场由一种平衡状态过渡到另一种平衡状态时，岩体将产生位移和变形。由于矿山工程开挖是无限微小单元的累加，因此岩体内部应力场的变化也是

渐变的，只有当作用力达到或超过岩体的极限强度时，才产生破坏性作用。如何探测这一变形的动态过程、破坏机制及其变形的发展趋势，是进行所有边坡监测和动态分析的主要目的。

1）确定边坡体的滑移破坏模式

一般依据孔深-位移曲线，再结合地层赋存状况及地质构造分布等，可分析和判断出边坡体的未来破坏模式。一般边坡的破坏模式主要有六种：

（1）倾倒变形。

（2）剪切变形。

（3）复剪变形。

（4）复倾变形。

（5）倾倒-剪切变形。

（6）复合倾倒-剪切变形。

2）滑面位置的确定

从理论上讲，一般滑面位置在孔深-位移曲线相邻一对正负曲率最大点之间；如为滑面或滑带，将出现几对正负曲率极大值点。滑动方向（或方位）一般可由位移求得。

2.5　观测误差与位移量之间的关系及动态判别

以不同的 Ψ 和 m_Ψ 为极坐标的点的轨迹为一闭合的曲线，其形状如图 2-10 所示。显然，任意方向 Ψ 上的向径 $\overline{OP}$ 就是该方向的位差 m_Ψ。这个曲线把各方向的位差清楚地图解出来了。由图可看出，该图形是关于 E 轴和 F 轴对称。这条曲线称为误差曲线。其中

$$E = m_s = 2 + 2\text{ppm}, F = m_\partial = \frac{2\sqrt{2} \times 1 \times 10^6}{206265}$$

由此算出极轴范围。

误差曲线不是一种典型的曲线，作图也不方便，因此降低了它的实用价值。但其形状与以 E、F 为长短半轴的椭圆很相似，图形如图 2-11 所示，此椭圆称误差椭圆。φ_E、E、F 称为误差椭圆参数，所以实用上常用误差椭圆代替误差曲线，如图 2-11 所示。

以 JW343-7、JN9-2、JN6-1 为例绘出误差椭圆图并在图中标出此三点的水平位移轨迹线，如图 2-12 所示。

从图 2-12 中看出测点 JN9-2、JN6-1 点位移动量在误差椭圆之内，说明移动量属误差范所致，该点没有移动或移动变形属于蠕变阶段；但测点 JW342-7 的点位移动量在误差椭圆之外，说明 JW342-7 点处的边坡岩体处于动态变形中，

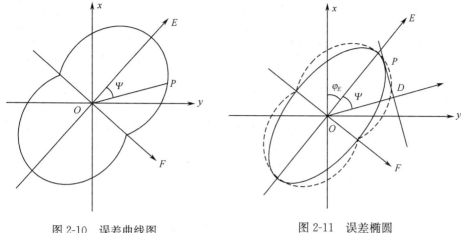

图 2-10　误差曲线图　　　　　　　　　　图 2-11　误差椭圆

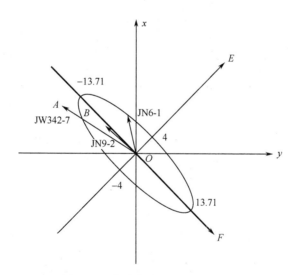

图 2-12　水平位移误差椭圆判别图

由此可以根据位移历时曲线及其相关预测值做进一步的判别，以便深入研究其未来动态发展过程及其可能带来的危害性。

第二篇　布沼坝露天高陡复杂边坡安全评价与智能匹配设计

第3章 布沼坝露天矿边坡工程地质概况

3.1 自然地理概况

小龙潭矿区位于云南省红河哈尼族彝族自治州开远市境内的小龙潭盆地，离市区约 16km，地理坐标为东经$103°11'52''$，北纬$23°48'45''$。其地貌为一北北东向的山间盆地，盆地南北长约 7km，东西宽约 3km，盆地北窄南宽，呈椭圆形。其是云南省最大的煤矿，昆河铁路沿南盘江北岸通过矿区，并在矿区内设有小龙潭车站。该车站南距开远站 16km，北距巡检司站 21km，至昆明北站 232km。矿区有三条公路与国家公路网相接。交通十分便利。

小龙潭矿田以南盘江为界，分为江南、江北两个井田，江南井田由布沼坝露天开采，江北井田由小龙潭露天开采。该矿区是云南省探明并已开发的最大褐煤矿区，矿区为一南北长 7km，东西宽 2~3km 的椭圆形盆地，面积约 17km²，勘探地质储量 1099.59Mt。

小龙潭矿区储量大，开采条件好，构造较简单，煤质优良，地理位置优越，

图 3-1 小龙潭矿区自然地理位置

全区可露天开采，是一个很有发展前景的大型矿区，目前小龙潭矿区已被列入国家大型煤炭基地。

　　小龙潭矿区工程地质、水文地质均较复杂，布沼坝露天矿开采深度大，目前困扰矿务局生产的最主要因素之一是边坡安全问题。自20世纪90年代初以来，用于边坡治理费用高达3.0亿元。因此，边坡安全严重地制约着矿山的生产效益，阻碍矿山的扩大生产和资源回收。边坡稳定问题比较突出，因此边坡稳定问题亟待深入的专题研究。

3.2　矿区环境、气象及水文概况

　　小龙潭盆地为一北东向椭圆形山间盆地（图3-2），盆地四周群山环绕，周边山岭标高1499～1966m，盆地内标高1039～1200m，四周高山由二叠系、三叠

图 3-2　矿区分布图

系石灰岩、砂岩与页岩及始新世小花山砾岩所构成，喀斯特发育，南盘江附近，山形甚陡，盆地中为第三系褐煤、泥灰岩及第四系表土所沉积，地势平坦，盆地内地形南北稍高，江道附近稍低，以南盘江为最低侵蚀面，形成与江道平行的明显的阶梯地形。区内有三条较大的断层，F2、F3、F4，形成了煤田的东、西、南自然边界。

南盘江是矿区内的最大河流，该江横切盆地肩部，将小龙潭煤田分割成江南、江北两个井田。它发源于云南省沾益县境内的马雄山，迂迴南流至小龙潭矿区后折向东北汇入广西西江，全长 908.22km，天然落差 1862.82m，平均比降 2.05‰，流域总面积 56177km^2，属珠江水系。此江在小龙潭盆地流径长 25km，属中游末段，盆地内的大小沟渠皆汇水入江。据小龙潭地区实测资料，南盘江最高水位为 1045.74m，最低水位为 1035.97m；最大流量为 2220m^3/s，最小流量为 6.2 m^3/s；含沙量为 0.798～1.6kg/m^3，输入沙率为 54.6～363kg/s。

该地区属亚热带季风气候区，年平均气温 20℃。最低月平均气温出现在 12 月、1 月，月平均气温为 11℃；最高月平均气温出现在 4～7 月，月平均气温为 25.9℃；盆地内多风，一般为 2～3 级，但雨季阵风最大可达 7 级，风向一般为西南风，但冬季多东北风；年平均降水量 815mm。最小年降水量 542mm，最大降水量 1140mm。6～9 月为雨季，降水量占全年降水量 78%；日最大降水量 108.5mm，年平均蒸发量 2680mm。南盘江最高水位标高 1140.93m（1991 年），历年最大洪峰流量 2220m^3/s，最小流量 6.2 m^3/s，平均流量 141m^3/s。一般水位标高 1138m。

3.3 工程地质条件概况

小龙潭煤田是新第三纪小龙潭煤系地层构成的山间向斜盆地。此盆地为一北东向椭圆形向斜构造，向斜长轴方向为北东—西南，全长约 5km；短轴方向为北西—南东，宽约 2.43km。区内有三条较大的断层，F2、F3、F4，形成了煤田的东、西、南自然边界。南盘江为区内最大河流，该江横切盆地肩部，将小龙潭煤田分割成江南、江北两个井田。布沼坝露天矿属于江南井田，井田内与露天采煤条件有关的岩层主要有 Q～N$_{1-2}$ 间各组岩层，其次还有 T$_2$g^5、T$_2$g^4 等基底灰岩。

3.3.1 地层

1. 第四系松散层（Q）

1）人工填土（Q$_4^{ml}$）

呈弧岛状零星分布于北帮四大队至 301 皮带一带，主要由泥灰岩碎块、黏性土、建筑垃圾等组成。松散、欠压实，最大厚度92m。

2）残坡积层（Q^{el+dl}）

主要为黏土、粉质黏土，少量为粉土，褐红、褐黄及灰白、灰黑色，含少量碎石、钙质结核，呈可塑-坚硬状态。分布于采场地表境界之外的外围地带。其中东部和北部母岩为上第三系黏土岩及炭质黏土岩，残坡积层与下伏母岩分界无明显标志，为渐变过渡；西部母岩为三叠系鸟格-火把冲组泥岩、砂岩，残坡积层与下伏母岩分界亦无明显标志，为渐变过渡。残坡积层一般厚5～10m，最厚20m。

3）冲积岩层（Q^{al+1}）

上部为黏性土夹砂土，黏性土为粉黏性土、黏土，灰褐色，可塑-硬塑状；砂土为粉砂、细砂、灰色、松散、潮湿，呈透镜状分布，最大厚度1.2m。下部为卵砾石夹砂土透镜体，卵石、砾石成分为石英砂岩、灰岩，浑圆状，充填物为粗砂，含量约30％，呈接触式充填；砂土为粗砂、中砂，成分为石英，呈透镜状分布，最大厚度0.7m。冲湖积层分布于采场南部，南盘江阶地上，冲湖积层一般厚10～25m，钻孔最大揭露厚19.1m。冲湖积层与下伏地层为侵蚀接触。

4）冲积层（Q^{al}）

分布在南盘江河谷内，岩性为卵石，卵石成分为灰岩、砂岩，次圆、次棱角状，填充物为粗砂，呈接触式充填，含量20％～30％。

2. 新第三系

新第三系地层由老至新可分为东升桥黏土岩段、薄煤层黏土岩段、主煤段、泥灰岩段、河头煤组段。

1）东升桥黏土岩段（N_1）

该段有三套沉积物：

（1）下部为杂色（棕黄、黄褐、紫灰、浅灰）黏土岩、粉砂质黏土岩，颜色不均匀，含有钙砾，底部有古风化壳。

（2）中部为灰白色黏土岩-细砂岩，少量可达粗砂岩，甚至砂砾岩韵律明显，各种岩层中大多含有钙砾。

（3）上部为灰色-深灰色黏土岩，含炭黏土岩夹少量含钙砾的粉砂质黏土岩。

以上三层很难明显分开，厚度变化也较大，岩性均以黏土、砂质黏土为主，其特征为块状构造、不显层理，结构紧密为一般为半固结硬塑态，局部固结成黏土岩。黏土矿物以拜来石为主，遇水膨胀崩解。该段的三套岩性无明显界限，很难区分，为一相对隔水层，天然状态下多为半固结硬塑态，局部固结成黏土岩，其中含炭黏土岩含裂隙水，呈薄层状，浸水后易于软化形成软弱面，是影响边坡稳定的不利因素。

2) 薄煤层黏土岩段（N_2）

该段主要由含炭黏土岩及黏土岩组成，含植物根茎及少量淡水腹足类化石。

就其岩性来讲可将本层分为上下两部，上部主要为灰黑色炭质黏土，炭质页岩夹薄层褐煤透镜体，下部为灰黑黏土、炭质黏土，均为半固结硬塑态，它与东升桥黏土岩段的主要区别是不含钙砾而与主煤段又无严格的界限，在缺少东升桥段沉积的地区，薄煤段直接沉积在基底灰岩之上。

3) 主煤段（N_3）

该段为一套结构复杂的巨厚褐煤层，一般厚度为 60～120m，最大厚度可达 178m，煤层层间夹矸多为很薄的含炭黏土岩夹数层含炭灰岩。

主煤段是本井田中岩石力学强度较大的一层。

4) 泥灰岩段（N_4）

该段是一套浅灰色厚层状泥灰岩，致密均一，具贝壳状断口，细水平层理，下部颜色较深，泥质胶结，节理发育，属不坚固岩石，其湿抗压强度为 1400～4100kPa，天然状态下的泥灰岩因含水表现较软，风干后则较硬。

泥灰岩与下伏主煤段的接触界限不平整，底部常见有不规则的煤屑，沉积中心在盆地中部的 ZK2202 孔一带，最厚处可达 187.1m。

5) 河头煤组段（N_5）

河头煤组段分布在 F_2、F_3 断层间所夹的三角陷落区内，大致为椭圆状山间盆地，面积约 1.3km²，为质地松软的含炭黏土（岩），粉砂质含钙砾黏土（岩）夹有不稳定的薄层劣质褐煤及微胶结的粉砂岩和含砾中砂（岩），主要分布在井田东北部，该岩组的工程地质条件甚差，抗压强度较低，为 58～757kPa。

为便于对比，将井田中各种岩性的强度以普氏硬度表示列入表 3-1。

表 3-1 岩石强度表

层位	岩性	类别	普氏系数
Q	含钙砾细粉砂土	松散的	<1
Q	含钙砾黏土	松散的	<1
Q	胶结的钙华	中等坚固	3～5
N_5	黏土岩夹薄煤层	松软的	<1
N_5	微胶结的粉砂岩至含砾中砾岩	松散的	<1
N_4	均质的泥灰岩	不坚固的	≤2
N_3	薄层炭质黏土岩夹矸	松软的	<1
N_3	褐煤	不坚固的	≤2
N_3	含炭生物碎屑岩	中等坚固的	3～5
N_{1-2}	黏土岩夹薄煤层	松软的	<1

续表

层位	岩性	类别	普氏系数
N_{1-2}	含钙砾粉砂岩	不坚固的	≤2
T_2g^5	灰岩、白云质灰岩	坚固的	8~10
T_2g^4	新鲜白云质灰岩	中等坚固的	3~5
T_2g^4	浅部风化的白云质灰岩	破碎的	<1

3.3.2　构造

据地质资料：小龙潭地区自三叠纪末以来，经历了燕山期及喜马拉雅期构造运动，形成目前的构造形迹，主要构造为文笔山向斜，构成了小龙潭盆地的基底，在第三纪沉积了该煤系地层，组成了北北东向船形向斜构造，向斜轴大致与盆地古地貌轴向同一致，向斜东南翼平缓，倾角 9°~16°，西北翼较陡，倾角 9°~23°。

F_7 逆断层位于二大队~抟家寨以西，呈南北走向，在区内长达 3000m，向西倾斜，倾角 45°~68°，断层破碎带宽 25~38m，破碎带中主要由黏土、灰岩、角砾岩组成，呈散体状。

F_8 逆断层位于 F7 断层以东，相距 50~150m，长约 500m，走向北东，倾向西，倾角 50°~60°，在断层带附近煤层产状近于直立，煤层破碎零乱，揉褶现象明显。

F_9 断层位于大黑山以北，呈近东西向展布，倾角 335°。倾角 83°~88°，该断层为右行平移剪切断层。

受 F_7 逆断层的强烈挤压作用，岩体节理裂隙发育，层间挤压现象明显，多处见有不规则挤压光滑擦痕面，有小褶皱形成的复式向背斜，勘察区 ZK8-3、ZK9-2 的东南西面发育一条由褶皱形成的复式背斜。

3.3.3　地震

小龙潭盆地位于小江地震带与通海—石屏地震带的交汇部位，地震活动频繁且较强烈，历史上曾多次发生地震；如 1970 年通海发生 7.8 级地震，对该区的影响相当于基本烈度Ⅷ度；仅 1980 年≤4 级的地震就发生了 276 次。

根据 1990 年《中国地震基本烈度区划图》，该区属于Ⅶ度区。

3.3.4　地下水状况

由工程地质勘察给出的地下水状态如表 3-2 所示。

表 3-2　地层富水性一览表

层位	岩性	富水特征
Q^{ml} Q^{el+dl}	人工填土和黏填土	孔隙水，钻进返水，基本不消耗， $K=0.01\sim0.1m/d$，为微透水含水层
Q^{al+1}	黏性土	孔隙水，钻进返水，基本不消耗，$K=0.01\sim$ $0.1m/d$，为微透水含水层
	卵砾石土	孔隙水，钻进不返水，消耗量为 $50\sim150L/s$，$K=$ $682m/d$，为强透水层
$N_{1-2}x^4$	松弛带泥灰层	裂隙水，钻进不返水或返水，消耗量为 $2\sim25L/s$， $K=0.8\sim7.3m/d$，为弱透水含水层
	非松弛带泥灰层	裂隙水，钻进返水，消耗量 $0.5\sim10L/s$，$K=$ $0.1\sim0.8m/d$，为弱透水含水层
$N_{1-2}x^3$	松弛带褐煤	裂隙水，钻进不返水，消耗量为 $4\sim56L/s$，$K=$ $1.2\sim12m/d$，为透水含水层
	非松弛带褐煤	裂隙水，钻进返水或不返水，消耗量为 $0.8\sim$ $16L/s$，$K=0.15\sim1.2m/d$，为弱透水含水层
$N_{1-2}x^2$	褐煤，黏土岩 炭质黏土岩	裂隙水，钻进返水或不返水，消耗量为 $0.2\sim$ $1.6L/s$，$K=0.05\sim0.001m/d$，为微透水含水层
$N_{1-2}x^1$	黏土层	裂隙水，钻进返水或不返水，消耗量为 $0.2\sim$ $1.6L/s$，$K=0.05\sim0.001m/d$，为微透水含水层
T_{3n+h}	强-中等风化带 泥沙，砂岩	风化裂隙水，钻进返水或不返水，消耗量为 $0.8\sim$ $26L/s$，$K=0.12\sim3m/d$，为弱透水含水层
	泥沙，砂岩	裂隙水，钻进返水，消耗量 $0.2\sim3L/s$， $K=0.001\sim0.02m/d$，为弱透水含水层
T_2k	灰岩，白云岩	岩溶水，为弱透水层

3.3.5　不良地质现象

1）崩塌

边坡岩层局部地段节理裂隙较为密集，倾角近于直立，加之岩层下部的褐煤层多处自燃，使岩层下部局部被烧空，便产生小范围的坍塌现象，分布于东帮一带。

2）小滑坡

在 9# 勘察线中下部曾发生了小规模的浅层顺层滑坡，滑床为第三系褐煤层中的软弱夹层。

3）地表裂缝

在 M301 和 M302 机道出露许多纵横交错的裂隙，纵向裂隙多于横向裂隙，纵向裂隙多比横向裂隙宽，最宽处已达 4～5cm，机道局部地段已出现变形。裂隙已被塑料薄膜铺盖和沥青填充。在勘察中，沿机道的勘察线未发现有煤层地下自燃和洞穴等现象。

北帮 6#勘察线顶部有一条东西长约 60m 的横向裂隙，裂缝宽 10～20cm 左右。在东帮 ZK1-1 钻孔的南边，由于煤自燃掏空，使局部边坡产生塌坍，从而产生数条近于南北向的裂缝，缝宽 10～20cm，可见深度 5m 左右。

第4章 边坡岩体力学参数的确定方法

4.1 概 述

虽然对岩石参数的研究日趋成熟，但是对解理裂隙较严重的岩体强度的评价往往与实际存在较大差异，需要对碎裂岩体强度评价方法进行研究。岩体中总是发育各种各样的结构面，如断层、层面、不整合、节理、劈理、片理、软弱夹层、泥化夹层等。这些结构面的存在大大弱化了岩体的工程性质，使岩石强度显著下降。在建造岩体工程之前，需要掌握结构面弱化岩体质强度的规律，即进行岩体质量定量描述和工程岩体稳定性评价。

组成边坡的岩体是岩石及其结构的集合体，岩体的强度不仅取决于岩石强度，还受岩体结构的影响，可使岩体强度比岩石的强度小几十倍。现阶段获取岩体力学参数的方法、设备、手段与岩体工程状态尚存在差距。无论是岩石试验还是岩体原位试验，获取的力学参数直接用于岩体工程分析计算是不妥的，即使是现场原位试验的结果，由于试验体几何尺寸的大小，模拟条件的差别，试验手段的不完善，也使其可靠性和代表性受到一定限制，不能原封不动地用于岩体工程。岩体强度指标的确定在露天矿边坡稳定性分析中起非常重要的作用。如果岩体强度指标的取值高了，计算结果可能包含很大的风险性，造成边坡失稳，引起灾害事故的发生；反之如果强度指标偏低，工程安全可以保证，但是从经济上考虑又不合理。

在复杂工程地质条件下，利用现有的岩体质量分类对碎裂岩体强度的计算存在很大误差，从而影响到对边坡的稳定性及加固措施的确定。需要在岩体质量评价的基础上进行修正，从而提高复杂工程地质条件下碎裂岩体强度的评价准确性。目前边坡岩体质量分级方法比较完善，有 RMR 分类、SMR 分类、CSMR 分类体系。但对一些原位碎裂岩体应用，这些分级方法或多或少地都存在某些不足，因此需要对原位碎裂岩体的质量分级方法进行修正。碎裂结构岩质边坡较堆积层、残积层、膨胀土、黏性土以及古滑坡体复活等滑坡易被忽视；其坡面岩石出露，地勘钻探岩质较好。但直到坡面形成一段时间后，经应力场及变形场的变化，能量才突然释放，产生较大规模滑坡，具有突发性和大规模性，给滑坡治理带来相当大的困难。此类型滑坡如果能早发现、早防治，往往防护工程量较小，工程投资不大，更能体现预防措施的优势。

4.2 Hoek-Brown 破坏准则

1980 年 Hoek 和 Brown 在分析 Griffith 理论和修正的 Griffith 理论的基础上，通过对大量岩石三轴试验资料和岩体现场试验成果的统计分析，用试验法导出的岩块和岩体破坏时极限主应力之间的关系式，即为 Hoek-Brown 强度准则：

$$\sigma_1 = \sigma_3 + \sqrt{m\sigma_c\sigma_3 + s\sigma_c^2} \tag{4-1}$$

式中，σ_1、σ_3 为岩体破坏时的最大、最小主应力，MPa；σ_c 为岩体单轴抗压强度，MPa，可由单轴压力试验和点荷载试验测定。m、s 为经验参数。

抗剪强度 τ 与法向应力 σ 之间一种可供选用的关系式为

$$\tau = A\sigma_c\left(\frac{\sigma}{\sigma_c} - T\right)^B \tag{4-2}$$

$$T = \frac{1}{2}(m - \sqrt{m^2 + 4s}) \tag{4-3}$$

式中，A、B、m、s、T 为岩体质量有关的系数。

4.3 岩石力学参数计算方法的研究

1）岩石内摩擦角参数分布

以布沼坝西帮的 Q^{el+dl} 中的粉质黏土中的 ϕ 指数分布为基础，采用极大似然估计的方法对岩块的力学参数进行研究。

表 4-1 粉质黏土内摩擦角勘察试验结果

序号	内摩擦角/(°)	序号	内摩擦角/(°)
1	15.2	9	13.4
2	22.5	10	19.6
3	28.4	11	24.7
4	29.6	12	25.8
5	19	13	17.1
6	14.5	14	11.6
7	12.8	15	18.99

试验取了粉质黏土岩的 15 个样本分析，对于离散变量内摩擦角 ϕ 取自然对数正切值进行分布拟合，发现其满足正态分布，即内摩擦角 ϕ 正切值服从对数正

态分布，如图 2.1 所示。

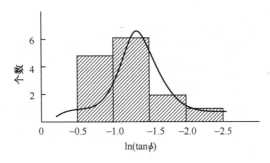

图 4-1　粉质黏土岩内摩擦角指标参数的 $\ln(\tan\phi)$
分布拟合图

2) 岩石力学参数的极大似然估计原理

王家忠教授提出了岩石物理力学性质服从正态分布，通过分析得出在岩体概率密度为 95％情况下随机变量 X 的概率密度函数如（4-4）式的形式：

$$f_{\ln}(x) = \begin{cases} \dfrac{1}{\sqrt{2\pi}\sigma x} e^{-\frac{1}{2\sigma^2}(\ln x - \bar{\omega})} & x > 0 \\[2mm] 0 & x \leqslant 0 \end{cases} \tag{4-4}$$

由概率密度函数可以得到变量 X 的极大似然估计函数为

$$
\begin{aligned}
L(\mu, \sigma^2) &= \prod_{i=1}^{n} \frac{1}{\sqrt{2\pi}\sigma x_i} \exp\left[-\frac{1}{2\sigma^2}(\ln x_i - \mu)\right] \\
&= \frac{1}{(\sqrt{2\pi}\sigma)^n \prod\limits_{i=1}^{n} x_i} \exp\left[-\frac{1}{2\sigma^2}\sum_{i=1}^{n}(\ln x_i - \mu)^2\right]
\end{aligned}
\tag{4-5}
$$

对式（4-5）取自然对数得式（4-6）：

$$\ln L(\mu, \sigma^2) = -\ln\left(\prod_{i=1}^{1} x^i\right) - \frac{n}{2}\ln(2\pi) - \frac{n}{2}\ln(\sigma^2) - \frac{1}{2\sigma^2}\sum_{i=1}^{n}(\ln x_i - \mu)^2 \tag{4-6}$$

要求 μ 和 σ 的极大值，对式（4-6）分别求其偏导，令其偏导数为 0 得

$$\frac{\partial \ln L(\mu, \sigma^2)}{\partial \mu} = -\frac{1}{\sigma^2}\left(n\mu - \sum_{i=1}^{n}\ln x_i\right) = 0 \tag{4-7}$$

$$\frac{\partial L(\mu, \sigma^2)}{\partial \sigma^2} = -\frac{n}{2}\frac{1}{\sigma^2} + \frac{1}{2(\sigma^2)^2}\sum_{i=1}^{n}(\ln x_i - \mu)^2 = 0 \tag{4-8}$$

由式（4-7）和式（4-8）可以得出

$$\hat{\mu} = \frac{1}{n}\left(\sum_{i=1}^{1}\ln x_i\right) \tag{4-9}$$

$$\hat{\sigma}^2 = \frac{1}{n}\sum_{i=1}^{n}(\ln x_i - \hat{\mu}) \tag{4-10}$$

式（4-9）和式（4-10）为对数的极大似然计算结果，可求出岩石力学参数的计算结果：

$$\begin{cases} \mu_{\mathrm{ln}} = \exp\left(\hat{\mu} + \dfrac{\hat{\sigma}^2}{2}\right) \\ \sigma_{\mathrm{in}} = \exp(2\hat{\mu} + \sigma^2)\left[\exp(\hat{\sigma}^2) - 1\right] \end{cases} \tag{4-11}$$

3）岩石力学参数极大似然估计结果

应用极大似然估计方法，对西帮岩体力学参数进行计算如表 4-2 所示。

表 4-2   不同岩性力学参数的估计结果

地层	土层		土状态	抗剪强度	
				内聚力 c/kPa	内摩擦角 φ/(°)
Q^{el+dl}	黏土	算术平均值	可塑	22.23	7.73
		计算结果		19.09	7.73
		算术平均值	坚硬	40.04	12.83
		计算结果		34.02	12.85
		算术平均值	硬塑	40.60	7.30
		计算结果			
	粉质黏土	算术平均值	可塑	22.45	12.30
		计算结果		22.45	12.33
		算术平均值	坚硬	31.00	18.99
		计算结果		39.15	18.99
	粉土	算术平均值	密实		
		计算结果			
		算术平均值	坚硬		9.10
		计算结果			
	黏性土	算术平均值	坚硬	54.80	10.94
		计算结果		57.05	10.98
		算术平均值	可塑	50.00	4.40
		计算结果			
		算术平均值	密实	54.80	4.90
		计算结果			
$N_{1-2}^3 x$	泥炭化土	算术平均值	坚硬	87.12	15.50
		计算结果		122.893	11.901

续表

地层	土层		土状态	抗剪强度	
				内聚力 c/kPa	内摩擦角 ϕ/(°)
N_{1-2}^2x	泥炭化土	算术平均值	硬塑	19.20	13.90
		计算结果		26.41	13.90
		算术平均值	可塑	19.14	22.00
		计算结果		28.63	22.11
		算术平均值	软塑	32.50	17.70
		计算结果			
		算术平均值	坚硬	26.65	24.30
		计算结果			
		算术平均值	硬塑	14.60	10.50
		计算结果			
N_{1-2}^1x	黏土	算术平均值	坚硬	57.52	19.77
		计算结果		52.26	19.76
T_{3n+h}	粉质黏土	算术平均值	坚硬	59.48	22.00
		计算结果		54.78	22.00

注：表中空白处是由于数据不全或是数据过少不能进行参数估计

4.4　岩体力学参数计算方法的研究

4.4.1　地质力学分类参数估计法

Bieniawski 地质力学分类法采用了 5 个分类参数（表 4-3），即完整岩石材料的强度（或岩石点荷载强度）、岩石质量指标（RQD）、节理间距、节理状态和地下水条件。

（1）完整岩石材料强度。Bieniawski 使用了 Deere 和 Miller 提出的完整岩石单轴抗压强度的分类。除强度极低的岩石外，所有岩石均可用另一种代替方法，即用点荷载强度指标求出完整岩石强度值。

（2）岩石质量指标（RQD）。它是通过钻孔岩芯加以确定的。

（3）节理间距。节理间距可以通过勘测线的节理调查来获取。

（4）节理条件。这个参数考虑了节理宽度或开口宽度、连续性、表面粗糙度、节理面的状况（软或硬）以及所含的充填物等因素。

（5）地下水状况。根据观察的坑道涌水量、裂隙水压力与岩体主应力之比，或用对地下水条件的某个一般性的定性观测结果，来考虑地下水对开挖体稳定性的影响。

表4-3　地质力学分类（RMR法）

地质力学分类方法（RMR法）									
		参数	评　分　值						
1	完整岩石	点荷载强度	>10MPa	4~10MPa	2~4MPa	1~2MPa	三轴试验涉及较低范围/MPa		
		单轴抗压强度	>250MPa	100~250MPa	50~100MPa	25~50MPa	5~25MPa	1~5MPa	<1MPa
		评分值	15	12	7	4	2	1	0
2		RQD/%	90~100	75~90	50~75	25~50	<25		
		评分值	20	17	13	8	3		
3		节理间距	>2m	0.6~2m	0.2~0.6m	60~200mm	<60mm		
		评分值	20	15	10	8	5		
4		节理条件	节理面粗糙，不连续，不分离，侧壁岩石坚硬	节理面稍粗糙，宽度<1mm，侧壁岩石坚硬	节理面稍粗糙，宽度<1mm，侧壁岩石软弱	节理面光滑或断层泥厚<5mm，节理张开1~5mm连续节理	含厚度>5mm的软弱夹层，开口宽度>5mm的连续节理		
		评分值	30	25	20	10	0		
5	地下水	每10m巷道流入水量	无	<10L/m	10~25L/m	25~125L/m	>125L/m		
		节理水压力/最大主应力	0	<0.1	0.1~0.2	0.2~0.5	>0.5		
		一般情况	完全干燥	潮	湿润	滴水	涌水		
		评分值	15	10	7	4	0		

1）评价原理

对 Hoek-Brown 中的经验参数可采用：

$$m = m_i \exp\left(\frac{\mathrm{RMR} - 100}{14}\right) \tag{4-12}$$

式中，m_i 与岩石类型有关；

$$s = \exp\left(\frac{\mathrm{RMR} - 100}{6}\right) \tag{4-13}$$

s 为岩体质量有关的系数，同式（4-1）。

依据 1983 年 Serafim 和 Pereira 提出的 RMR 与岩体弹性模量之间的关系，

RMR 与岩体弹性模量之间的拟合关系为

$$E_m = 0.0097 \text{RMR}^{3.54} \tag{4-14}$$

式中，E_m 的单位是 MPa。

岩体单轴抗压强度与岩石单轴抗压强度之间关系推导如下：

对式 (4-1)，令 $\sigma_3 = 0$ 可以得到岩体单轴抗压强度

$$\sigma_{cmax} = \sigma_c \sqrt{s} \tag{4-15}$$

同样的令 $\sigma_1 = 0$ 可以得到岩体单轴抗拉强度。

在 1995 年 Aydan 也给出了岩石强度与 RMR 之间的关系：

$$\sigma_c = 0.01 \text{RMR}^{2.3} \tag{4-16}$$

将式 (4-2) 与摩尔-库仑理论对比：

$$\tau = c + \sigma \tan\phi \tag{4-17}$$

得

$$\phi = \arctan ab \left(\frac{\sigma}{\sigma_c} - T \right)^{B-1} \tag{4-18}$$

$$c = A\sigma_c \left(\frac{\sigma}{\sigma_c} - T \right)^B - \sigma AB \left(\frac{\sigma}{\sigma_c} - T \right)^B \tag{4-19}$$

由于摩尔-库仑准则是线性的函数，而式 (4-2) 为一个非线行函数，故求式 (4-2) 近似值。

$$\tau = A\sigma_c \left(\frac{\sigma}{\sigma_c} - T \right) B \tag{4-20}$$

$$\begin{cases} c = -TBA\sigma_c \\ \phi = \arctan AB \end{cases} \tag{4-21}$$

式中，A 和 B 为确定莫尔破坏包络线形状常数。

Hoek 假定有效应力定理 $\tau = c + (\sigma - u)\tan\phi$ 对此破坏判据成立，则有效应力按公式 (4-14) 计算：

$$\begin{aligned} \sigma_1' &= (\sigma_1 - u) \\ \sigma_3' &= (\sigma_3 - u) \\ \sigma' &= (\sigma - u) \end{aligned} \tag{4-22}$$

对于密集节理岩体进行实验室三轴试验，试验结果可用回归分析加以处理，从而定出 m、s、A 及 B 等常数。

而在工程上岩体与岩石强度的变换是通过以下两个公式进行的：

$$c = \frac{\sqrt{\sigma_{cm}\sigma_{tm}}}{2} \tag{4-23}$$

$$\phi = \arctan \frac{\sigma_{cm} - \sigma_{tm}}{2\sqrt{\sigma_{tm}\sigma_{cm}}} \tag{4-24}$$

式中，σ_{cm} 为岩体的单轴抗压强度；σ_{tm} 为岩体的单轴抗拉强度。

2) 评价结果

根据所给的地下水状态及地质报告中的参数可以给出对应的 RMR 评分值。

根据以上情况可以按 RMR 法评价西帮岩体，评价结果如表 4-4 所示。

表 4-4　西帮边坡岩体的 RMR 值评价

层位	岩性	单轴抗压强度/MPa	岩块质量 RQD	节理间距	节理状态	地下水状况	评分值
N₄	松弛带泥灰岩	1.25	8	8	0	7	24.25
	非松弛带泥灰岩	1.25	13	16.43	20	10	60.68
N₃	松弛带褐煤	1.11	5	8	5	5	24.11
	非松弛带褐煤	1.11	13	5	0	9	28.11
N₂	褐煤	1.11	13	5	0	12	31.11
	黏土岩	0	17	5	0	12	34
	炭质黏土岩	0	13	5	0	12	30
N₁	黏土岩	0	17	5	0	12	34
t₂g	泥岩	1	13	15	10	11	50
	砂岩	2	8	5	10	11	36
t₂h	灰岩	2.53	3	20	25	11	61.53

由表 4-4 可查表 4-5 相关经验参数得岩体质量与经验常数关系如表 4-6 所示（对应于 RMR 值的 m、s、A、B）。

表 4-5　岩体质量与经验常数之间的关系表

经验破坏判据 $\sigma_1=\sigma_3+\sqrt{m\sigma_c\sigma_3+s\sigma_c^2}$ $\tau=A\sigma_c(\sigma/\sigma_c-T)B$ $T=\frac{1}{2}(m-\sqrt{m^2+4s})$	碳酸盐岩石，结晶节理甚为发育。白云岩、石灰岩及大理岩	石化泥灰岩石。泥岩、粉砂岩、页岩及板岩（垂直于节理）	砂质岩石，含坚固的晶体，晶体节理不发育。砂岩及石英岩	细粒的，含多种矿物的结晶火成岩、安山岩、粗玄岩、辉绿岩及流纹岩	粗粒的，含多种矿物的结晶火成岩及变质岩。闪石岩、辉长岩、片麻岩、花岗岩、苏长岩及石英闪长岩
完整岩样 大小如实验室试件尺寸，无节理 CSIR 记分 100 NGI 积分 500	$m=7.0$ $s=1.0$ $A=0.816$ $B=0.658$ $T=-0.140$	$m=10.0$ $s=1.0$ $A=0.918$ $B=0.677$ $T=-0.099$	$m=15.0$ $s=1.0$ $A=1.044$ $B=0.692$ $T=-0.067$	$m=17.0$ $s=1.0$ $A=1.086$ $B=0.696$ $T=-0.059$	$m=25.0$ $s=1.0$ $A=1.220$ $B=0.705$ $T=-0.040$

续表

极优质的岩体 紧密呲合的原状岩石, 节理未风化,间距 3m 左右 CSIR 记分 85 NGI 积分 100	$m=3.5$ $s=0.1$ $A=0.651$ $B=0.679$ $T=0.028$	$m=5.0$ $s=0.1$ $A=0.739$ $B=0.692$ $T=-0.020$	$m=7.5$ $s=0.1$ $A=0.848$ $B=0.702$ $T=-0.013$	$m=8.5$ $s=0.1$ $A=0.883$ $B=0.705$ $T=-0.012$	$m=12.5$ $s=0.1$ $A=0.998$ $B=0.712$ $T=-0.008$
优质岩体 新鲜到微风化岩石,略 受过扰动,节理间距 1~3m 左右 CSIR 记分 65 NGI 积分 10	$m=0.7$ $s=0.004$ $A=0.369$ $B=0.669$ $T=-0.006$	$m=1.0$ $s=0.004$ $A=0.427$ $B=0.683$ $T=-0.004$	$m=1.5$ $s=0.004$ $A=0.501$ $B=0.695$ $T=-0.003$	$m=1.7$ $s=0.004$ $A=0.525$ $B=0.698$ $T=-0.002$	$m=2.5$ $s=0.004$ $A=0.603$ $B=0.707$ $T=-0.002$
质量一般的岩体 有几组中度风化的节 理,间距 0.3~1m CSIR 记分 44 NGI 记分 1.0	$m=0.14$ $s=0.0001$ $A=0.198$ $B=0.662$ $T=-0.0007$	$m=0.20$ $s=0.0001$ $A=0.234$ $B=0.675$ $T=-0.0005$	$m=0.30$ $s=0.0001$ $A=0.2804$ $B=0.688$ $T=-0.0003$	$m=0.34$ $s=0.0001$ $A=0.295$ $B=0.691$ $T=-0.0003$	$m=0.50$ $s=0.0001$ $A=0.346$ $B=0.700$ $T=-0.0002$
劣质岩体 有许多风化节理,间距 30~500mm,中夹有 一些断层泥—洁净的废 石亦属于此类 CSIR 记分 3 NGI 记分 0.1	$m=0.04$ $s=0.00001$ $A=0.115$ $B=0.646$ $T=-0.0002$	$m=0.05$ $s=0.00001$ $A=0.129$ $B=0.655$ $T=-0.0002$	$m=0.08$ $s=0.00001$ $A=0.162$ $B=0.672$ $T=-0.0002$	$m=0.09$ $s=0.00001$ $A=0.172$ $B=0.676$ $T=-0.0002$	$m=0.13$ $s=0.00001$ $A=0.203$ $B=0.686$ $T=-0.0002$
极劣质岩体 大量风化的节理,间距 小于 50mm,中夹断层 泥—夹细颗粒的废石亦 属于此类 CSIR 记分 3 NGI 记分 0.001	$m=0.007$ $s=0$ $A=0.042$ $B=0.534$ $T=0$	$m=0.010$ $s=0$ $A=0.050$ $B=0.539$ $T=0$	$m=0.015$ $s=0$ $A=0.061$ $B=0.546$ $T=0$	$m=0.017$ $s=0$ $A=0.065$ $B=0.548$ $T=0$	$m=0.025$ $s=0$ $A=0.078$ $B=0.556$ $T=0$

表 4-6　岩体质量与经验常数关系表

层位	岩性	RMR 值	m	s	A	B	T
N_4	松弛带泥灰岩	24.25	0.05	0.33e-5	0.129	0.655	-0.2e-3
	非松弛带泥灰岩	60.68	0.2	0.14e-2	0.234	0.675	-0.5e-3
N_3	松弛带褐煤	24.11	0.01	0.32e-5	0.05	0.539	0
	非松弛带褐煤	28.11	0.05	0.63e-5	0.129	0.655	-0.2e-3

续表

层位	岩性	RMR 值	m	s	A	B	T
N₂	褐煤	31.11	0.05	0.103e-4	0.129	0.655	−0.2e-3
	黏土岩	34	0.09	0.167e-4	0.172	0.676	−0.1e-3
	炭质黏土岩	30	0.13	0.86e-5	0.203	0.686	−0.1e-3
N₁	黏土岩	34	0.09	0.167e-4	0.172	0.676	−0.1e-3
t₂g	泥岩	50	0.2	0.24e-3	0.234	0.675	−0.5e-3
	砂岩	36	0.08	0.233e-4	0.162	0.672	−0.1e-3
t₂h	灰岩	61.53	0.14	0.16e-2	0.198	0.662	−0.7e-3

　　依据上述计算，可用 RMR 法评价西帮岩体质量结果如表 4-7 所示。对于 RMR 法评价结果和大量工程经验研究表明，当 RMR 的值小于 80 时，采用 RMR 法评价岩体参数，所估计的值偏低；而当 RMR 值大于 80 时，其计算结果又偏高。所以应用一种计算方法对工程岩体进行评价，无法消除某些误差的影响，故而又应用经验强度准则及参数估计方法进行确定。

表 4-7　西帮岩体 RMR 法评价统计表

岩性	RMR	
	凝聚力/kPa	内摩擦角/(°)
松弛带泥灰岩	7.46	4.823
非松弛带泥灰岩	174.59	25.76
松弛带褐煤	0	8.23
非松弛带褐煤	10.47	15.81
褐煤	13.23	15.72
黏土岩	11.32	19.82
炭质黏土岩	9.14	22.53
泥岩	111.85	25.74
砂岩	12.62	18.86
灰岩	210.4	22.65

4.4.2　经验强度参数估计法

1) 评价原理

在地质力学分类系统中，如果岩体破碎，就很难确定岩体质量指标 RMR。为了弥补这方面的不足，Hoek 和 Brown 提出了地质强度指标 GSI。岩体的地质强度指标与岩体结构、岩体的嵌锁状态和岩体中不连续面的性状有关。

1995 年 Hoek 提出了适用范围更广的 Hoek-Brown 岩体经验强度准则，并运用 Balmer（1952）等以 Mohr-Coulomb 准则表示岩体力学极限平衡数学模型公式，提出了估计强度 c、ϕ 公式。

$$\sigma'_1 = \sigma'_3 + \sigma_c \left(m_b \frac{\sigma'_3}{\sigma_c} + s \right)^a \tag{4-25}$$

一般情况下 GSI 法与 RMR 法之间的关系：

对于 RMR>23 时：

$$\text{GSI} = \text{RMR} - 5 \tag{4-26}$$

对于 RMR<23 时，就不能用 RMR 来估算 GSI，需要根据岩体结构等级 SR 和结构面等级 SCR 查表来确定。

对于扰动岩体的岩体强度特性系数：

$$m_b = m_i \exp\left(\frac{\text{GSI} - 100}{14} \right) \tag{4-27}$$

对于岩石材料系数：当 GSI>25 时，扰动岩体 $a = 0.5$：

$$s = \exp\left(\frac{\text{GSI} - 100}{6} \right) \tag{4-28}$$

当 GSI<25 时：

$$a = 0.65 - \frac{\text{GSI}}{200} \quad s = 0$$

岩体单轴抗压强度：

$$\sigma_{cmax} = \sigma_c s^a \tag{4-29}$$

岩体单轴抗拉强度：

当 $\text{GSI} > 25$ 时，$\sigma_{tmax} = \dfrac{\sigma_c}{2}(m - \sqrt{m^2 + 4s})$ \hfill (4-30)

当 $\text{GSI} < 25$ 时，$\sigma_{tmax} = 0$ \hfill (4-31)

在岩体屈服强度内等间距取值，取 $\sigma'_{3i}(i = 1, \cdots, n)$。根据 σ'_{3i} 和 Hoek-Brown 公式求得 $\sigma'_{1i}(i = 1, \cdots, n)$。

岩体破坏面上的正应力 σ'_{ni} 可依据下式求得：

当 $\text{GSI} \geqslant 25$，$a = 0.5$；当 $\text{GSI} < 25$，$s = 0$

$$\frac{\partial \sigma'_{1i}}{\partial \sigma'_{3i}} = \begin{cases} 1 + \dfrac{m_b \sigma_c}{2(\sigma'_{1i} + \sigma'_{3i})} \\ 1 + a(m_b)^a \left(\dfrac{\sigma'_{3i}}{\sigma_c}\right)^{a-1} \end{cases} \tag{4-32}$$

$$\sigma'_{ni} = \sigma'_{3i} + \frac{\sigma'_{1i} - \sigma'_{3i}}{\dfrac{\partial \sigma'_{1i}}{\partial \sigma'_{3i}} + 1} \tag{4-33}$$

依据式（4-32）和式（4-33）可计算出岩体破坏的剪应力：

$$\tau'_i = (\sigma'_{ni} - \sigma'_{3i})\sqrt{\frac{\partial \sigma'_{1i}}{\partial \sigma'_{3i}}} \tag{4-34}$$

根据式（4-34）可以得出岩体内摩擦角：

$$\phi = \arctan\left[\frac{n\sum\limits_1^n \sigma'_{ni}\tau'_i - \sum\limits_1^n \sigma'_{ni}\sum\limits_1^n \tau'_i}{n\sum\limits_1^n (\sigma'_{ni})^2 - \left(\sum\limits_1^n \sigma'_{ni}\right)^2}\right] \tag{4-35}$$

岩体黏结力：

$$c = \frac{\sum\limits_1^n \tau'_i}{n} - \frac{\sum\limits_1^n \sigma'_{ni}}{n}\tan\phi \tag{4-36}$$

2）评价结果

依据工程的情况可以对西帮进行 GSI 法进行评价，再根据式（4-26）计算出各岩性岩体对应的 GSI 值。具体的评价如表 4-8 所示。

表 4-8　西帮各岩层的 GSI 值评价

层位	岩性	评分值
N_4	松弛带泥灰岩	19.25
	非松弛带泥灰岩	55.68
N_3	松弛带褐煤	19.11
	非松弛带褐煤	23.11
N_2	褐煤	26.11
	黏土岩	29
	炭质黏土岩	25
N_1	黏土岩	29
t_{2g}	泥岩	45
	砂岩	31
t_{2h}	灰岩	56.53

应用 GSI 法对小龙潭煤矿西帮边坡岩体质量进行了评价（图 4-2、图 4-3）；表 4-9 为松弛带泥灰岩的计算结果。

表 4-9　GSI 法计算结果

	Hoek-Brown 类别	单位
单轴抗压强度	10	MPa
GSI	19.25	
m_i	10	
D	0.8	
Hoek-Brown 参数		
m_b	0.0817604	
s	4.86E—06	
a	0.545973	
破坏包络线范围		
应用类型	边坡	
sig3max	1.07261	MPa
单位重量	0.016	MN/m³
边坡高度	110	m
摩尔参数		
c	0.0691879	MPa
phi	13.0674	度
岩体质量		
sig$t$	−0.000594196	MPa
sig$c$	0.012559	MPa
sigc_m	0.276091	MPa
E_m	323.148	MPa

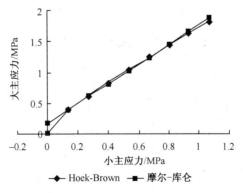

图 4-2　大主应力与小主应力分布图

摩尔-库仑准则和 Hoek-Brown 准则的计算结果如图 4-4 所示。依次对西帮评价出的 GSI 值进行计算，计算结果如表 4-10 所示。

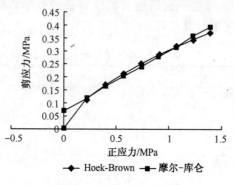

图 4-3　正应力与剪应力图

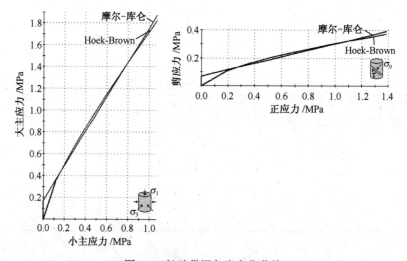

图 4-4　松弛带泥灰岩变化曲线

表 4-10　西帮岩体 GSI 评价统计表

岩性	GSI	
	凝聚力/kPa	内摩擦角/(°)
松弛带泥灰岩	69	13.07
非松弛带泥灰岩	237	29.27
松弛带褐煤	60	11.68
非松弛带褐煤	72	13.26
褐煤	82	14.44

续表

岩性	GSI	
	凝聚力/kPa	内摩擦角/(°)
黏土岩	27	6.04
炭质黏土岩	20	4.86
泥岩	176	24.37
砂岩	257	31.84
灰岩	386	35.16

4.5　两种计算结果的拟合分析

1. RMR 和 GSI 评价法存在的问题

大量工程经验研究表明，采用 RMR 法计算岩体力学参数，当 RMR 小于 80 时，所估计的值偏低；当 RMR 值大于 80 时，计算结果又偏高。1992 年 Hoek 对 H-B 准则进行了进一步的修正，发现原有的准则可以较好地反映大多数质量较好的岩体的破坏，对质量较差的岩体不适用，从而对质量较差的岩体提出了 GSI 地质强度指标，1995 年 Kalamarashe 和 Bieniawski 提出了岩石强度、岩体强度和 RMR 之间的关系。2005 年王维早、黄刚两位学者发表了边坡原位碎裂岩体的分级方法研究及应用，在 RMR 分类、SMR 分类、CSMR 分类体系的基础上提出了 MCSMR 法，在系统上提出了一种对分类方法综合运用的修正思路。

2. 应用 RMR 和 GSI 法综合分析

1) 模型对比

在 RMR 法中考虑了五种分类参数，即完整岩石材料的强度（或岩石点荷载强度）、岩石质量指标、节理间距、节理状态和地下水条件。每个参数对应的岩体性状影响不同，赋予不同的权值，参数指标和为岩体指标。

在 GSI 法中考虑的是岩体结构、岩块的嵌锁状态和不连续面的性状。其依据结构面性态等级 SCR 和岩体结构等级 SR 共同得到的。

此外 GSI 法采用了修正后的 Hoek-Brown 准则，加入了根式幂次 α 的影响。这是因为大量的经验材料发现原来的准则可以很好地反映质量较好的岩体，而质量差的岩体是不适用的。还发现在 RMR>25 时，RMR 法可以较好地反映出岩体的参数，但是对于岩体质量差的评价出来的岩体参数偏小，从图 4-5、图 4-6 中也不难发现，RMR 估计出来的值普遍比 GSI 结果小。

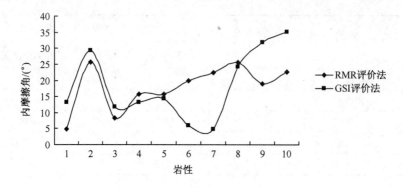

图 4-5　西帮岩体内摩擦角对比图

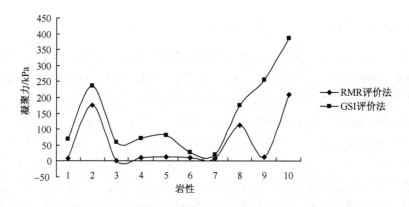

图 4-6　西帮岩体凝聚力对比图

2）数学模型的建立

系统为离散型变量，自变量为各个岩性的名称，这样给数据的分析带来了很大的不便，为此需要对数据进行拟合，所以就需要对离散数据进行数学模型的建立，为了更好的描述数据变量，需要对数据进行模型假定。

（1）模型假定：

① 自变量按起始数为 1，增量为 1 递增。

② 系统为整个西帮岩体，对于离散变量，可以采取连续函数进行描述。

③ 系统元素为离散型变量，采用函数进行描述。

根据上述假定，对表 4-11 的数据进行数学模型的建立。由此可以建立对应函数关系：

表 4-11　西帮岩体 RMR 法和 GSI 法评价统计表

岩性	RMR		GSI	
	凝聚力/kPa	内摩擦角/(°)	凝聚力/kPa	内摩擦角/(°)
松弛带泥灰岩	7.46	4.823	69	13.07
非松弛带泥灰岩	174.59	25.76	237	29.27
松弛带褐煤	0	8.23	60	11.68
非松弛带褐煤	10.47	15.81	72	13.26
褐煤	13.23	15.72	82	14.44
黏土岩	11.32	19.82	27	6.04
炭质黏土岩	9.14	22.53	20	4.86
泥岩	111.85	25.74	176	24.37
砂岩	12.62	18.86	257	31.84
灰岩	210.4	22.65	386	35.16

$$x = \begin{bmatrix} \text{松弛带泥灰岩} \\ \text{非松弛带泥灰岩} \\ \text{松弛带褐煤} \\ \text{非松弛带褐煤} \\ \text{褐煤} \\ \text{黏土岩} \\ \text{炭质黏土岩} \\ \text{泥岩} \\ \text{砂岩} \\ \text{灰岩} \end{bmatrix} = \begin{bmatrix} 1 \\ 2 \\ 3 \\ 4 \\ 5 \\ 6 \\ 7 \\ 8 \\ 9 \\ 10 \end{bmatrix}$$

（2）数学模型。

X	1	2	3	4	5	6	7	8	9	10
Y	7.46	174.59	0	10.47	13.23	11.32	9.14	111.85	12.62	210.4

（3）RMR 分布拟合曲线函数。

这里采用拟合的方法为等间距结点差值法。设函数 $y = f(x)$ 在等距结点 $x_k = x_0 + kh(k = 0, 1, \cdots, n)$ 上的值为 $f_k = f(x_k)$ 为已知，这里 $h = \dfrac{b-a}{n}$ 为步长，b 为自变量中的最大值，a 为自变量中的最小值。

$\Delta f_k = f_{k+1} - f_k$ 为一阶差分，Δ 为向前一阶差分算子。对一阶差分再进行一次差分，即为二阶差分，$\Delta^2 f_k = \Delta f_{k+1} - \Delta f_k$。

等间距结点差值公式为

$$N_n(x_0 + th) = f_0 + t\Delta f_0 + \frac{t(t-1)}{2!}\Delta^2 f_0 + \cdots + \frac{t(t-1)\cdots(t-n)}{n!}\Delta^n f_0 \tag{4-37}$$

差值余项为

$$R_n(x) = \frac{t(t-1)\cdots(t-n)}{(n+1)!}h^{n+1}f^{(n+1)}(\varepsilon), \varepsilon \in (x_0, x_n) \tag{4-38}$$

由式（4-37）可得 RMR 法曲线公式：

$$f_1(x) = 7.46 + 167.13 \times (x-1) + (-341.72) \times \frac{(x-1)(x-2)}{2!}$$

$$+ 526.78 \times \frac{(x-1)(x-2)(x-3)}{3!}$$

$$- 719.55 \times \frac{(x-1)(x-2)(x-3)(x-4)}{4!}$$

$$+ 915.36 \times \frac{(x-1)(x-2)\cdots(x-5)}{5!}$$

$$- 1109.81 \times \frac{(x-1)(x-2)\cdots(x-6)}{6!}$$

$$+ 1403.66 \times \frac{(x-1)(x-2)\cdots(x-7)}{7!}$$

$$- 2039.66 \times \frac{(x-1)(x-2)\cdots(x-8)}{8!}$$

$$+ 5558.33 \times \frac{(x-1)(x-2)\cdots(x-9)}{9!}$$

（4）GSI 分布拟合曲线函数：

$$f_2(x) = 69 + 168(x-1) - 345 \times \frac{(x-1)(x-2)}{2!}$$

$$+ 534 \times \frac{(x-1)(x-2)(x-3)}{3!}$$

$$- 725 \times \frac{(x-1)(x-2)(x-3)(x-4)}{4!}$$

$$+ 853 \times \frac{(x-1)(x-2)\cdots(x-5)}{5!}$$

$$- 805 \times \frac{(x-1)(x-2)\cdots(x-6)}{6!}$$

$$+ 583 \times \frac{(x-1)(x-2)\cdots(x-7)}{7!}$$

$$-542 \times \frac{(x-1)(x-2)\cdots(x-8)}{8!}$$

$$+1751 \times \frac{(x-1)(x-2)\cdots(x-9)}{9!}$$

（5）最小二乘法拟合曲线。

假设存在曲线 $f(x)$ 使得曲线距离两个样条曲线的距离最短，用 $g(x)$ 表示样条曲线到假定曲线的距离的平方值：

$$g(x) = [f_2(x) - f(x)]^2 + [f_1(x) - f(x)]^2$$

要使 $g(x)$ 最小，即对其求导使得其导数为 0，即

$$g'(x) = 0$$

所拟合的曲线最为合理。

求得当 $f(x) = \dfrac{f_2(x) + f_1(x)}{2}$ 时，$g'(x) = 0$。

（6）拟合曲线图。

依据计算拟合曲线绘制拟合图，图 4-7 为内摩擦角拟合图，图 4-8 为凝聚力拟合图，拟合计算结果如表 4-12 所示。

表 4-12　西帮岩体拟合值计算结果

岩性	拟合值	
	凝聚力/kPa	内摩擦角/(°)
松弛带泥灰岩	38.23	8.95
非松弛带泥灰岩	205.80	27.52
松弛带褐煤	30	9.96
非松弛带褐煤	41.24	14.54
褐煤	47.615	15.08
黏土岩	19.16	12.93
炭质黏土岩	14.57	13.70
泥岩	143.925	25.06
砂岩	134.81	25.35
灰岩	298.2	28.91

3）结果分析

通过对粉质黏土的分析，确定了岩土类的材料力学参数服从对数正态分布；根据岩体的工程地质特征进行了分类，采用了极大似然估计的方法估计了布沼坝露天矿西帮岩土的材料力学参数；对比了平均值与极大似然计算结果的差别；根据岩石易测且成本低的力学参数，进行大量的实测分析并分析其统计规律，据此

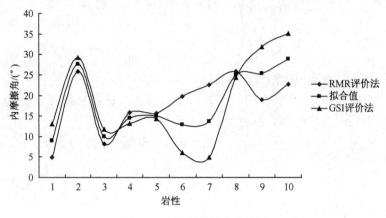

图 4-7 内摩擦角拟合曲线图

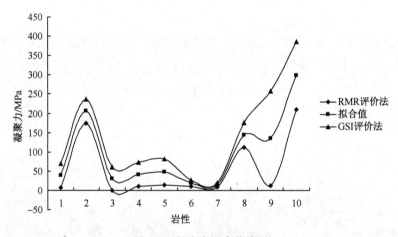

图 4-8 凝聚力拟合曲线图

可以通过相关强度准则确定西帮岩体的力学参数。

运用了地质力学分类方法和地质强度指标法分别对布沼坝露天矿西帮岩体进行了岩体参数估计,考虑了诸如地下水、节理等在岩石力学参数中不能反映的因素,使得计算结果更加符合实际情况;对两种方法估计的结果利用了最小二乘法进行了拟合;减小单一方法带来的误差和考虑因素的不全面的影响,从而使计算结果可信度更高。

第5章 西帮及北帮边坡岩体应力场 演变规律的三维弹塑性数值分析

5.1 概　述

关于露天矿山开采引起边坡岩体移动规律、破坏模式、评价方法和安全技术措施等内容已进行了多年的研究和探索，在现阶段科技发展水平条件下，基本上形成比较一致的观点。而在丘陵地区进行露天矿开采，尤其是露天煤矿的开采与开发，岩石力学强度低、抗变形能力差，且矿山办公区、住宅区及其矿山生产辅助设施以及河流等均位于矿坑周围，采动诱发的边坡岩体变形，不仅仅影响到矿山自身生产中的安全，也严重地影响到周边各种建筑设施以及河流的安全。著者应用三维弹塑性有限元数值分析方法，对布沼坝露天矿西帮及北帮边坡岩体应力场的演变特征和破坏规律进行研究，以便为矿山后续开采设计及安全评价提供科学依据。

5.2 数值分析模型的设计

5.2.1 模型设计的基本思想

布沼坝露天矿坑位于自然山体的下部，而矿山的办公区、住宅区和一些工业设施等均位于矿坑的上部，即自然山坡体的中下部；随着露天矿山开拓开采的延深，人工开挖边坡的坡角和坡高增大，由此将加剧露天边坡岩体的移动和变形。与此同时，还将诱发并加剧上部自然山坡体的移动和变形。一般来说，边坡岩体是否稳定是矿山生产中最重要的核心问题之一，又由于重要的工业设施、办公楼及住宅区等位于自然边坡的岩体变形范围内，所以边坡岩体移动、变形以及稳定性的研究意义重大，因此，数值模拟计算的模型设计中将着重考虑边坡岩体变形和破坏问题，还将考虑矿山开挖后及到界边坡岩体应力变化及安全率、变形值大小及其边坡稳定程度等问题。计算模型除考虑上述各影响因素外，还将考虑矿田内特殊地质构造等因素的影响，并充分利用地面监测成果，作为模型分析的边界条件，使得模型计算更加符合实际变形情况。

数值模拟采用 3D-σ 有限元模拟软件进行分析。考虑到西帮和北帮各剖面工程地质条件及最终境界设计的坡角不同，因此，数值模拟设计了两个模型进行模拟，其中第一个模型是以西帮 346 剖面为中心，第二个模型则以北帮 N5-5 剖面

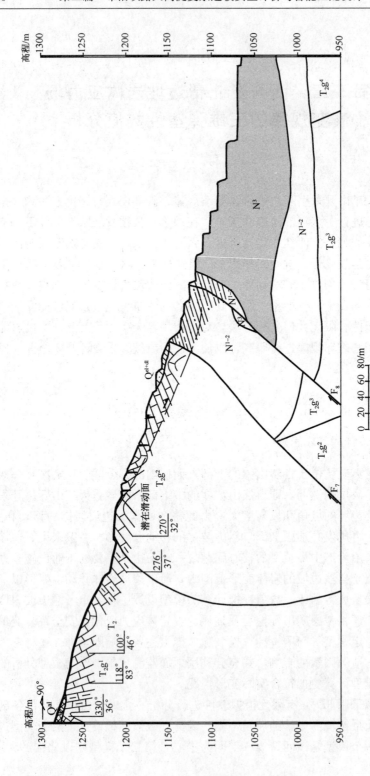

图 5-1　西帮 346 剖面工程地质图

为中心、各向两侧扩展一定范围设计模型，最终综合总结其滑移变形的规律性，探究其应力场演变机制和边坡破坏机制。

考虑到高陡边坡岩体是由不同力学特性的多岩层组成，并且岩体本身是一种特殊的材料，所以数值模拟中按 Druck-Prager 曲服准则对应力场变化与变形特点进行分析。岩石力学参数选用第 4 章中的综合分析成果。

5.2.2　数值模型规模的确定

数值模拟分析第一个模型的高程模拟范围从＋950至＋1250m，以西帮 346 剖面为中心沿走向取宽度 200m，沿倾向从山体最上部到下部最终到界坡脚为止，全长 885m 左右，如图 5-1 所示。模型体共划分为 2304 个单元、11041 个节点，单元网格划分如图 5-2 所示。

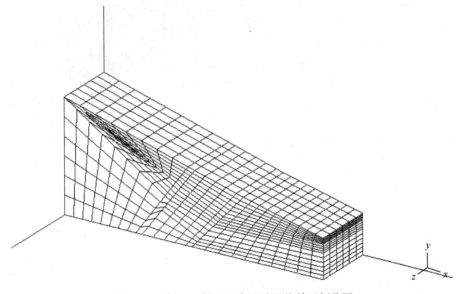

图 5-2　西帮 346 剖面现存边坡网格单元划分图

第二个模型的高程模拟范围从＋950 至＋1250m，以北帮 N5-5 剖面为中心沿走向取宽度 200m，沿倾向从最上部山顶到下部最终到界坡脚为止，全长 788m 左右。模型体共划分为 2208 个单元、10389 个节点，单元网格划分如图5-25所示。

5.3　布沼坝露天边坡岩体滑移模式的数值分析

5.3.1　西帮边坡岩体变形规律与破坏模式分析

在露天矿山开采条件下，西帮边坡体的应力分布及其变化特征如图 5-3～图

5-22 所示。在边坡岩体自重力的作用下，在坡表层一定深度范围内，应力分布基本平行于斜坡面，且从边坡上部向下拉应力逐渐减小，从坡表层向深层，这一变化特点逐渐减弱；当达到一定深度之后，靠近 F_7 和 F_8 断层处出现应力集中，随着深度加大，其他区域仍为自然应力状态。

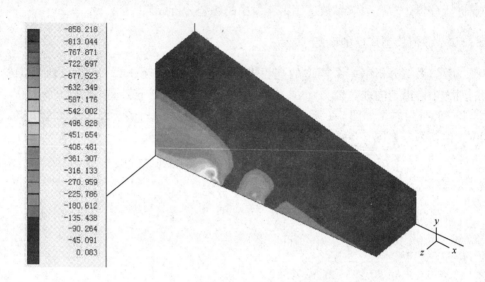

图 5-3　西帮 346 剖面现存边坡岩体 x 方向应力分布色谱图

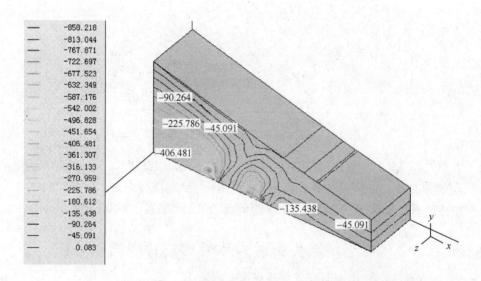

图 5-4　西帮 346 剖面现存边坡岩体 x 方向应力分布等值线图

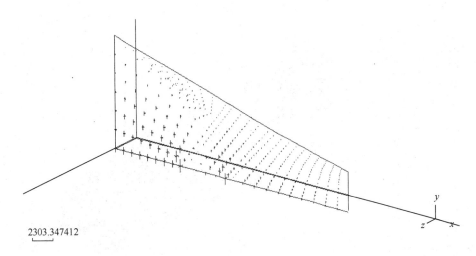

2303.347412

图 5-5　西帮 346 剖面现存边坡岩体 x 方向主力分布矢量图

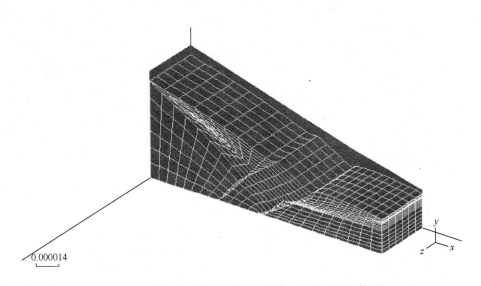

0.000014

图 5-6　西帮 346 剖面现存边坡岩体 x 方向变形网格图

对布沼坝露天开挖边坡而言，西帮边坡赋存着不对称的向斜构造（图 5-1），其向斜西翼岩层倒转陡倾，致使灰岩和黏土岩成为煤层的顶板覆盖层。同时向斜西翼又受到两逆断层的构造作用，岩石破碎，岩体完整性差，被分割成独立的岩柱。自上而下逐块传递倾倒力，此种地质构造决定了岩体在自重作用下产生倾倒变形或破坏。对于现存边坡而言，由于坡角较小，所以，应力分布比较均匀，除靠近断层处外，其余区域没有产生应力集中（图 5-3、图 5-4），所以，目前的边

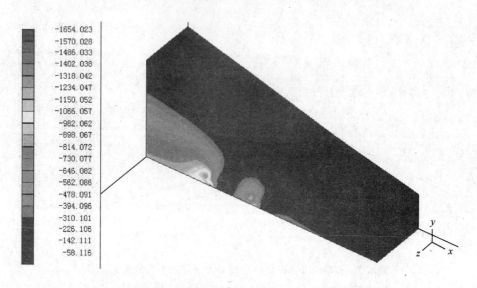

图 5-7   西帮 346 剖面现存边坡岩体 y 方向应力分布色谱图

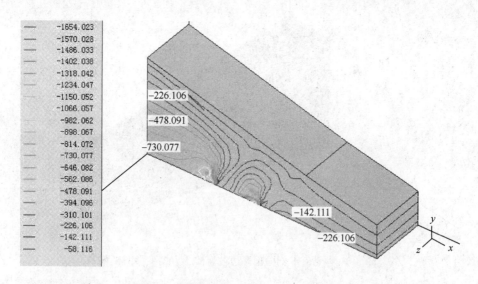

图 5-8   西帮 346 剖面现存边坡岩体 y 方向应力分布等值线图

坡变形属于正常的变形阶段，即不属于破坏阶段的变形。

随着露天矿开采的延深，坡角和坡高增大，此时边坡岩体在局部产生应力集中现象；但在边坡的中上部，应力集中现象比较小；而在中下部应力集中现象比较多。说明下部易于产生剪切破坏，且变形深度加大；但变形模式变化不大，弧

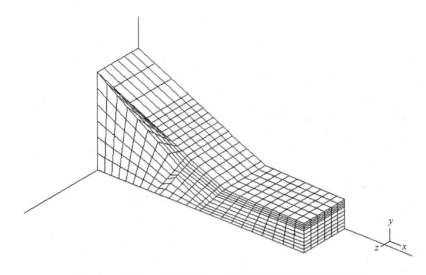

图 5-9　西帮 346 剖面边坡一次性开挖后网格单元划分图

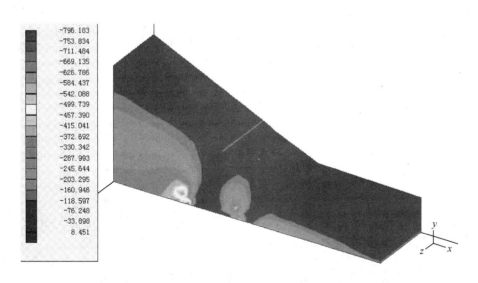

图 5-10　西帮 346 剖面边坡一次性开挖后岩体 x 方向应力分布色谱图

线的曲率半径肯定与坡角小时相比不一致。

　　从应力等值线来看,当坡角较小时,主应力等值线几乎平行于岩层倾角;而当坡角增大时,应力场产生了较大的变化,在边坡轮廓线曲率变化大的区域或拐点处产生了应力集中区,当应力增大到一定量值时将产生塑性破坏区。尤其是沿层面方向(x方向)的应力分矢量,在坡脚处产生应力集中区,从而产生塑性

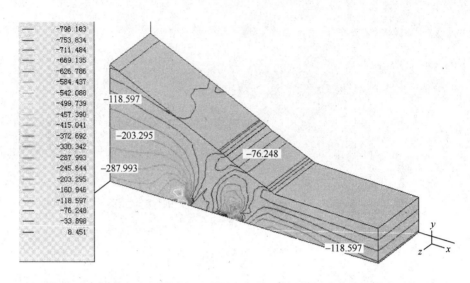

图 5-11　西帮 346 剖面边坡一次性开挖后岩体 x 方向应力分布等值线图

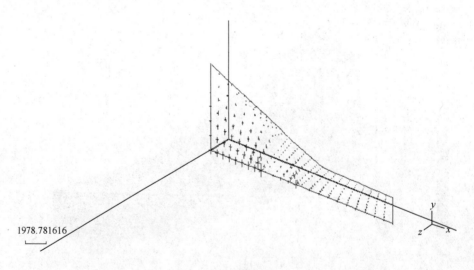

图 5-12　西帮 346 剖面到界边坡岩体 x 方向主力分布矢量图

切出破坏区。

　　根据数值模拟结果，并将边坡岩体的力学特性和地层分布特点考虑进去，一旦产生破坏性滑坡，那么，布沼坝露天西帮边坡岩体的破坏特点是：上部将以最大拉裂缝为滑体的上缘，发生边坡倾倒变形，即倾倒段，倾倒变形区位于向斜上部，从上部裂缝到 F_7 和 F_8 断层。该区域内的岩体为倾斜倒置三角岩体，其工程

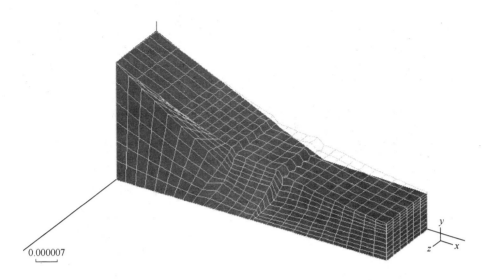

图 5-13　西帮 346 剖面边坡一次性开挖后岩体 x 方向变形网格图

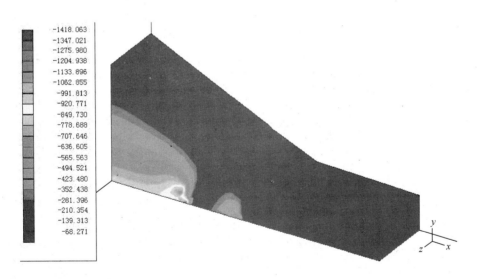

图 5-14　西帮 346 剖面边坡一次性开挖后岩体 y 方向应力分布色谱图

地质结构特点，决定了自身为极不稳定岩体，再加上 F_7、F_8 断层由软弱的黏土层和断层破碎带组成。此构造当下覆岩体的支撑力削弱时，倾斜倒置三角岩体极易发生倾倒变形，下部将发生顺层滑移变形。当上盘倾倒变形区岩体的巨大的倾倒推力传递到顺层区段时，岩体将产生变形，当弱面上的剪应力大于其抗剪强度时，岩体沿弱面产生剪切破坏，一旦剪切面贯通，将发生滑坡。随着开挖量增

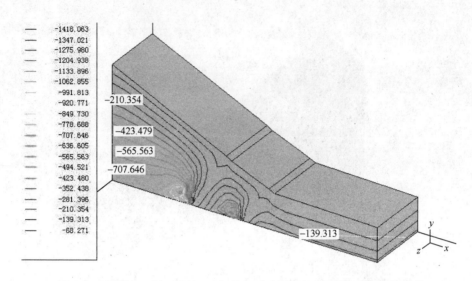

图 5-15　西帮 346 剖面边坡一次性开挖后岩体 y 方向应力分布等值线图

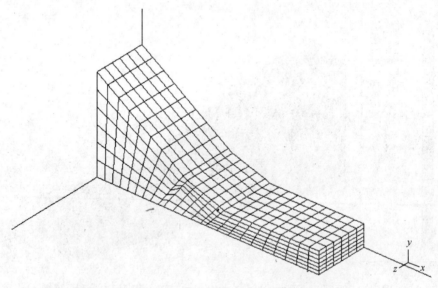

图 5-16　西帮 346 剖面到界边坡岩体网格单元划分图

大、且坡角增大时，最终将形成破坏性滑坡。这就是布沼坝露天西帮边坡岩体的主要破坏模式与特点。

取边坡坡脚处某一单元体，对其在不同条件下的单元体应力大小变化进行分析，应力变化对比如图 5-23、图 5-24 所示。由此可以看出，随着开采深度的加大，单元自身受到的自重应力减小，应力的变化值增大，并由此诱发边坡变形或

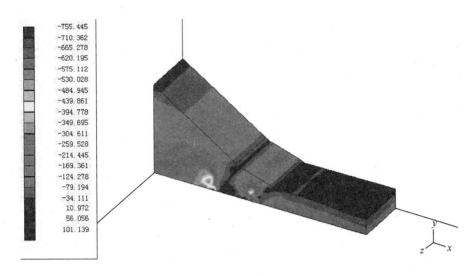

图 5-17　西帮 346 剖面到界边坡岩体 x 方向应力分布色谱图

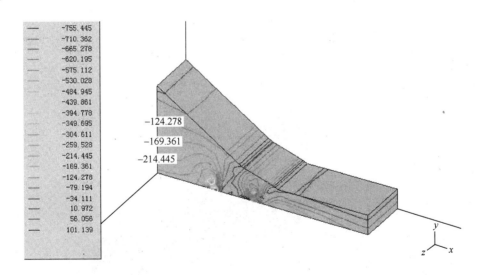

图 5-18　西帮 346 剖面到界边坡岩体 x 方向应力分布等值线图

破坏，所以如何合理地控制应力变化量是确保边坡安全的主要任务。

5.3.2　北帮边坡岩体变形规律

北帮边坡体的应力分布及其变化特征如图 5-25～图 5-38 所示，从图上可以看出，在边坡岩体自重力的作用下，在坡表层一定深度范围内，应力分布基本平

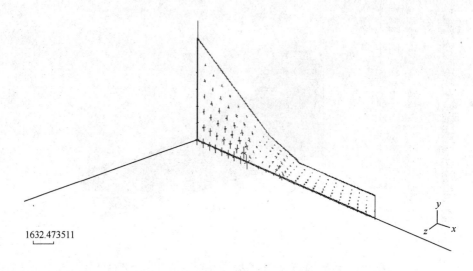

1632.473511

图 5-19　西帮 346 剖面到界边坡岩体 x 方向主应力分布矢量图

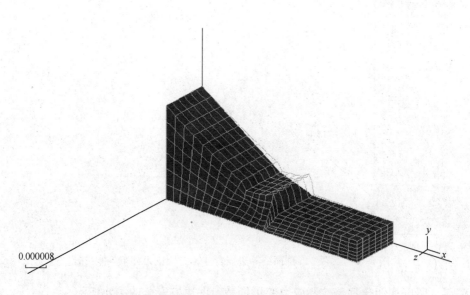

0.000008

图 5-20　西帮 346 剖面到界边坡岩体 x 方向变形网格图

行于斜坡面，且从边坡上部向坡脚拉应力逐渐减小，压应力逐渐增大，坡脚处压应力最大。从坡表层向深部，这一变化特点逐渐减弱，当达到一定深度之后，仍将表现出自然应力状态，应力分布基本平行于斜坡面。

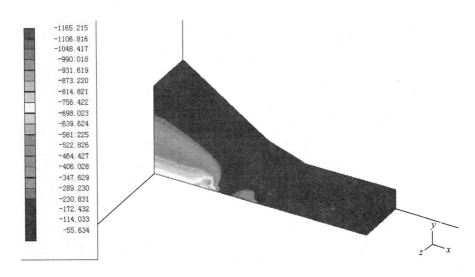

图 5-21　西帮 346 剖面到界边坡岩体 y 方向应力分布色谱图

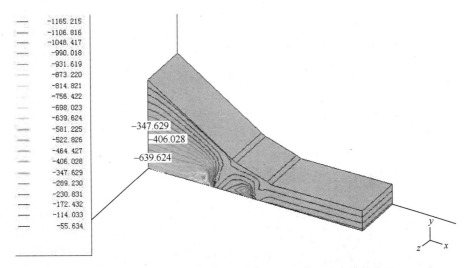

图 5-22　西帮 346 剖面到界边坡岩体 x 方向应力分布等值线图

对于人工开挖边坡而言，北帮地区边坡岩体为顺层边坡，从目前开采的深度和坡角来看，边坡的总坡角与岩体的倾角基本一致（图 5-39），没有竖直切断岩层，即所谓切脚作用。从应力场分布特征来看，应力分布比较均匀，没有应力集中现象，所以目前的边坡变形属于正常的变形阶段，即不属于破坏阶段的变形。

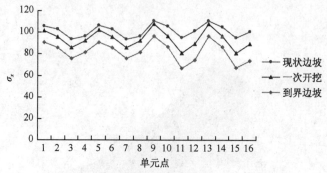

图 5-23　不同条件下边坡单元体应力 σ_x 对比图

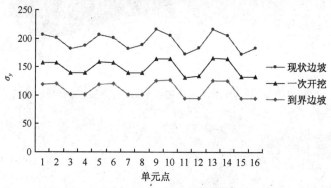

图 5-24　不同条件下边坡单元体应力 σ_y 对比图

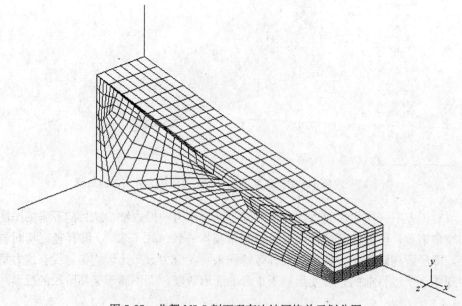

图 5-25　北帮 N5-5 剖面现存边坡网格单元划分图

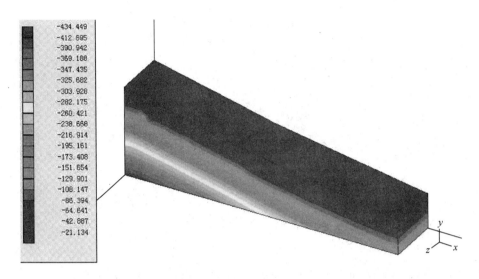

图 5-26　北帮 N5-5 剖面现存边坡岩体 x 方向应力分布色谱图

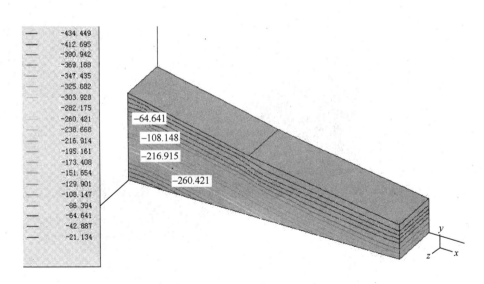

图 5-27　北帮 N5-5 剖面现存边坡岩体 x 方向应力等直线图

　　随着露天矿开采的延深，坡角和坡高增大，此时露天矿的采掘将切割不同的岩层面或部分切割即所谓切脚作用，由此将诱发边坡体沿软弱层向下滑移或变形。此时将构成平面滑移为主的边坡变形与破坏模式。如果滑移变形深度较大，

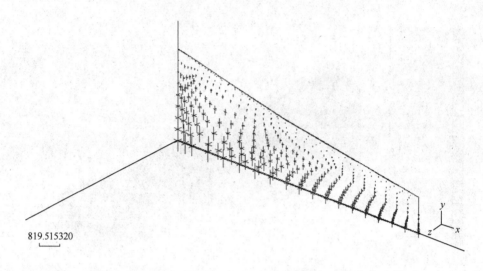

图 5-28   北帮 N5-5 剖面现存边坡岩体 x 方向主应力分布矢量图

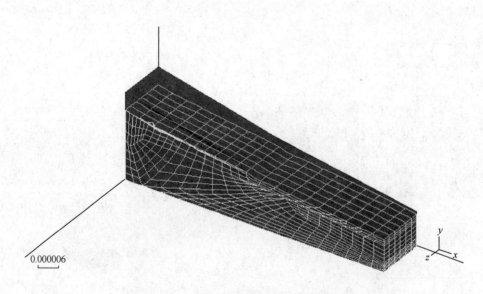

图 5-29   北帮 N5-5 剖面现存边坡网格变形图

上部仍以平面破坏为主,则下部将以弧线或折线形切出。

当边坡角较小时,从数值模拟的结果来看,其中 x 方向位移值由边坡岩体的中上部向上下两侧依次减小,这一变化规律与实测结果基本一致,说明模拟结果基本符合实际。当边坡角较大时,图 5-40 和图 5-41 是不同坡角条件下边坡体内

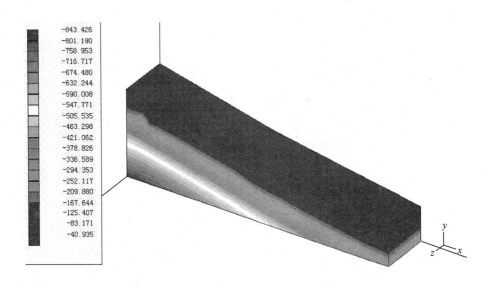

图 5-30　北帮 N5-5 剖面现存边坡岩体 y 方向应力分布色谱图

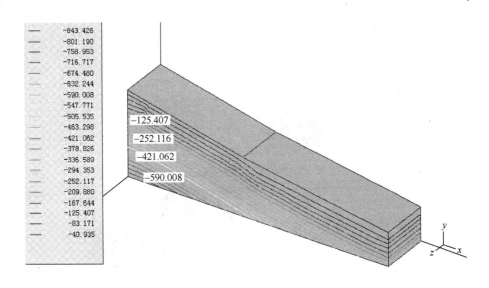

图 5-31　北帮 N5-5 剖面现存边坡岩体 y 方向应力等值线图

某单元体应力对比图，位于矿坑境界线附近水平移动值最大，由境界线向两侧水平移动值依次减小。

根据数值模拟结果，边坡上部为拉应力区、下部为压应力集中区的应力变化特点；由于布沼坝露天西北帮为顺层边坡，如果将边坡岩体的力学特性和地层分

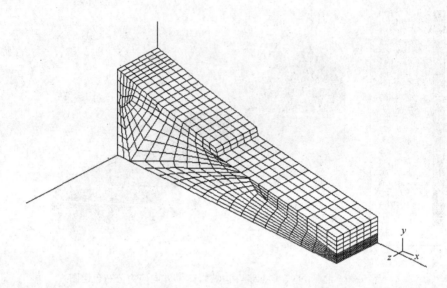

图 5-32　北帮 N5-5 剖面到界边坡网格单元划分图

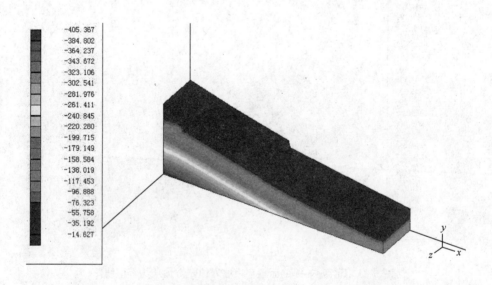

图 5-33　北帮 N5-5 剖面现存到界边坡岩体 x 方向应力分布色谱图

布特点考虑进去，一旦产生破坏性滑坡，那么，北帮边坡岩体的破坏特点是：上部将以最大拉裂缝为滑体的上缘，形成不同曲率半径的弧线向下滑移；当开挖量大到一定程度、且坡角较大，又没有相应的保护措施时，最终将形成破坏性滑

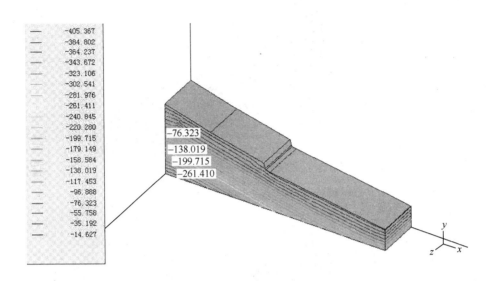

图 5-34　北帮 N5-5 剖面到界边坡岩体 x 方向应力等值线图

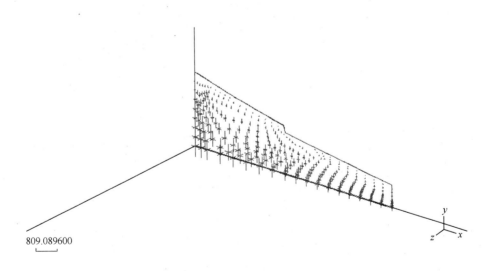

图 5-35　北帮 N5-5 剖面到界边坡岩体 x 方向主应力分布矢量图

坡。这是布沼坝露天北帮边坡岩体的主要破坏模式。

　　根据西帮及北帮的变形特点与破坏模式，就可以分析不同坡角条件下，边坡岩体的稳定性以及最终到界边坡的安全性。

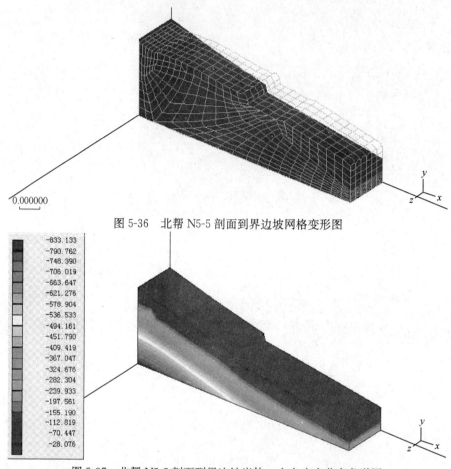

图 5-36　北帮 N5-5 剖面到界边坡网格变形图

图 5-37　北帮 N5-5 剖面到界边坡岩体 y 方向应力分布色谱图

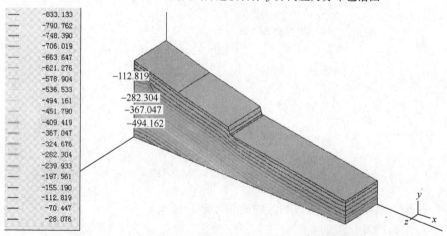

图 5-38　北帮 N5-5 剖面到界边坡岩体 y 方向应力等值线图

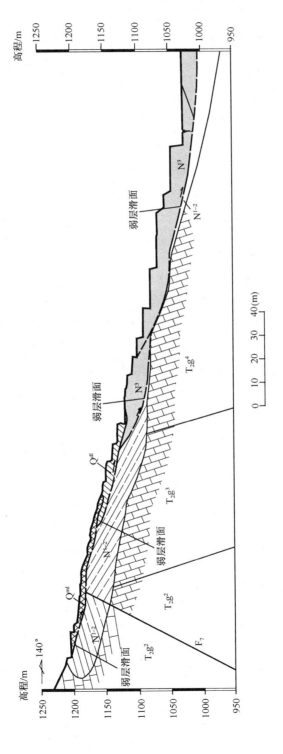

图 5-39 北帮 N5-5 剖面工程地质图

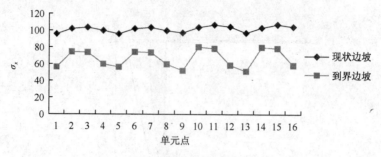

图 5-40　边坡单元体不同坡角应力 σ_x 对比图

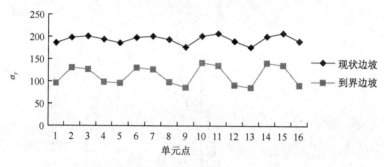

图 5-41　边坡单元体不同坡角应力 σ_y 对比图

5.4　布沼坝边坡岩体应力场与变形演变规律的分析

从现存边坡、逐步开挖至到界边坡的数值模拟结果来看，随着边坡的开挖，坡角和坡高将逐渐增大，由于开挖工程的扰动作用，原有的应力平衡关系和平衡条件被破坏，表现为顺坡面的主应力分布深度及量值增大，尤其是最上部表层应力变化明显，与前一次应力相比，产生应力增量，即 $[\Delta\sigma_i]=[\sigma_i]-[\sigma_{i-1}]$，而且，随着下部开挖量的增大，其相应的扰动作用增大，应力增量 $[\Delta\sigma_i]$ 的变化也随之增大。这种变化的结果使岩体产生变形，当岩体的力学强度较低时，在相同的应力作用下，其相应的变形量就大，从而易于破坏。相对于原岩应力而言，将产生附加形变力或附加形变应力场，致使边坡体产生移动和变形。

一般来说，变形量大小与工程开挖量直接相关，所以，对于开挖边坡变形体而言，上部边坡体的变形量大小及其变形范围直接受控于下部采矿工程规模的大小，即开挖量的大小。当工程开挖量大时，其相应的应力场将产生较大的变化。对其下部边坡而言，还要承受来自上部岩体的形变力，从而加大边坡的变形，而随着下部边坡变形的增大，将进一步加剧上部边坡体的变形，从而构成了连锁反应，最终结果是加速边坡岩体的变形与破坏。这样一方面将直接影响矿山安全生产，另一方面又要对地面上的建筑设施产生破坏作用，因此，设计出合理的最终边坡角、是确保其在矿山生产期内安全的关键问题，并具有重要的理论与实际意义。

第6章 边坡岩体变形的三维效应与北帮皮带道边坡变形的控制技术

6.1 概　况

皮带运输道边坡为顺层缓倾边坡（坡度为14°），岩体结构为层状结构，工程地质岩组为层状结构软弱岩组，由褐煤、炭质黏土岩、黏土岩组成。边坡岩层中主要的软弱结构面（带）有：①主煤层（N^3）与下伏黏土岩（N^{1-2}）的分界面；②黏土岩（N^{1-2}）与下伏白云质灰岩、灰岩（T_2g^4）的分界面；③N^{1-2}黏土岩中夹有多层炭质黏土和黏土岩软弱层。天然条件下为可塑状态，透水性差，遇水极易软化、泥化，有的已为软塑状，力学强度下降成为软弱夹层；是该区主要软弱夹层。

6.2 皮带道边坡岩体变形与破坏特征

2002年3月北帮M301、M302附近边坡1070水平上下出现了明显的变形，2003年在机道附近出现一条长365m，宽5～10cm的裂缝，这些变形的发生，严重威胁到M301、M302和1#、2#转载站的安全。

2002年4～8月，相关研究单位对布沼坝露天矿北帮及西北帮边坡稳定性进行了研究与评价，提出了清除北帮边坡上"挂帮煤"、加固1#转载站、废除2#转载站、用锚索加固M301、M302机道两侧边坡的综合治理措施。之后由设计部门对北帮边坡进行了加固工程设计，其中M302机道以东已施工锚索220根，共6470m；M301以西施工锚索474根，总长14248m；M301、M302机道两侧共施工锚索694根，累计长度20754m。与此同时，小龙潭矿务局自2005年3月在该区域建立了地表和地下位移监测系统，至2007年7月共取得28个月的边坡位移监测数据。其中2007年6月以后的一段时间里，整个云南省普降强降雨，持续时间近一个月，裂缝位移量及宽度开始明显加大。

根据布沼坝西帮及北帮边坡、M301、M302胶带机机道附近出现的裂缝位置及延伸长度，结合地表及地下观测资料，圈定出西帮及北帮的变形范围：西帮及北帮变形体在南北方向上平均长274.90m，在东西方向上平均宽825.10m，总面积约$2.27 \times 10^5 m^2$。根据北帮边坡变形地裂缝分布、走向特征，圈定出北帮边坡（机道边坡）变形体的范围及规模如下：

北帮变形体南北方向平均长 350.00m，东西方向平均宽 552.50m，总面积约 $1.93 \times 10^5 m^2$；平均厚度约为 16.20m，最厚的部位位于 6 线附近，最厚达到 33.40m。整个北帮变形体体积约为 $35.19 \times 10^5 m^3$，属于巨型变形规模。

变形体位移方向为 SE14°～37°，边坡变形位移方向与边坡临空面方向一致。

6.3 变形原因分析

该区段边坡由褐煤、炭质黏土岩、黏土岩组成，均属半成岩软质岩类，在构造作用下，节理裂隙发育，加之边坡为一顺层边坡；其次 N^{1-2} 黏土岩中夹有多层泥化夹层，力学强度低。在此岩体中的软弱夹层具有较强的亲水性，遇水易软化、崩解，强度降低，再加上节理呈网状发育，有利于地下水渗入，降低岩土体强度。在上部岩土体自重力及侧向形变力作用下，坡体产生变形失稳，由此构成了边坡变形与破坏的地质基础条件。

小龙潭地区属多降雨地区，大气降雨及地表生活、生产用水下渗，变形区位于斜坡中下部，为地下水的径流排泄区，受地下水不断影响和作用，使强度较低的岩层或泥化夹层形成软弱结构面，同时边坡岩土体长期受风化影响，更有利于地下水的渗入；其次是坡脚剥土采煤的挖墙脚效应，为边坡的滑移提供了必要的条件；第三是工程开挖中的大规模爆破震动、机械扰动，对边坡岩体产生了较大的附加应力，破坏岩体原生结构面，造成岩体松弛，爆破震动效应损伤积累，进一步地促进了边坡变形。由此诱发了该区域边坡岩体的剧烈变形与破坏。因此，如何控制该区域边坡岩体的变形、保护皮带运输安全就成了矿山安全生产的主题和关键技术问题。

6.4 北帮 N7-7 剖面"凹型皮带道"运输系统的建立与可行性分析

6.4.1 "凹型皮带道"建立的理论基础

如果构成边坡的地质体均匀分布，当边坡沿走向宽度达到一定值时，就可以近似地认为各个剖面边坡岩体变形基本相同，属于平面变形问题；但如果宽度有限，则不能按平面问题来分析。基于这样的理论基础，如果沿边坡倾向方向开挖一有限宽度的凹型皮带道，那么，凹型皮带道范围内的边坡岩体就不能按平面问题来考虑，属于三维变形问题。为此我们先宏观分析其优点，首先是凹型皮带道两侧未开挖边坡岩体起到约束其向临空面变形的作用，这种作用有些类似建筑梁跨变形受柱约束作用；当梁截面尺寸和构造已确定，柱间距越小，梁的变形越小，反之则增大；当柱间距大到一定值时，梁将受到破坏，为此对于给定的梁截面存在一个临界长度问题。对于凹型皮带道也是一样，当岩性不变和凹型皮带道的开挖高度一定，凹型皮带道属于三维变形问题也存在一个临界的开挖宽度：当凹型皮带道开挖高度或岩性发生变化，则凹型皮带道的临界宽度也将随之而变化。为此，需要搞清针对北帮岩性与地层分布条件下边坡三维效应分析，对凹型皮带道开挖效应进行分析，以便掌握边坡岩体变形规律及其稳定状况，从而可以减小机道的变形、避免其受到破坏，确保运输系统的安全。

6.4.2　皮带道边坡数值分析模型的构建与原始应力场模拟分析

以北帮 N7-7 边坡剖面为基础（图 6-1），沿走向两侧各取 2415m，边坡建模尺寸：宽度（沿边坡走向）4830m，倾向长 400m、高 220m，模型划分 21844 个单元、91738 个结点，建立数值模拟模型（图 6-2）。数值模拟采用 3d-σ 软件进行三维弹塑性数值模拟分析，由于图形过大，故取中间一部分图形。对模型变形进行了初始数值模拟，其变形情况如图 6-3～图 6-6 所示。总体变形规律是坡体中部大向上下两侧依次减小，这与地表监测结果基本一致。

6.4.3　皮带道边坡凹型槽不同开挖宽度变形属性分析

1. 凹型槽开挖宽度 10m 边坡岩体的变形特点

在图 6-2 模型基础上，以北帮 N7-7 剖面为中心剖面，考虑到数值模拟主要目的是研究凹型槽槽底边坡的变形规律，所以沿倾向坡面垂直向下开挖，并假定开挖槽型体两侧面不破坏，开挖高度 30 m、开挖宽度 10m。模型划分 21541 个单元、91446 个结点（图 6-7）。

数值模拟结果如图 6-8～图 6-11 所示。当开挖宽度为 10m 时，从 x 方向变形色谱图的模拟结果可以看出，在开挖区侧壁与槽底接合处产生应力集中，凹型槽槽底边坡变形很小。

2. 凹型槽开挖宽度 30m 边坡岩体的变形特点

当开挖高度不变、开挖宽度 30m 时，模型划分为 20935 个单元和 89088 个结点（图 6-12）。

数值模拟结果如图 6-13～图 6-16 所示，从模拟结果中 x 方向变形的色谱图来看，变形网格图中的变形量明显增大，侧壁与槽底接合处及地层变化处产生应力集中；凹型槽槽底边坡也有变形，但变形量明显小于未开挖边坡体的变形，后面将做详细的变形量对比与规律性分析。

3. 凹型槽开挖宽度 50m 边坡岩体的变形特点

当开挖高度不变、开挖宽度 50m 时，模型单元划分为 20392 个单元和 86730

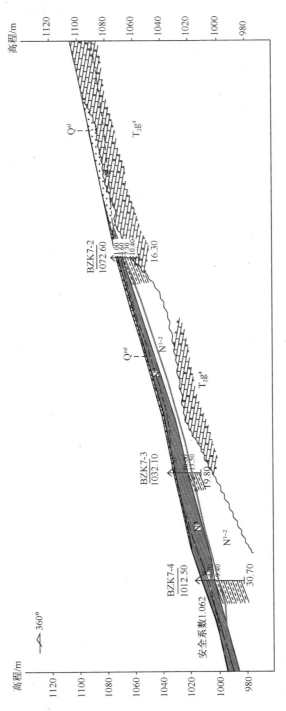

图 6-1　北帮 N7-7 剖面工程地质图

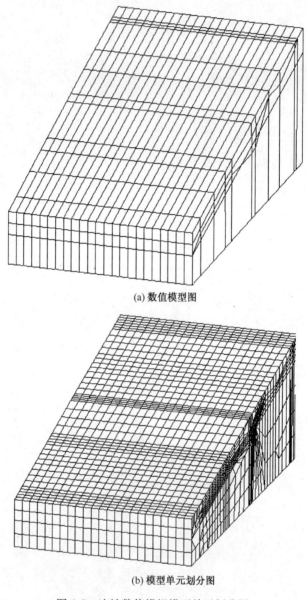

(a) 数值模型图

(b) 模型单元划分图

图 6-2　边坡数值模拟模型单元划分图

个结点（图 6-17）。

　　数值模拟结果如图 6-18～图 6-21 所示，从其中 x 方向变形色谱图来看，与开挖宽度 30m 对比，坡底局部产生应力集中，从变形网格图和等值线图可以看出，整体变形量明显增大，槽底边坡变形也增大；后面将做详细的规律性对比分析。

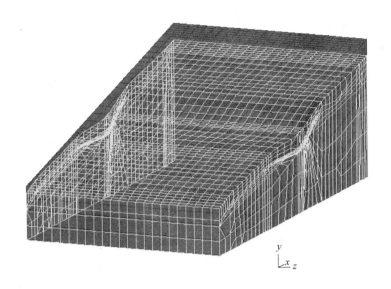

图 6-3　x 方向变形网格图

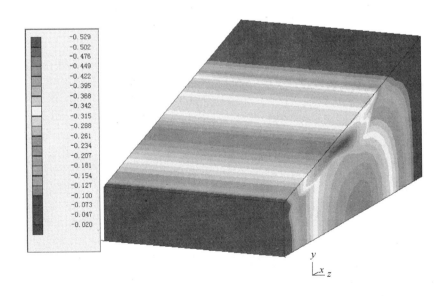

图 6-4　模型 x 方向应变分布色谱图

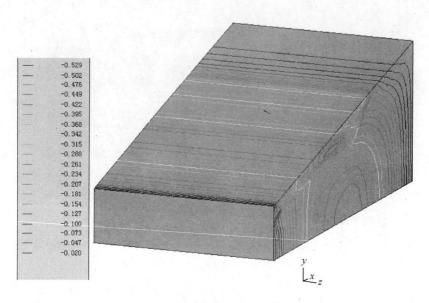

图 6-5　x 方向应变等值分布图

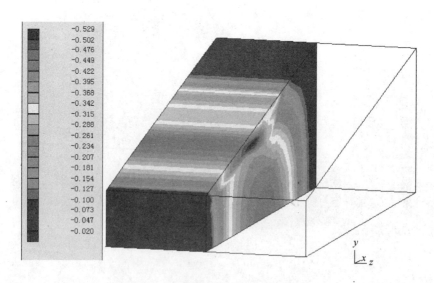

图 6-6　模型断面 x 方向应变色谱图

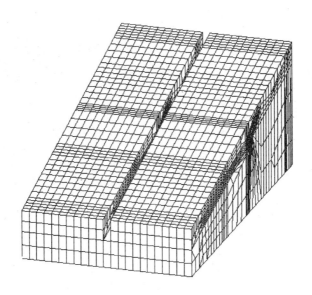

图 6-7　开挖 10m 宽模型单元划分图

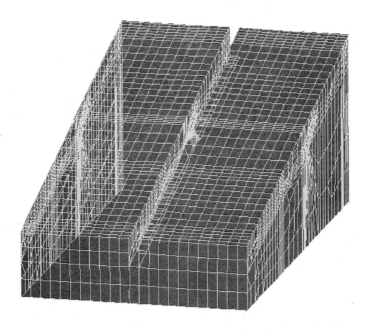

图 6-8　开挖 10m 宽 x 方向变形网格图

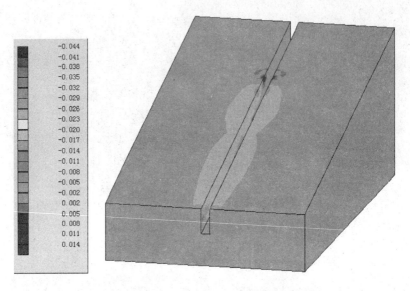

图 6-9　开挖 10m 宽 x 方向变形色谱图

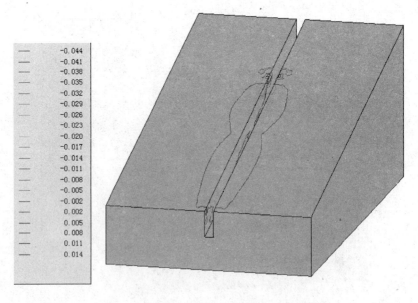

图 6-10　开挖 10m 宽 x 方向变形等值线图

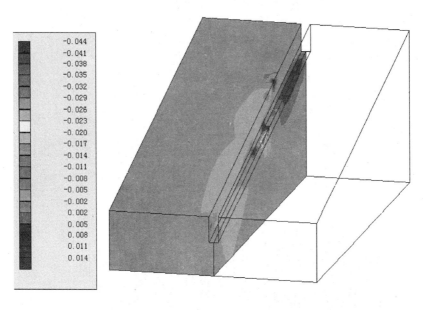

图 6-11　开挖 10m 宽断面 x 方向变形色谱图

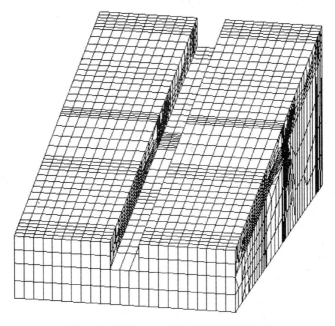

图 6-12　开挖 30m 宽模型的单元划分图

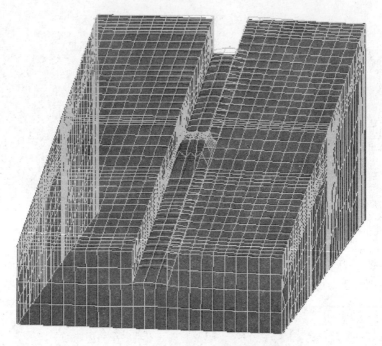

图 6-13　开挖 30m 宽 x 方向变形网格图

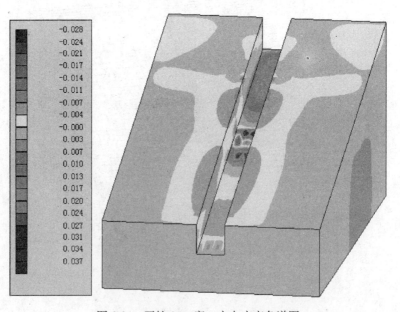

图 6-14　开挖 30m 宽 x 方向应变色谱图

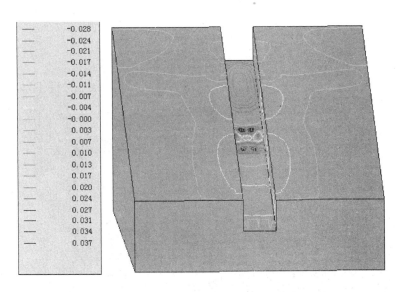

图 6-15　开挖 30m 宽 x 方向变形等值线图

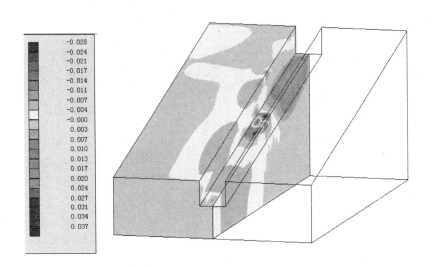

图 6-16　开挖 30m 宽断面 x 方向变形色谱图

4. 凹型槽开挖宽度 70 m 边坡岩体的变形特点

当开挖高度不变、开挖宽度 70m 时，模型划分为 20392 个单元和 86730 个结点（图 6-22）。

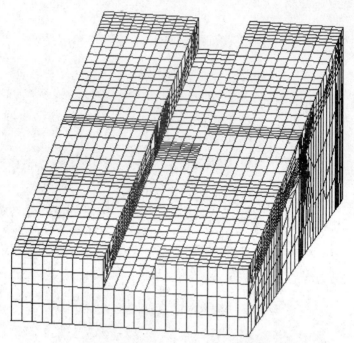

图 6-17　开挖 50m 宽模型单元划分图

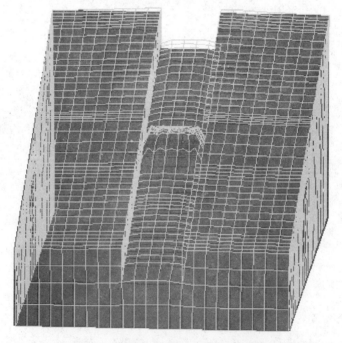

图 6-18　开挖 50m 宽 x 方向变形网格图

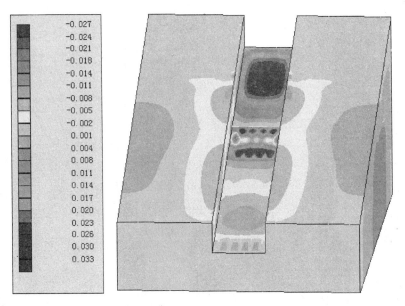

图 6-19　开挖 50m 宽 x 方向变形色谱图

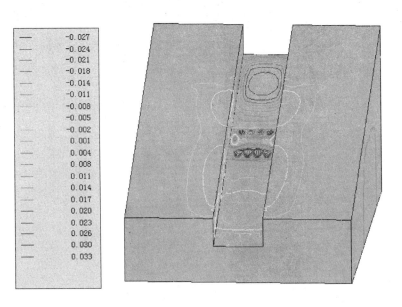

图 6-20　开挖 50m 宽 x 方向变形等值线图

数值模拟结果如图 6-23～图 6-26 所示。从模拟结果的变形色谱图来看，从

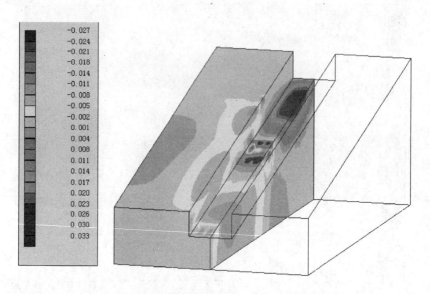

图 6-21　开挖 50m 宽断面 y 方向变形色谱图

变形网格图和等值线图可以看出整体变形继续增大，坡底局部产生应力集中，槽底边坡变形继续增大，后面将做详细的对比与规律性分析。

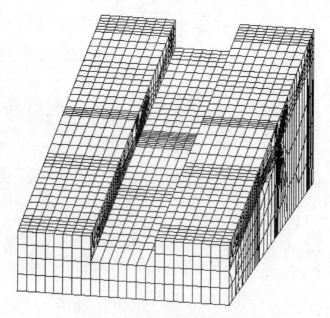

图 6-22　开挖 70m 宽模型单元划分图

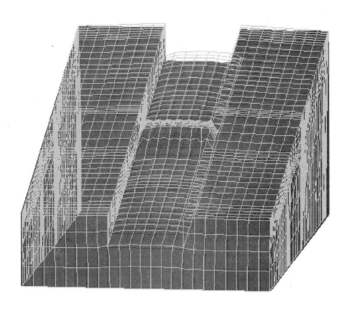

图 6-23 开挖 70m 宽 x 方向变形网格图

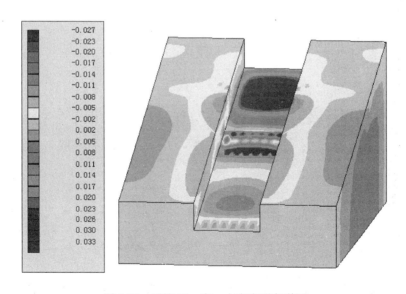

图 6-24 开挖 70m 宽 x 方向变形色谱图

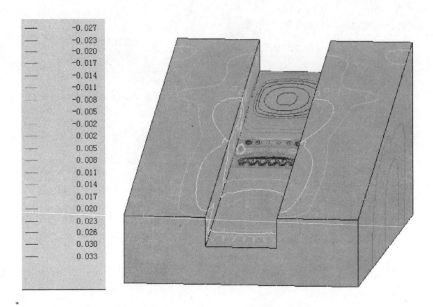

图 6-25　开挖 70m 宽 x 方向变形等值线图

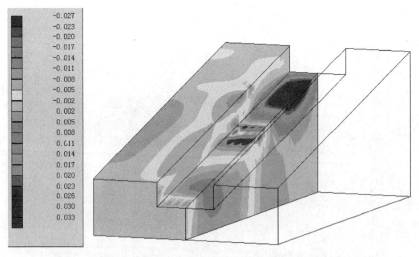

图 6-26　开挖 70m 宽断面 y 方向变形色谱图

5. 凹型槽开挖宽度 90m 边坡岩体的变形特点

当开挖高度不变、开挖宽度 90m 时,模型划分为 19117 个单元与 82014 个结点(图 6-27)。

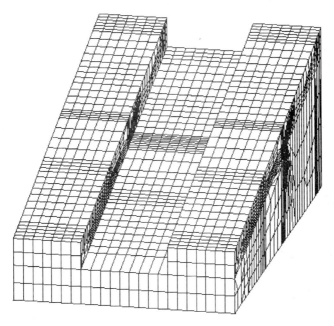

图 6-27　开挖 90m 宽模型单元划分图

数值模拟结果如图 6-28～图 6-31 所示。从模拟结果的变形色谱图来看，在坡底产生应力集中，槽底边坡变形继续增大，从变形网格图和等值线图可以看

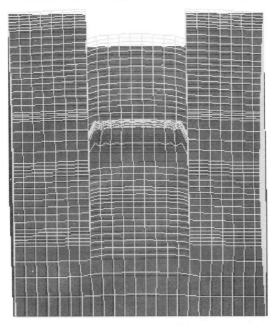

图 6-28　开挖 90m 宽 x 方向变形网格图

出，整体变形量明显增大，说明开挖宽度变化诱发的二维效应明显。

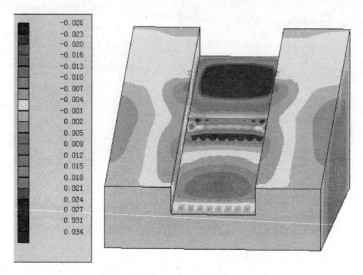

图 6-29 开挖 90m 宽 x 方向变形色谱图

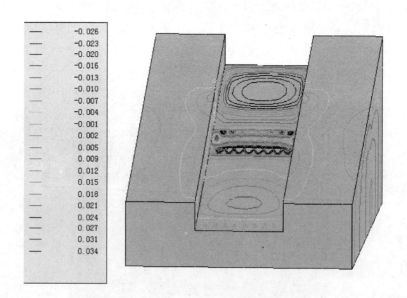

图 6-30 开挖 90m 宽 x 方向变形等值线图

6. 凹型槽开挖宽度 110 m 边坡岩体的变形特点

当开挖高度不变、开挖宽度 110m 时，模型单元划分为 18511 个单元和

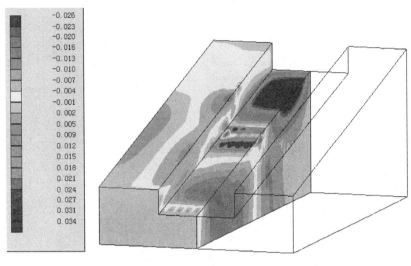

图 6-31　开挖 90m 宽断面 y 方向变形色谱图

79656 个结点（图 6-32）。数值模拟结果如图 6-33～图 6-36 所示。从变形色谱图来看，坡底产生应力集中，槽底边坡变形量值与未开挖边坡变形基本一致，说明开挖宽度增大后三维变形效应逐渐消失，并转变为平面问题。

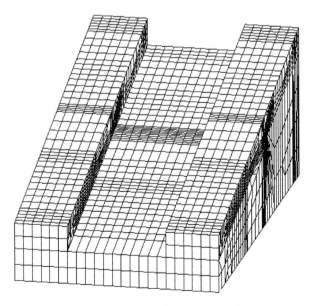

图 6-32　开挖 110m 宽模型单元划分图

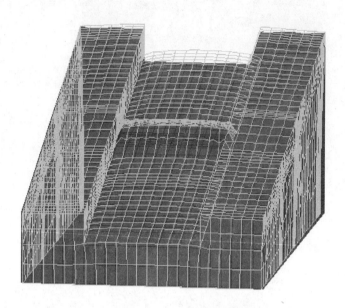

图 6-33　开挖 110m 宽 x 方向变形网格图

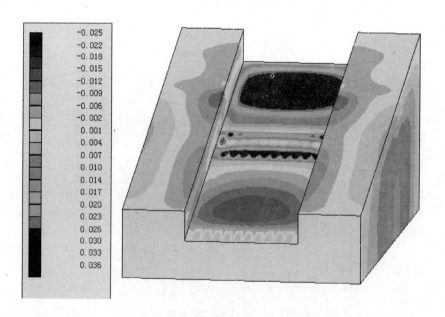

图 6-34　开挖 110m 宽 x 方向变形色谱图

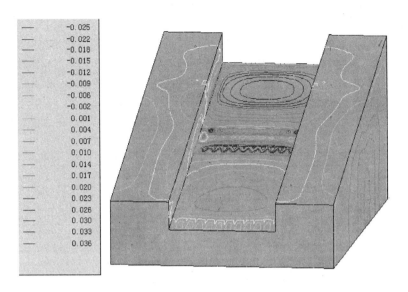

图 6-35　开挖 110m 宽 x 方向变形等值线图

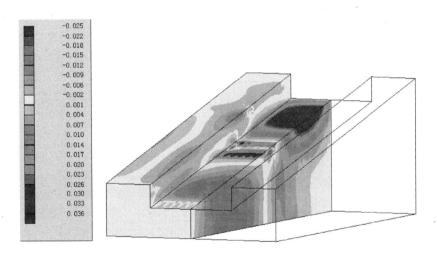

图 6-36　开挖 110m 宽断面 y 方向变形色谱图

6.4.4　凹型皮带道的槽底边坡移动规律分析

凹型皮带道的槽底变形数值如表 6-1 所示，变形曲线如图 6-37 和图 6-38 所示，可以看出当开挖宽度为 10m 时变形值较小，随着开挖宽度的增加，变形值依次增大。

表 6-1　数值模拟沿 x 方向数值模拟数据

宽度 距离/m	开挖 10m	开挖 30m	开挖 50m	开挖 70m	开挖 90m	开挖 110m
2345	0	0	0	0	0	0
2350	0	0	0	0	0	−0.00047
2355	0	0	0	0	0	−0.00141
2360	0	0	0	0	−0.00085	−0.00265
2365	0	0	0	−0.0003	−0.00176	−0.00333
2370	0	0	−0.00001	−0.00119	−0.00294	−0.00382
2375	0	−0.00001	−0.00068	−0.00205	−0.00358	−0.00497
2380	−0.00005	−0.00037	−0.00147	−0.00317	−0.00405	−0.00582
2385	−0.00018	−0.00094	−0.00226	−0.00375	−0.00515	−0.00617
2390	−0.00035	−0.00159	−0.00327	−0.00417	−0.006	−0.00636
2395	−0.00071	−0.00218	−0.00374	−0.0052	−0.00635	−0.00655
2400	−0.00109	−0.00292	−0.00402	−0.00599	−0.00655	−0.00668
2405	−0.00105	−0.00315	−0.00486	−0.0063	−0.00673	−0.00673
2410	−0.00104	−0.00312	−0.00544	−0.00644	−0.00673	−0.00676
2415	−0.00119	−0.00328	−0.00556	−0.00651	−0.00674	−0.00677
2420	−0.00104	−0.00312	−0.00544	−0.00644	−0.00673	−0.00676
2425	−0.00105	−0.00315	−0.00486	−0.0063	−0.00673	−0.00673
2430	−0.00109	−0.00292	−0.00402	−0.00599	−0.00655	−0.00668
2435	−0.00071	−0.00218	−0.00374	−0.0052	−0.00635	−0.00655
2440	−0.00035	−0.00159	−0.00327	−0.00417	−0.006	−0.00636
2445	−0.00018	−0.00094	−0.00226	−0.00375	−0.00515	−0.00617
2450	−0.00005	−0.00037	−0.00147	−0.00317	−0.00405	−0.00582
2455	0	−0.00001	−0.00068	−0.00205	−0.00358	−0.00497
2460	0	0	−0.00001	−0.00119	−0.00294	−0.00382
2465	0	0	0	−0.0003	−0.00176	−0.00333
2470	0	0	0	0	−0.00085	−0.00265
2475	0	0	0	0	0	−0.00141
2480	0	0	0	0	0	−0.00047
2485	0	0	0	0	0	0

当皮带道开挖宽度达到 50m 时，变形速率增量呈递减，即变形曲线向上呈

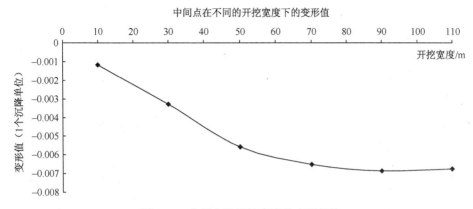

图 6-37　中间点随开挖宽度的变形规律

凹型；当开挖宽度达到 90m 时变形值递增速率非常小；当开挖宽度达到 110m时，变形值达到最大，再开挖变形值基本不便。由此说明 110m 是三维效应与平面效应的临界点，大于 110m 时属于平面问题，小于 110m 时属于三维效应。

由此就可以确定凹型皮带道最大开挖宽度应小于 110m，此时槽底边坡变形属于三维变形效应；开挖宽度为 50m 时属于增速与减速分界点；对于北帮地层分布特点与岩石强度特性而言，表 6-2 将凹型皮带道槽底位移与开挖宽度 110m位移值进行了对比，只要皮带道开挖宽度不大于 30m，位移值仅为二维效应位移值的 48.4%，由此就可以控制皮带道边坡的变形，从而确保皮带运输的安全。

表 6-2　凹型皮带道槽底位移值与开挖宽度 110m 位移值之比

开挖宽度/m	10	30	50	70	90	110
位移值 u_i	119	328	556	651	674	677
开挖宽度 110m 位移值 U	677	677	677	677	677	677
$(u_i/U) \times 100$ %	17.8	48.4	82.1	96.2	99.6	100

6.5　凹型皮带道边坡岩体的稳定性评价

6.5.1　凹型皮带道边坡危险滑移面的确定与分析

对凹型皮带道进行稳定性评价，首先通过滑移场理论找出边坡的危险滑移面，在此基础上，再与 samar 法进行耦合评价，从而得出凹型皮带道边坡岩体的安全状态。在开挖凹型皮带道之前，其边坡工程地质分布如图 6-39 所示；滑移场搜寻如图 6-40～图 6-42 所示。通过滑移场搜寻求得边坡稳定系数为 1.283。

6.5.2　凹型皮带道边坡岩体稳定性的耦合评价

根据滑移场理论搜寻出未清帮时边坡的危险滑面，条块划分如图 6-43 所示，

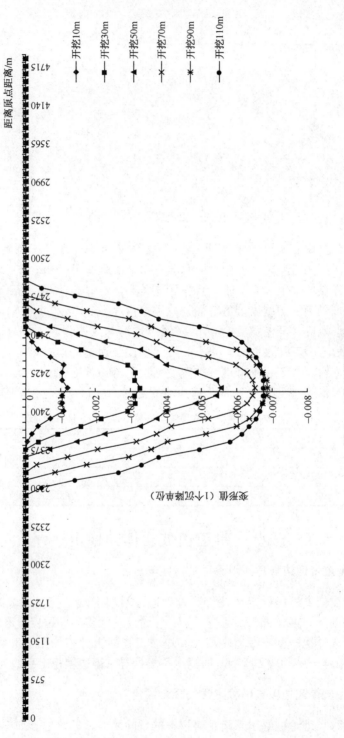

图 6-38　数值模拟分析图

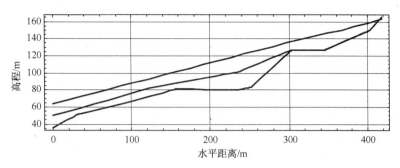

图 6-39　皮带道边坡轮廓图

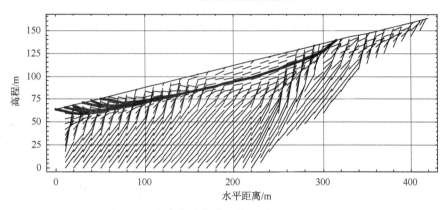

图 6-40　边坡临界滑移面搜寻图（F_s ＝1.283）

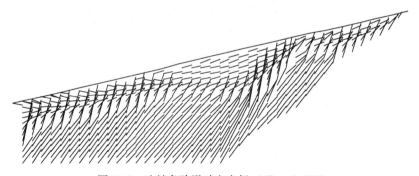

图 6-41　边坡危险滑动方向场（F_s ＝1.283）

条块数目划分边坡破坏滑动面为 16 块，地震加速度与垂直方向的夹角为 90°。稳定性计算结果为 F_s ＝1.27，边坡属于稳定状态。

6.5.3　凹型皮带道清除挂帮煤边坡岩体稳定性的耦合评价

1. 凹型皮带道清帮后边坡危险滑移面的确定与分析

皮带道清除挂帮煤后边坡轮廓如图 6-44 所示，滑移面搜寻如图 6-45～

图 6-47所示。从搜寻结果来看整体边坡属于稳定，局部稳定系数为1.15。

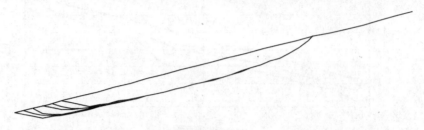

图 6-42　边坡临界滑动面（F_s =1.283）

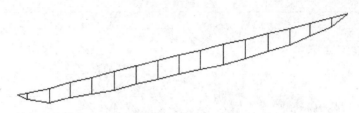

图 6-43　边坡稳定性计算图

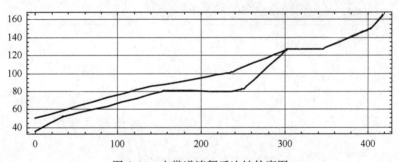

图 6-44　皮带道清帮后边坡轮廓图

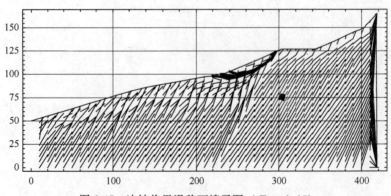

图 6-45　边坡临界滑移面搜寻图（F_s =1.15）

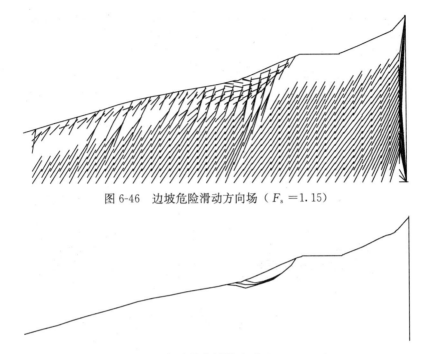

图 6-46 边坡危险滑动方向场 ($F_s = 1.15$)

图 6-47 局部边坡临界滑动面 ($F_s = 1.15$)

2. 凹型皮带道清帮后边坡岩体稳定性的耦合评价

根据滑移场理论搜寻出皮带道边坡的危险滑面，条块划分如图 6-48 所示，地震加速度与垂直方向的夹角为 90°，局部边坡稳定系数的计算结果为 $F_s = 1.15$，边坡属于稳定状态。

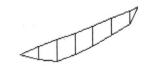

图 6-48 局部边坡稳定性计算图

6.5.4 凹型皮带道清除软岩层边坡稳定性的耦合评价

1. 凹型皮带道清除软岩层边坡危险滑移面的确定与分析

皮带道清除软岩层后边坡轮廓如图 6-49 所示，滑移面搜寻如图 6-50～图 6-52 所示。搜寻结果稳定系数为 2.93，整体边坡属于非常稳定状态。

2. 凹型皮带道清除软岩层后边坡岩体稳定性的耦合评价

根据滑移场理论搜寻出皮带道边坡的危险滑面；然后应用萨尔码方法进行稳定性评价，条块划分如图 6-53 所示，地震加速度与垂直方向的夹角为 90°。边坡

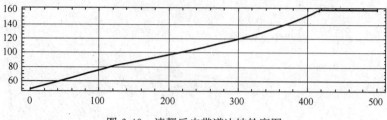

图 6-49 清帮后皮带道边坡轮廓图

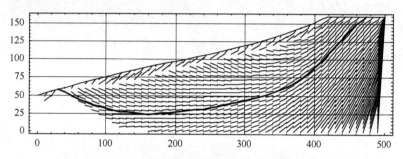

图 6-50 清帮后皮带道边坡临界滑移面（$F_s = 2.93$）

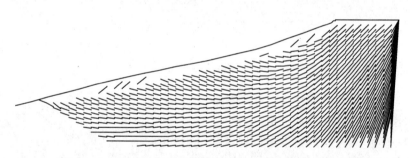

图 6-51 清帮后皮带道边坡危险滑动方向场（$F_s = 2.93$）

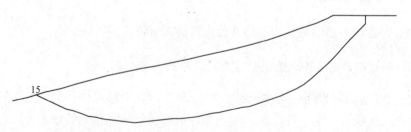

图 6-52 清帮后皮带道边坡临界滑动面（$F_s = 2.93$）

稳定系数计算结果为 2.93，边坡属于非常稳定状态。

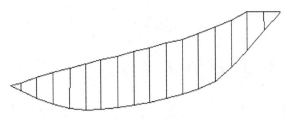

图 6-53　清帮后皮带道边坡稳定性计算图

3. 结论

通过对凹型皮带道基底边坡变形的数值模拟分析、滑移场理论的分析与稳定性综合评价，可以得到如下几点结论：

（1）当凹型皮带道开挖宽度 10m 时基底边坡变形很小，之后随着开挖宽度的增大近似呈线性递增；当开挖宽度达到 50m 时是变形速率的分界点，即变形曲线由近似直线变为下凹曲线的分界点；之后随着开挖宽度的增加变形速率呈递减之势。当开挖宽度达到 110m 时变形值达到最大，再增大开挖宽度变形值不变。

（2）如果将开挖宽度达到 70m 之前近似按线性插值，求出双机道皮带宽度为 24m 时的凹型皮带道边坡基底变形仅为其宽度为 110m 时变形值的 32%，即变形值减小了 68%，由此可以减小皮带道基底边坡的变形值，确保皮带运输系统的安全。

第7章　布沼坝露天西帮与北帮边坡稳定性分析

7.1　布沼坝露天西帮与北帮边坡岩体变形概况

7.1.1　西帮边坡岩体变形历程与治理概况

从1992年开始，西帮原设计地表境界外的山坡体上出现裂缝。到1993年11月，武警十六中队驻地一带，裂缝水平位移达到270mm，驻地房屋也发生沉陷和裂缝，严重影响十三中队的安全。1995年雨季以后，裂缝发展速度加快，由于地表裂缝加速扩展，布沼坝露天有几栋宿舍和仓库及矿办公楼、地面截水沟等也相继发生不同程度的裂缝和沉陷。进入1996年7、8月以后，边坡开始加速下滑，坡体南北裂缝在346线附近全部贯通，裂缝长500m，宽50cm，同时边坡上部继续有新裂缝产生。至1997年底，坡体上共有大小不等裂缝二十余条，裂缝最长500多m，宽2m，西帮边坡已产生破坏性滑移变形，严重威胁露天矿的安全生产。

1994年对西帮工程地质进行勘探，1996年开始对西帮边坡进行监测分析，并结合高精度地表位移监测网数据每年提交边坡变形分析报告，为西帮边坡稳定及治理设计提供了基础资料。1996年2月完成了《西帮边坡治理设计》。西帮边坡治理设计范围主要为布沼坝露天西帮北段四期扩建工程设计确定的地表境界以外，在34200~34900之间，宽度约460m。西帮边坡治理采取综合治理措施方案，即以削坡减载为主，锚索加固与防排水相结合的方案。此工程清帮工程量3.5×10⁶m³。在1140~1160三个平盘上设置4组共8排大型预应力锚索，锚索的锚固力为80t，锚索总长23520m。其余相关的工程有水平放水孔、防排水工程、布沼坝露天矿宿舍搬迁、武警部队搬迁、公路改建、高压线改建等。

7.1.2　北帮边坡岩体变形与治理概况

2002年3月北帮M301、M302附近边坡1070水平上下出现了明显的变形，2003年在机道附近出现一条长365m，宽5~10cm的裂缝，这些变形的发生，严重地威胁到M301、M302和1#、2#转载站的安全。

在2002年4月~8月相关研究单位对布沼坝露天矿北帮边坡稳定性进行了研究评价，提出了清除北帮边坡上"挂帮煤"、加固1#转载站、废除2#转载站、用锚索加固M301、M302机道两侧边坡的综合治理措施。之后由设计单位对北帮边坡进行了加固工程设计。目前M302机道以东已施工锚索220根，共6470m；M301以西施工锚索474根，总长14248m；M301、M302机道两侧共施工锚索 694 根，总长 20754m。与此同时，矿山自 2005 年 3 月在变形区域建立了地表、地下位移监测系统，至 2007 年 7 月共取得 28 个月的边坡位移监测数据。但从 2007 年 6 月以来，云南省普降强降雨，持续时间近一个月，裂缝位移量及宽度开始明显加大。

根据布沼坝北帮边坡、M301、M302 胶带机机道附近出现的裂缝位置及延伸长度，结合地表及地下观测资料，西帮及北帮的变形范围：在南北方向上平均长 274.90m，在东西方向上平均宽 825.10m，总面积约 2.27×10⁵ m²。根据北帮边坡变形地裂缝分布、走向特征，北帮边坡（机道边坡）变形体的范围及规模：北帮变形体南北方向平均长 350.00m，东西方向平均宽 552.50m，总面积约 1.93×10⁵ m²；平均厚度约为 16.20m，最厚的部位位于 6 线附近达到 33.40m；整个北帮变形体体积约为 35.19×10⁵ m³。变形体位移方向为 SE14°～37°，边坡变形位移方向与边坡临空面方向一致。

7.2　西帮 342 剖面边坡稳定性分析

7.2.1　西帮 342 剖面边坡地表位移动态分析

西帮 342 剖面各点不同时期水平位移量、沉降量如表 7-1 所示。该剖面有 7 个地表监测点，各个测点的累计位移曲线、位移历时曲线、位移速度曲线及其变化规律如图 7-1～图 7-3 所示。其主要变形特点是随监测时间增长，位移值明显增大。从水平位移速率分布曲线中可以看出 jw342-6 点在 2005 年 6～8 月间的水平位移速率为 34mm/month，在 2005 年 9 月至 2005 年 11 月其值为 116.5mm/month，增大 2.5 倍，增长幅度较大。从水平位移历时曲线中可以看出 jw342-6 点在 2005 年 8 月的水平位移值为 43.3mm，2005 年 9 月其值为 97.5mm，增长幅度较大。但不同时段变形速率增大幅度不一致，这主要与开挖量、开挖位置、降雨量大小等因素有关。从该剖面位移变形量值来看，中下部变形量大；随着开采的继续，边坡高度和临空面的增大，边坡的安全受到很大的威胁。

表 7-1　西帮 342 剖面各点水平位移与沉降量表

点名		jw342-1	jw342-2	jw342-3	jw342-4	jw342-5	jw342-6	jw342-7
2005 年 3 月 16 日	水平位移 Δu/mm	0	0	0	0	0	0	0
	沉降量 Δh/mm	0	0	0	0	0	0	0
2005 年 4 月 6 日	水平位移 Δu/mm	4.6	6.8	9.8	6.4	9.5	12.1	4.8
	沉降量 Δh/mm	−41	−8.3	−14.2	−9.8	−13.2	19.9	35.6
2005 年 5 月 13 日	水平位移 Δu/mm	11	19.4	8.4	11	13	6.6	16.7
	沉降量 Δh/mm	−18.2	−10.2	−12.7	−30.3	−8.7	−11.4	9.5

续表

点名		jw342-1	jw342-2	jw342-3	jw342-4	jw342-5	jw342-6	jw342-7
2005 年 6 月 13 日	水平位移 Δu/mm	2.5	4.8	20.3	26.2	20.1	18	28.2
	沉降量 Δh/mm	−128.7	−107.8	−136.1	39.4	17.1	14.6	21.7
2005 年 7 月 7 日	水平位移 Δu/mm	10	16.2	12.4	19.6	26.8	40.8	45.4
	沉降量 Δh/mm	−7	5.5	6.1	3.1	16.4	39.5	28.3
2005 年 8 月 3 日	水平位移 Δu/mm	11.9	18.4	11.7	28.8	32.8	43.3	60.4
	沉降量 Δh/mm	3	17.9	10.5	11.3	10.2	7.5	21.6
2005 年 9 月 6 日	水平位移 Δu/mm	17.8	31.4	28.9	72	89.3	97.5	124.1
	沉降量 Δh/mm	−17.2	12.3	−8.1	18.8	3.7	8.9	34.2
2005 年 10 月 9 日	水平位移 Δu/mm	18.1	45.6	38.7	83.6	89	117.9	146.8
	沉降量 Δh/mm	−17.5	6	−4.8	6	16.6	−2.3	14.7
2005 年 11 月 2 日	水平位移 Δu/mm	0	50.2	42.5	87.6	103.5	134.1	161.1
	沉降量 Δh/mm	0	7.9	19.5	29	22.4	−15.8	22.6
2005 年 12 月 7 日	水平位移 Δu/mm	0	56.5	43	92.8	113	135.6	165.3
	沉降量 Δh/mm	0	11.7	11.2	1	12.4	2.8	5.4
2006 年 1 月 5 日	水平位移 Δu/mm	0	72.4	52.5	101.5	114.1	143.2	173.9
	沉降量 Δh/mm	0	6	−3	−6.9	1.1	−2.2	0.2
2006 年 2 月 7 日	水平位移 Δu/mm	0	60.9	51.3	102.3	113.8	145.2	185.2
	沉降量 Δh/mm	0	118	101	93.9	29.1	8.4	1.2
2006 年 3 月 2 日	水平位移 Δu/mm	0	67.8	50.6	105.4	115.9	148.9	193
	沉降量 Δh/mm	0	14.4	9.2	13.8	17.1	7.3	18.3
2006 年 4 月 4 日	水平位移 Δu/mm	0	77.7	60.3	110.2	127.7	169.4	214.9
	沉降量 Δh/mm	0	25.7	7.3	22.3	42.7	16.8	12.8
2006 年 5 月 22 日	水平位移 Δu/mm	0	82.9	62.9	115.3	0	171.9	224.9
	沉降量 Δh/mm	0	32.9	3.2	14.2	0	10.6	56
2006 年 6 月 2 日	水平位移 Δu/mm	0	69.3	52.5	97.6	0	168.8	214.6
	沉降量 Δh/mm	0	−78.8	−108.9	−86.6	0	12.1	−18.5
2006 年 7 月 4 日	水平位移 Δu/mm	0	92.7	47.2	116.9	0	170.8	235.4
	沉降量 Δh/mm	0	29.2	−0.9	53.1	0	44.1	60.9
2006 年 8 月 2 日	水平位移 Δu/mm	0	86.1	50.5	123.9	0	189.6	253.4
	沉降量 Δh/mm	0	32.1	18.8	45.9	0	17.8	38.3
2006 年 9 月 5 日	水平位移 Δu/mm	0	99.6	72.1	134.2	0	197	266.8
	沉降量 Δh/mm	0	32.7	8.7	23.2	0	42.9	28.7

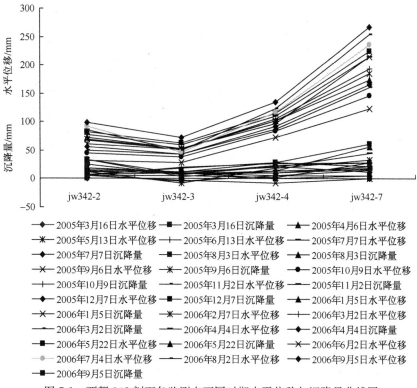

图 7-1　西帮 342 剖面各监测点不同时期水平位移与沉降量曲线图

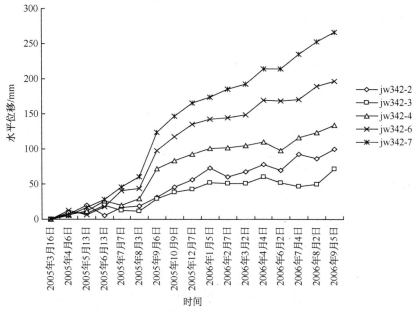

图 7-2　西帮 342 剖面各监测点水平位移历时曲线图

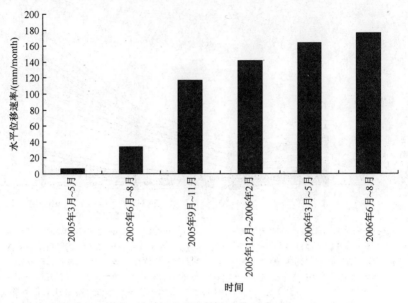

图 7-3　jw342-6 点水平位移速率图

7.2.2　西帮 342 剖面现存边坡的二维滑移面搜寻与稳定性分析

1. 二维滑移面搜寻与评价

图 7-4 是西帮 342 剖面现存边坡轮廓图，应用临界滑移场方法搜寻极限状态面。先设定安全贮备系数 $F_s = 1.3$ 时，根据现存边坡轮廓搜寻极限状态面，其搜寻结果如图 7-5～图 7-7 所示。

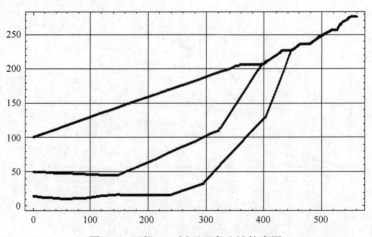

图 7-4　西帮 342 剖面现存边坡轮廓图

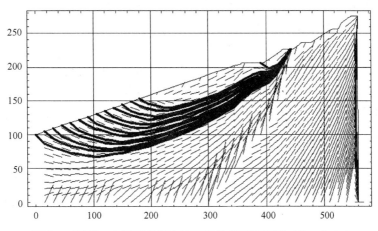

图 7-5　西帮 342 剖面现存边坡极限状态面搜寻图（$F_s=1.30$）

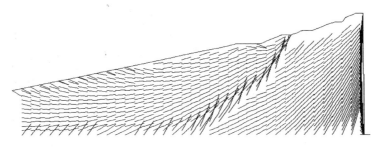

图 7-6　西帮 342 剖面现存边坡危险滑动方向场（$F_s=1.30$）

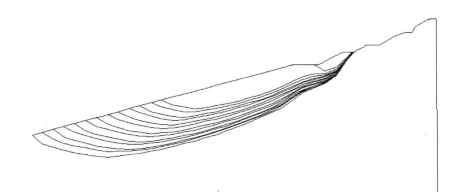

图 7-7　西帮 342 剖面现存边坡危险滑移面（$F_s=1.30$）

图 7-5 为边坡临界滑移场计算图，图中显示数据为各出口处的非负剩余推力值；图中粗实线用于标明各出口非负剩余推力的计算路径；细实线用于标明所有状态点的危险滑动方向。

图 7-6 为边坡危险滑动方向场，图 7-7 是边坡危险滑移场；当 $P_{max}=0$ 时便成为稳定系数等于 1.3 条件下的边坡临界滑移场。

边坡在设定的安全储备下，存在剩余推力大于零的临界滑面。说明边坡在 $F_s=1.30$ 的条件下是处于临界状态。调整安全储备，继续搜寻极限状态面。

当 $F_s=1.0842$ 时，边坡在 $x=50\text{m}$ 处（坡脚为坐标 0 点），最大剩余推力 $P_{max}=2\text{kN}$。表明在 $F_s=1.0842$ 时边坡达到极限平衡状态，搜寻结果如图 7-8～图 7-10 所示。

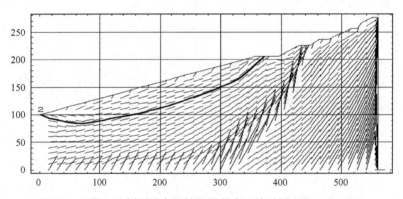

图 7-8　西帮 342 剖面现存边坡极限状态面搜寻图（$F_s=1.0842$）

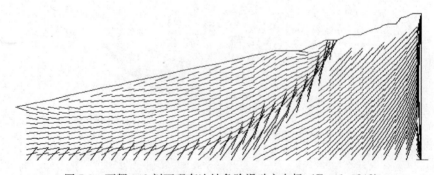

图 7-9　西帮 342 剖面现存边坡危险滑动方向场（$F_s=1.0842$）

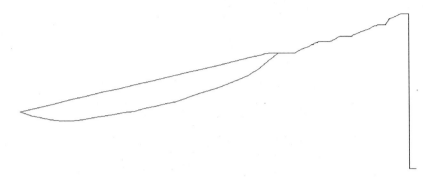

图 7-10　西帮 342 剖面现存边坡极限状态面临界滑移场（$F_s = 1.0842$）

2. 边坡稳定性耦合分析

根据滑移场理论搜寻出西帮 342 剖面的临界滑移面，应用极限平衡方法进行稳定系数验算，条块划分如图 7-11 所示，地震加速度与垂直方向的夹角为 90°。稳定系数计算结果为 $F_s = 1.091$，其结果与临界滑移场方法得到的结果基本一致，由此判定边坡基本处于基本稳定状态。

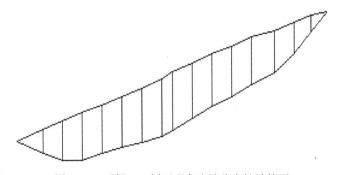

图 7-11　西帮 342 剖面现存边坡稳定性计算图

7.2.3　西帮 342 剖面现存边坡的三维滑移面搜寻与分析

对西帮 342 剖面进行三维稳定性分析，模型尺寸及划分精度如表 7-2 所示。由此搜出的滑体分布如图 7-12 所示，安全系数迭代过程如表 7-3 所示。自 2005 年 3 月以来，地表位移变形范围在 jw342-1 至 jw342-4 之间，沿倾向长度为 500~600m。计算得出的极限状态面沿倾向跨度为 531m，与地表实测变形数据吻合。342 剖面边坡在未采取其他加固措施的条件下潜在滑体的安全系数为 1.112，其计算结果略大于二维评价结果，由此可以判定该区域边坡岩体处于基本稳定状态。从边坡地表监测结果来看，边坡岩体变形量逐渐增大，说明随着下部开采的延深，边坡处于动态变化过程中。

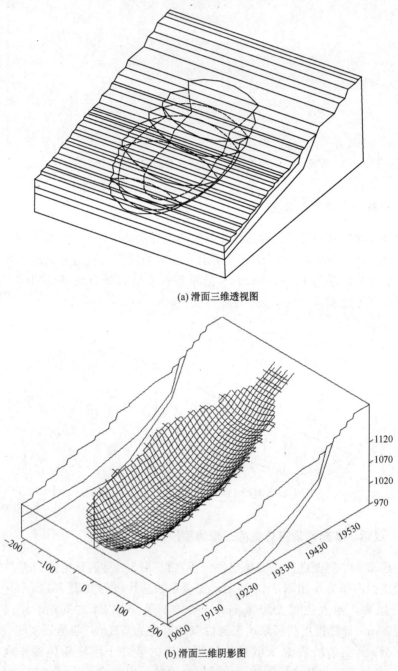

(a) 滑面三维透视图

(b) 滑面三维阴影图

图 7-12　西帮 342 剖面边坡极限状态面

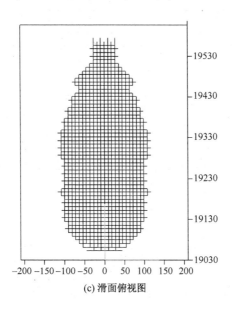

(c) 滑面俯视图

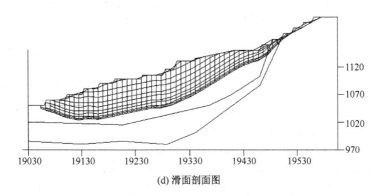

(d) 滑面剖面图

图 7-12　西帮 342 剖面边坡极限状态面（续）

表 7-2　模型尺寸及划分精度（单位：m）

计算范围	计算宽度	坡角以下计算深度	网格尺寸	深度步长	倾角变化幅度	备注
19030~19630	420	80	9×9	8	0.2	

表 7-3　342 剖面现存边坡安全系数迭代收敛过程

迭代次数	F_s	最大剩余推力值/kN	最极限状态面出口坐标/m
1	1.7600	782890.9114	19044
2	1.5600	541647.8647	19044
3	1.1120	−1394.2041	19044
4	1.1121	30.6725	19044

7.3　西帮 344 剖面边坡稳定性分析

7.3.1　西帮 344 剖面边坡地表位移动态分析

西帮 344 剖面各监测点不同时期水平位移量、沉降量如表 7-4 所示。344 剖面有 6 个监测点，各个测点的累计位移曲线、位移历时曲线、位移速度曲线及其变化规律如图 7-13～图 7-16 所示。其主要变形特点是随监测时间增长，位移值明显增大。从水平位移速率分布曲线可看出 jw344-6 点在 2005 年 6 月～8 月间的水平位移速率为 47.9mm/month，在 2005 年 9 月～11 月其值为 185.4mm/month，增大近 3 倍，速率增幅较大。从水平位移历时曲线中可以看出，jw344-6 点在 2005 年 8 月水平位移值为 68.1mm，2005 年 9 月其值为 159.4mm，增幅较大。总体来看不同时段变形速率增大幅度不一致，这主要与开挖量、开挖位置、降雨量大小等因素有关。从该剖面位移变形量来看，中下部变形量大；随着开采的继续，边坡高度和临空面的增大，应加强监测，掌握边坡动态，如果继续这种变形趋势，边坡的安全性会受到影响。

表 7-4　西帮 344 剖面各点水平位移与沉降量表

点　　名		jw344-1	jw344-2	jw344-3	jw344-4	jw344-5	jw344-6
2005 年 3 月 16 日	水平位移 Δu/mm	0	0	0	0	0	0
	沉降量 Δh/mm	0	0	0	0	0	0
2005 年 4 月 6 日	水平位移 Δu/mm	7.6	6	8.8	9.3	8.2	5.1
	沉降量 Δh/mm	−66.6	4.7	−20	10.8	−11.9	34.6
2005 年 5 月 13 日	水平位移 Δu/mm	15.4	7.8	14.3	7.3	30.9	11.1
	沉降量 Δh/mm	−114.4	3.9	−40.6	−13.9	−15.1	−23.8
2005 年 6 月 13 日	水平位移 Δu/mm	3.6	6.5	5.2	24.2	32.7	23.7
	沉降量 Δh/mm	−153.3	−93.3	−102	33.8	22.8	16.4
2005 年 7 月 7 日	水平位移 Δu/mm	5.2	11.8	23.1	36	50.6	51.9
	沉降量 Δh/mm	−49.3	11.3	−5.8	21.6	36.1	18.7

续表

点　　名		jw344-1	jw344-2	jw344-3	jw344-4	jw344-5	jw344-6
2005 年 8 月 3 日	水平位移 Δu/mm	9.4	28.6	32	47.3	60.5	68.1
	沉降量 Δh/mm	−60.7	−40.2	5.4	22.5	14.3	29
2005 年 9 月 6 日	水平位移 Δu/mm	24.5	55.2	59.6	120.9	153.8	159.4
	沉降量 Δh/mm	−60.7	−16.3	−28	27.7	3.2	8.2
2005 年 10 月 9 日	水平位移 Δu/mm	30.5	84.9	70.1	140.2	164.8	188.9
	沉降量 Δh/mm	−74.5	−21.1	−33.9	17	10	−2
2005 年 11 月 2 日	水平位移 Δu/mm	35.3	75.2	79.9	153.2	186.8	207.8
	沉降量 Δh/mm	−63.5	−22.6	−35	35.9	2.9	−3.3
2005 年 12 月 7 日	水平位移 Δu/mm	39.6	89.7	89.5	162.7	196.3	218.7
	沉降量 Δh/mm	−72.6	−15.9	−44	23.7	5.4	−12.7
2006 年 1 月 5 日	水平位移 Δu/mm	475	95.5	102.8	172.1	208	227.4
	沉降量 Δh/mm	−76.2	−27.5	−45.9	10.2	−13.5	−7.4
2006 年 2 月 7 日	水平位移 Δu/mm	49.1	102.2	106.8	177.5	211.5	239.8
	沉降量 Δh/mm	−49.1	−11.8	55.7	32.7	10.6	−7.5
2006 年 3 月 2 日	水平位移 Δu/mm	50.9	105	98.9	182.1	222.2	240.9
	沉降量 Δh/mm	−58.4	−14.5	−39.2	23.3	1.1	−1.9
2006 年 4 月 4 日	水平位移 Δu/mm	51.6	117.2	111.7	186.9	0	269.3
	沉降量 Δh/mm	−84.3	−20.1	−32.2	28.4	0	8.3
2006 年 5 月 22 日	水平位移 Δu/mm	0	108.5	117.1	205.4	0	294.5
	沉降量 Δh/mm	0	−10.5	−24.1	29.4	0	26.6
2006 年 6 月 2 日	水平位移 Δu/mm	0	120.5	100.4	214.9	0	293.2
	沉降量 Δh/mm	0	−120.4	−153	29.2	0	−5.7
2006 年 7 月 4 日	水平位移 Δu/mm	0	108.7	130.2	218.9	0	293.4
	沉降量 Δh/mm	0	−6.2	−27.2	63.4	0	33.5
2006 年 8 月 2 日	水平位移 Δu/mm	0	112.8	130.4	233.9	0	324.3
	沉降量 Δh/mm	0	−15.5	−32.8	43.7	0	20.4
2006 年 9 月 5 日	水平位移 Δu/mm	0	151.7	139.5	247.9	0	336.5
	沉降量 Δh/mm	0	−16.5	−42.7	16	0	12.9

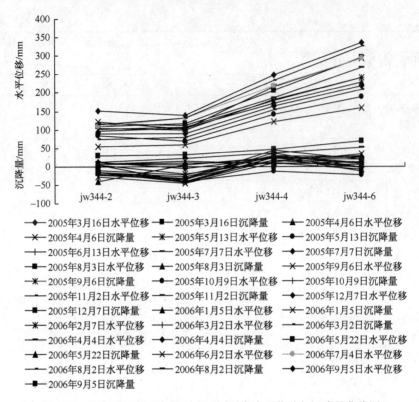

图 7-13　西帮 344 剖面各监测点不同时期水平位移与沉降量曲线图

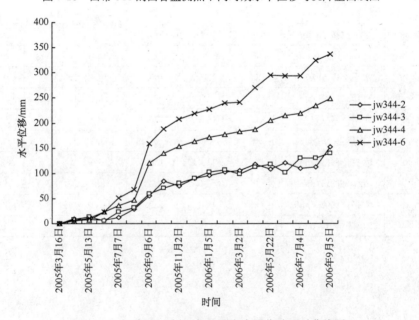

图 7-14　西帮 344 剖面各监测点水平位移历时曲线图

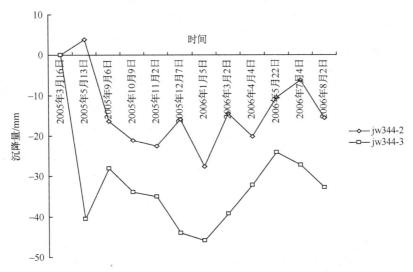

图 7-15　西帮 344 剖面各点沉降量历时曲线图

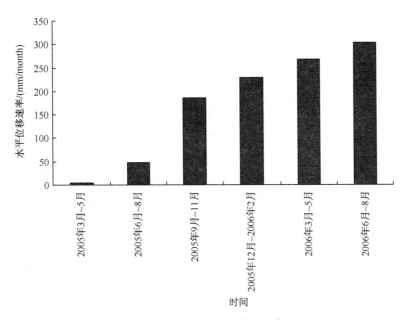

图 7-16　jw344-6 点水平位移速率图

7.3.2　西帮 344 剖面现存边坡二维滑移面的搜寻与稳定性分析

1. 滑移面搜寻与安全评价

图 7-17 是西帮 344 剖面现存边坡轮廓图，应用临界滑移场方法搜寻极限状态面。

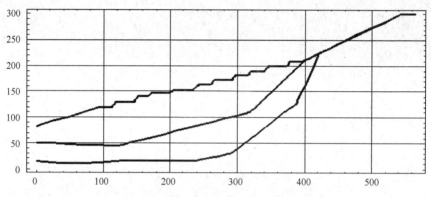

图 7-17　西帮 344 剖面现存边坡轮廓图

由图 7-18～图 7-20 可知，在给定的安全储备 $F_s = 1.3$ 条件下，边坡存在多条剩余推力大于零的极限状态面，说明边坡安全储备系数小于 1.3，调整安全储备系数继续搜寻。通过系列搜寻，当 $F_s = 1.0457$ 时，在坡脚处最大剩余推力 $P_{max} = 80kN$ 时形成滑移面。由此可近似地认为现存边坡稳定系数为 1.0457。搜寻结果如图 7-21～图 7-23 所示。

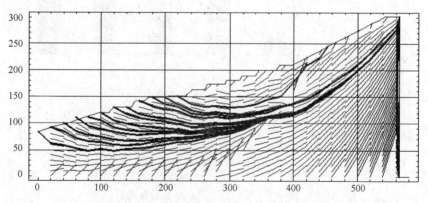

图 7-18　西帮 344 剖面现存边坡极限状态面搜寻图（$F_s = 1.30$）

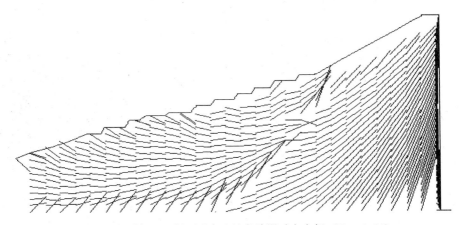

图 7-19　西帮 344 剖面现存边坡危险滑动方向场（$F_s = 1.30$）

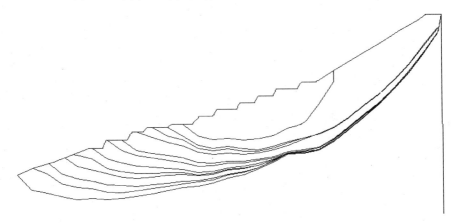

图 7-20　西帮 344 剖面现存边坡危险滑移面（$F_s = 1.30$）

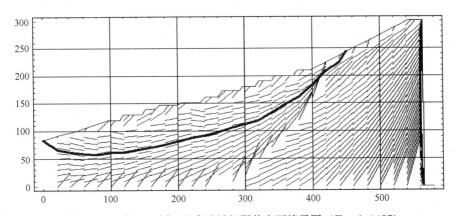

图 7-21　西帮 344 剖面现存边坡极限状态面搜寻图（$F_s = 1.0457$）

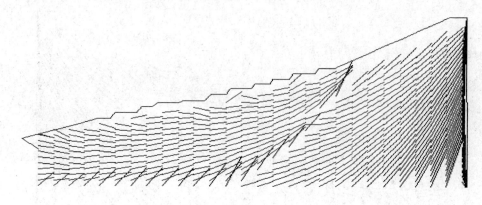

图 7-22　西帮 344 剖面现存边坡危险滑动方向场（$F_s = 1.0457$）

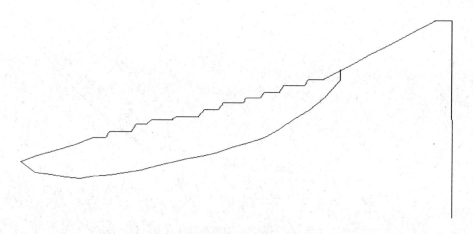

图 7-23　西帮 344 剖面现存边坡极限状态面临界滑移场（$F_s = 1.0457$）

2. 边坡稳定性耦合分析

依据滑移场理论搜寻出的西帮 344 剖面的极限状态面，然后应用极限平衡分析方法进行稳定性验算，条块划分如图 7-24 所示，地震加速度与垂直方向的夹角为 90°，边坡稳定性计算结果为 $F_s = 1.048$，其结果与临界滑移场评价方法基本一致，边坡基本处于基本稳定状态。

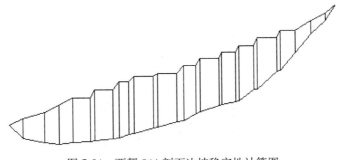

图 7-24　西帮 344 剖面边坡稳定性计算图

7.3.3　西帮 344 剖面现存边坡的三维滑移面搜寻与分析

对西帮 344 剖面现存边坡进行三维稳定性分析，模型尺寸及划分精度如表 7-5 所示。由此搜出的滑移面如图 7-25 所示，安全系数迭代过程如表 7-6 所示。根据变形分析与三维滑移场搜索结果，344 剖面现存边坡不采取其他加固措施条件下的安全系数为 1.062，其结果略大于二维评价结果。从边坡动态监测结果与安全评价结果来看，该剖面边坡处于基本稳定状态。

表 7-5　模型尺寸及划分精度（单位：m）

计算范围	计算宽度	坡角以下计算深度	网格尺寸	深度步长	倾角变化幅度	备注
18800～19400	420	80	8×8	8	0.2	

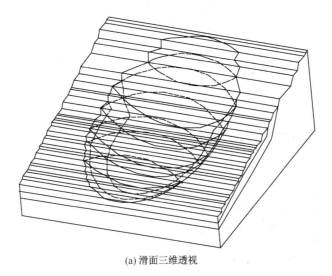

(a) 滑面三维透视

图 7-25　西帮 344 剖面现存边坡极限状态面

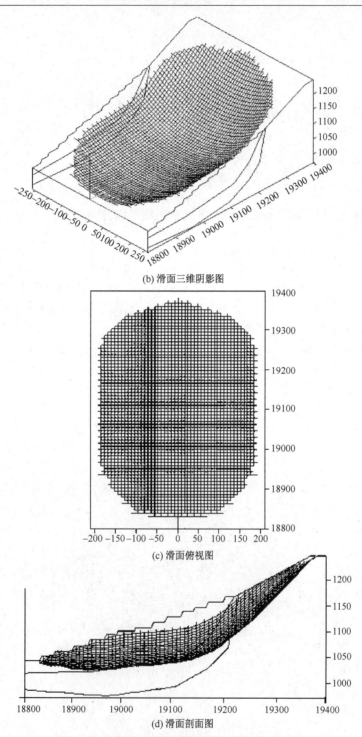

(b) 滑面三维阴影图

(c) 滑面俯视图

(d) 滑面剖面图

图 7-25　西帮 344 剖面现存边坡极限状态面（续）

表 7-6　西帮 344 剖面现存边坡安全系数迭代收敛过程

迭代次数	F_s	最大剩余推力值/kN	最极限状态面出口坐标/m
1	1.2600	596922.3121	19378
2	1.0600	-4276.8867	19378
3	1.0615	-87.2583	19378

7.4　西帮 346 剖面边坡稳定性分析

7.4.1　西帮 346 剖面边坡地表位移动态分析

西帮 346 剖面各点不同时期水平位移量、沉降量见表 7-7 所示。346 剖面有 5 个地表监测点，各个测点的累计位移曲线、位移历时曲线、位移速度曲线及其变化规律如图 7-26～图 7-29 所示。其主要变形特点是随监测时间增长，位移值明显增大，从水平位移速率分布曲线可看出 346-5 点在 2005 年 6 月～8 月间的水平位移速率为 49.8mm/month，在 2005 年 9 月～11 月其值为 186.4mm/month，增大近 3 倍，增幅非常大。从水平位移历时曲线中可以看出 jw346-4 点在 2005 年 8 月水平位移值为 66.8mm，2005 年 9 月其值为 167.4mm，增长幅度较大。但不同时段、不同监测点的变形速率增大幅度不一致，这主要与开挖量、开挖位置、降雨量大小等因素有关。从该剖面位移变形量来看，中下部变形量大；随着开采的继续，边坡高度和临空面的增大，边坡的安全还会受到很大的威胁。

表 7-7　西帮 346 剖面各监测点水平位移与沉降量表

点名		jw346-1	jw346-2	jw346-3	jw346-4	jw346-5
2005 年 3 月 16 日	水平位移 Δu/mm	0	0	0	0	0
	沉降量 Δh/mm	0	0	0	0	0
2005 年 4 月 6 日	水平位移 Δu/mm	2.4	9.8	6.7	9.7	3
	沉降量 Δh/mm	-66.6	-5.5	-22.9	0.9	46
2005 年 5 月 13 日	水平位移 Δu/mm	4.7	14.9	10.3	5.3	33.5
	沉降量 Δh/mm	-83.2	25.6	-47.3	-20	10.4
2005 年 6 月 13 日	水平位移 Δu/mm	3.8	13.2	6.4	31.4	37.4
	沉降量 Δh/mm	-134.7	-67	-117.4	37.1	25.8
2005 年 7 月 7 日	水平位移 Δu/mm	4.4	24.5	23.2	51.2	55.5
	沉降量 Δh/mm	-38.9	3.5	-32.4	7	27.3

点名		jw346-1	jw346-2	jw346-3	jw346-4	jw346-5
2005 年 8 月 3 日	水平位移 Δu/mm	26.1	39.5	35	66.8	72.1
	沉降量 Δh/mm	−125.7	−2.9	−35.2	35.7	15.2
2005 年 9 月 6 日	水平位移 Δu/mm	10.1	68	69.3	167.4	168.4
	沉降量 Δh/mm	−55.4	−18.9	−92	16.1	12.9
2005 年 10 月 9 日	水平位移 Δu/mm	13.9	88.9	91.2	184.3	201.5
	沉降量 Δh/mm	−56.2	−28	−114.2	−0.2	36.8
2005 年 11 月 2 日	水平位移 Δu/mm	16.5	95.3	93.5	207.6	218.3
	沉降量 Δh/mm	−41.1	−35.7	−127.6	9.3	22.9
2005 年 12 月 7 日	水平位移 Δu/mm	12.6	113.1	104.9	220.2	232.4
	沉降量 Δh/mm	−46	−28.8	−134.2	0.5	27.1
2006 年 1 月 5 日	水平位移 Δu/mm	8.7	123.6	109.8	233.4	243.5
	沉降量 Δh/mm	−62.8	−33.2	−154.5	−15.3	15.7
2006 年 2 月 7 日	水平位移 Δu/mm	9.5	115.5	112.9	243.3	249.2
	沉降量 Δh/mm	−27.6	−29.4	−55.4	13.6	38.6
2006 年 3 月 2 日	水平位移 Δu/mm	5.4	120.5	124.8	244.6	260.5
	沉降量 Δh/mm	−30.9	−24.8	−159.4	−1.6	25
2005 年 4 月 4 日	水平位移 Δu/mm	12.5	128.7	139.2	258.4	267.7
	沉降量 Δh/mm	−30.7	−44.1	−161.3	17.5	58.4
2006 年 5 月 22 日	水平位移 Δu/mm	12.2	139.7	149.9	272.2	294.8
	沉降量 Δh/mm	−23.8	−28.9	−160.6	13.7	36.5
2006 年 6 月 2 日	水平位移 Δu/mm	5.5	139.1	131.1	279.5	288.9
	沉降量 Δh/mm	−39	−113.9	−259.7	−4.1	11.4
2006 年 7 月 4 日	水平位移 Δu/mm	17.1	159.8	155.8	293.8	307.1
	沉降量 Δh/mm	−28.3	−35.7	−188.7	47.5	68.3
2006 年 8 月 2 日	水平位移 Δu/mm	9.4	163.5	161.6	315.2	338.8
	沉降量 Δh/mm	−24.6	−39.2	−181.1	6.9	56.2
2006 年 9 月 5 日	水平位移 Δu/mm	16.5	168.4	174.7	333.8	356.2
	沉降量 Δh/mm	−31.2	−57.8	−196.3	23.7	62.3

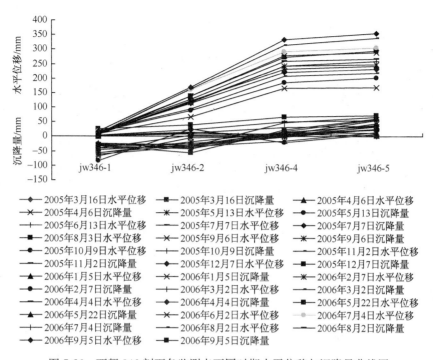

图 7-26 西帮 346 剖面各监测点不同时期水平位移与沉降量曲线图

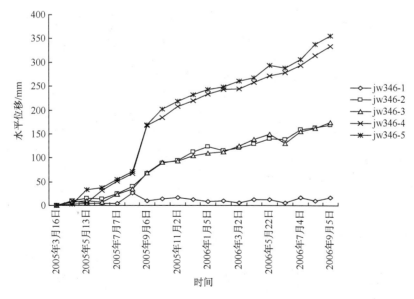

图 7-27 西帮 346 剖面各监测点水平位移历时曲线图

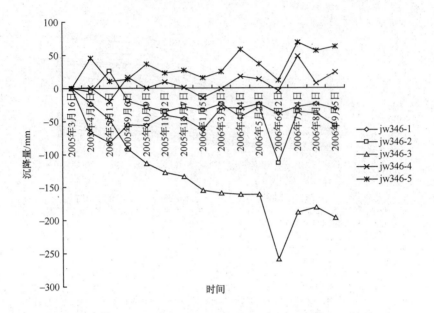

图 7-28　西帮 346 剖面各监测点沉降量历时曲线图

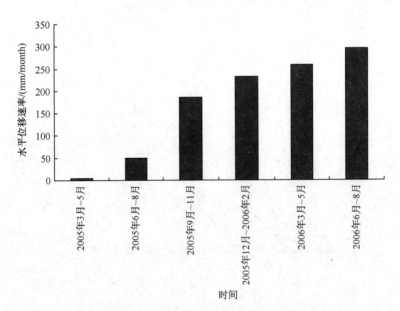

图 7-29　jw346-4 点水平位移速率图

7.4.2　西帮 346 剖面边坡岩体地下位移动态分析

从图 7-30 的孔深-位移曲线可以看出，该孔主要以剪切变形为主，其中在 17～25m 深处有一剪切变形带；从图 7-31 和图 7-32 可以看出，22.0m 深处最大位移值 45.0mm，其位移速度在 2006 年 6 月达到最大值 0.18mm/d。该监测孔除在滑面处位移值大之外，其余区段位移量较小。

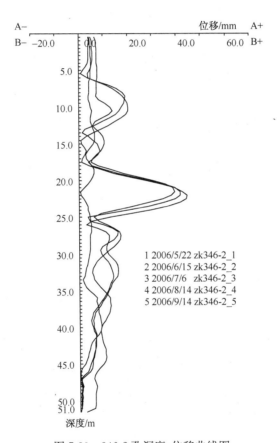

图 7-30　346-2 孔深度-位移曲线图

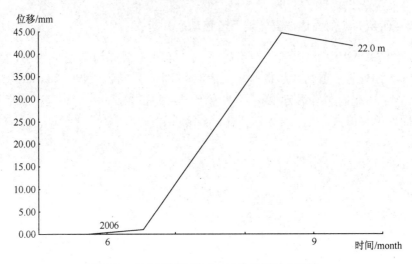

图 7-31　346-2 孔深 22.0m 处位移历时曲线图

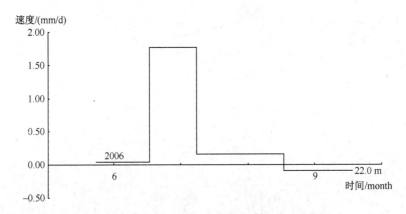

图 7-32　346-2 孔深 22.0m 处位移速度历时曲线图

7.4.3　西帮 346 剖面现存边坡的二维滑移面搜寻与稳定分析

1. 滑移面搜寻与边坡安全评价

图 7-33 是西帮 346 剖面现存边坡轮廓图，应用临界滑移场方法搜寻极限状态面。设安全系数 $F_s = 1.3$，通过极限状态面搜寻，其结果如图 7-34～图 7-36 所示。由图可知，在给定的安全储备 $F_s = 1.3$ 条件下，边坡存在多条剩余推力大于零的极限状态面，说明该边坡安全储备系数达不到设定的 1.3，调整安全储备，继续搜寻；当 $F_s = 1.0716$ 条件时，在 $x = 500$m 处（坡脚为坐标 0 点），最大剩余推力 $P_{max} = 79$kN。由此可近似地认为在储备系数 $F_s = 1.0716$ 时边坡达到极限平衡状态。搜寻结果如图 7-37～图 7-39 所示。

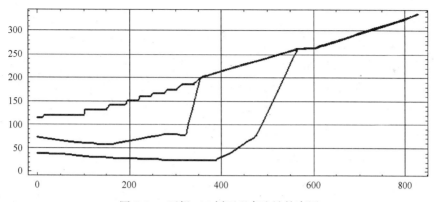

图 7-33　西帮 346 剖面现存边坡轮廓图

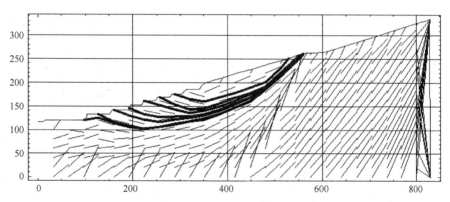

图 7-34　西帮 346 剖面现存边坡极限状态面搜寻图（$F_s = 1.30$）

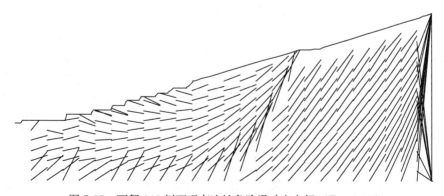

图 7-35　西帮 346 剖面现存边坡危险滑动方向场（$F_s = 1.30$）

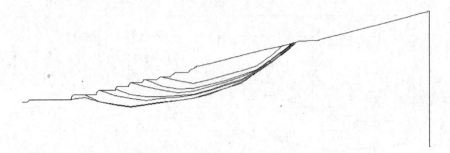

图 7-36　西帮 346 剖面现存边坡危险滑移面（$F_s = 1.30$）

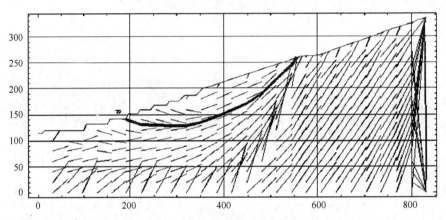

图 7-37　西帮 346 剖面现存边坡极限状态面搜寻图（$F_s = 1.0716$）

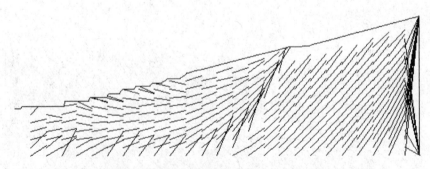

图 7-38　西帮 346 剖面现存边坡危险滑动方向场（$F_s = 1.0716$）

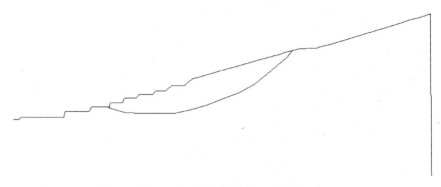

图 7-39　西帮 346 剖面现存边坡极限状态面临界滑移场（F_s＝1.0716）

2. 边坡稳定性耦合分析

依据滑移场理论搜寻出的极限状态面，应用极限平衡法进行稳定性验算与评价，条块划分如图 7-40 所示，地震加速度与垂直方向的夹角为 90°。稳定系数计算结果为 1.083；该结果与临界滑移场计算的结果基本一致。根据边坡位移动态监测成果与安全评价结果，现存边坡基本处于稳定状态。

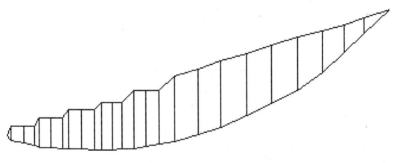

图 7-40　西帮 346 剖面边坡稳定性计算图

7.4.4　西帮 346 剖面现存边坡三维滑移场搜寻与分析

对西帮 346 剖面现存边坡进行三维稳定性分析，模型尺寸及划分精度如表 7-8 所示。求得的危险滑体如图 7-41 所示，安全系数迭代过程如表 7-9 所示。由此可见，该剖面边坡在未采取其他加固措施的条件下潜在滑体的安全系数为 1.07，其结果与二维评价结果基本一致，滑面位置和形状基本一致，由此可以判定现存边坡处于基本稳定状态。

表 7-8　模型尺寸及划分精度（单位：m）

计算范围	计算宽度	坡角以下计算深度	网格尺寸	深度步长	倾角变化幅度	备注
0～600	420	60	14×14	8	0.1	

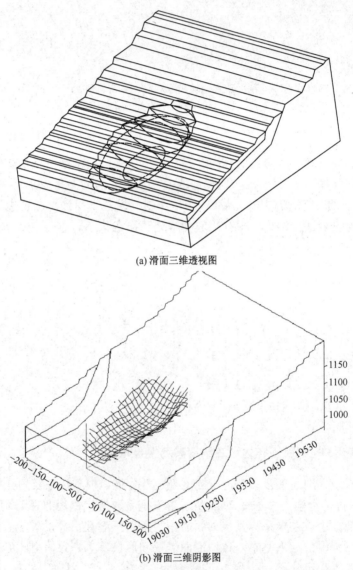

(a) 滑面三维透视图

(b) 滑面三维阴影图

图 7-41　西帮 346 剖面现存边坡极限状态面

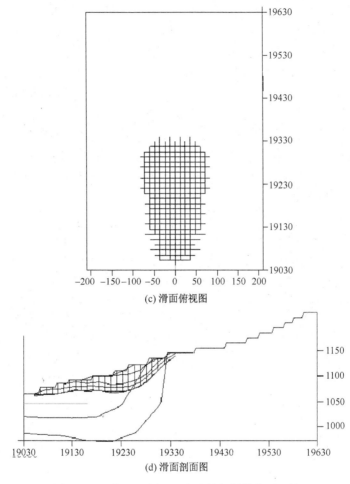

(c) 滑面俯视图

(d) 滑面剖面图

图 7-41　西帮 346 剖面现存边坡极限状态面（续）

表 7-9　西帮 346 剖面现存边坡安全系数迭代收敛过程

迭代次数	F_s	最大剩余推力值/kN	最极限状态面出口坐标/m
3	1.0550	−3715.1.1902	19293
4	1.0608	−3695.1.1976	19293
5	2.1158	560743.8145	19041
6	1.0678	−1489.3308	19041
7	1.0705	197.7867	19041

7.5　西帮 348 剖面边坡稳定性分析

7.5.1　西帮 348 剖面边坡地表位移动态分析

西帮 348 剖面各监测点不同时期水平位移量、沉降量如表 7-10 所示。西帮

348 剖面共有 4 个地表测点，各个测点的累计位移曲线、位移历时曲线、位移速度曲线及其变化规律如图 7-42～图 7-45 所示。其主要变形特点是随监测时间增长，位移值明显增大，从水平位移速率分布曲线可以看出 jw348-4 点在 2005 年 6 月～8 月的水平位移速率为 47.8mm/month，2005 年 9 月～11 月其值为 189.9mm/month，增大 3 倍，增幅非常大。从水平位移历时曲线中可以看出 jw348-4 点在 2005 年 8 月的水平位移值为 69.3mm，2005 年 9 月为 172.7mm，增幅较大，之后继续保持着这种增大趋势。jw348-2 点的水平位移增幅不大。从沉降历时曲线能看出各测点的沉降变化不明显，但不同时段变形速率增大幅度不一致，这主要与开挖量、开挖位置、降雨量大小等因素有关。从该剖面位移变形量值来看，中部变形量大。

表 7-10　西帮 348 剖面各点水平位移与沉降量表

点名		jw348-2	jw348-3	jw348-4	jw348-5
2005 年 3 月 16 日	水平位移 Δu/mm	0	0	0	0
	沉降量 Δh/mm	0	0	0	0
2005 年 4 月 6 日	水平位移 Δu/mm	5.8	10.5	12.7	8.8
	沉降量 Δh/mm	9.5	−5.8	1.4	−0.9
2005 年 5 月 13 日	水平位移 Δu/mm	12.1	10.7	11	8.8
	沉降量 Δh/mm	−19.5	−17.9	−9.8	−6.7
2005 年 6 月 13 日	水平位移 Δu/mm	11.9	15	28.7	22.5
	沉降量 Δh/mm	−58.9	−87.0	5.9	23.5
2005 年 7 月 7 日	水平位移 Δu/mm	2	38.4	45.4	33.2
	沉降量 Δh/mm	17.2	4.8	23.3	22.3
2005 年 8 月 3 日	水平位移 Δu/mm	6.4	64.8	69.3	54.1
	沉降量 Δh/mm	5.3	7.3	27.2	13.1
2005 年 9 月 6 日	水平位移 Δu/mm	6.4	145.8	172.7	121.4
	沉降量 Δh/mm	6.0	−22.3	−10.9	−3.6
2005 年 10 月 9 日	水平位移 Δu/mm	1.1	174.5	185.7	132.4
	沉降量 Δh/mm	−9.6	−22.5	−7.6	0.8
2005 年 11 月 2 日	水平位移 Δu/mm	6.1	184.9	211.2	146
	沉降量 Δh/mm	11.7	−27.4	−2.4	−15.1
2005 年 12 月 7 日	水平位移 Δu/mm	4.7	205.5	221.1	150.1
	沉降量 Δh/mm	8.8	−36.4	−21.7	−14.6
2006 年 1 月 5 日	水平位移 Δu/mm	6.3	214	235.9	159.8
	沉降量 Δh/mm	−93.0	−32.9	−24.4	−27.4

续表

点名		jw348-2	jw348-3	jw348-4	jw348-5
2006 年 2 月 7 日	水平位移 Δu/mm	9.5	224.5	242.4	162.2
	沉降量 Δh/mm	30.4	60.0	0.7	1.8
2006 年 3 月 2 日	水平位移 Δu/mm	1.7	233.3	256.1	173.5
	沉降量 Δh/mm	25.8	−32.7	−19.8	−18.3
2006 年 4 月 4 日	水平位移 Δu/mm	9.1	243.7	265.1	178.1
	沉降量 Δh/mm	4.5	−13.1	6.7	21.1
2006 年 5 月 22 日	水平位移 Δu/mm	5	267.5	288.3	197.5
	沉降量 Δh/mm	38.8	−19.5	−1.5	−0.2
2006 年 6 月 2 日	水平位移 Δu/mm	8	251.4	289.4	197.9
	沉降量 Δh/mm	−47.8	−80.8	−16	−7.9
2006 年 7 月 4 日	水平位移 Δu/mm	5.5	288.6	306.6	215.4
	沉降量 Δh/mm	33.1	−12.3	15.3	17.3
2006 年 8 月 2 日	水平位移 Δu/mm	4	303.1	324.4	229.7
	沉降量 Δh/mm	34.5	−27.4	−6.5	7.3
2006 年 9 月 5 日	水平位移 Δu/mm	6	313.6	343.4	239.4
	沉降量 Δh/mm	24.3	−19.2	−8.3	−11.9

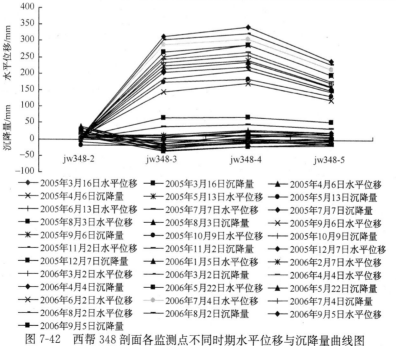

图 7-42 西帮 348 剖面各监测点不同时期水平位移与沉降量曲线图

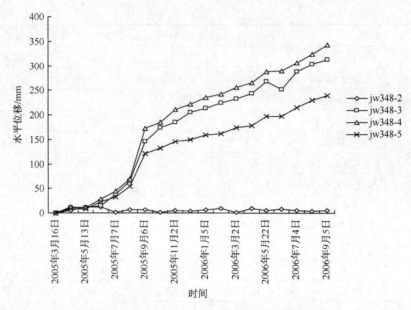

图 7-43　西帮 348 剖面各监测点水平位移历时曲线图

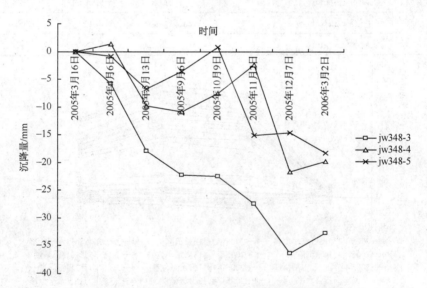

图 7-44　西帮 348 剖面各监测点沉降量历时曲线图

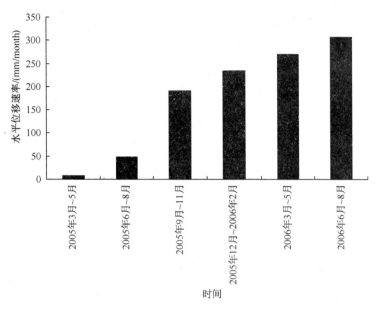

图 7-45　jw348-4 点水平位移速率图

7.5.2　西帮 348 剖面边坡岩体地下位移动态分析

从图 7-46 的孔深-位移曲线可以看出，该孔变形特点主要以剪切变形为主，其中在 28～33m 深处有一剪切变形带，滑面特征明显或者说是局部滑面基本形成。从图 7-47 和图 7-48 可以看出，深 28.0m 处最大位移值 60.0mm，其位移速率在 2006 年 6 月达到最大值 0.70mm/d。从位移历时曲线和位移速率变形曲线可以看出，位移量呈持续增大，但各个时段的速率增幅大小不等。

从图 7-49 的孔深-位移曲线可以看出，该剖面监测孔变形主要以剪切变形为主，其中在 19m 深处有一剪切面，滑面特征明显。从图 7-50 和图 7-51 可以看出，孔口处最大位移值 47.0mm，其位移速度在 2006 年 6 月达到最大值 0.50mm/d。从位移历时曲线和位移速率变形曲线可以看出，位移量呈持续增大，但各个时段的速率增幅大小不等。

从西帮 348 剖面两个监测孔的滑移特征来看，局部滑面基本形成，且特征明显，应加强监测，以便掌握边坡岩体的动态发展趋势。

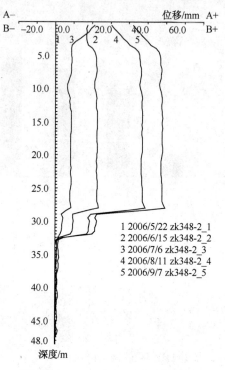

图 7-46　348-2 孔深度-位移曲线图

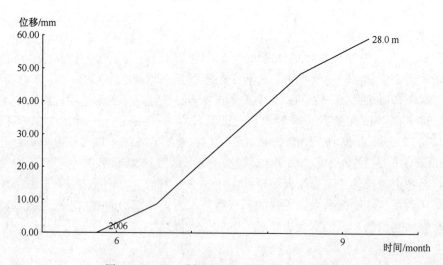

图 7-47　348-2 孔深 28.0m 处位移历时曲线图

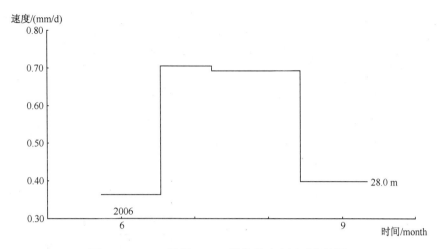

图 7-48　348-2 孔深 28.0m 处位移速度历时曲线图

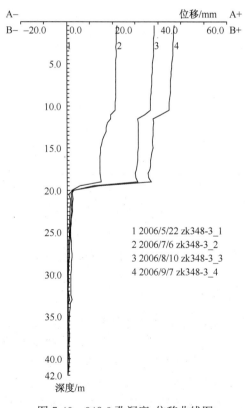

图 7-49　348-3 孔深度-位移曲线图

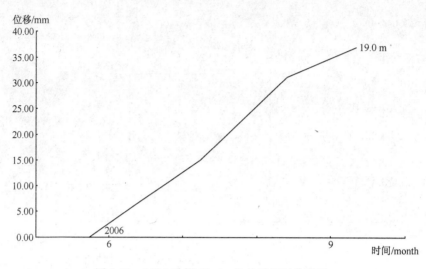

图 7-50　348-3 孔深 19.0m 处位移历时曲线图

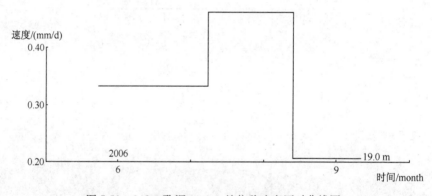

图 7-51　348-3 孔深 19.0m 处位移速度历时曲线图

7.5.3　西帮 348 剖面现存边坡的滑移面搜寻与稳定性分析

1. 滑移面搜寻与稳定评价

图 7-52 是西帮 348 剖面现存边坡轮廓图，应用临界滑移场方法搜寻极限状态面。设安全系数 $F_s = 1.3$ 时，根据到界边坡轮廓搜寻极限状态面，其搜寻结果如图 7-53～图 7-55 所示。由图可知，在设定安全系数条件下边坡岩体内的有多条剩余推力大于零的极限状态面存在，说明边坡安全储备小于 1.3；调整安全储备，继续搜寻边坡岩体安全系数大小。通过系列搜寻，当 $F_s = 1.0815$ 时，边坡在 $x = 30m$ 处，最大剩余推力 $P_{max} = 19kN$。此时边坡稳定系数为 1.0815。搜寻结果如图 7-56～图 7-58 所示。

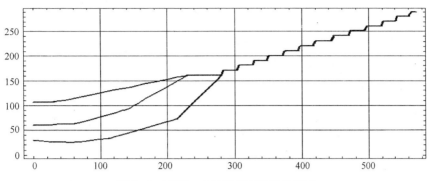

图 7-52　西帮 348 剖面现存边坡轮廓图

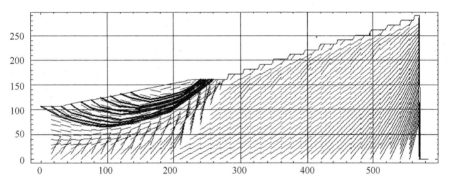

图 7-53　西帮 348 剖面现存边坡极限状态面搜寻图（$F_s = 1.30$）

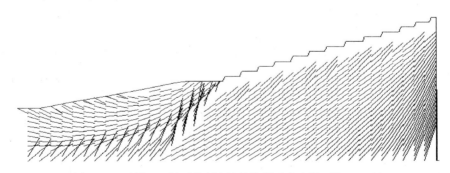

图 7-54　西帮 348 剖面现存边坡危险滑动方向场（$F_s = 1.30$）

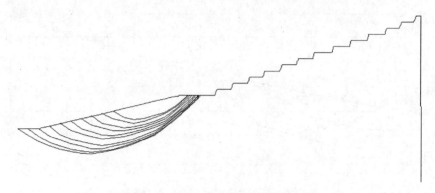

图 7-55   西帮 348 剖面现存边坡危险滑移面（F_s＝1.30）

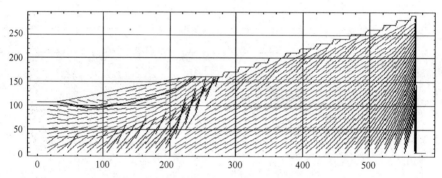

图 7-56   西帮 348 剖面现存边坡极限状态面搜寻图（F_s＝1.0515）

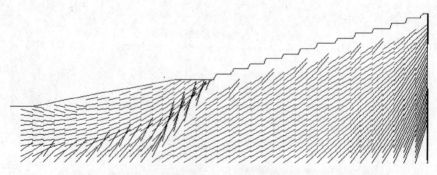

图 7-57   西帮 348 剖面现存边坡危险滑动方向场（F_s＝1.0515）

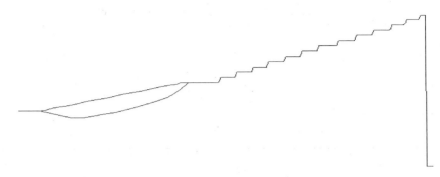

图 7-58　西帮 348 剖面现存边坡极限状态面临界滑移场（$F_s = 1.0515$）

2. 边坡稳定性耦合分析

依据滑移场理论搜寻出西帮 348 剖面边坡的极限状态面，在此基础上应用极限平衡方法验算边坡稳定系数，条块划分如图 7-59 所示，地震加速度与垂直方向的夹角为 90°；稳定系数计算结果为 $F_s = 1.063$，其值大小与临界滑移场搜寻结果基本一致；从边坡岩体的监测资料与安全评价结果来看，边坡基本处于稳定状态。

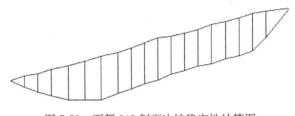

图 7-59　西帮 348 剖面边坡稳定性计算图

7.5.4　西帮 348 剖面现存边坡三维滑移面搜寻与分析

对西帮 348 剖面现存边坡进行三维稳定性分析，模型尺寸及划分精度如表 7-11 所示。搜出的极限状态面如图 7-60 所示，其安全系数迭代过程见表 7-12 所示。根据变形分析与三维滑移场搜索结果，西帮 348 剖面边坡稳定系数为 1.057，处于基本稳定状态，这与二维分析结果基本一致。

表 7-11　模型尺寸及划分精度（单位：m）

计算范围	计算宽度	坡角以下计算深度	网格尺寸	深度步长	倾角变化幅度	备注
19030～19630	420	70	14×14	6	0.1	

表 7-12　西帮 348 剖面现存边坡安全系数迭代收敛过程

迭代次数	安全系数	剩余推力/kN	出口坐标/m
1	1.3000	87888.78	14
2	1.1100	13075.20	14
3	1.0650	3765.12	36
4	1.0509	−2918.15	124
7	1.0593	2863.06	36
9	1.0577	16.92	36

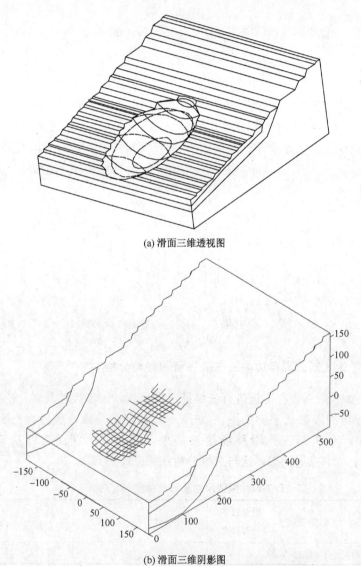

(a) 滑面三维透视图

(b) 滑面三维阴影图

图 7-60　西帮 348 剖面现存边坡极限状态面

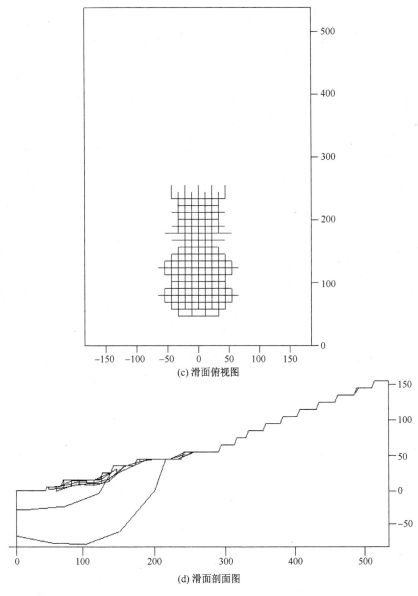

(c) 滑面俯视图

(d) 滑面剖面图

图 7-60　西帮 348 剖面现存边坡极限状态面（续）

7.6　西帮 350 剖面边坡稳定性分析

7.6.1　西帮 350 剖面边坡地表位移动态分析

　　西帮 350 剖面各监测点不同时期水平位移量、沉降量如表 7-13 所示。西帮
350 剖面有 3 个地表监测点，各个测点的累计位移曲线、位移历时曲线、位移速

度曲线及其变化规律如图 7-61～图 7-64 所示。其主要变形特点是随监测时间增长，位移值明显增大。从水平位移速率分布曲线可以看出 jw350-1 点在 2005 年 6 月～8 月间的水平位移速率为 29.4mm/month，在 2005 年 9 月～11 月其值为 110.9mm/month，增大近 3 倍，增幅非常大。jw350-2 在 2005 年 8 月的水平位移值为 47.6mm，2005 年 9 月其值为 93.2mm，增幅较大。从沉降历时曲线可以看出：jw350-1 点在 2005 年 7 月的沉降量为 −12.6mm，下沉量比其他测点大，截止到 2005 年 9 月下沉值为 −44.3 mm。但不同时段变形速率增加幅度不一致，这主要与开挖量、开挖位置、降雨量大小等因素有关，从该剖面位移变形量值来看，上部变形量大；随着开采的继续，边坡高度和临空面的增大，边坡的安全受到很大的威胁，应加强监测，掌握边坡动态。

表 7-13　西帮 350 剖面各监测点水平位移与沉降量

点名		jw350-1	jw350-2	jw350-3
2005 年 3 月 16 日	水平位移 Δu/mm	0	0	0
	沉降量 Δh/mm	0	0	0
2005 年 4 月 6 日	水平位移 Δu/mm	5.6	7.4	4.8
	沉降量 Δh/mm	−20.4	1.7	10.0
2005 年 5 月 13 日	水平位移 Δu/mm	6.2	9.5	13.8
	沉降量 Δh/mm	−20.5	−33.0	−31.8
2005 年 6 月 13 日	水平位移 Δu/mm	9.7	11.8	14.6
	沉降量 Δh/mm	−85.6	−58.9	−70.7
2005 年 7 月 7 日	水平位移 Δu/mm	30.8	7.3	4.4
	沉降量 Δh/mm	−12.6	16.2	5.5
2005 年 8 月 3 日	水平位移 Δu/mm	47.6	4.6	3
	沉降量 Δh/mm	0.5	19.9	10.7
2005 年 9 月 6 日	水平位移 Δu/mm	93.2	7.3	5.9
	沉降量 Δh/mm	−44.3	18.5	12.2
2005 年 10 月 9 日	水平位移 Δu/mm	115.3	12.4	2.6
	沉降量 Δh/mm	−54.3	16.7	24.8
2005 年 11 月 2 日	水平位移 Δu/mm	123.8	6.1	8.4
	沉降量 Δh/mm	−49.6	18.6	8.0
2005 年 12 月 7 日	水平位移 Δu/mm	141.8	11.1	2.8
	沉降量 Δh/mm	−54.3	12.7	6.1
2006 年 1 月 5 日	水平位移 Δu/mm	139.6	7.4	1.5
	沉降量 Δh/mm	−68.7	25.8	8.6

续表

点名		jw350-1	jw350-2	jw350-3
2006 年 2 月 7 日	水平位移 Δu/mm	159.9	12	12.8
	沉降量 Δh/mm	−55.0	41.3	25.5
2006 年 3 月 2 日	水平位移 Δu/mm	161.7	8.7	11.8
	沉降量 Δh/mm	−59.1	43.0	31.8
2006 年 4 月 4 日	水平位移 Δu/mm	168.1	11.7	18.7
	沉降量 Δh/mm	−48.7	41.5	27.2
2006 年 5 月 22 日	水平位移 Δu/mm	190.4	8.8	12.1
	沉降量 Δh/mm	−57.2	49.7	28.3
2006 年 6 月 2 日	水平位移 Δu/mm	189	11.5	17.7
	沉降量 Δh/mm	−107.2	−14.5	−42.6
2006 年 7 月 4 日	水平位移 Δu/mm	212.7	19	7
	沉降量 Δh/mm	−54.4	50.2	36.9
2006 年 8 月 2 日	水平位移 Δu/mm	220.9	6.4	10.2
	沉降量 Δh/mm	−65.9	68	47.6
2006 年 9 月 5 日	水平位移 Δu/mm	232.3	10	14.1
	沉降量 Δh/mm	−82.2	74.2	51.5

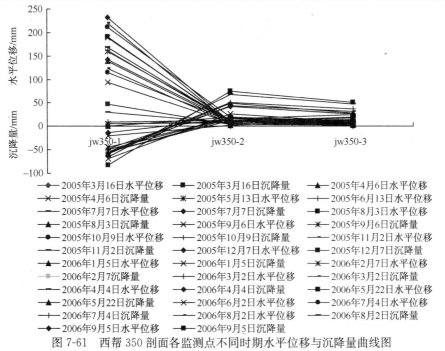

图 7-61　西帮 350 剖面各监测点不同时期水平位移与沉降量曲线图

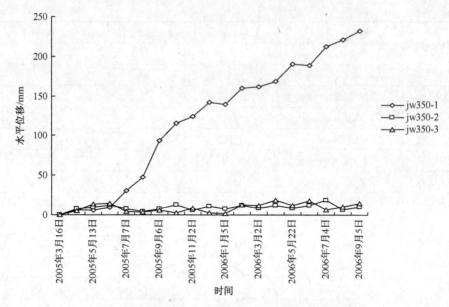

图 7-62　西帮 350 剖面各监测点水平位移历时曲线图

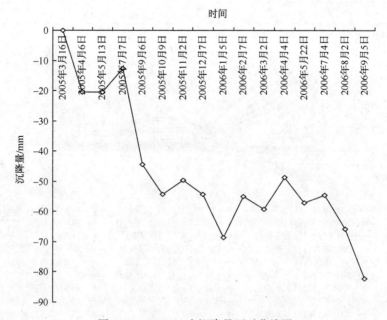

图 7-63　jw350-1 点沉降量历时曲线图

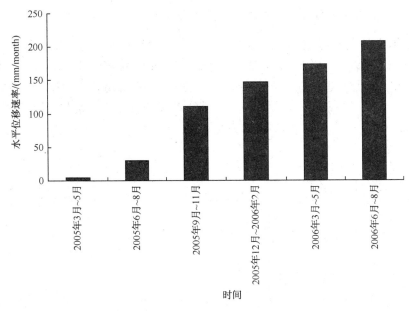

图 7-64　jw350-1 点水平位移速率图

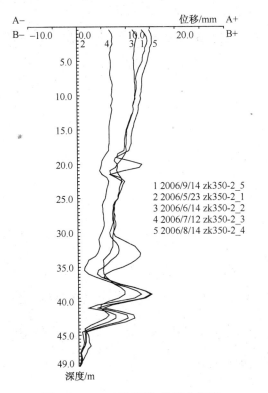

图 7-65　350-2 孔深度-位移曲线图

7.6.2 西帮 350 剖面边坡岩体地下位移动态分析

从图 7-65 的孔深-位移曲线可以看出，该孔变形主要以剪切变形为主，其中在 35~45m 深处有一剪切变形带，深 39.0m 处最大位移值 16.0mm。从图 7-66 可以看出，其位移速度在 2006 年 6 月达到最大值 0.44mm/d。该监测孔总体变形量不大，属于初期变形阶段。但从位移历时曲线变化特点来看（图 7-67），随着时间增长和开采延伸，边坡位移量递增。

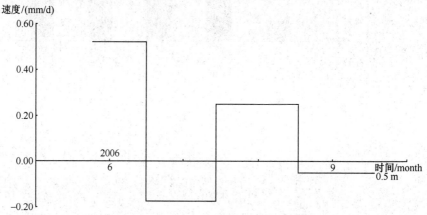

图 7-66　350-2 孔深 0.5m 处位移速度历时曲线图

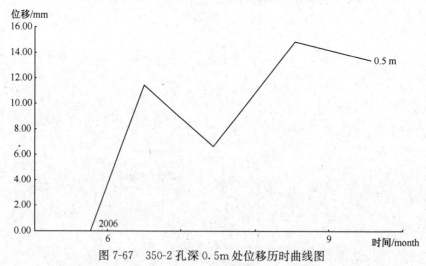

图 7-67　350-2 孔深 0.5m 处位移历时曲线图

7.7　西帮边坡稳定状态分析

7.7.1　变形规律与破坏模式

（1）随着露天开采的继续延深，边坡岩石工程规模增大，潜在不稳定因素增多。从几个剖面边坡地表与地下岩体变形历时曲线的特性来看，边坡岩体位移量伴随着露天继续开采而增大，有些时段递增速率较大，而有些时段比较小。这与开采位置、雨量大小等因素有关。几个剖面共同特点是边坡位移量递增速率较大。

（2）从各个剖面孔深-地下位移曲线变化特征来看，许多监测孔的局部滑面基本形成，且特征明显。西帮边坡岩体主要以倾倒变形为主，当变形达到一定量值时产生剪切破坏，从而形成滑移面或滑带。说明局部岩体已产生塑性破坏，但整体尚未贯通。随着开采强度的加大，应密切监视其动态发展，并依据其发展变化趋势采取相应的技术或安全措施。

（3）从变形历时曲线来看，近期尚无突变性变形，但这是在所有因素都不产生突变条件下的预测结果，一旦雨量大或开挖强度增大，某些滑面将有可能形成贯通，并产生破坏性滑坡。

（4）从破坏模式来看主要以倾倒剪切变形为主，这与西帮工程地质构造有关。布沼坝向斜为小龙潭煤系地层构成的山间向斜盆地。长轴方位为北东—南西，全长 5000m，北西—南东，宽 2400～3000 m，呈椭圆形两端封闭的平缓向斜。北西翼倾角平缓在 8°～20°之间；南东翼较陡为 15°～35°之间。两翼不对称，在 21～28 线间向斜构造形迹清楚，28 线以南逐渐消失。该向斜轴在兴隆寨附近被 F_2 断层切割。从而构成了倾倒变形的基础条件，露天开挖又提供了必要条件，所以，随着开挖的积蓄倾倒变形将会继续增大。

综上分析，布沼坝露天边坡在西帮局部滑面基本特征明显，位移量持续增大；随着开采的继续，边坡存在安全隐患。

7.7.2　边坡稳定评价结果

根据临界滑移场理论的滑面搜寻、三维滑移场的安全评价与极限平衡的耦合验算结果来看，目前西帮边坡稳定系数达到 1.05，说明边坡基本稳定，但随着开挖效应的积累，坡体的高度增大，边坡岩体的应力场将重新分布，再加上风化、雨水侵蚀等多因素的综合作用，边坡稳定性将进一步恶化，所以现有的边坡安全性偏低，需要加强监测，掌握其动态变化规律，并采取相应的预防措施，避免产生滑坡。

7.8　北帮 N5-5 剖面边坡稳定性分析

7.8.1　北帮 N5-5 剖面边坡地表位移动态分析

北帮 N5-5 剖面各监测点不同时期水平位移量、沉降量如表 7-14 所示。北帮 N5-5 剖面有 4 个测点，各个测点的累计位移曲线、位移历时曲线、位移速度曲线及其变化规律如图 7-68～图 7-71 所示。其主要变形特点是随监测时间增长，

位移值明显增大，从图 7-71 中 jn5-4 点水平位移速率分布曲线可以看出，该测点
2005 年 6 月～8 月水平移动速率为 51.8mm/month，2005 年 9 月～11 月其变形
速率为 167.3mm/month，增大 2 倍多，增幅较大。从图 7-69 水平位移历时曲线
中可以看出 jn5-4 在 2005 年 8 月的水平位移值为 75.4mm，2005 年 9 月其值为
136.9mm，增幅较大。而后在一段时间内继续保持着这种增大趋势，到 2006 年
9 月位移已经增大为 356.1mm；且变形速率继续增大。从该剖面各个测点的变
化情况来看，中下部变形较大。

表 7-14　北帮 N5-5 剖面各监测点水平位移与沉降量表

点名		jn5-1	jn5-2	jn5-3	jn5-4
2005 年 3 月 16 日	水平位移 Δu/mm	0	0	0	0
	沉降量 Δh/mm	0	0	0	0
2005 年 4 月 6 日	水平位移 Δu/mm	3.3	11.2	2.4	1.8
	沉降量 Δh/mm	−5.3	37.7	17.9	18.8
2005 年 5 月 13 日	水平位移 Δu/mm	11.9	9.5	8.4	21.6
	沉降量 Δh/mm	−8.5	−38.5	−20.4	−7.2
2005 年 6 月 13 日	水平位移 Δu/mm	7.8	22.7	25.3	28.3
	沉降量 Δh/mm	18.3	21.5	1.2	14
2005 年 7 月 7 日	水平位移 Δu/mm	21.9	33.3	38.3	51.7
	沉降量 Δh/mm	−2.1	5.2	2.6	15.9
2005 年 8 月 3 日	水平位移 Δu/mm	18.2	52.0	62.1	75.4
	沉降量 Δh/mm	15.1	5.4	−3.2	13.6
2005 年 9 月 6 日	水平位移 Δu/mm	60.9	102.9	115.5	136.9
	沉降量 Δh/mm	−10.2	−10.2	−3.9	0.5
2005 年 10 月 9 日	水平位移 Δu/mm	60.9	113.2	137.8	168.5
	沉降量 Δh/mm	−20.1	−14.9	−30.6	−6.8
2005 年 11 月 2 日	水平位移 Δu/mm	58.2	131.5	159.2	196.4
	沉降量 Δh/mm	−23.9	−15.2	−19.7	−13.6
2005 年 12 月 7 日	水平位移 Δu/mm	67.8	152.8	174.7	207.6
	沉降量 Δh/mm	−21.8	−16.2	−42.6	−23.6
2006 年 1 月 5 日	水平位移 Δu/mm	80.4	160.8	183.7	216.7
	沉降量 Δh/mm	−25.2	−12.8	−51.4	−14.2
2006 年 2 月 7 日	水平位移 Δu/mm	83.0	166.0	199.3	228.7
	沉降量 Δh/mm	−15.8	−0.9	−63	−35.9

续表

点名		jn5-1	jn5-2	jn5-3	jn5-4
2006 年 3 月 2 日	水平位移 Δu/mm	83.0	181.1	204.7	251.6
	沉降量 Δh/mm	−15.6	−6.9	−61.1	−18.8
2006 年 4 月 4 日	水平位移 Δu/mm	94.4	190.3	223.0	281.0
	沉降量 Δh/mm	−23.8	26.2	−61.1	−15.3
2006 年 5 月 22 日	水平位移 Δu/mm	106.0	213.1	244.8	306.8
	沉降量 Δh/mm	9.9	6.7	−40.9	20.6
2006 年 6 月 2 日	水平位移 Δu/mm	109.8	219.6	242.5	296.1
	沉降量 Δh/mm	−17.2	8.6	−114.1	−46.1
2006 年 7 月 4 日	水平位移 Δu/mm	113.2	236	268	324.2
	沉降量 Δh/mm	12.4	−0.7	−65.2	8.4
2006 年 8 月 2 日	水平位移 Δu/mm	145.8	268.2	281.1	347.1
	沉降量 Δh/mm	90.6	119.5	−78.7	0.3
2006 年 9 月 5 日	水平位移 Δu/mm	126.6	244.5	290	356.1
	沉降量 Δh/mm	−4.6	−1	−90.3	−10

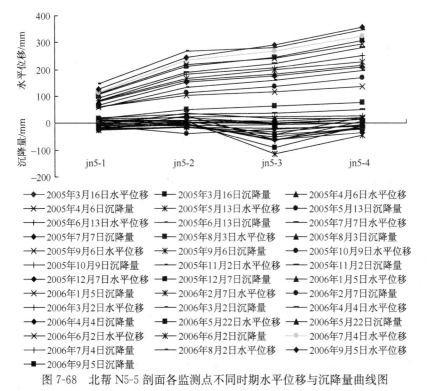

图 7-68　北帮 N5-5 剖面各监测点不同时期水平位移与沉降量曲线图

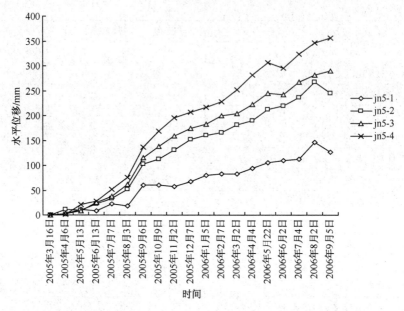

图 7-69　北帮 N5-5 剖面各监测点水平位移历时曲线图

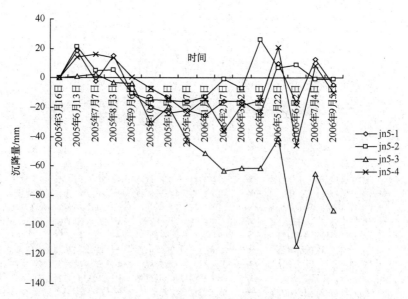

图 7-70　北帮 N5-5 剖面各监测点沉降量历时曲线图

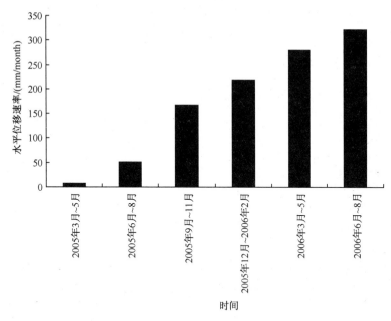

图 7-71 jn5-4 点水平位移速率图

7.8.2 北帮 N5-5 剖面地下位移动态分析

北帮 N5-5 剖面有 5-5a、5-5b、5-5c 和 5-5d 四个监测孔。各个监测孔的孔深-位移曲线、特征点的位移历时曲线及其位移速率曲线如图 7-72～图 7-83 所示。

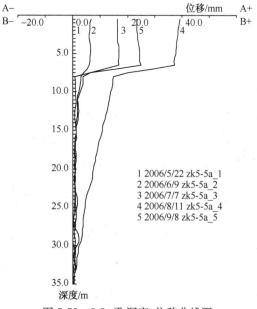

图 7-72 5-5a 孔深度-位移曲线图

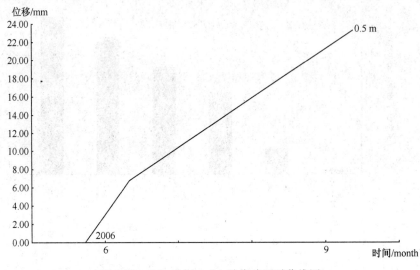

图 7-73　5-5a 孔深 0.5m 处位移历时曲线图

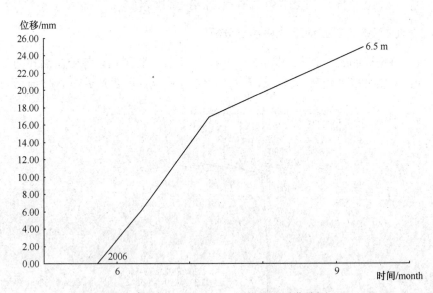

图 7-74　5-5a 孔深 6.5m 处位移历时曲线图

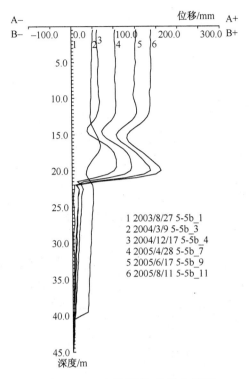

图 7-75　5-5b 孔深度-位移曲线图

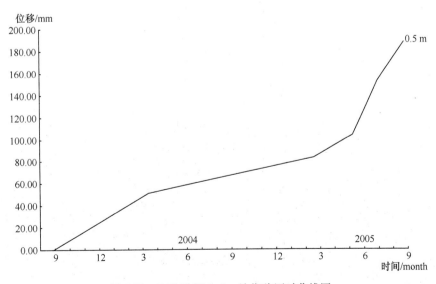

图 7-76　5-5b 孔深 0.5m 处位移历时曲线图

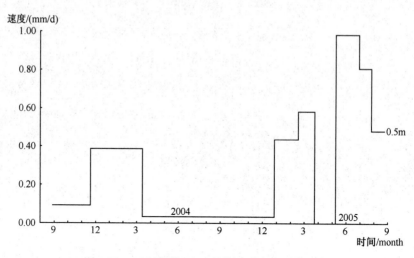

图 7-77　5-5b 孔深 0.5m 处位移速度历时曲线图

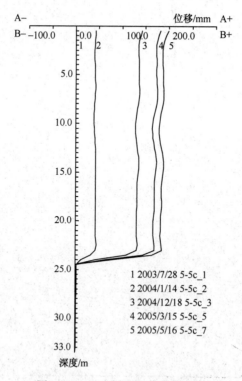

图 7-78　5-5c 孔深度-位移曲线图

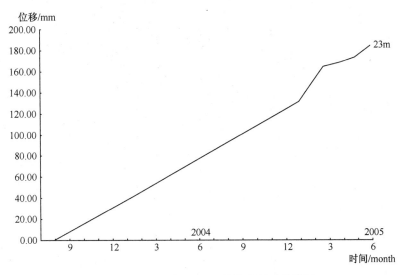

图 7-79 5-5c 孔深 23.0m 处位移历时曲线图

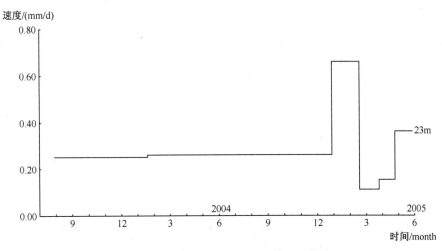

图 7-80 5-5c 孔深 23.0m 处位移速度历时曲线图

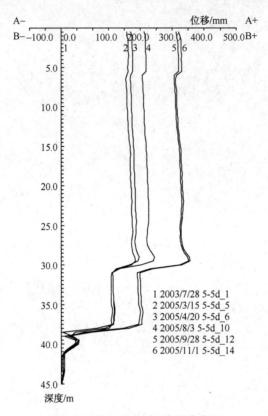

图 7-81　5-5d 孔深度-位移曲线图

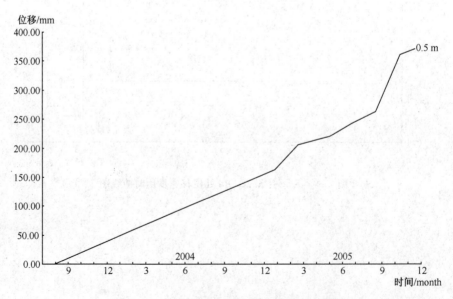

图 7-82　5-5d 孔深 0.5m 处位移历时曲线图

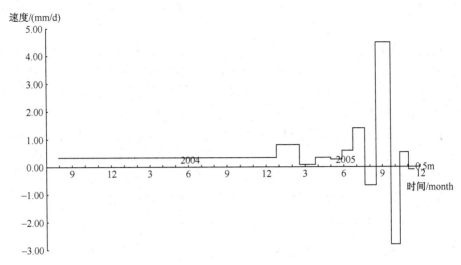

图 7-83 5-5d 孔深 0.5m 处位移速度历时曲线图

1. 边坡岩体内部的滑移特征

从该剖面孔深-位移曲线图中可以看出各监测孔变形与岩体滑移变形特征如下：

5-5a 孔在深 6.5～7.5m 处有一剪切面，特征明显，初期滑面基本形成，深 6.5m 处为最大位移深度，最大位移值 26.0mm，其位移速度在 2006 年 8 月达到最大值 0.60mm/d。5-5b 孔在深 15m～21m 处为一剪切变形带，特征明显，初期滑面基本形成，深 20.0m 处最大位移值 210.00mm，其位移速度在 2005 年 5 月达到最大值 0.98mm/d。5-5c 孔在深 23.5～24.5m 处为一剪切面，特征明显，初期滑面基本形成。孔口处最大位移值 200.00mm，其位移速度在 2005 年 7 月达到最大值 0.75mm/d。5-5d 孔在深 29～41m 处为一复式剪切变形带，主要由两个滑面组成，在深 38.0m 处有一剪切面，深 29.5m 处有一剪切面。深 29.5m 处最大位移值 415.00mm，其位移速度在 2005 年 8 月达到最大值 4.50mm/d。

2. 位移量随时间的变化特征

从各孔位移历时曲线图可以看出：5-5a 孔的位移历时曲线自 2006 年 5 月起测至 2006 年 6 月变形持续递增，其孔口平均移动速率为 0.50mm/d。2005 年 6 月～2006 年 9 月变形速率较前期减小，但仍呈递增趋势，其孔口平均移动速率为 0.40mm/d。5-5b 孔的位移历时曲线自 2003 年 9 月起测至 2004 年 3 月变形量呈持续递增，其孔口平均移动速率为 0.35mm/d。2004 年 3 月至 2005 年 6 月变形量较前期增大幅度减小,但仍呈上升趋势,其孔口平均移动速率为0.20mm/d。2005年6月~9月变形速率继续增大,其孔口平均移动速率为0.80mm/d。5-5c孔的位移历时曲线自2003年8月起测至2005年1月变形量持续递增,其孔口平均移动速率为0.30mm/d。2005年1月~3月变形速率继续较增大,其孔口平均移动速率为0.65mm/d。2005年3月~6月变形速率继续呈递增趋势,但幅度略有减小,其孔口平均移动速率为0.25mm/d。5-5d孔的位移历时曲线自2003年8月起测至2005年1月变形量持续递增,其孔口平均移动速率为0.40mm/d。2005年1月~3月变形量较前期变化幅度增大,其孔口平均移动速率为1.00mm/d。2005年3月~9月变形量较前期变化幅度减小,但仍呈增大趋势,其孔口平均移动速率为0.30mm/d。2005年9月~12月变形量较前期增大,其孔口平均移动速率为2.00mm/d

3. 北帮N5-5剖面边坡岩体总体状况

从北帮N5-5剖面孔深-位移曲线和不同深度的历时曲线、位移速度曲线综合来看,总体位移趋势是移动量逐渐增大,局部滑面基本形成,但尚未连通。如果继续发展下去,监测孔将被破坏。对边坡岩体而言,继续变形将影响到安全生产。

4. 北帮N5-5剖面灰色预测

北帮N5-5剖面有5-5a、5-5b、5-5c、5-5d共4个监测孔,如图7-84所示。根据孔深-位移曲线可以看出,5-5d孔的地下29.5m处位移值最大。对该特征点进行灰色预测来判断此剖面是否存在滑坡危险。

从2005年4月20日到2006年9月对此特征点共进行了8个周期的位移监测,并获得了8期观测资料。预测第9周期、第10周期、第11周期、第12周期的水平位移值,分别得到的沉降预测值如表7-15;预测曲线如图7-85所示,位移值平稳增大。

表7-15 第9周期~12周期预测位移量

周期	9	10	11	12
预测值/mm	430.58	455.27	480.58	504.96

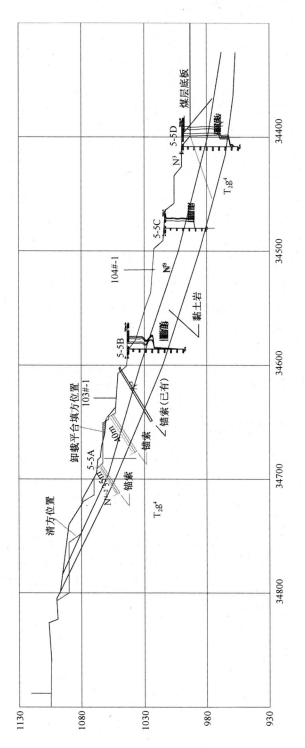

图 7-84   北帮 N5-5 剖面边坡地下实测滑移位置图

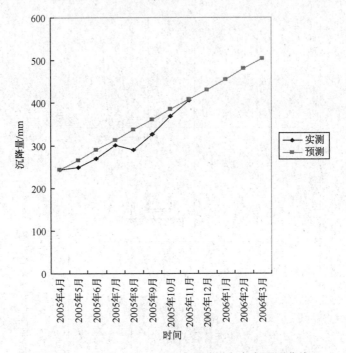

图 7-85　5-5d 孔 29.5m 深处实测位移与灰色预测曲线

(2005 年 4 月 20 日至 2005 年 11 月 12 日，预测至 2006 年 3 月)

7.8.3　北帮 N5-5 剖面现存边坡的二维滑移面搜寻与分析

图 7-86 是北帮 N5-5 剖面边坡轮廓图，应用临界滑移场方法搜寻极限状态面、并进行安全性评价。设安全系数 $F_s=1.30$ 时，根据到界边坡轮廓搜寻极限状态面，其搜寻结果如图 7-87～图 7-89 所示。由图可知，边坡有多条剩余推力大于零的极限状态面存在，因此，边坡在安全储备小于 1.3。调整安全储备继续搜寻其储备系数大小。当 $F_s=1.0271$ 时，在坡角 $x=0$m 处（坡脚为坐标 0 点）最大剩余推力 $P_{max}=67$kN。由此可近似认为在 $F_s=1.0271$ 时边坡达到极限平衡状态。搜寻结果如图 7-90～图 7-92 所示。由滑移场理论方法搜寻出的滑面位置与边坡地下实测滑移位置基本一致。

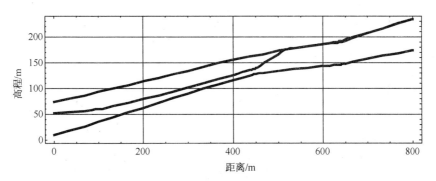

图 7-86　北帮 N5-5 剖面边坡轮廓图

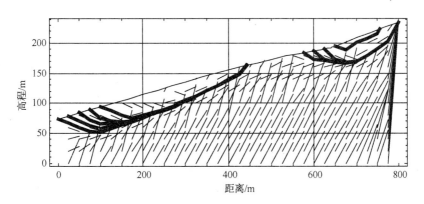

图 7-87　北帮 N5-5 剖面现存边坡滑移面搜寻图（$F_s = 1.30$）

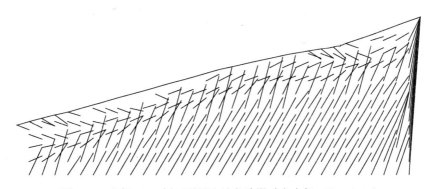

图 7-88　北帮 N5-5 剖面到界边坡危险滑动方向场（$F_s = 1.30$）

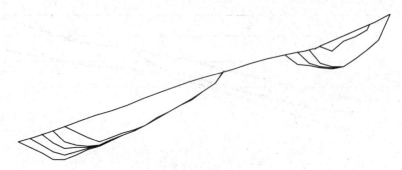

图 7-89 北帮 N5-5 剖面现存边坡危险滑移面（$F_s = 1.30$）

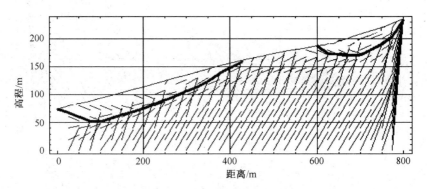

图 7-90 北帮 N5-5 剖面现存边坡滑移面搜寻图（$F_s = 1.0271$）

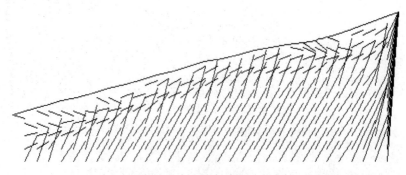

图 7-91 北帮 N5-5 剖面现存边坡危险滑动方向场（$F_s = 1.0271$）

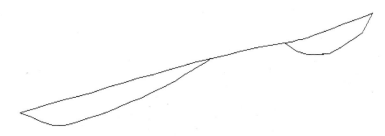

图 7-92　北帮 N5-5 剖面现存边坡危极限状态面临界滑移场（$F_s = 1.0271$）

7.9　北帮 N6-6 剖面边坡稳定性分析

7.9.1　北帮 N6-6 剖面边坡地表位移动态分析

北帮 N6-6 剖面各监测点不同时期水平位移量、沉降量如表 7-16 所示。北帮 N6-6 剖面共有 4 个测点，各个测点的累计位移曲线、位移历时曲线、位移速度曲线及其变化规律如图 7-93～图 7-95 所示。其主要变形特点是随监测时间增长，位移值明显增大，从水平位移速率分布曲线可看出 jn6-4 点水平位移速率在 2005 年 6 月～8 月的值为 34mm/month，2005 年 9 月～11 月其值为 100.2mm/month，增大近 2 倍，增长幅度较大。从水平位移历时曲线中可以看出：jn6-4 点在 2005 年 8 月的水平位移值为 40.7mm，2005 年 9 月其值为 91.2mm，增幅较大。从该剖面监测点的变化情况来看，中下部监测点的位移值大；随着开采的继续，边坡高度和临空面的增大，边坡的安全还是会受到很大的威胁。

表 7-16　北帮 N6-6 剖面各监测点水平位移与沉降量表

点名		jn6-1	jn6-2	jn6-3	jn6-4
2005 年 3 月 16 日	水平位移 Δu/mm	0	0	0	0
	沉降量 Δh/mm	0	0	0	0
2005 年 4 月 6 日	水平位移 Δu/mm	4.9	14.6	7.9	4.6
	沉降量 Δh/mm	4.3	−2.5	−8.8	−14.4
2005 年 5 月 13 日	水平位移 Δu/mm	10	12	4.7	14.5
	沉降量 Δh/mm	7.6	−6	−14.4	−44.9
2005 年 6 月 13 日	水平位移 Δu/mm	1.9	22.8	16.1	17.9
	沉降量 Δh/mm	27.6	31.8	19.1	16.2
2005 年 7 月 7 日	水平位移 Δu/mm	3.7	33.7	31.8	43.3
	沉降量 Δh/mm	27.6	22	−4.9	5.7

点名		jn6-1	jn6-2	jn6-3	jn6-4
2005 年 8 月 3 日	水平位移 Δu/mm	1.8	33.2	31.7	40.7
	沉降量 Δh/mm	28.7	15.2	22.9	26.9
2005 年 9 月 6 日	水平位移 Δu/mm	4.5	75.8	74.6	91.2
	沉降量 Δh/mm	20.2	1.9	−8.9	−17
2005 年 10 月 9 日	水平位移 Δu/mm	3.8	82.9	77.7	86.5
	沉降量 Δh/mm	15	−11.6	−34.4	−1.6
2005 年 11 月 2 日	水平位移 Δu/mm	4.1	92.1	90.7	123
	沉降量 Δh/mm	35.9	7.4	−10.7	−4
2005 年 12 月 7 日	水平位移 Δu/mm	5.9	102.7	106	134.5
	沉降量 Δh/mm	17.1	−16.9	−20.8	−8.1
2006 年 1 月 5 日	水平位移 Δu/mm	2.8	108.5	114.5	149.4
	沉降量 Δh/mm	21.7	−13.4	−0.3	−11.1
2006 年 2 月 7 日	水平位移 Δu/mm	6.5	118.4	121.6	161.1
	沉降量 Δh/mm	35.3	−0.7	−9.1	2.9
2006 年 3 月 2 日	水平位移 Δu/mm	8.7	129	145.7	175.1
	沉降量 Δh/mm	27.5	−10	−23.9	−10.4
2006 年 4 月 4 日	水平位移 Δu/mm	7.3	134.8	139.1	198.2
	沉降量 Δh/mm	37.9	6.7	−27.3	6.4
2006 年 5 月 22 日	水平位移 Δu/mm	9.4	153.1	170.9	215.2
	沉降量 Δh/mm	29.3	−7.3	4.3	8.6
2006 年 6 月 2 日	水平位移 Δu/mm	9.5	158.9	175.6	226.1
	沉降量 Δh/mm	58.5	8	7.2	−12.1
2006 年 7 月 4 日	水平位移 Δu/mm	12.4	176.7	190.1	230.9
	沉降量 Δh/mm	56.2	13.6	17.7	22.4
2006 年 8 月 2 日	水平位移 Δu/mm	22.6	205.8	236.5	274.5
	沉降量 Δh/mm	170.1	125.7	104	111.1
2006 年 9 月 5 日	水平位移 Δu/mm	4.7	192.3	209.5	263.3
	沉降量 Δh/mm	37.3	3.5	33.5	−35.9

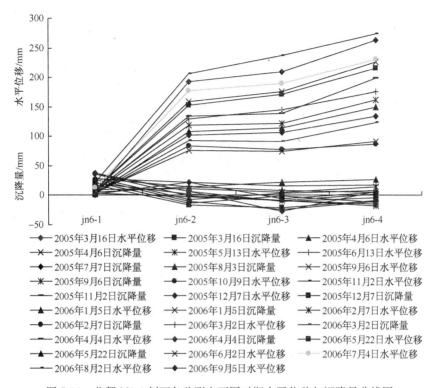

图 7-93 北帮 N6-6 剖面各监测点不同时期水平位移与沉降量曲线图

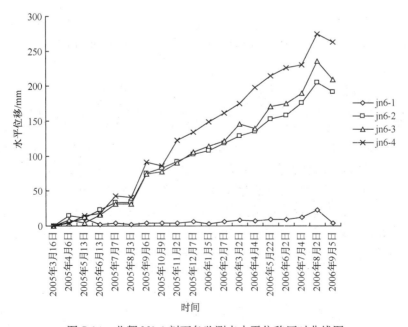

图 7-94 北帮 N6-6 剖面各监测点水平位移历时曲线图

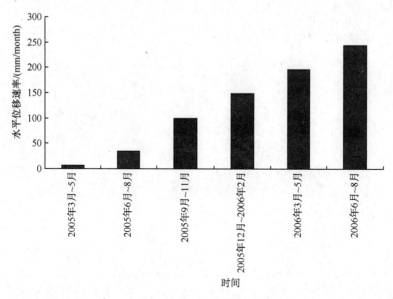

图 7-95　jn6-4 点水平位移速率图

7.9.2　北帮 N6-6 剖面地下位移动态分析

1. 各个监测孔地下位移曲线

北帮 N6-6 剖面包括 zk6-1、zk6-2、zk6-3 和 zk6-4 四个监测孔。各个监测孔的孔深-位移曲线、特征点的位移历时曲线及其位移速率曲线如图 7-96～图 7-107 所示。

2. 北帮 N6-6 剖面灰色预测

北帮 N6-6 剖面边坡有 zk6-1、zk6-2、zk6-3、zk6-4 共 4 个监测孔，如图 7-108 所示，孔口高程分别为 1087.50m、1054.79m、1028.79m、1010.32m。根据孔深-位移曲线可以看出，zk6-2 孔的位移值最大，取地下深 14m 处位移值作为特征点，进行灰色预测来判断此剖面是否存在滑坡危险。从 2005 年 10 月 9 日到 2006 年 5 月 10 日该特征点共进行了 8 个周期的监测，并获得了 8 期观测资料。根据预测公式对第 9 周期、第 10 周期、第 11 周期、第 12 周期的位移进行预测，得到的沉降预测值如表 7-17 所示；其预测曲线如图 7-109 所示。

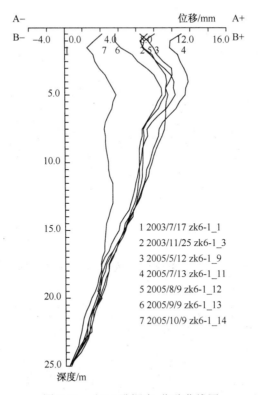

图 7-96　zk6-1 孔深度-位移曲线图

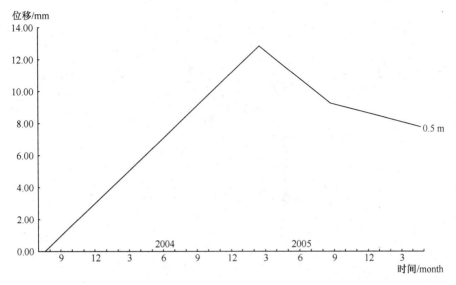

图 7-97　zk6-1 孔深 0.5m 处位移历时曲线图

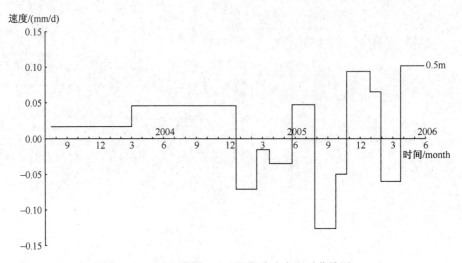

图 7-98 zk6-1 孔深 0.5m 处位移速度历时曲线图

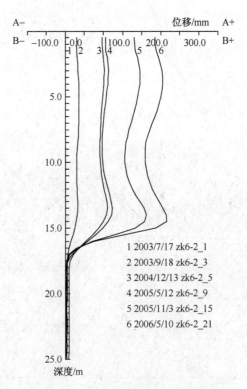

图 7-99 zk6-2 孔深度-位移曲线图

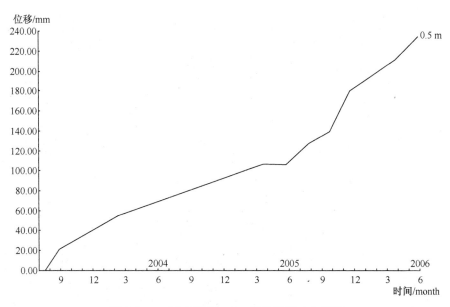

图 7-100 zk6-2 孔深 0.5m 处位移历时曲线图

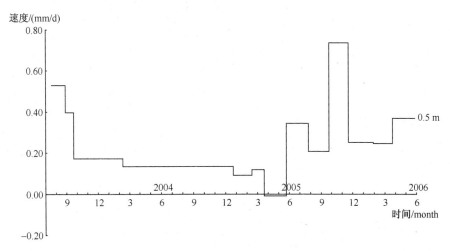

图 7-101 zk6-2 孔深 0.5m 处位移速度历时曲线图

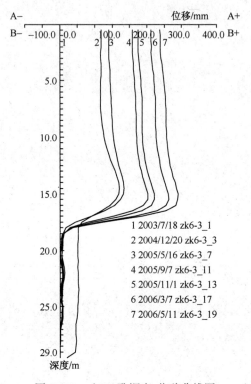

图 7-102　zk6-3 孔深度-位移曲线图

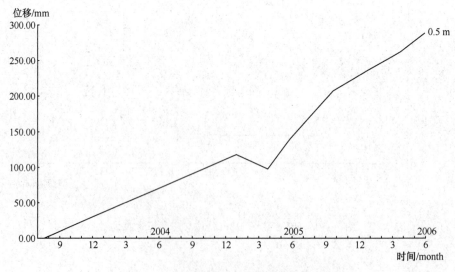

图 7-103　zk6-3 孔深 0.5m 处位移历时曲线图

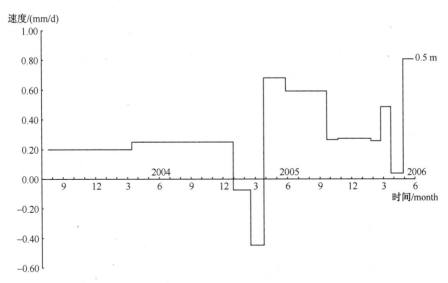

图 7-104　zk6-3 孔深 0.5m 处位移速度历时曲线图

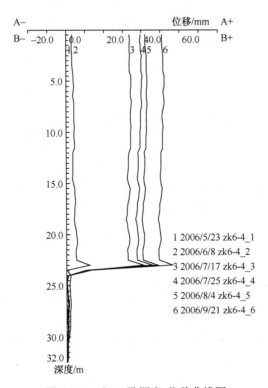

图 7-105　zk6-4 孔深度-位移曲线图

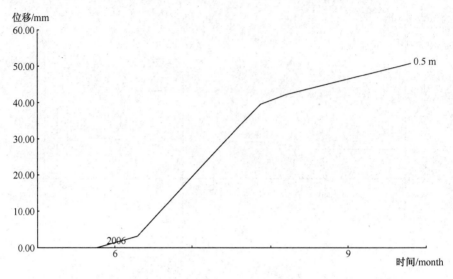

图 7-106　zk6-4 孔深 0.5m 处位移历时曲线图

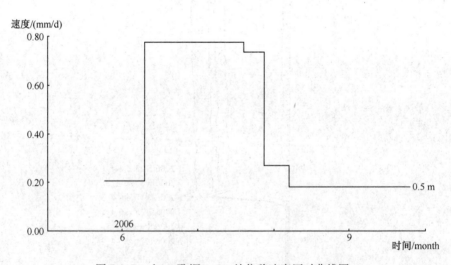

图 7-107　zk6-4 孔深 0.5m 处位移速度历时曲线图

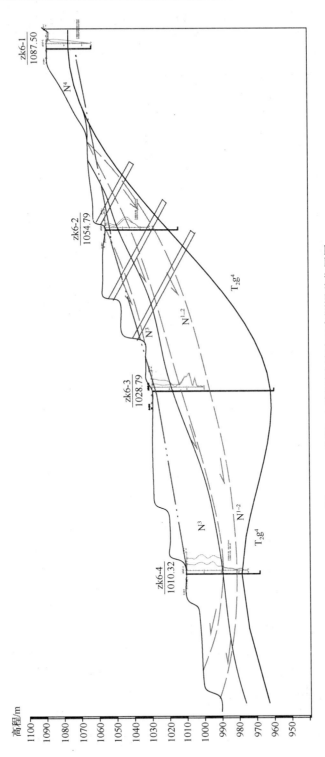

图 7-108　北帮 N6-6 剖面边坡地下实测滑移位置图

表 7-17　第 9 周期至第 12 周期预测模拟沉降量

周期	9	10	11	12
预测值/mm	271.93	280.51	288.57	297.42

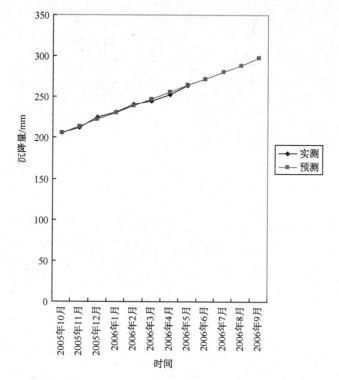

图 7-109　zk6-2 孔 14m 深处实测位移与灰色预测曲线

(2005 年 10 月 9 日至 2006 年 5 月 10 日，预测至 2006 年 9 月)

3. 北帮 N6-6 剖面边坡岩体动态分析

1) 边坡岩体内部的滑移特征

zk6-1 孔在深 4～6m 处有一剪切变形带，深 5m 处最大位移值 7.10mm，其位移速度在 2005 年 4 月达到最大值 0.194mm/d。该测孔的监测深度不够，且 6m 之下表现出倾倒变形特征。zk6-2 孔在深 14～16m 处为一剪切变形带，深 14.0m 处最大位移值为 270.00mm，其位移速度在 2005 年 10 月达到最大值 0.85mm/d。该监测孔初期滑面基本形成，且特征明显。zk6-3 孔在深 15～17.5m 处为一剪切变形带，深 15.0m 处最大位移值 330.00mm，其位移速度在 2006 年 6 月达到最大值 0.80mm/d；与 zk6-2 孔滑移特征类似，初期滑面基本形成，且特征明显。zk6-4 孔主要以倾倒变形为主，在 23.5m 处有一剪切面，孔口最大位移值 52.00mm，其位移速度在 2006 年 7 月达到最大值 0.78mm/d；与 zk6-2、zk6-3 两孔滑移特征类似，初期滑面基本形成，且特征明显。

2）位移历时曲线变化特征

zk6-1 孔从 2003 年 8 月起测至 2005 年 10 月变形呈递增趋势，2005 年 11 月至 2006 年 6 月位移量递增速率下降。zk6-2 孔从 2003 年 8 月起测至 2005 年 3 月变形量呈持续递增趋势，2005 年 3 月至 2005 年 12 月变形量较前期增幅减小，但仍呈上升趋势，其孔口平均移动速率为 0.50mm/d；2005 年 12 月至 2006 年 6 月变形量继续增大。zk6-3 孔从 2003 年 8 月起测至 2005 年 1 月变形量呈持续增大趋势，其孔口平均移动速率为 0.21mm/d。2005 年 1 月至 2005 年 4 月位移速率有所下降。2005 年 4 月至 2006 年 6 月变形量继续增大，其孔口平均移动速率为 0.62mm/d。zk6-4 孔从 2006 年 5 月起测至 2006 年 8 月位移量持续递增，其孔口平均移动速率为 0.75mm/d。2006 年 8 月至 2006 年 9 月变形速率较前期增幅减小，其孔口平均移动速率为 0.20mm/d。

通过灰色理论预测，该剖面位移没有产生突变，表明该剖面边坡岩体近期不会产生滑坡。

7.9.3　北帮 N6-6 剖面现存边坡的滑移面搜寻与分析

1. 滑移面搜寻与分析

图 7-110 是北帮 N6-6 剖面边坡轮廓图，应用滑移场理论方法搜寻极限状态面。先设安全系数 $F_s=1.30$ 时，根据到界边坡轮廓图搜寻极限状态面，其搜寻结果如图 7-111～图 7-113 所示。由图可知，边坡存在多条剩余推力大于零的危险滑移面存在，说明边坡在安全储备系数小于 1.3，调整安全储备继续搜寻。当 $F_s=1.016$ 时，边坡在坡角 $x=25m$ 处（坡脚为坐标 0 点），最大剩余推力 $P_{max}=14kN$。$F_s=1.016$ 即为边坡岩体实际达到的稳定状况。搜寻结果如图 7-114～图 7-116 所示。由滑移场理论方法搜寻出的滑面位置与边坡地下实测滑移位置基本一致。

2. 极限平衡分析

依据滑移场理论搜寻出的北帮 N6-6 剖面的极限状态面，条块划分如图 7-117 所示，地震加速度与垂直方向的夹角为 90°。计算结果为 $F_s=0.96$，边坡岩体处于极限平衡状态，由于已经采取了加固措施，所以目前边坡处于安全状态。

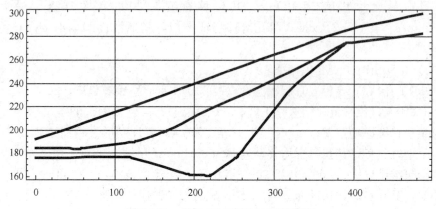

图 7-110 北帮 N6-6 剖面边坡轮廓图

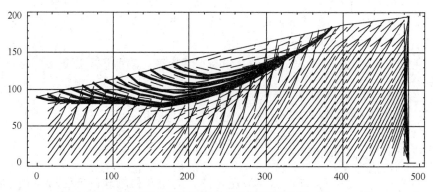

图 7-111 北帮 N6-6 剖面现存边坡滑移面搜寻图 ($F_s = 1.30$)

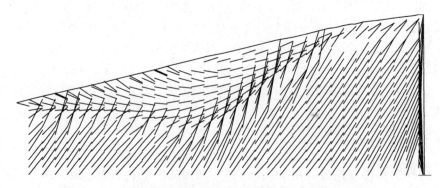

图 7-112 北帮 N6-6 剖面现存边坡危险滑动方向场 ($F_s = 1.30$)

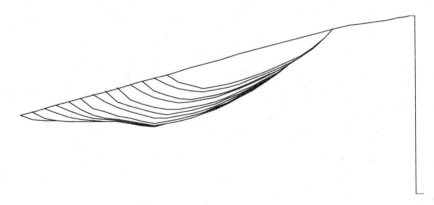

图 7-113　北帮 N6-6 剖面现存边坡危险滑移面（$F_s = 1.30$）

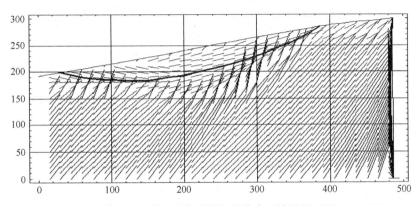

图 7-114　北帮 N6-6 剖面现存边坡极限状态面搜寻图（$F_s = 1.016$）

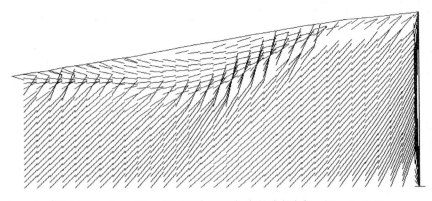

图 7-115　北帮 N6-6 剖面现存边坡危险滑动方向场（$F_s = 1.016$）

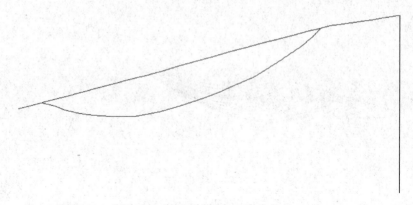

图 7-116　北帮 N6-6 剖面现存边坡极限状态面（$F_s = 1.016$）

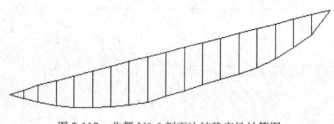

图 7-117　北帮 N6-6 剖面边坡稳定性计算图

7.10　北帮 N7-7 剖面边坡稳定性分析

7.10.1　北帮 N7-7 剖面边坡地表位移动态分析

北帮 N7-7 剖面各点不同时期水平位移量、沉降量如表 7-18 所示。北帮N7-7 剖面有 5 个监测点，各个测点的累计位移曲线、位移历时曲线、位移速度曲线及其变化规律如图 7-118～图 7-123 所示。其主要变形特点是随监测时间增长，位移值明显增大，jn7-4 点在 2005 年 6 月至 8 月间的水平位移速率为 36.7mm/month，2005 年 9 月至 2005 年 11 月间其水平位移速率为 106.7mm/month，增大 2 倍多，增长幅度较大。从水平位移与沉降历时曲线可以看出各测点水平位移持续增大。但不同时段变形速率增幅不一致，这主要与开挖量、开挖位置、降雨量大小等因素有关。从该剖面各个测点的变化特性来看，中下部测点位移量大于其他测点；随着开采的继续，边坡高度和临空面的增大，边坡的安全性会受到很大的威胁，应加强监测，掌握边坡动态，以便为确保安全生产服务。

表 7-18　北帮 N7-7 剖面各监测点水平位移与沉降量

点名		jn7-2	jn7-3	jn7-4	jn7-5	jn7-6
2005 年 3 月 16 日	水平位移 Δu/mm	0	0	0	0	0
	沉降量 Δh/mm	0	0	0	0	0
2005 年 4 月 18 日	水平位移 Δu/mm	12.1	8	7.5	13	5.1
	沉降量 Δh/mm	11.1	13.7	22.4	−16.3	6.2
2005 年 5 月 25 日	水平位移 Δu/mm	18.5	5.2	9.9	30.8	9.7
	沉降量 Δh/mm	−2.8	−0.8	−6.9	−24.8	−0.1
2005 年 6 月 15 日	水平位移 Δu/mm	16.6	8.9	16.9	69	0.8
	沉降量 Δh/mm	21.2	28.5	15	−23.9	−7.7
2005 年 7 月 20 日	水平位移 Δu/mm	29.8	31.4	34.6	90.7	4.1
	沉降量 Δh/mm	38.6	19.6	10.4	−33.5	15.9
2005 年 8 月 10 日	水平位移 Δu/mm	40.9	56.7	58.5	121.9	13.2
	沉降量 Δh/mm	44.1	20.8	15	−47.6	22
2005 年 9 月 13 日	水平位移 Δu/mm	66.7	90.2	96	160.4	15.8
	沉降量 Δh/mm	62.2	40	13.1	−42.6	40.9
2005 年 10 月 19 日	水平位移 Δu/mm	69.5	102	105.3	177.1	10.5
	沉降量 Δh/mm	42.5	11.1	3.8	−59.3	20.2
2005 年 11 月 15 日	水平位移 Δu/mm	74.8	99.2	118.7	197.3	11.7
	沉降量 Δh/mm	36.6	22.6	1.9	−84.2	13
2005 年 12 月 13 日	水平位移 Δu/mm	77.5	115.8	128.4	210.1	7.8
	沉降量 Δh/mm	14.8	1.4	−11.1	−100.2	5.9
2006 年 1 月 23 日	水平位移 Δu/mm	92.1	121.1	136.6	219.5	2.6
	沉降量 Δh/mm	26.7	11.8	−8.8	−99.8	14.8
2006 年 2 月 14 日	水平位移 Δu/mm	6	22.4	23	33.2	19
	沉降量 Δh/mm	29.7	7.9	24.6	13.8	10.1
2006 年 3 月 9 日	水平位移 Δu/mm	8.3	16.9	22.1	17.9	21.4
	沉降量 Δh/mm	28.4	11.9	28	20.1	3.2
2006 年 4 月 11 日	水平位移 Δu/mm	32.9	5.1	0	17	28.8
	沉降量 Δh/mm	−6.6	13.6	0	1.6	−26.4
2006 年 5 月 15 日	水平位移 Δu/mm	12.4	16.7	27.7	13.4	10.9
	沉降量 Δh/mm	−12.6	12	4.5	5.3	−11.8

点名		jn7-2	jn7-3	jn7-4	jn7-5	jn7-6
2006 年 6 月 13 日	水平位移 Δu/mm	1.7	11.2	19.9	25.5	31.4
	沉降量 Δh/mm	16.5	14.9	4.7	2.5	15.7
2006 年 7 月 12 日	水平位移 Δu/mm	11.4	13.3	9.4	23.7	5.9
	沉降量 Δh/mm	29.9	11.4	21.7	−3.8	19.4
2006 年 8 月 9 日	水平位移 Δu/mm	12.8	24.1	23.4	39.1	0
	沉降量 Δh/mm	1.1	−9.2	1	−20.2	0
2006 年 9 月 11 日	水平位移 Δu/mm	8.6	22.7	21.5	32.7	0
	沉降量 Δh/mm	−57.3	−40.5	−15.2	−36.6	0

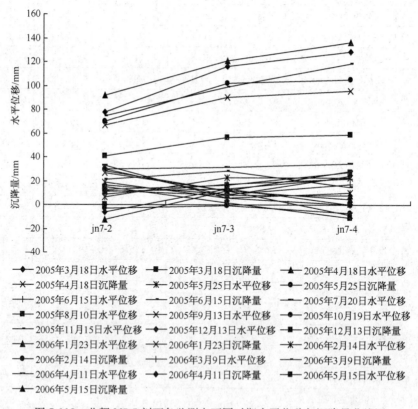

图 7-118 北帮 N7-7 剖面各监测点不同时期水平位移与沉降量曲线图

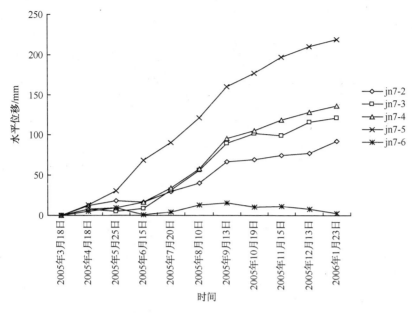

图 7-119　北帮 N7-7 剖面各监测点水平位移历时曲线图

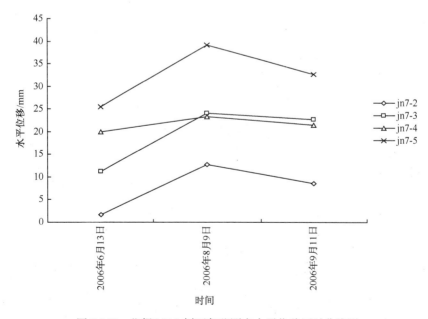

图 7-120　北帮 N7-7 剖面各监测点水平位移历时曲线图

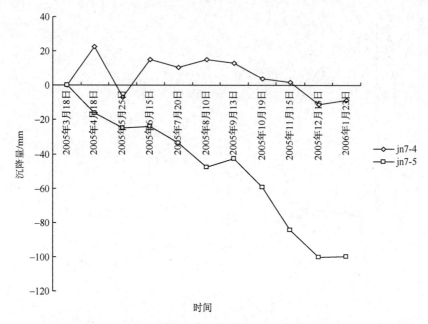

图 7-121　北帮 N7-7 剖面各监测点沉降量历时曲线图

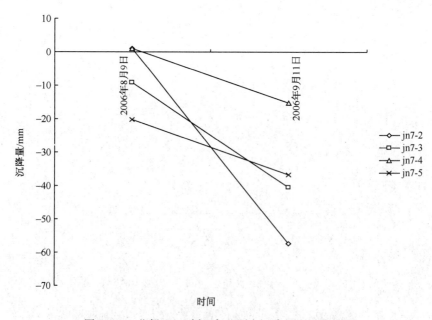

图 7-122　北帮 N7-7 剖面各监测点沉降量历时曲线图

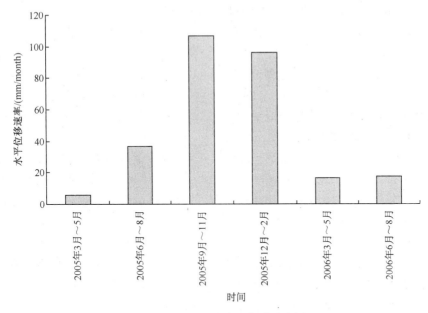

图 7-123 jn7-4 点水平位移速率图

7.10.2 北帮 N7-7 剖面地下位移动态分析

北帮 N7-7 剖面包括 zk7-1、zk7-2、zk7-3 和 zk7-4 四个监测孔。各个监测孔的孔深-位移曲线、特征点的位移历时曲线及其位移速率曲线如图 7-124~图 7-135所示。

1. 北帮 N7-7 剖面边坡岩体地下位移动态分析

1）边坡岩体内部的滑移特征

zk7-1 孔总体变形量较小，其中监测深度不足，在深 6m、9m 处各有一剪切变形。深 6m 处最大位移值 8.50mm，其位移速度在 2003 年 9 月达到最大值 0.124mm/d。zk7-2 孔在深 7~9m 处为一剪切变形带，深 7.5m 处最大位移值 180.00mm，其位移速度在 2003 年 11 月达到最大值 0.65mm/d。zk7-3 孔在深 10~101m 处为一剪切变形带，深 7.5m 处最大位移值 140.00mm，其位移速度在 2003 年 8 月达到最大值 0.64mm/d。zk7-4 孔从孔底开始以倾倒变形为主；孔口处位移值最大，其值大小为 680.00mm；其位移速度在 2006 年 6 月达到最大值 7.76mm/d，监测孔的深度不够，不能完全掌握整体变形。

2）位移历时曲线变化特征

zk7-1 孔从 2003 年 9 月起测至 2005 年 5 月变形呈持续递增趋势，其孔口平均移动速率为 0.85mm/d。2005 年 5~7 月其变形速率下降，其孔口平均移动速率为 0.02mm/d。2005 年 7～12 月变形量再次增大,其孔口平均移动速率为 0.032mm/d。2005 年 12 月至 2006 年 6 月监测变形速率减小,其孔口平均移动速率为 0.021mm/d。

zk7-2 孔从 2003 年 8 月起测至 2004 年 1 月变形量增大,其孔口平均移动速率为 0.61mm/d。2004 年 1 月至 2005 年 3 月变形量较前期增大幅度减小,但仍呈上升趋势,其孔口平均移动速率为 0.112mm/d。2005 年 3～12 月变形量继续增大,其孔口平均移动速率为 0.540mm/d。

zk7-3 孔从 2003 年 8 月起测至 2004 年 3 月变形量呈增大趋势,其孔口平均移动速率为 0.87mm/d。2004 年 3 月至 2005 年 6 月变形量较前期增长幅度减小,但仍呈增大趋势,其孔口平均移动速率为 0.112mm/d。2005 年 6～8 月变形幅度加大,其孔口平均移动速率为 0.460mm/d。2005 年 8～9 月变形量呈减小的趋势,其孔口平均移动速率为 0.0845mm/d。

zk7-4 孔从 2006 年 5 月起测至 2006 年 8 月变形量呈持续上升趋势,其孔口平均移动速率为 7.62mm/d。2006 年 8～9 月变形量较前期增长幅度减小,但仍呈增大趋势,其孔口平均移动速率为 2.00mm/d。

3)北帮 N7-7 剖面边坡岩体总体状况

从历时曲线和位移速度曲线综合来看,总体位移趋势是移动量逐渐增大,如果继续发展下去,监测孔可能被破坏;对边坡岩体而言,变形继续增大就有可能危及安全生产。通过灰色理论预测,其变形仍属于渐进式变形,近期不会产生滑坡。

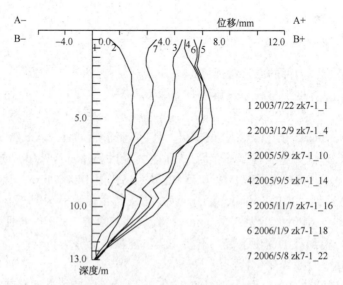

图 7-124   zk7-1 孔深度-位移曲线图

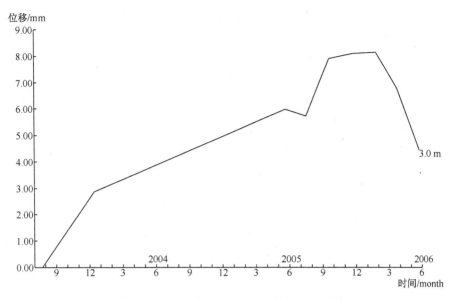

图 7-125　zk7-1 孔深 3.0m 处位移历时曲线图

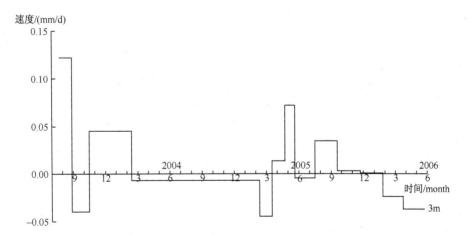

图 7-126　zk7-1 孔深 3.0m 处位移速度历时曲线图

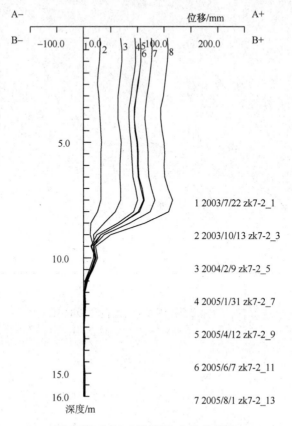

图 7-127　zk7-2 孔深度-位移曲线图

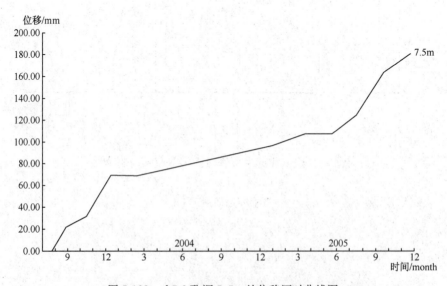

图 7-128　zk7-2 孔深 7.5m 处位移历时曲线图

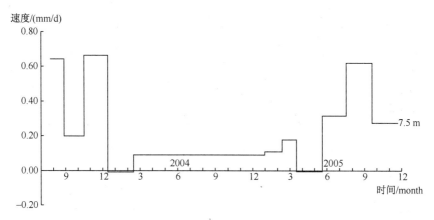

图 7-129　zk7-2 孔深 7.5m 处位移速度历时曲线图

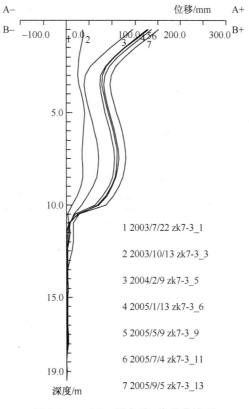

图 7-130　zk7-3 孔深度-位移曲线图

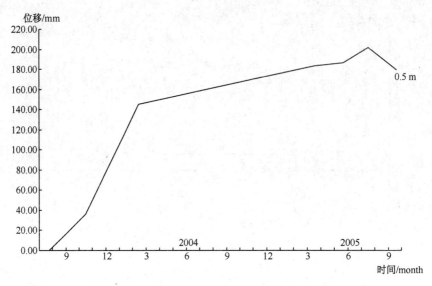

图 7-131　zk7-3 孔深 0.5m 处位移历时曲线图

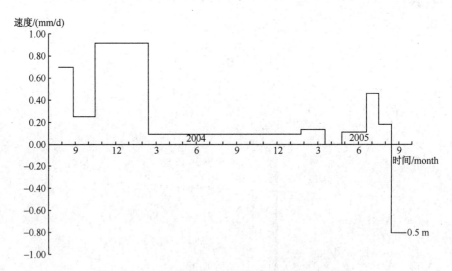

图 7-132　zk7-3 孔深 0.5m 处位移速度历时曲线图

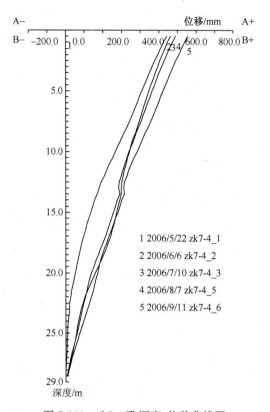

图 7-133　zk7-4 孔深度-位移曲线图

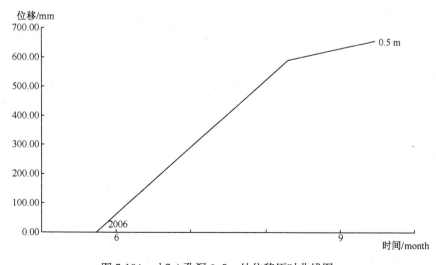

图 7-134　zk7-4 孔深 0.5m 处位移历时曲线图

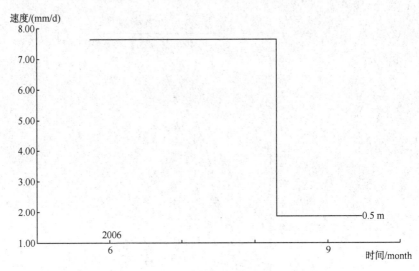

图 7-135　zk7-4 孔深 0.5m 处位移速度历时曲线图

2. 北帮 N7-7 剖面灰色预测

北帮 N7-7 剖面包括 zk7-1、zk7-2、zk7-3、zk7-4 4 个监测孔，如图 7-136 所示，其高程分别为 1087.60m、1065.00m、1047.53m、1020.00m。根据孔深-位移曲线可以看出 zk7-3 孔的位移值比其他孔大，其中地下 9m 处位移值最大。对该特征点进行灰色预测，预测值如表 7-19 所示，其预测曲线如图 7-137 所示预测位移值呈渐变增大。

表 7-19　第 9 周期～第 12 周期预测模拟沉降量

周期	9	10	11	12
预测值/mm	213.52	217.74	222.10	226.14

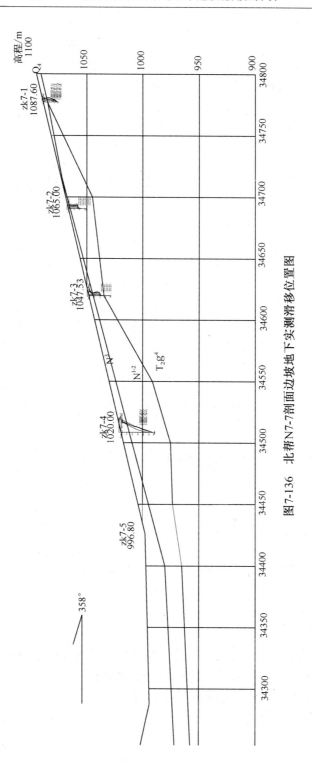

图7-136　北帮N7-7剖面边坡地下实测滑移位置图

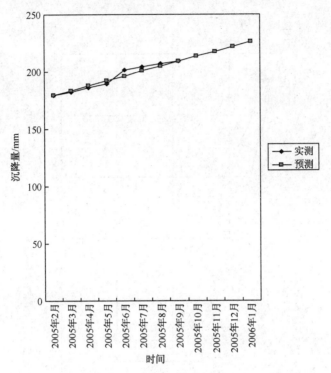

图 7-137 zk7-3 孔 0.5m 深处实测位移与灰色预测曲线

(2005 年 2 月 13 日～9 月 5 日，预测至 2006 年 1 月)

7.10.3 北帮 N7-7 剖面现存边坡的滑移面搜寻与分析

1. 滑移面搜寻与分析

图 7-138 是北帮 N7-7 剖面现存边坡轮廓图，应用滑移场理论方法搜寻极限状态面。当安全系数 $F_s = 1.247$ 时，搜寻出极限状态面，其搜寻结果如图 7-139～图 7-141 所示。由滑移场理论方法搜寻出的滑面位置与边坡地下实测滑移位置基本一致。

2. 极限平衡分析

根据滑移场理论搜寻出边坡的极限状态面，应用极限平衡分析方法进行耦合分析。条块划分如图 7-142 所示，地震加速度与垂直方向的夹角为 $90°$，边坡稳定系数计算结果为 1.23，边坡处于稳定状态。

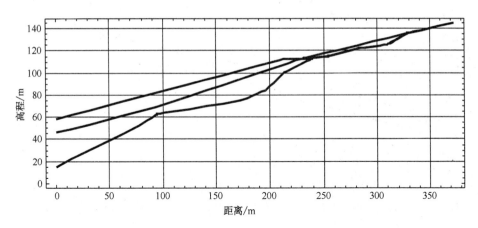

图 7-138　北帮 N7-7 剖面边坡轮廓图

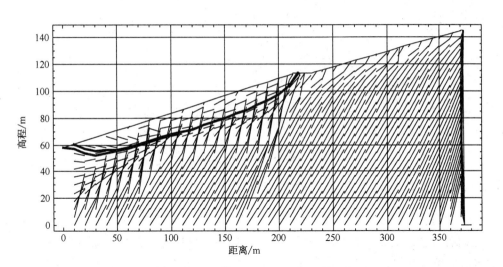

图 7-139　北帮 N7-7 剖面现存边坡极限状态面搜寻图（$F_s = 1.247$）

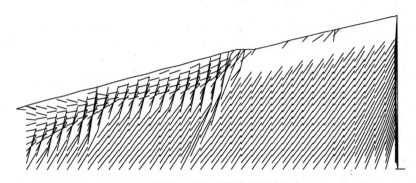

图 7-140　北帮 N7-7 剖面现存边坡危险滑动方向场（$F_s = 1.247$）

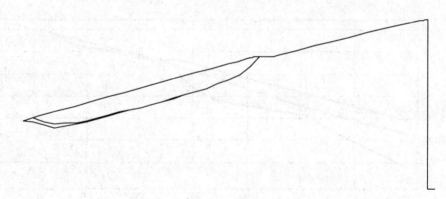

图 7-141　北帮 N7-7 剖面现存边坡极限状态面（$F_s = 1.247$）

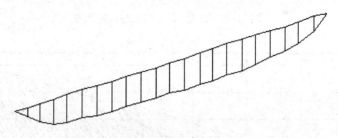

图 7-142　北帮 N7-7 剖面边坡稳定性计算图

7.11　北帮 N8-8 剖面边坡稳定性分析

7.11.1　北帮 N8-8 剖面边坡地表位移动态分析

　　北帮 N8-8 剖面各点不同时期水平位移量、沉降量如表 7-20 所示。北帮N8-8剖面有 4 个监测点，各个测点的累计位移曲线、位移历时曲线、位移速度曲线及其变化规律如图 7-143～图 7-144 所示。其主要变形特点是随监测时间增长，位移值呈上下波动，属于未变形状态。

表 7-20　北帮 N8-8 剖面各监测点水平位移与沉降量表

	点名	jn8-1	jn8-2	jn8-3	jn8-4
2005 年	水平位移 Δu/mm	0	0	0	0
3 月 16 日	沉降量 Δh/mm	0	0	0	0
2005 年	水平位移 Δu/mm	3.7	3.3	3	9.2
4 月 6 日	沉降量 Δh/mm	0.4	−12.3	6.2	28.1
2005 年	水平位移 Δu/mm	6.7	2.3	2.5	5.9
5 月 13 日	沉降量 Δh/mm	18.3	−9.4	8.1	21.1

点名		jn8-1	jn8-2	jn8-3	jn8-4
2005 年 6 月 13 日	水平位移 Δu/mm	22.8	18.7	22.2	17.9
	沉降量 Δh/mm	−6.3	−14.6	4	14.6
2005 年 7 月 7 日	水平位移 Δu/mm	7.3	9.3	4.4	7.9
	沉降量 Δh/mm	18.1	15.3	49.4	65
2005 年 8 月 3 日	水平位移 Δu/mm	5.4	5.7	5.8	10.6
	沉降量 Δh/mm	22.1	3.2	20.2	39
2005 年 9 月 6 日	水平位移 Δu/mm	8.3	8	14.3	10.6
	沉降量 Δh/mm	30.1	−2.2	34.3	47.4
2005 年 10 月 9 日	水平位移 Δu/mm	7.9	4.1	10.4	9.8
	沉降量 Δh/mm	20.2	−5.5	22.5	47.8
2005 年 11 月 2 日	水平位移 Δu/mm	9.2	6.2	7.7	5.6
	沉降量 Δh/mm	44.7	10	16.9	33.2
2005 年 12 月 7 日	水平位移 Δu/mm	9.8	0.4	17.6	20.2
	沉降量 Δh/mm	25.5	−9.6	2.8	24.8
2006 年 1 月 5 日	水平位移 Δu/mm	5.8	6	9.8	15.8
	沉降量 Δh/mm	7.2	−20.1	16.8	52
2006 年 2 月 7 日	水平位移 Δu/mm	10.8	3.1	14.7	6.4
	沉降量 Δh/mm	38.6	14.1	24.4	38.9
2006 年 3 月 2 日	水平位移 Δu/mm	5.7	1.4	5.9	6.4
	沉降量 Δh/mm	22.8	2.6	14.1	37.1
2006 年 4 月 4 日	水平位移 Δu/mm	12.3	9.1	8.4	12
	沉降量 Δh/mm	25.8	−5	30	43.8
2006 年 5 月 22 日	水平位移 Δu/mm	15.5	12.1	11.8	13.3
	沉降量 Δh/mm	29.1	11.9	33.2	39.7
2006 年 6 月 2 日	水平位移 Δu/mm	29.2	31.9	31.4	25.9
	沉降量 Δh/mm	−56.6	−76.2	−81.3	−77.1
2006 年 7 月 4 日	水平位移 Δu/mm	20.7	4.9	10.4	6.6
	沉降量 Δh/mm	59.3	24	53.2	67.4
2006 年 8 月 2 日	水平位移 Δu/mm	15	12.4	6.6	3.4
	沉降量 Δh/mm	69.1	31.1	60.3	68.9
2006 年 9 月 5 日	水平位移 Δu/mm	14.2	2.3	17.7	11.9
	沉降量 Δh/mm	52.5	22.6	37.4	42.2

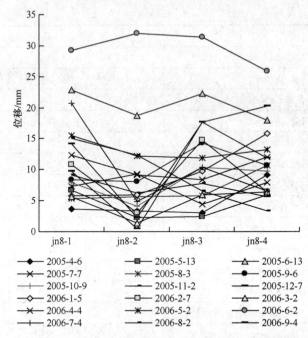

图 7-143　北帮 N8-8 剖面各点不同时期水平位移曲线图

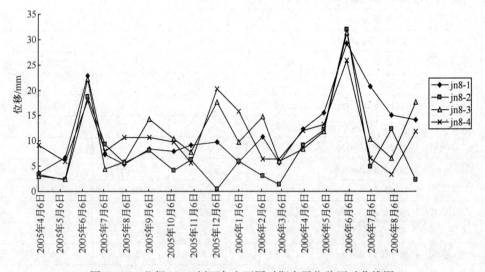

图 7-144　北帮 N8-8 剖面各点不同时期水平位移历时曲线图

7.11.2　北帮 N8-8 剖面地下位移动态分析

1. 各个监测孔地下位移曲线

北帮 N8-8 剖面布设四个地下位移监测孔，分别为 zk8-1、zk8-2、zk8-3 和

zk8-4。各个监测孔的孔深-位移曲线、特征点的位移历时曲线及其位移速率曲线如图7-145～图 7-156 所示。

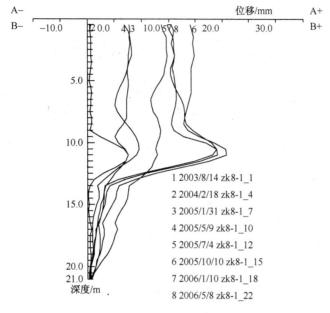

图 7-145　zk8-1 孔深度-位移曲线图

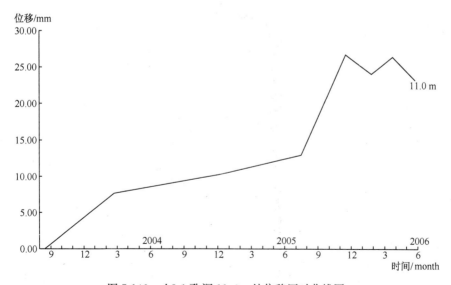

图 7-146　zk8-1 孔深 11.0m 处位移历时曲线图

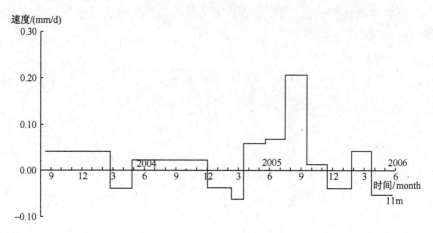

图 7-147   zk8-1孔深 11.0m 处位移速度历时曲线图

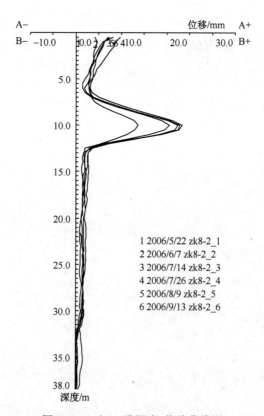

图 7-148   zk8-2孔深度-位移曲线图

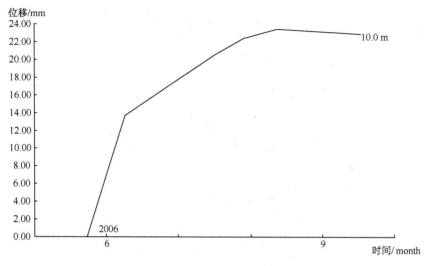

图 7-149　zk8-2 孔深 10.0m 处位移历时曲线图

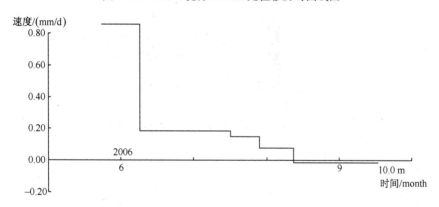

图 7-150　zk8-2 孔深 10.0m 处位移速度历时曲线图

2. 北帮 N8-8 剖面边坡地下位移动态分析

1）边坡岩体内部的滑移特征

zk8-1 孔在 9～13.5m 处有一剪切变形带，深 11m 处最大位移值 26.50mm，其位移速度在 2005 年 8 月达到最大值 0.22mm/d。zk8-2 孔在深 7～13m 处为一剪切变形带，深 10m 处最大位移值 23.6mm，其位移速度在 2006 年 6 月达到最大值 0.85mm/d。zk8-3 孔在 4～8m 深处为一剪切变形带，深 5m 处最大位移值 9.00mm，其位移速度在 2006 年 6 月达到最大值 0.49mm/d。zk8-4 孔在深 4.5～16m 处有一复式剪切变形带，深 9m 处最大位移值 28.00mm，其位移速度在 2005 年 3 月达到最大值 0.06mm/d。

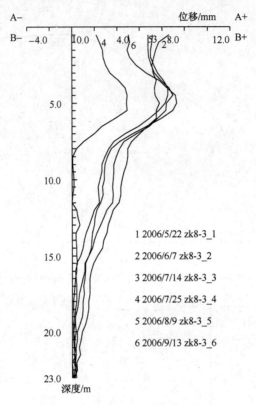

图 7-151　zk8-3 孔深度-位移曲线图

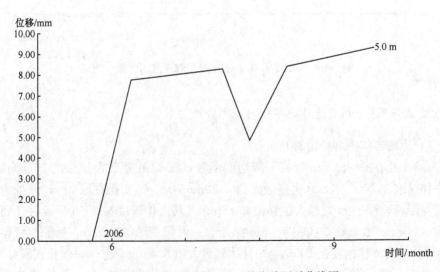

图 7-152　zk8-3 孔深 5.0m 处位移历时曲线图

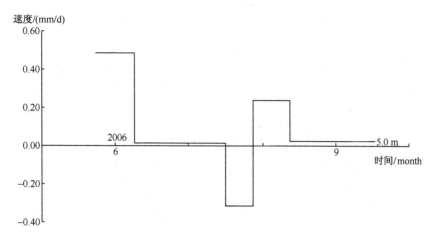

图 7-153　zk8-3 孔深 5.0m 处位移速度历时曲线图

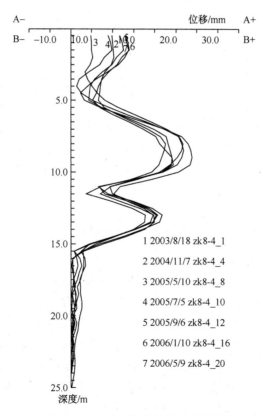

1 2003/8/18 zk8-4_1

2 2004/11/7 zk8-4_4

3 2005/5/10 zk8-4_8

4 2005/7/5 zk8-4_10

5 2005/9/6 zk8-4_12

6 2006/1/10 zk8-4_16

7 2006/5/9 zk8-4_20

图 7-154　zk8-4 孔深度-位移曲线图

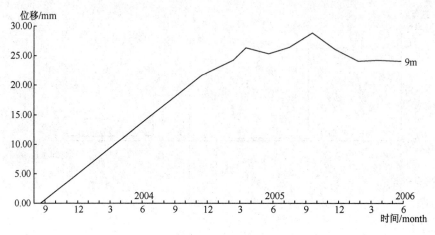

图 7-155 zk8-4 孔深 9.0m 处位移历时曲线图

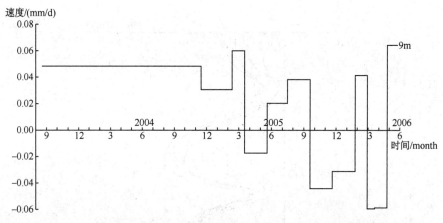

图 7-156 zk8-4 孔深 9.0m 处位移速度历时曲线图

2）位移历时曲线变化特征

从各个孔位移历时曲线及其位移速率图中可以看出，zk8-1 孔的位移历时曲线自 2003 年 9 月起测至 2004 年 3 月变形呈持续递增趋势，其孔口平均移动速率为 0.008mm/d。2004 年 3 月至 2005 年 3 月其变形量明显增大，其孔口平均移动速率为 0.051mm/d。2005 年 3 月至 2005 年 7 月变形量变化幅度减小，但位移量继续增大，孔口平均移动速率为 0.012mm/d。2005 年 7 月至 2005 年 12 月变形量较前期增长加快，其孔口平均移动速率为 0.124mm/d。2005 年 12 月至 2006 年 6 月位移量增幅趋于平稳，其孔口平均移动速率为 0.024mm/d。

zk8-2 孔从 2006 年 5 月起测至 2006 年 7 月变形量增大呈上升趋势，其孔口平均移动速率为 0.175mm/d。2006 年 7 月至 2006 年 8 月变形量较前期增大，呈继续上升趋势，其孔口平均移动速率为 0.216mm/d。2006 年 8 月至 2006 年 9 月变形量速率减小，其孔口平均移动速率为 0.173mm/d。2006 年 9 月变形趋于平缓，其孔口平均移动速率为 0.032mm/d。

zk8-3 孔从 2006 年 5 月起测至 2006 年 6 月变形量增大，其孔口平均移动速率为 0.560mm/d。2006 年 6 月至 2006 年 7 月变形量下降，其孔口平均移动速率为 0.431mm/d。2006 年 7 月至 2006 年 8 月变形量趋于减小，其孔口平均移动速率为 0.374mm/d。2006 年 8 月至 2006 年 9 月变形速率趋于呈减小的趋势，其孔口平均移动速率为 0.009mm/d。

zk8-4 孔从 2003 年 9 月起测至 2005 年 7 月变形量呈上升趋势，其孔口平均移动速率为 0.031mm/d。2005 年 7 月至 2005 年 10 月变形量继续增大，其孔口平均移动速率为 0.041mm/d。2005 年 10 月至 2005 年 12 月变形量呈继续上升趋势，其孔口平均移动速率为 0.048mm/d。2005 年 12 月至 2006 年 6 月变形量小幅度下降，其孔口平均移动速率为 0.011mm/d。

3）北帮 N8-8 剖面边坡岩体总体状况及其未来发展趋势

从历时曲线和位移速度曲线综合来看，北帮 N8-8 剖面地下位移总体位移趋势是移动量逐渐增大；如果继续发展下去，监测孔有可能被破坏；对边坡岩体而言，将危及边坡安全。

3. 北帮 N8-8 剖面灰色预测

北帮 N8-8 剖面有 4 个监测孔分别为 zk8-1、zk8-2、zk8-3、zk8-4，其孔口高程分别为 1056.56m、1039.94m、1013.22m、998.81m，如图 7-157 所示。

根据孔深-位移曲线知 zk8-4 孔的位移值最大，以该孔地下深 9m 处位移值作为特征点进行灰色预测，并以此判别该剖面边坡岩体变形发展趋势，分别得到的水平位移预测值如表 7-21 所示，其预测曲线如图 7-158 所示。通过灰色理论预测，不同时期其监测结果如图 7-158 所示，其位移增量没有突变，表明北帮 N8-8 剖面近期处于渐进式变形状态，不会产生滑坡。

表 7-21　第 9 周期至第 12 周期预测模拟沉降量

周期	9	10	11	12
预测值/mm	28.87	29.81	30.75	31.69

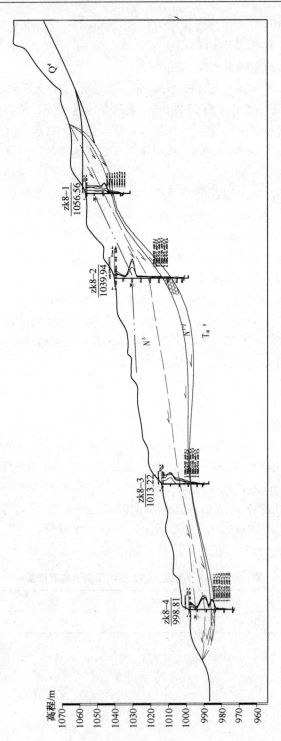

图 7-157　北帮 N8-8 剖面边坡地下实测滑移位置图

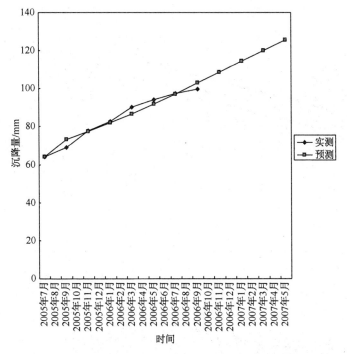

图 7-158　zk8-4 孔 9m 深处实测位移与灰色预测曲线

(2005 年 7 月 5 日至 2006 年 9 月 12 日，预测至 2007 年 5 月)

7.11.3　北帮 N8-8 剖面现存边坡的滑移面搜寻与分析

1. 滑移面搜寻与分析

图 7-159 是北帮 N8-8 剖面现存边坡轮廓图，应用滑移场理论方法搜寻危险的滑移面。当安全系数 $F_s = 1.283$ 时，根据现存边坡轮廓搜寻出极限状态面，其搜寻结果如图 7-160～图 7-162 所示。由滑移场理论方法搜寻出的滑面位置与边坡地下实测滑移面位置基本一致。

2. 极限平衡分析

根据滑移场理论搜寻边坡的极限状态面，应用极限平衡方法进行耦合评价，条块划分如图 7-163 所示，地震加速度与垂直方向的夹角为 90°，边坡稳定系数计算结果为 1.27，边坡处于稳定状态。

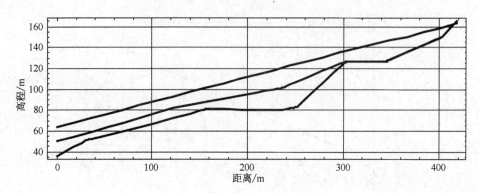

图 7-159　北帮 N8-8 剖面边坡轮廓图

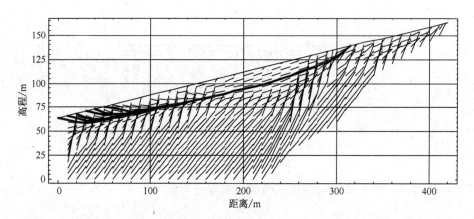

图 7-160　北帮 N8-8 剖面现存边坡极限状态面搜寻图 ($F_s = 1.283$)

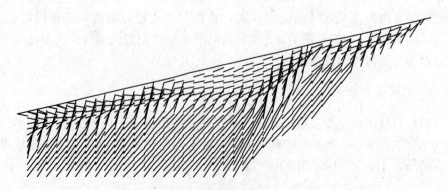

图 7-161　北帮 N8-8 剖面现存边坡危险滑动方向场 ($F_s = 1.283$)

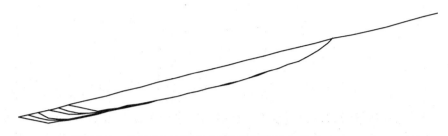

图 7-162　北帮 N8-8 剖面现存边坡极限状态面（F_s＝1.283）

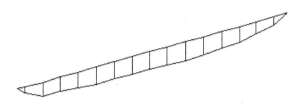

图 7-163　北帮 N8-8 剖面边坡稳定性计算图

7.12　边坡稳定性模糊数学评价

7.12.1　边坡稳定性模糊数学的基本原理

定义 1：若矩阵 $A=(a_{ij})_{1\times n}$，$R=(r_{ij})_{n\times m}$，$B=(b_{ij})_{1\times m}$ 满足 $AR=B$，则称 $AR=B$ 为变换，R 为变换矩阵，A 为输入，B 为输出。

定义 2：若矩阵 $R=[r_{ij}]_{n\times m}$，$\forall r_{ij}\in[0,1]$，$A=(a_1,a_2,\cdots,a_n)$，$\forall a_i\in[0,1]$，$B=(b_1,b_2,\cdots,b_m)$，$\forall b_j\in[0,1]$，且 $AaR=B$ 为模糊关系矩阵的复合运算时，称 $AaR=B$ 为模糊变换，R 为模糊变换矩阵，A 为模糊变换输入，B 为模糊输出。a 为复合算子，本著作中采用的符合算子 a 为加权平均型；$B=A*R$，即 $b_j=\sum(a_i\times r_{ij})(i=1,\cdots,n;j=1,\cdots,m)$。

7.12.2　模糊综合评价方案

1. 模糊综合评价模型的建立

露天边坡的稳定性模糊综合评判分析中，首先确定两个模糊子集，一是分析级别集合，用 D 来表示，即 $D=[D_1,D_2,\cdots,D_m]$；二是分析指标集合，用 E 来表示，即 $E=[E_1,E_2,\cdots,E_n]$，这就构成了每个分析级别由几个指标来决定。每个指标因素有 m 个状态集，共有 n 个指标因素，分别用 U_1，U_2，$\cdots$，U_n 来表示，其中 $U_i=[U_{i1},U_{i2},\cdots,U_{im}]^T$，$i=1$，$2$，$\cdots$，$r$，于是得到稳定性分析的数学模式：

$$U = \begin{bmatrix} U_{11} & U_{12} & \cdots & U_{1n} \\ U_{21} & U_{22} & \cdots & U_{2n} \\ \vdots & \vdots & \vdots & \vdots \\ U_{m1} & U_{m2} & \cdots & U_{mn} \end{bmatrix} \tag{7-1}$$

有了这个数学模型，分别给予分析级别的隶属函数数值 $P_i (i = 1, 2, \cdots, m)$，再根据指标因素间的关系及重要性，分配权数 $g_i (i = 1, 2, \cdots, n)$，这样就得到集合 D 上的模糊关系：

$$U = \begin{bmatrix} g_1 P_1, g_2 P_1 \cdots g_n P_1 \\ g_1 P_2, g_2 P_2 \cdots g_n P_2 \\ \vdots & \vdots & \vdots \\ g_1 P_m, g_2 P_m \cdots g_n P_m \end{bmatrix} \tag{7-2}$$

2. 影响边坡稳定性的主要因素

影响边坡稳定性的因素十分复杂，根据已有的研究成果，综合起来可分为内在因素和外在因素。内在因素为边坡岩土类型及性质，岩土体结构等，如黏聚力、内摩擦角、坡高、坡角等；外在因素则是促使内部条件发生变化的因子，外在因素为：水文地质条件、岩石风化、地震及人为因素。

1）地质、地貌条件

滑体主要为岩土体，组成布沼坝西帮及西北帮边坡的地层自上而下为：第四系人工填土，第四系残坡积黏土，第三系小龙潭煤组及三叠系中上统灰岩。而地貌类型亦与滑坡的分布有一定的相关性，因此，在分析了区内的岩土和地貌类型基础上，将它们对滑坡形成的影响大小划分为 5 种类型参与模糊综合评价。

2）地震烈度

地震烈度是表示地表破坏程度的主要衡量因素和区域构造活动强度的反映，资料表明，地震烈度越高，产生的地震滑坡越多，参考该区曾发生的最大地震烈度，将最大地震烈度对滑坡形成的影响大小划分为 5 种类型参与模糊综合评价。

3）年均降雨量

该区降雨量雨季分明，但由于降雨季节集中，暴雨较多，仍然是诱发滑坡的重要因素。降雨量与地面水系发育相关，河流的侧蚀作用和地表水的渗入地下破坏边坡的稳定性及降低滑移面的抗滑强度是滑坡产生的直接诱因。降雨量大，产生滑坡的可能性也越大，该区可将降雨量对滑坡形成的影响大小划分为 5 种类型参与模糊综合评价，如表 7-22 所示。

表 7-22　岩土边坡稳定性分类及评价指标

稳定等级	黏聚力/MPa	内摩擦角/(°)	坡角/(°)	坡高/m	最大地震烈度	年均降雨量/mm
稳定（Ⅰ）	>0.4	>35	≤10	≤70	≤3	<300
较稳定（Ⅱ）	0.4~0.2	35~29	10~20	71~150	3~5	300~500
一般（Ⅲ）	0.2~0.1	29~19	20~30	150~250	5~7	500~800
不稳定（Ⅳ）	0.1~0.05	19~10	30~40	250~400	7~8	>800 暴雨较多
极不稳定（Ⅴ）	<0.05	<10	>40	>400	>8	>800 暴雨频发

综上所述，评价影响边坡稳定性的主要指标有：黏聚力、内摩擦角、坡角、坡高、最大地震烈度和年均降雨量，并将边坡稳定性等级分为 5 类。

3. 隶属度 P_i 和权数 g_i 的确定

在模糊数学中是以隶属度来描述事物的模糊界限的。应用模糊数学进行评判时，隶属函数是一个关键，要用它来反映边坡稳定性的稳定程度。设 N 是评定集合上的一个模糊子集，则隶属函数 μN，$\mu N(D_i) = P_i$ 为隶属度，其值可以由专家评判方法来确定。由于等级划分与指标间基本呈线性关系，而且仅以划分边坡稳定等级为目的，因此选用 $P = [0.95, 0.80, 0.65, 0.55, 0.45]$。为方便起见，评判隶属度扩大 100 倍后得 $P_1 = 95$，$P_2 = 80$，$P_3 = 65$，$P_4 = 55$，$P_5 = 45$。权数 g_i 的分配是认为给定的，选取方法很多，本专著采用特尔菲法，经专家评议确定黏聚力、内摩擦角、坡角、坡高、年均降雨量和场地最大地震烈度等指标的权数分配分别为 $g = [1, 0.95, 0.85, 0.80, 0.70, 0.60]$，这里 g 为 $E = (E_1, E_2, \cdots, E_6)$ 上的模糊子集，按模糊数学常规记法：

$$g = 1/E_1 + 0.95/E_2 + 0.85/E_3 + 0.80/E_4 + 0.70/E_5 + 0.60/E_6$$

权数 g_i 要求满足下列条件：

(1) $\sum_{i=1}^{6} g_i = 1$，即归一化条件。

(2) $g_1 > g_2 > \cdots > g_6$，$g = [0.21, 0.20, 0.17, 0.16, 0.14, 0.12]$。

4. 模糊关系矩阵 U 的确定

根据 $P = [P_1, P_2, \cdots, P_5]$，$g = (g_1, g_2, \cdots, g_6)$ 就可以得到在集合 D 上所需的模糊关系矩阵 V，称为边坡稳定性分类的指数矩阵：

$$U = \begin{bmatrix} g_1 P_1, g_2 P_1, \cdots, g_6 P_1 \\ g_1 P_2, g_2 P_2, \cdots, g_6 P_2 \\ \vdots \quad \vdots \quad \vdots \\ g_1 P_5, g_2 P_5, \cdots, g_6 P_5 \end{bmatrix} = \begin{bmatrix} 20.0 & 19.0 & 16.2 & 15.2 & 13.3 & 11.4 \\ 16.8 & 16.0 & 13.6 & 12.8 & 11.2 & 9.6 \\ 13.7 & 13.0 & 11.1 & 10.4 & 9.1 & 7.8 \\ 11.6 & 11.0 & 9.4 & 8.8 & 7.7 & 6.6 \\ 9.5 & 9.0 & 7.7 & 7.2 & 6.3 & 5.4 \end{bmatrix}$$

(7-3)

据此可以得到边坡稳定性等级分类的指数如表 7-23 所示。

表 7-23　边坡稳定性等级分类指数

分类等级	黏聚力 (E_1)	内摩擦角 (E_2)	坡角 (E_3)	坡高 (E_4)	年均降雨量 (E_5)	最大地震烈度 (E_6)	评判值 (P)
稳定（Ⅰ）	20.0	19.0	16.2	15.2	13.3	11.4	95
较稳定（Ⅱ）	16.8	16.0	13.6	12.8	11.2	9.6	80
一般（Ⅲ）	13.7	13.0	11.1	10.4	9.1	7.8	65
不稳定（Ⅳ）	11.6	11.0	9.4	8.8	7.7	6.6	55
极不稳定（Ⅴ）	9.5	9.0	7.7	7.2	6.3	5.4	45

从表 7-23 可以取得第 i 行边坡稳定性级别向量的第 j 列分量 g_iP_j 就是因素 E_i 在 i 级别上的每一个指数，每个级别的各个指数之和 $\sum_{i=1}^{6} g_iP_j$，P 就是判别边坡稳定性等级的评判值，它标志着对应边坡稳定性分类情况。

5. 模糊关系矩阵的修正

从表 7-22、表 7-23 可以发现，如果某边坡的坡角为 9°，另一边坡的坡角为 11°，二者的坡角相差甚小，但在表中却分成了两级，赋予了不同的指数值，这显然不太合理，为此，对表 7-23 要进行修正。由于假设指数的划分基本呈线性，故可用线性函数来近似表示 U_{ij} 的隶属函数，即 $100\mu U_{ij}(E) \approx aE+b$，如 $U_{11} > 0.4$，对应的指数值为 20，$U_{12} = 0.4 \sim 0.2$，对应的指数值为 16.8，则令：

$$\begin{cases} 0.4a+b = 20 \\ 0.3a+b = 16.8 \end{cases}$$

解得

$$\begin{cases} a = 32 \\ b = 7.2 \end{cases}$$

因此，用 $e_{12} = 64E+5.92$ 代替 16.8，其余依此类推，结果如下：

$$e_{12} = 32E+7.2, 0.3 \leqslant E < 0.4$$

$$e_{13} = 20.67E+10.6, 0.15 \leqslant E < 0.3$$

$$e_{14} = 28E+9.5, 0.075 \leqslant E < 0.15$$

$$e_{15} = 84E+5.3, 0.05 < E < 0.075$$

$$e_{22} = E-16, 32 \leqslant E < 35$$

$$e_{23} = 0.375E+4, 24 \leqslant E < 32$$

$$e_{24} = 0.21E+7.96, 14.5 \leqslant E < 24$$

$$e_{24} = 0.44E+4.6, 10 < E < 14.5$$

$$e_{32} = -0.525E+21.4, 10 < E \leqslant 15$$

$$e_{33} = -0.25E + 17.35, 15 < E \leqslant 25$$

$$e_{34} = -0.17E + 15.35, 25 < E \leqslant 35$$

$$e_{35} = -0.34E + 21.3, 35 < E < 40$$

$$e_{42} = -0.06E + 19.4, 70 < E \leqslant 110$$

$$e_{43} = -0.0267E + 15.73, 110 < E \leqslant 200$$

$$e_{44} = -0.016E + 13.6, 200 < E \leqslant 300$$

$$e_{45} = -0.016E + 13.6, 300 < E < 400$$

$$e_{52} = -0.01E + 15.2, 300 < E \leqslant 500$$

$$e_{53} = -0.01E + 15.6, 500 < E \leqslant 800$$

$$e_{54} = 7.7, E > 800, 暴雨较多$$

$$e_{55} = 6.3, E > 800, 暴雨频发$$

$$e_{62} = -1.8E + 16.8, 3 < E \leqslant 5$$

$$e_{63} = -1.2E + 15, 5 < E \leqslant 7$$

$$e_{64} = -1.07E + 14.6, 7 < E \leqslant 8$$

$$e_{65} = -1.2E + 15, E > 8$$

7.12.3　西帮及北帮边坡稳定性的模糊综合评价

1. 模糊综合评价

选取西帮及北帮的现存边坡进行模糊综合评判。现存边坡的剖面选取：分别为西帮 342、344、346、348 剖面，北帮 N5-5、N6-6、N7-7、N8-8 剖面。

由表 7-24 可知，西帮 342、344、346、348 剖面边坡的模糊评判值均位于 64~66 之间。根据评判值与分级等级之间的关系可以判断出：边坡都介于一般与不稳定状态之间，而偏于一般状态，但如有诱发滑坡产生的因素，仍存在产生滑坡可能性。

表 7-24　西帮现存边坡稳定性模糊评价结果

边坡编号	黏聚力 /MPa	内摩擦 角/(°)	坡角/(°)	坡高/m	最大地 震烈度	年均降雨 量/mm	评判值(P)
342	0.185	22.5	17	180	7	815	—
评判指数	14.424	12.685	13.1	10.924	6.6	7.7	65.43
344	0.18	21	19	190	7	815	—
评判指数	14.321	12.37	12.6	10.657	6.6	7.7	64.24
346	0.198	20	16	210	7	815	—
评判指数	14.693	12.16	13.35	10.24	6.6	7.7	64.74
348	0.196	22.5	19	200	7	815	—
评判指数	14.651	12.685	12.6	10.39	6.6	7.7	64.62

由表 7-25 可知：N5-5、N6-6、N7-7、N8-8 剖面边坡的模糊分析评判值分别为 68.21、66.76、69.66、70.99。根据评判值与分级等级之间的关系可以判断出：边坡介于较稳定与一般状态之间，而偏于较稳定，整体呈基本稳定状态。

表 7-25　北帮现状边坡稳定性模糊评价结果

边坡剖面	黏聚力/MPa	内摩擦角/(°)	坡角/(°)	坡高/m	最大地震烈度	年均降雨量/mm	评判值（P）
N5-5	0.212	21	12	160	7	815	—
评判指数	14.982	12.37	15.1	11.458	6.6	7.7	68.21
N6-6	0.201	20	13	130	7	815	—
评判指数	14.734	11.95	13.525	12.259	6.6	7.7	66.76
N7-7	0.224	25	14	113	7	815	—
评判指数	15.230	13.375	14.05	12.713	6.6	7.7	69.66
N8-8	0.228	25.4	13	102	7	815	—
评判指数	15.313	13.525	14.575	13.28	6.6	7.7	70.99

2. 结论

由上可知，模糊评价的结果与极限平衡分析的结果基本吻合，如表 7-26 所示。

表 7-26　西帮及北帮现存边坡稳定性评价结果

剖面	三维滑移场	二维滑移场	二维滑移场与 sarma 耦合分析	模糊数学方法	加固后
342	1.112	1.084	1.091	一般与不稳定状态之间	1.23
344	1.062	1.046	1.048	一般与不稳定状态之间	1.27
346	1.071	1.072	1.083	一般与不稳定状态之间	1.26
348	1.058	1.052	1.063	一般与不稳定状态之间	1.24
N5-5		1.027		一般与不稳定状态之间	1.25
N6-6		1.016	0.96	一般与不稳定状态之间	1.27
N7-7		1.247	1.230	偏于较稳定	
N8-8		1.283	1.270	偏于较稳定	

通过前述各种方法的综合评价可以得到如下结论：

（1）西帮及西北帮现存边坡基本稳定，不会产生大规模滑坡。

（2）局部边坡存在不稳定状况，尤其是雨季存在滑坡的危险。随着开采延深和临空面的增大，局部滑坡的概率增大。

（3）从目前实测资料来看，地下岩体局部滑面已形成，从位移历时曲线来看，部分区段变形持续增大，需要采取一定的控制措施，减小变形避免滑坡。

第8章 布沼坝露天边坡岩体滑移变形的预测

8.1 概 述

滑坡的形成与变形过程是边坡岩体蠕动变形的过程，在黏弹塑性力学的基础上发展起来的，揭示岩土体变形时间效应的岩土体蠕动（流变）理论是滑坡时间预报研究的基础。根据岩体蠕变理论，边坡岩体的变形与破坏是其内部应力和岩土体强度随时间不断变化的结果；位移、应变及其他特征是这种变化的直接和间接反映。所以，岩土体蠕变理论揭示了滑坡变形破坏的本质，描述了滑坡应力、强度、位移、应变随时间变化的内在规律。因而，以岩土体蠕变理论为基础，研究滑坡变形过程中应力、强度、应变、位移、位移速率等随时间变化的物理规律，进而预报滑坡产生时间，是滑坡时间预报研究的突破口之一。

岩体蠕变（流变）理论中的应变（位移）-时间曲线的三阶段过程是滑坡时间预报的基本标准（图8-1）。岩体蠕变第Ⅰ阶段，又称初始蠕变阶段（AB段），岩体变形加速度呈递减发展，蠕变曲线斜率逐渐减少。岩体蠕变第Ⅱ阶段（BC段），又称稳定蠕变阶段，岩土体变形大致以等速发展，蠕变曲线近似一倾斜直线，应变速率大体不

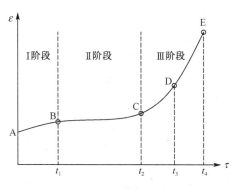

图 8-1 岩土体蠕变曲线

变。第Ⅲ蠕变阶段（CE段），又称加速蠕变阶段，岩土体变形速率由 C 点开始迅速增加，到达 E 点，岩体破坏。其中，在 CD 段，变形迅速增加，但岩体尚未破坏；DE 段，岩土体变形速率剧增，岩土体变形速率剧增，岩土体很快破坏。据此，滑坡的变形破坏过程亦被分为与之对应的几个阶段，并对各阶段起始时刻的预报相应归之为：中长期预报、短期预报和临滑预报。本章应用灰色理论和混沌理论对滑坡进行预测，下面简要介绍一下这两种理论的基本学术思想。

1）灰色理论

灰色系统理论是原华中理工大学邓聚龙教授于 20 世纪 80 年代提出的，它是用来解决信息不完备系统的数学方法。所谓灰色系统，是指部分信息明确，部分信息不明确的系统。影响边坡岩体变形的因素中有很多因素都具有不确定性，因

此，边坡岩体变形过程是一个灰色系统。利用灰色系统理论中进行数列预测的GM（1，1）模型对布沼坝露天边坡的西帮及北帮进行预测分析。

灰色理论将随机过程当作是在一定幅区、一定时区变化的灰色过程。原始数据生成后，使其变为较有规律的生成数据再建模（GM），实际上是生成数据模型，通过 GM 模型得到数据，必须经过逆过程还原后才能使用。

GM（1，1）主要用于对数列进行等时距预测，而边坡岩体变形观测所得到的原始数据往往是非等间隔序列，通过线性插值的方法，把非等间隔数据序列变换为等间隔数据系列，然后再使用 GM（1，1）模型预测。

2）混沌理论

近年来，非线性动力学的研究进入了一个新的阶段，开始从时间序列中提取动力系统的演变信息，如计算分数维和 Lyapunov 指数等，但是这样一些研究只能使我们了解哪些系统是混沌系统，哪些是周期系统以及系统的稳定性等问题。对系统更为细致的动力行为，如分岔、突变以及产生混沌的机制等无法进一步深入研究，主要的困难是对许多实际问题我们不知道描述这些系统的数学模型。如何针对不同的问题建立非线性动力模型是目前亟待解决的重要理论问题。对于某些实际的非线性系统，尽管我们不知道描述这些系统的动力模型，但我们却知道这些模型的一系列特解，这就是多年来积累的实际观测资料。如果把这些观测资料看成是该动力模型的一系列离散值，解与数值求解相反的问题，即可反演出较为理想的非线性动力模型。

边坡作为一个复杂系统，其本身的各种参量是不确定的和随机的，在其开挖过程中，边坡轮廓、地质体应力分布、内部能量的转化等因素不断地演化，并与外界进行物质、能量、信息的交换，表现出复杂的非线性行为。由于边坡系统内部各个子系统之间及系统与外界环境各因素之间的相互作用，相互制约，边坡的演化过程表现为确定性与确定的随机性（即混沌）综合运动的特点，滑坡的发生是系统内各要素通过一系列非平衡不稳定产生的空间的、时间的、功能的、结构的自组织过程，从而导致了开放系统远离平衡状态，发生一系列的混沌现象。20 世纪初，人们对现代混沌有了本质认识，并迅速与其他学科相互渗透，广泛地应用于生物学、物理学、天文学、数学、心理学、化学、信息科学、气象学、经济学等，在现代科学技术中起着十分重要的作用，被誉为 20 世纪第三次科技革命。混沌现象普遍地存在于自然界中，在非线性系统中，系统长时间的演化行为在相空间中表现为：轨线要么趋近于吸引子，要么在一定的参数范围内被吸引起一个特殊区域，做无规则的随机运动，这就是混沌行为。

混沌是由确定性方程产生出来的随机现象，亦即产生混沌的方程完全是确定的，不包含任何随机因素；也不是任何外界干扰产生的，而是其内在的本质，这种随机行为是内在的。混沌系统长时间演化的极限状态是奇怪吸引子（strangeattractor),它是由系统因物质、能量的耗散,系统的相空间体积不断收缩,系统最终趋向于维数较低的极限状态。混沌具有 3 个特征:①对初始条件的敏感性(即蝴蝶效应),其本质不是由于误差引起,而是由于系统本身固有的对误差放大的功能(具有正的 Lyapunov 指数),这一特点使得系统的短期行为具有可预测性,而长期行为具有不可预测性。②它是非周期的,具有无穷层次的嵌套结构,是一种有结构的无序,具有有序与无序两重性。③存在奇怪吸引子(混沌吸引子),是系统演化的终极状态,可用分维数大小来描述其复杂程度。因此,边坡变形预测研究应以现代混沌理论为基点,结合传统的理论和方法,建立起既能反映滑坡内在本质又能服务于实践的现代预测报体系。

由于混沌具有把微小误差通过其本身的确定性方程加以放大的功能,从而使得监测数据的初始误差以指数形式发散到整个奇怪吸引子,系统的可预测性便消失了。然而由于混沌是确定性的,必定服从自身演变规则,实际上它具有有限的预测能力,因此,可利用某一分量演化信息,利用相空间重建方法建立起必要的预测空间,尽管这些数据不尽完善,然而在其预测能力失去之前,即在一定的时间尺度内,仍可获得其可预测性。

8.2　预测理论及其原理

8.2.1　灰色理论预测原理

(1) 设离散函数 $x^{(0)}(k)(k=1,\cdots,n)$ 为滑体地表位移观测系列。灰色系统认为,任一随机序列经 r 次累加,总可用线性或非线性动态模型来模拟和逼近。

(2) 非等间隔数据序列的变换为等间隔数据序列。

非等间隔数据序列

$$x = \left[x(1),x(2),x(3)\cdots x(n)\right]$$

通过线性插值变换为等间隔的数据序列,设为:

$$x^{(0)} = \left[x^{(0)}(1),x^{(0)}(2),x^{(0)}(3),\cdots,x^{(0)}(n)\right]$$

(3) GM(1,1)模型的建立。

GM(1,1)模型是灰色系统理论用于预测、决策、控制的主要模型。其建模机理是:

对 $x^{(0)}$ 进行一次累加生成得到:

$$x^{(1)} = \left[x^{(1)}(1),x^{(1)}(2),x^{(1)}(3),\cdots,x^{(1)}(n)\right]$$

其中

$$x^{(1)}(k) = \sum_{i=1}^{k} x^{(0)}(i) \qquad k = 1,2,\cdots,n$$

其白化形式的微分模型为:

$$\frac{\mathrm{d}x^{(1)}}{\mathrm{d}t} + ax^{(1)} = u \tag{8-1}$$

将上式离散后,有背景变量形式:

$$a^{(1)}[x^{(1)}(k+1)] + a\chi^{(1)}(k+1) = u$$

式中:

$$a^{(1)}[x^{(1)}(k+1)] = \chi^{(0)}(k+1)$$

$$\chi^{(1)}(k+1) = [\chi^{(1)}(k) + \chi^{(1)}(k+1)]/2$$

即得到 GM(1,1)模型,其中 a、u 是灰参数,其值可以用最小二乘法求得:

$$A = [a \quad u]^{\mathrm{T}} = (B^{\mathrm{T}}B)^{-1}B^{\mathrm{T}}Y_n \tag{8-2}$$

其中

$$B = \begin{bmatrix} -\frac{1}{2}[x^{(1)}(2) + x^{(1)}(1)] & 1 \\ -\frac{1}{2}[x^{(1)}(3) + x^{(1)}(2)] & 1 \\ -\frac{1}{2}[x^{(1)}(4) + x^{(1)}(3)] & 1 \\ \vdots & \vdots \\ -\frac{1}{2}[x^{(1)}(n) + x^{(1)}(n-1)] & 1 \end{bmatrix} \quad Y_n = \begin{bmatrix} x^{(0)}(2) \\ x^{(0)}(3) \\ x^{(0)}(4) \\ \vdots \\ x^{(0)}(n) \end{bmatrix}$$

把 $\frac{1}{2}[x^{(1)}(n) + x^{(1)}(n-1)]$ 为定义对 $X^{(1)}$ 做紧邻均值生成,求出 A 后,把 a,u 的值代入式(8-1),解出微分方程得

$$\hat{x}^{(1)}(k+1) = \left[x^{(0)}(1) - \frac{u}{a}\right]\mathrm{e}^{-ak} + \frac{u}{a} \tag{8-3}$$

对 $x^{(1)}(k+1)$ 做累减生成可得到还原模拟数据,即

$$\hat{x}^{(0)}(k+1) = \hat{x}^{(1)}(k+1) - \hat{x}^{(1)}(k) \tag{8-4}$$

8.2.2 混沌理论预测原理

1. 关联维数

格拉斯贝格尔和普罗卡恰提出了一种计算关联维的算法。首先,从一个 $m=2$ 的低嵌入维开始,把时间序列重构成相空间。然后,从一个很小的距离 R 开始,按下式对这个距离计算相关积分:

$$C_m(R) = \frac{1}{n^2}\sum_{i,j=1}^{n} z(R - \|y(i) - y(j)\|) \tag{8-5}$$

如果 $R - \|y(i) - y(j)\| > 0$,则 $z(x) = 1$;否则为 0。

如果增加 R,$C_m(R)$ 应以速率 R^D 增长。这给出以下关系:

$$C_m(R) = R^D \tag{8-6}$$

或

$$\log(C_m(R)) = D\log(R) + 常数 \qquad (8\text{-}7)$$

对于一个 m，可以计算随 R 增长的 $C_m(R)$。通过用线性回归找出 $\log(C_m(R))$ 与 $\log$ 图的斜率，从而估计出嵌入维 m 的相关维 D。通过增加 m，D 最后会收敛到它的真实值。收敛值的维数 m 即为饱和嵌入维数，这说明测得的时间序列是混沌的；如果系统不存在饱和嵌入维数，则认为测得的时间序列是随机的。

2. 最大 Lyapunov 指数

由于混沌的一个主要特征就是对初值敏感性，这一本质使得系统长时间行为变得不可预测，然而，如何识别系统是否进入了混沌状态，即吸引子是否为混沌吸引子，这是判定混沌发生的依据，也就是对边坡变形的时间序列进行判别，判断该时间序列是随机序列还是混沌序列。混沌时间序列判别的方法主要有功率谱方法、主分量分析（PCA 分布）、Poincare 截面法、Lyapunov 指数法、C-C 方法、指数衰减法、频闪法等，但常用的方法是 Lyapunov 指数法。

Lyapunov 指数是系统在相空间中两相邻轨线收敛或发散的比率，其反映了在一个 m 维空间中系统误差 $\delta_{x_i}(t)(i=1,2,3,\cdots,m)$ 沿某一方向以指数形式向吸引子靠近或远离的速率，亦即描述了系统对初值的敏感程度。对于一个具有 m 维的相空间，边坡系统由 m 个状态变量 $x_i(i=1,2,\cdots,m)$ 描述，则该边坡系统非线性微分方程为

$$\frac{\mathrm{d}x_i}{\mathrm{d}t} = f_i(x_1,x_2,\cdots,x_m)$$

设在相空间中有一轨线 $x_0(t)$，其邻域内有一小扰动 $\delta_x(t)$，随时间流逝，运用线形稳定性分析方法，则对每个分量对应的 Lyapunov 指数为

$$\lambda_i = \lim_{t\to\infty}\frac{1}{t}\ln|\delta_x(t)|$$

它表征了相邻两轨线间的平均收敛或发散速率，其大小反映了系统的动力学特征，即其对初值扰动的敏感程度，λ_i 可正、可负或为零。若 $\lambda_i<0$，则扰动以指数方式向吸引子靠近，系统趋向稳定；若 $\lambda_i>0$，则扰动以指数方式发散，系统趋向混沌；$\lambda_i=0$，对应系统处于分岔点上，为临界状态。因此，利用 λ_i 可对边坡变形的时间序列进行混沌判别。

在 m 维离散系统中，存在 m 个 Lyapunov 指数 $\lambda_i(i=1,2,\cdots,m)$，如果其中最大的指数 $\lambda_{\max}>0$ 则系统一定存在混沌。据此，只要计算系统的 $\lambda_{\max}$，即可判定边坡是否进入混沌状态。

要判断一个时间序列是混沌的还是随机的，可以通过计算该序列的最大 Lyapunov 指数，如果它为正值，则可判定时间序列是混沌的；反之则是随机的。

Lyapunov 指数计算方法现简述如下：

对于时间序列 $\{x(t)\}$，给定时间间隔 τ，在某段时间内，可得一有限数量的数据集合。选择一合理的嵌入维数 m，就可构造一个以该数据集合中数据为分量的 m 维空间。其中的点可表示为 $\{x(t),x(t+\tau),\cdots,x(t+(m-1)\tau)\}$，假设数据从 t_0 开始，可得起始点 $p_0=\{x(t_0),x(t_0+\tau),\cdots,x(t_0+(m-1)\tau)\}$。在欧氏距离意义下找出空间中与 p_0 最近的点 $p_0'=\{x(t_0'),x(t_0'+\tau),\cdots,x(t_0'+(m-1)\tau)\}$，以 $L(t_0)$ 记 $P_0'P_0$ 的距离。再选择稍后的时刻 t_1，此时 p_0 演变为 $p_1=\{x(t_1),x(t_1+\tau),\cdots,x(t_1+(m-1)\tau)\}$，$p_0'$ 演变为 $p_0''=\{x(t_0'+(t_1-t_0)),\cdots,x(t_0'+(t_1-t_0)(m-1)\tau)\}$，以 $L(t_1')$ 记 P_1P_0'' 的距离。接着寻找一替换点 P_1'，使其满足：① $P_0''P_1$ 与 $P_1'P_1$ 的夹角充分小；②$P_1'P_1$ 的距离也充分小。如果空间中存在满足以上条件的 P_1'，则以 $L(t_1)$ 记 $P_1'P_1$ 的距离。如果空间中不存在满足以上条件的点，那么取 P_0'' 为 P_1'（两点重合），得 $L(t_1)=L'(t_1)$。此时再把 P_1 看作起始点，P_1' 看作最近点，往后重复以上演变过程，直至到达最后一个数据点（从时间角度考虑）。整个过程如图 8-2 所示。

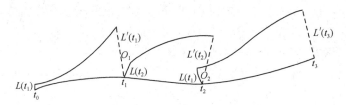

图 8-2　Lyapunov 指数计算示意图

3. 混沌时间序列预测的局域法

传统的预测方法主要有动力学方法和数理统计方法，这些方法的共同特点是先建立数据序列的主观模型，然后根据主观模型对边坡的变形进行计算和预测，这些方法对线性问题是很有效的，但如果系统演化进入混沌状态 Lyapunov 指数大于零时，这些方法就不合适了，甚至会出现很大的误差。随着混沌科学的发展，该问题得到了解决，并且可以不必预先建立主观模型而直接根据数据序列本身所计算出来的客观规律如 Lyapunov 指数等进行预测，避免了人为主观性，进而提高预测的精度和可信度对于混沌时间序列的预测方法，通常采用的方法为局域法。该方法是将相空间轨迹的最后一点作为中心点，把离中心点最近的若干轨迹点作为相关点，然后对相关点做出拟合，进而估计下一点的走向，最后从预测出的轨迹点坐标中分离得到所需要的预测值。

设一维离散时间序列数据为 $\{x(t),(t=0,1,2,\cdots,n)\}$，$\tau$ 为时间间隔 Δt 的整数倍，则在一个重建的 d 维空间中，共有 $\{n-(d-1)\tau\}$ 个相点数，某一相点 $X(t)$ 为

d 维分量,$X(t)=[x(t),x(t+\tau),x(t+2\tau),\cdots,x(t+(d-1)\tau)](t=1,2,\cdots,n)$,则相点间支配方程为

$$X(t+\tau) = f(X(t))$$

混沌时间序列问题就是寻找一个 d 维空间到监测数据的映射 f,即得:

$$X(t) = f[x(t),x(t+\tau),x(t+2\tau),\cdots,x(t+(d-1)\tau)]$$

f 就是序列间的驱动方程,通过 f 作用,可对未来的数据进行预测。

局域法的基本思想是:在寻找 f 时不是用所有的数据,而是依据 d 维空间中某一相点 $X(i),(i=0,1,\cdots,m)$ 的一个小邻域内的点来找出一个 f,用这样的映射来预测下一个相点,其过程为

(1) 重建一个 d 维相空间。

(2) 考查最后一个相点 $X(m)$ 的小邻域 ε 内的其他相点 $X(t_i)(i=1,2,\cdots,k)$ 是否满足 $\sum_{i=1}^{k}\|x(m)-x(t_i)\|\leqslant\varepsilon$,对于满足的邻域点 $X(t_i)$,作为下步预测建模的数据点。

(3) 寻找 $X(t_i)$ 与 $X(t_{i+1})$ 之间的映射函数关系,构造出驱动方程 f:

$$X(t_{i+1}) = f(X(t_i))$$

(4) 利用这个映射可以预测出 $X(m+1)$。

(5) 继续(1)~(4)可预测出一定尺度的其他数据值。

在局域线性近似方法中,假设任何临近点与未来状态有以下线性关系:

$$X'_{[1]} = f(X_{[1]}) \approx AX_{[1]}+b$$

确定矩阵 A 和系数 b 就可进行下一点的预测。

对时间序列 $x(t)$,假设 $x(k)$ 为最后一次监测点:

$$\begin{cases} x(k-3) = x(k-6)\times a_1 + x(k-5)\times a_2 + x(k-4)\times a_3 + b \\ x(k-2) = x(k-5)\times a_1 + x(k-4)\times a_2 + x(k-3)\times a_3 + b \\ x(k-1) = x(k-4)\times a_1 + x(k-3)\times a_2 + x(k-2)\times a_3 + b \\ x(k) = x(k-3)\times a_1 + x(k-2)\times a_2 + x(k-1)\times a_3 + b \end{cases}$$

对于 $m=3$ 利用:

$$\begin{bmatrix} x(k)-x(k-1) \\ x(k-1)-x(k-2) \\ x(k-2)-x(k-3) \end{bmatrix}$$

$$= \begin{bmatrix} x(k-3)-x(k-4) & x(k-2)-x(k-3) & x(k-1)-x(k-2) \\ x(k-4)-x(k-5) & x(k-3)-x(k-4) & x(k-2)-x(k-3) \\ x(k-5)-x(k-6) & x(k-4)-x(k-5) & x(k-3)-x(k-4) \end{bmatrix} \begin{bmatrix} a_1 \\ a_2 \\ a_3 \end{bmatrix}$$

从而确定参数值。重复以上步骤从而进行下一点的预测。

8.3　北帮边坡变形特征分析

8.3.1　北帮 N5-5 剖面边坡变形特点

图 8-3 是布沼坝露天边坡地表位移监测点分布图，表 8-1 是北帮 N5-5 剖面监测点水平位移值，图 8-4 为北帮 N5-5 剖面各点水平位移历时曲线图，由各监测点位移历时曲线知，边坡变形随时间加长，各个监测点的总位移量递增，其中4 号监测点的水平位移值最大。从变形速率来看（图 8-5），变形速率变化比较有规律，其速率变化最大值基本上在每年的 8~10 月之间。

表 8-1　北帮 N5-5 剖面监测点水平位移值（单位：mm）

监测日期 \ 监测点位	jn5-1	jn5-2	jn5-3	jn5-4
2005 年 4 月	3.3	11.2	2.5	1.8
2005 年 5 月	11.9	9.5	8.4	21.6
2005 年 6 月	7.8	22.7	25.3	28.3
2005 年 7 月	21.9	33.3	38.3	51.7
2005 年 8 月	18.2	51.3	62.1	75.4
2005 年 9 月	60.9	102.9	115.5	136.9
2005 年 10 月	60.9	113.2	137.9	168.5
2005 年 11 月	58.2	131.5	159.3	196.4
2005 年 12 月	67.8	152.8	174.7	207.6
2006 年 1 月	80.4	160.8	183.7	216.7
2006 年 2 月	83.1	166.0	199.3	228.7
2006 年 3 月	83.0	181.1	204.7	251.6
2006 年 4 月	94.4	190.3	223.1	281.0
2006 年 5 月	106.0	213.1	244.8	306.8
2006 年 6 月	109.8	219.6	242.5	296.1
2006 年 7 月	113.2	236.0	268.0	324.2
2006 年 8 月	145.8	268.2	281.1	347.1
2006 年 9 月	126.6	244.5	290.0	356.1
2006 年 10 月	161.3	308.8	351.3	428.6
2006 年 11 月	169.8	326.8	377.0	458.8
2006 年 12 月	183.7	344.2	395.3	481.0
2007 年 1 月	182.5	367.7	415.6	505.2
2007 年 2 月	203.5	393.8	439.8	539.0
2007 年 3 月	255.4	429.6	465.4	569.5
2007 年 4 月	233.3	451.0	485.4	587.0
2007 年 5 月	283.8	492.5	537.3	644.1
2007 年 6 月	346.7	555.5	587.5	694.0
2007 年 7 月	390.9	589.7	620.6	734.0
2007 年 8 月	575.8	789.2	795.2	917.4

图 8-3　布沼坝露天边坡地表位移监测点分布图

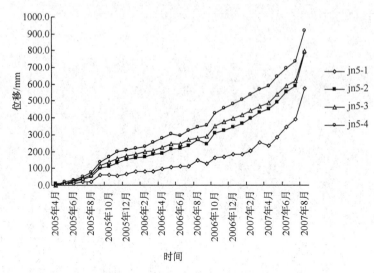

图 8-4 北帮 N5-5 剖面各点水平位移历时曲线

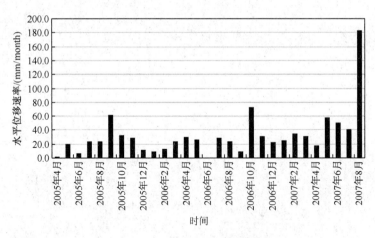

图 8-5 jn5-4 点的变形速率图

1. 灰色理论预测

（1）取 jn5-4 点建立等间距线性插值预测模型。

（2）实测值与预测值对比如图 8-6 所示。

（3）通过计算求得变形预测模型为

$$\hat{x}^{(1)}(t+1) = 752.5\mathrm{e}^{0.09t} - 751.2$$

由此得到预测曲线如图 8-7 所示，位移值从 2008 年 11 月开始增大，且曲线斜率变化比较大。

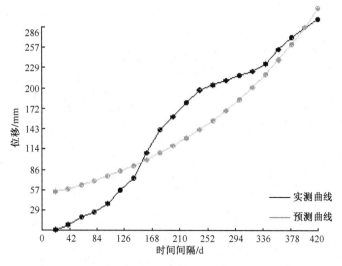

图 8-6　监测点实测与预测曲线对比图

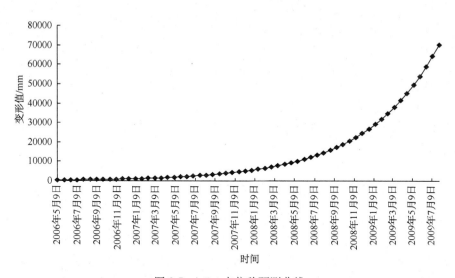

图 8-7　jn5-4 点位移预测曲线

（4）预测精度的计算：

$$\varepsilon = 0.9009 > 0.90$$

关联度为一级，预测精度为优。

2. 混沌时间序列预测

表 8-2　等间距原始数据监测表

周期	1	2	3	4	5	6	7
水平位移/mm	0	1.29	8.41	19.42	24.73	38.05	56.95
时间间隔/d	20	20	20	20	20	20	20
周期	8	9	10	11	12	13	14
水平位移/mm	74.5	109.77	141.57	160.16	179.49	197.51	204.72
时间间隔/d	20	20	20	20	20	20	20
周期	15	16	17	18	19	20	21
水平位移/mm	211.39	217.68	223.98	234.15	254.93	271.72	286.01
时间间隔/d	20	20	20	20	20	20	20

根据相空间重构理论，对于表 8-2 中的时间序列建立相空间向量建立不同维空间的维数图，从而计算出关联维数（图 8-8）。

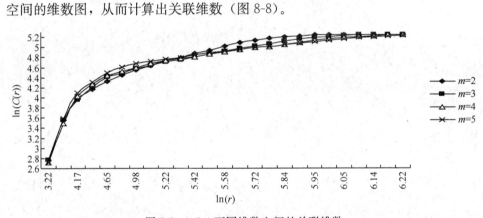

图 8-8　jn5-4 不同维数空间的关联维数

按关联维数的理论，为研究该滑坡混沌吸引子的特征，在不同相空间中计算了关联维数。结果表明当 $m=3$ 时曲线斜率不再明显变化，因此此系统嵌入维数 $d=3$，说明模拟该滑坡系统必需的实质性变量（即序参量）的个数最少为 3 个。此时混沌吸引子的维数为 0.889。由此得到预测曲线如图 8-9 所示，其结果与灰色预测基本一致；位移值从 2008 年 11 月开始增大，且曲线斜率变化比较大。

8.3.2　北帮 N6-6 剖面边坡变形特点

北帮 N6-6 剖面变形监测数据如表 8-3 所示，图 8-10 为北帮 N6-6 剖面各点水平位移历时曲线，从各监测点位移历时曲线知，1 号点未产生移动变形，2 号点和 4 号点的位移值随时间加长呈非线性增大；其中 4 号监测点的水平位移值最大。从变形速率来看（图 8-11），变形速率变化特点比较有规律，与北帮 N5-5 剖面基本一致，其速率变化最大值基本上在每年的 8～10 月之间。

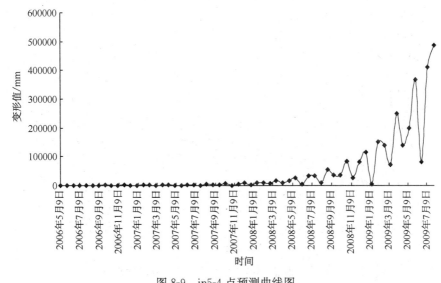

图 8-9　jn5-4 点预测曲线图

表 8-3　北帮 N6-6 剖面变形监测（单位：mm）

监测点位 监测日期	jn6-1	jn6-2	jn6-4
2005 年 4 月	4.9	14.6	4.6
2005 年 5 月	10.0	12.0	14.5
2005 年 6 月	1.9	22.8	17.9
2005 年 7 月	3.7	33.7	43.3
2005 年 8 月	1.8	33.2	40.7
2005 年 9 月	4.5	75.8	91.2
2005 年 10 月	3.8	83.0	109.2
2005 年 11 月	4.1	92.1	123.0
2005 年 12 月	5.9	102.8	134.5
2006 年 1 月	2.8	108.5	147.1
2006 年 2 月	6.6	118.4	161.1
2006 年 3 月	8.7	129.0	175.1
2006 年 4 月	7.3	134.8	198.2
2006 年 5 月	9.4	153.1	215.2
2006 年 6 月	9.5	158.9	226.1
2006 年 7 月	12.4	176.7	230.9
2006 年 8 月	22.6	205.8	274.6
2006 年 9 月	4.7	192.4	263.3
2006 年 10 月	24.4	225.3	322.5
2006 年 11 月	9.6	247.2	332.8
2006 年 12 月	9.6	256.5	345.8
2007 年 1 月	15.2	272.6	363.8
2007 年 2 月	6.4	292.5	385.6
2007 年 3 月	13.2	311.0	404.3
2007 年 4 月	14.5	328.1	426.2
2007 年 5 月	6.6	377.9	477.6
2007 年 6 月	15.1	443.0	545.9
2007 年 7 月	9.5	472.1	579.0
2007 年 8 月	13.8	651.4	766.4

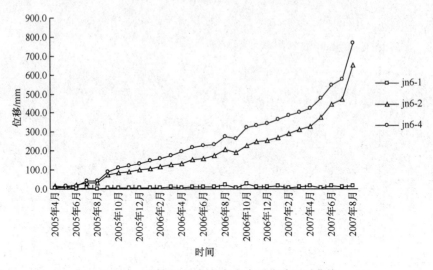

图 8-10   北帮 N6-6 剖面各点水平位移历时曲线

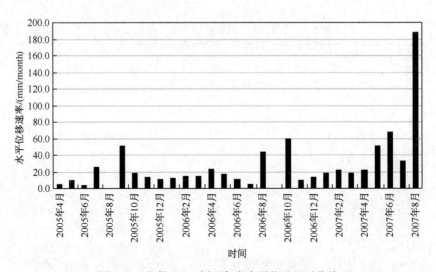

图 8-11   北帮 N6-6 剖面各点水平位移历时曲线

1. 灰色理论预测

（1）取 jn6-4 点建立等间距线性插值预测模型并进行预测。

（2）实测值与预测值对比如图 8-12 所示。

（3）通过计算求得变形预测模型为：

$$\hat{x}^{(1)}(t+1) = 380.9e^{0.1t} - 378.4$$

由此得到预测曲线如图 8-13 所示，按等条件下当 2008 年 12 月开始位移量

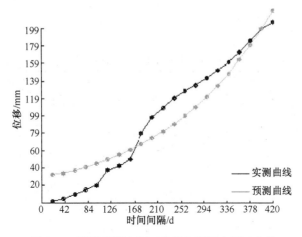

图 8-12　原始监测点历时曲线与预测点历时曲线

逐渐增大。

（4）预测精度的计算：

$$\varepsilon = 0.8876 > 0.80$$

关联度为二级，预测精度为良。

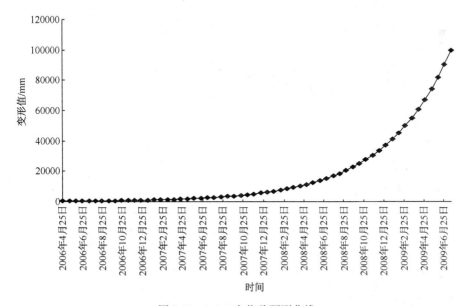

图 8-13　jn6-4 点位移预测曲线

2. 混沌时间序列预测

表 8-4　等间距原始数据监测表

周期	1	2	3	4	5	6	7
水平位移/mm	0	2.56	5.57	10.4	14.99	19.6	37.12
时间间隔/d	20	20	20	20	20	20	20
周期	8	9	10	11	12	13	14
水平位移/mm	42.02	49.61	79.29	97.53	108.12	119.57	127.63
时间间隔/d	20	20	20	20	20	20	20
周期	15	16	17	18	19	20	21
水平位移/mm	134.21	142.75	151.32	159.81	171.41	184.89	198.58
时间间隔/d	20	20	20	20	20	20	20

根据相空间重构理论，对表 8-4 中的时间序列建立相空间向量。

按照的关联维数的理论，为研究该滑坡混沌吸引子的特征，在不同相空间中计算了关联维数（图 8-14），结果表明当 $m=3$ 时曲线斜率不再明显变化，因此此系统嵌入维数 $d=3$，说明模拟该滑坡系统必需的实质性变量（即序参量）的个数最少为 3 个。此时混沌吸引子的维数为 0.926，其预测曲线如图 8-15 所示。

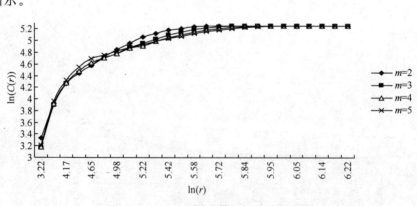

图 8-14　jn6-4 不同维数空间的关联维数

8.3.3　北帮预测结论

从北帮边坡变形预测结果来看，北帮的 N5-5 剖面和 N6-6 剖面边坡处于加速滑移变形阶段，边坡稳定性较差。如果边坡按照预测的结果发展，将对边坡的稳定性造成严重的影响，将产生局部滑坡。

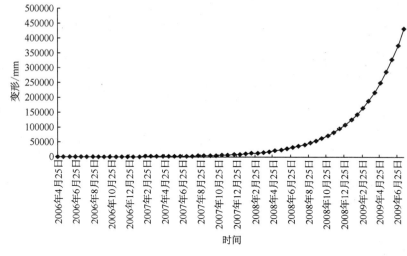

图 8-15　jn6-4 点位移预测曲线

2007 年 6 月～10 月间，云南省普降强雨，持续时间较长，裂缝位移量及宽度开始明显加大，北帮变形体南北方向平均长度 350m，东西方向平均宽 552.50m，总面积约 1.93×10^{5}m^2，平均厚度约为 18.20m，最厚的部位位于 6 线附近达到 33.40m。整个北帮变形体体积约为 34.19×10^{5}m^3，达到巨型规模。变形体位移方向为 SE14°～37°，边坡变形位移方向与边坡临空面方向一致。随着露天矿的进一步开挖，由预测分析 2007 年 11 月至 2008 年 6 月北帮 2 号线第 4 监测点的平均变形速率为 6.5mm/d，可以看出边坡在随着时间速率在增大，变形在明显加大，而正常速度应该在 2mm/d 以下。

从后续开挖诱发的变形预测结果来看，北帮 N6-6 剖面的预测变形值较其他剖面预测值大，这是由于北帮 N6-6 剖面位于变形体最厚的位置，最厚的变形体达到了 33.40m，加上边坡变形位移方向与边坡临空面方向一致。该区域边坡由褐煤、炭质黏土岩、黏土岩组成，均属半成岩软质岩类，在构造作用下，节理裂隙发育，加之边坡为一顺层坡。其次 N$_{1-2}$ 黏土岩中夹有多层泥化夹层，力学强度低。在此岩体中的软弱夹层具有较强的亲水性，遇水易软化、崩解，强度就降低，加之节理呈网状发育，有利于地下水渗入，降低岩土体强度，在上部岩土体自重压力及侧向拉力作用下，坡体产生变形失稳，由此构成了边坡变形与破坏的基础条件。

8.4　西帮边坡变形特征分析

8.4.1　西帮 342 剖面边坡变形特点

表 8-5　西帮 342 剖面各测点水平位移值（单位：mm）

监测点位 监测日期	jw342-2	jw342-3	jw342-4	jw342-7
2005 年 4 月	5.5	9.8	6.4	4.8
2005 年 5 月	19.4	8.4	11.0	16.7
2005 年 6 月	4.8	20.3	26.2	28.2
2005 年 7 月	16.2	12.4	19.6	45.4
2005 年 8 月	18.4	11.7	28.9	60.4
2005 年 9 月	31.4	28.9	72.0	124.1
2005 年 10 月	45.8	38.7	83.6	146.8
2005 年 11 月	50.2	42.5	87.6	161.1
2005 年 12 月	56.5	43.0	92.8	165.3
2006 年 1 月	72.4	52.5	101.5	173.9
2006 年 2 月	60.9	51.3	102.3	185.2
2006 年 3 月	67.8	50.6	105.4	193.0
2006 年 4 月	77.7	60.4	110.2	214.9
2006 年 5 月	82.9	62.9	115.3	224.9
2006 年 6 月	69.3	52.5	97.6	214.6
2006 年 7 月	92.7	47.2	116.9	235.4
2006 年 8 月	86.2	50.5	123.9	253.4
2006 年 9 月	99.6	72.5	134.2	266.8
2006 年 10 月	117.7	69.5	174.6	326.0
2006 年 11 月	120.6	73.9	182.7	345.9
2006 年 12 月	131.0	90.4	190.5	355.3
2007 年 1 月	136.7	93.5	200.4	370.5
2007 年 2 月	149.6	102.4	203.1	378.1
2007 年 3 月	153.4	108.0	214.8	400.0
2007 年 4 月	162.7	108.3	220.4	411.2
2007 年 5 月	181.2	124.5	234.7	435.4
2007 年 6 月	193.3	128.5	242.6	451.6
2007 年 7 月	199.5	123.9	260.6	477.3
2007 年 8 月	256.1	155.5	338.3	610.2

　　表 8-5 为西帮 342 剖面各测点水平位移值，图 8-16 为西帮 342 剖面各点水平位移历时曲线，从各监测点位移历时曲线来看，随着时间增加各个测点的位移量

增大，其中 7 号点的水平位移最大。图 8-17 是 7 号点的位移速率变化图，从其变化规律来看仍然是每年的 8～10 月份位移速率最大。

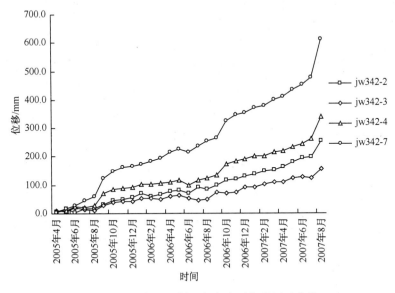

图 8-16　西帮 342 剖面各点水平位移历时曲线

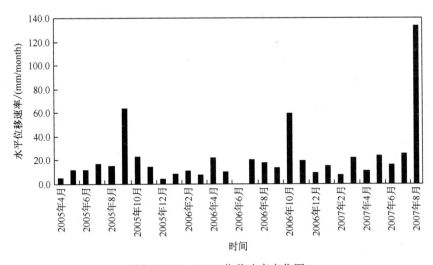

图 8-17　jw342-7 位移速率变化图

1. 灰色理论预测

（1）取 jw342-7 点建立等间距线性插值预测模型。

（2）预测模型实测值与预测值对比（图 8-18）。

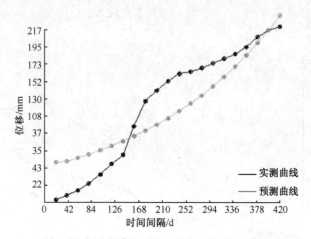

图 8-18　原始监测点历时曲线与预测点历时曲线

（3）通过计算求得变形预测模型为

$$\hat{x}^{(1)}(t+1) = 726.7e^{0.08t} - 723.3$$

（4）预测精度的计算：

$$\varepsilon = 0.9134 > 0.90$$

关联度为一级，预测精度为优。

（5）预测曲线如图 8-19 所示。

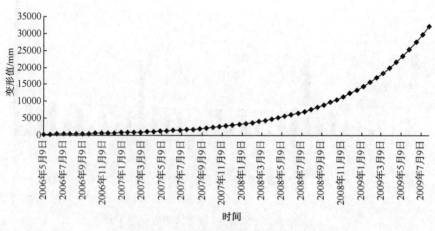

图 8-19　jw342-7 预测变形曲线

2. 混沌时间序列预测

表 8-6　等间距原始数据监测表

周期	1	2	3	4	5	6	7
水平位移/mm	0	3.42	8.75	14.35	23.77	34.38	48.73
时间间隔/d	20	20	20	20	20	20	20
周期	8	9	10	11	12	13	14
水平位移/mm	59.81	94.96	127.42	140.8	152.44	161.54	164.24
时间间隔/d	20	20	20	20	20	20	20
周期	15	16	17	18	19	20	21
水平位移/mm	168.87	174.78	180.72	187.04	194.49	208	216.84
时间间隔/d	20	20	20	20	20	20	20

根据相空间重构理论,对表 8-6 中的时间序列建立相空间向量。

按照前面的关联维数的理论,为研究该滑坡混沌吸引子的特征,在不同相空间中计算了关联维数(图 8-20),结果表明当 $m=3$ 时曲线斜率不再明显变化,因此此系统嵌入维数 $d=3$,说明模拟该滑坡系统必需的实质性变量(即序参量)的个数最少为 3 个。此时混沌吸引子的维数为 0.970,其预测曲线如图 8-21 所示,后续变形趋势与灰色预测结果基本一致。

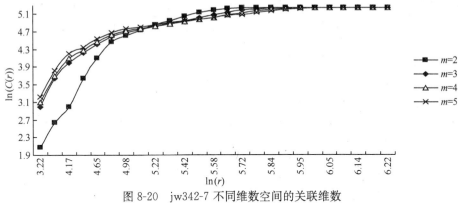

图 8-20　jw342-7 不同维数空间的关联维数

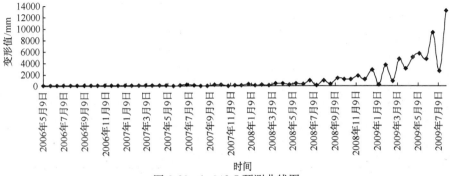

图 8-21　jw342-7 预测曲线图

8.4.2　西帮 344 剖面边坡变形特点

西帮 344 剖面变形监测数据如表 8-7 所示，图 8-22 为西帮 344 剖面各监测点水平位移历时曲线，从各监测点位移历时曲线来看，西帮 344 剖面各个监测点位移量随着时间增加水平位移量增大，其中 jw344-4 点的水平位移最大。位移速率变化特征与其他点基本一致，即每年 8~10 月位移速率大（图 8-23）。

表 8-7　西帮 344 剖面各测点水平位移值（单位：mm）

监测点位 监测日期	jw344-2	jw344-3	jw344-4
2005 年 4 月	6.0	8.8	9.3
2005 年 5 月	7.8	14.3	7.3
2005 年 6 月	6.5	5.2	24.2
2005 年 7 月	11.8	23.1	36.0
2005 年 8 月	28.6	32.0	47.3
2005 年 9 月	55.2	59.6	120.9
2005 年 10 月	84.9	70.1	140.2
2005 年 11 月	75.2	79.9	153.2
2005 年 12 月	89.7	89.5	162.7
2006 年 1 月	95.0	102.8	172.1
2006 年 2 月	102.2	106.8	177.5
2006 年 3 月	105.0	98.9	182.1
2006 年 4 月	117.2	111.7	186.9
2006 年 5 月	108.5	117.1	205.4
2006 年 6 月	120.5	100.4	214.9
2006 年 7 月	108.7	130.2	218.9
2006 年 8 月	112.8	130.4	233.9
2006 年 9 月	151.7	139.5	247.9
2006 年 10 月	167.2	169.0	287.2
2006 年 11 月	146.3	173.9	325.2
2006 年 12 月	198.8	179.6	343.6
2007 年 1 月	201.6	190.6	357.8
2007 年 2 月	202.8	203.5	369.6
2007 年 3 月	213.5	218.6	392.5
2007 年 4 月	218.5	228.1	401.9
2007 年 5 月	255.0	244.4	451.3
2007 年 6 月	253.2	265.0	493.8
2007 年 7 月	279.2	280.0	530.8
2007 年 8 月	369.0	356.0	743.0

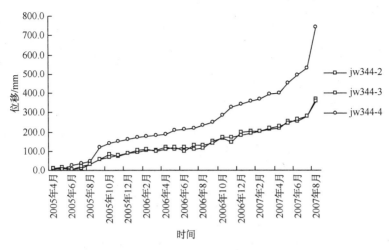

图 8-22　西帮 344 剖面各点水平位移历时曲线

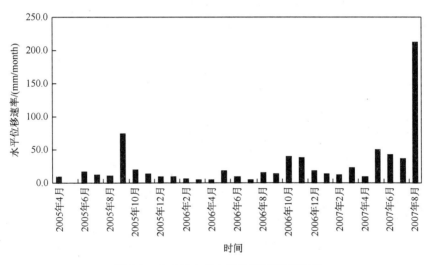

图 8-23　jw344-4 点水平位移速率变化图

1. 灰色理论预测

（1）取 jw344-6 点建立等间距线性插值预测模型。

（2）实测值与预测值对比如图 8-24 所示。

（3）通过计算求得变形预测模型为：

$$\hat{x}^{(1)}(t+1) = 892.3 \mathrm{e}^{0.08t} - 888.7$$

（4）预测精度的计算：

$$\varepsilon = 0.9163 > 0.90$$

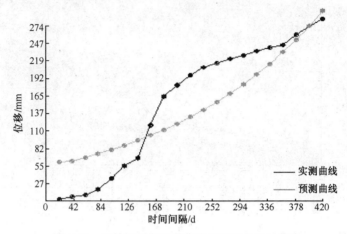

图 8-24   原始监测点历时曲线与预测点历时曲线

关联度为一级，预测精度为优。

（5）预测模型如图 8-25 所示。

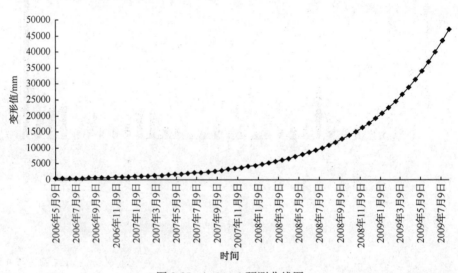

图 8-25   jw344-6 预测曲线图

2. 混沌时间序列预测

表 8-8　等间距原始数据监测表

周期	1	2	3	4	5	6	7
水平位移/mm	0	3.64	7.1	10.43	18.85	35.44	55.48
时间间隔/d	20	20	20	20	20	20	20
周期	8	9	10	11	12	13	14
水平位移/mm	67.49	119.1	163.73	181.12	196.37	208.88	215.88
时间间隔/d	20	20	20	20	20	20	20
周期	15	16	17	18	19	20	21
水平位移/mm	222.28	228.36	234.9	240.06	244.15	260.35	274.21
时间间隔/d	20	20	20	20	20	20	20

　　根据相空间重构理论，对于表 8-8 中的时间序列建立相空间向量。

　　按照关联维数的理论，为研究该滑坡混沌吸引子的特征，在不同相空间中计算了关联维数（图 8-26），结果表明当 $m=3$ 时曲线斜率不再明显变化，因此此系统嵌入维数 $d=3$，说明模拟该滑坡系统必需的实质性变量（即序参量）的个数最少为 3 个。此时混沌吸引子的维数为 0.874，其预测曲线如图 8-27 所示。后续变形趋势与灰色预测结果基本一致。

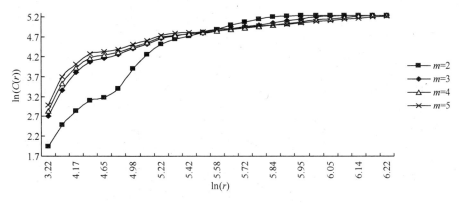

图 8-26　jw344-6 不同维数空间的关联维数

8.4.3　西帮 346 剖面边坡变形特点

　　西帮 346 剖面变形监测数据如表 8-9 所示，图 8-28 为西帮 346 剖面各点水平位移历时曲线，从各监测点位移历时曲线来看，随着时间增加各个测点的位移量增大，其中 jw346-4 点的水平位移最大。图 8-29 是 jw346-4 点的位移速率变化图，从其变化规律来看仍然是每年的 8～10 月份位移速率最大。

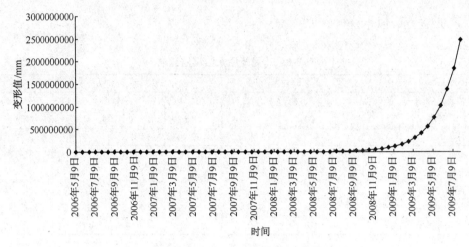

图 8-27 jw344-6 预测曲线图

表 8-9 西帮 346 剖面各测点水平位移值（单位：mm）

监测点位 监测日期	jw346-2	jw346-3	jw346-4	jw346-5
2005 年 4 月	9.8	6.7	9.7	3.0
2005 年 5 月	14.9	10.3	5.3	33.5
2005 年 6 月	13.2	6.4	31.4	37.4
2005 年 7 月	24.5	23.2	51.0	55.5
2005 年 8 月	39.5	35.0	66.8	72.1
2005 年 9 月	68.0	69.3	167.4	168.4
2005 年 10 月	88.9	91.3	184.3	201.5
2005 年 11 月	95.3	93.5	207.7	218.3
2005 年 12 月	113.1	104.9	220.2	232.4
2006 年 1 月	123.6	109.8	233.5	243.5
2006 年 2 月	115.5	112.9	243.3	249.2
2006 年 3 月	120.5	124.8	244.6	260.5
2006 年 4 月	128.7	139.2	258.4	267.7
2006 年 5 月	139.7	149.9	272.2	294.9
2006 年 6 月	139.1	131.1	279.5	288.9
2006 年 7 月	159.8	155.8	293.8	307.1
2006 年 8 月	163.6	161.6	315.2	338.8
2006 年 9 月	168.4	174.7	333.8	356.2
2006 年 10 月	198.6	197.6	388.4	426.4
2006 年 11 月	210.7	212.9	421.5	459.6
2006 年 12 月	233.1	235.2	441.8	483.4
2007 年 1 月	235.5	240.5	463.2	483.4
2007 年 2 月	247.0	258.4	483.7	531.6
2007 年 3 月	266.4	274.3	507.3	554.2
2007 年 4 月	274.6	287.1	522.2	584.2
2007 年 5 月	304.6	316.3	575.8	633.3
2007 年 6 月	328.1	340.2	641.6	704.0
2007 年 7 月	355.9	370.1	690.4	771.1
2007 年 8 月	487.7	509.3	1031.2	1160.8

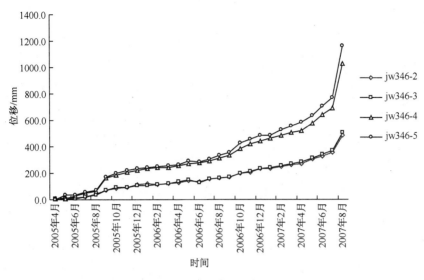

图 8-28　西帮 346 剖面各点水平位移历时曲线

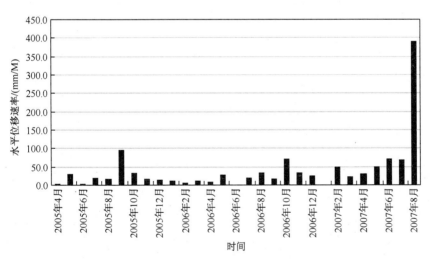

图 8-29　jw346-4 点水平位移速率图

1. 灰色理论预测

（1）取 jw346-5 点建立等间距线性插值预测模型。

（2）实测值与预测值对比如图 8-30 所示。

（3）通过计算求得变形预测模型为：

$$\hat{x}^{(1)}(t+1) = 1050.1e^{0.08t} - 1048.0$$

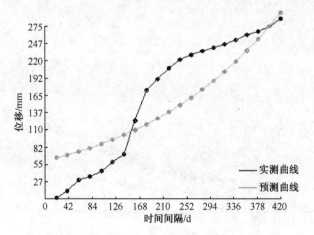

图 8-30　原始监测点历时曲线与预测点历时曲线

（4）预测精度的计算：

$$\varepsilon = 0.9099 > 0.90$$

关联度为一级，预测精度为优。

（5）预测曲线如图 8-31 所示。

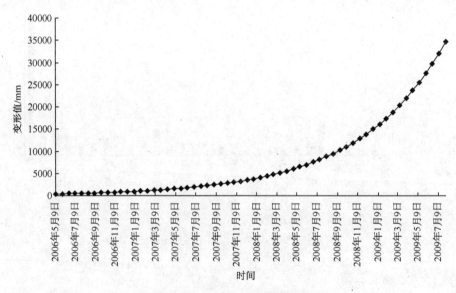

图 8-31　jw346-5 预测曲线图

2. 混沌时间序列预测

表 8-10 等间距原始数据监测表

周期	1	2	3	4	5	6	7
水平位移/mm	0	2.17	13.19	30.1	35.91	44.64	58.54
时间间隔/d	20	20	20	20	20	20	20
周期	8	9	10	11	12	13	14
水平位移/mm	70.86	124.64	172.9	190.79	208.24	221.36	228.97
时间间隔/d	20	20	20	20	20	20	20
周期	15	16	17	18	19	20	21
水平位移/mm	235.11	240.05	245.4	252.65	260.95	265.78	274.64
时间间隔/d	20	20	20	20	20	20	20

根据相空间重构理论,对于表 8-10 中的时间序列建立相空间向量。

按照前面的关联维数的理论,为研究该滑坡混沌吸引子的特征,在不同相空间中计算了关联维数(图 8-32),结果表明当 $m=3$ 时曲线斜率不再明显变化,因此此系统嵌入维数 $d=3$,说明模拟该滑坡系统必需的实质性变量(即序参量)的个数最少为 3 个。此时混沌吸引子的维数为 0.875,其预测曲线如图 8-33 所示。后续变形趋势与灰色预测结果基本一致。

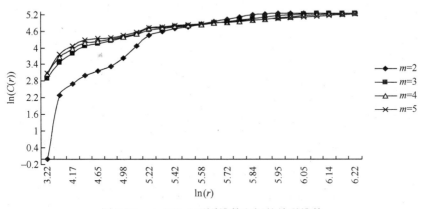

图 8-32 jw346-5 不同维数空间的关联维数

8.4.4 西帮 348 剖面边坡变形特点

西帮 348 剖面变形监测数据如表 8-11 所示,图 8-34 为西帮 348 剖面各监测点水平位移历时曲线,从各监测点位移历时曲线来看,西帮 348 剖面各个监测点位移量随着时间增加水平位移量增大,其中 jw348-5 点的水平位移最大。位移速率变化特征与其他点完全一致,即每年 8~10 月位移速率大(图 8-35)。

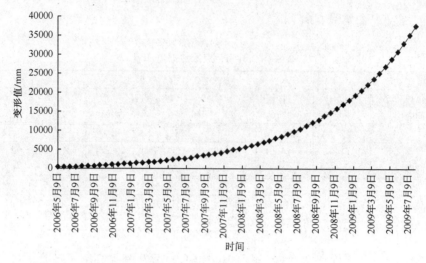

图 8-33　jw346-5 预测曲线图

表 8-11　西帮 348 剖面各测点水平位移值（单位：mm）

监测日期 ＼ 监测点位	jw348-2	jw348-3	jw348-4	jw348-5
2005 年 4 月	5.8	10.5	12.8	8.9
2005 年 5 月	12.1	10.7	11.0	8.8
2005 年 6 月	11.9	15.1	28.7	22.6
2005 年 7 月	2.0	49.7	45.4	33.2
2005 年 8 月	6.4	64.8	69.3	54.1
2005 年 9 月	6.4	145.8	172.7	121.4
2005 年 10 月	1.1	174.5	185.7	132.4
2005 年 11 月	6.1	184.9	211.2	146.0
2005 年 12 月	4.7	205.5	221.1	150.1
2006 年 1 月	6.3	214.0	236.0	159.8
2006 年 2 月	9.5	224.5	242.4	162.2
2006 年 3 月	1.7	233.3	256.1	173.5
2006 年 4 月	9.1	243.7	265.1	178.1
2006 年 5 月	5.0	267.5	288.3	197.5
2006 年 6 月	8.0	251.4	289.4	197.9
2006 年 7 月	5.5	288.6	306.6	215.4
2006 年 8 月	4.0	303.1	324.4	229.7
2006 年 9 月	6.0	313.6	343.4	239.4
2006 年 10 月	8.5	374.6	399.9	291.5
2006 年 11 月	7.7	400.7	439.9	315.0
2006 年 12 月	9.7	425.4	465.6	331.1
2007 年 1 月	9.7	449.4	485.6	341.5
2007 年 2 月	6.3	468.2	498.7	362.2
2007 年 3 月	5.6	495.9	528.3	370.6
2007 年 4 月	2.2	517.1	550.2	395.8
2007 年 5 月	7.6	555.2	607.1	428.8
2007 年 6 月	12.0	623.3	661.0	470.4
2007 年 7 月	4.8	682.5	741.6	614.1
2007 年 8 月	6.5	967.6	741.6	614.1

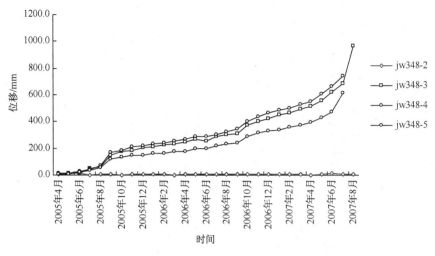

图 8-34　西部 348 剖面各点水平位移历时曲线

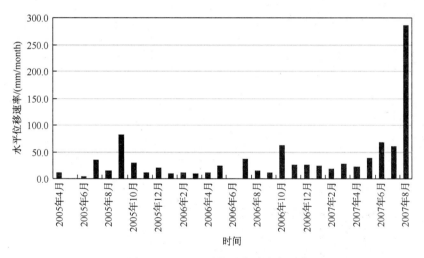

图 8-35　jw348-5 水平位移速率图

1. 灰色理论预测

（1）取 jw348-5 点建立等间距线性插值预测模型。

（2）实测值与预测值对比如图 8-36 所示。

（3）通过计算求得变形预测模型为：

$$\hat{x}^{(1)}(t+1) = 631.5e^{0.08t} - 624.7$$

（4）预测精度的计算：

$$\varepsilon = 0.9047 > 0.90$$

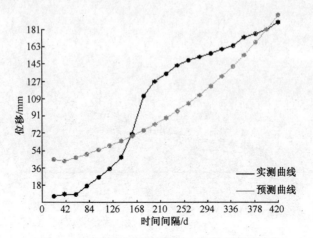

图 8-36 原始监测点历时曲线与预测点历时曲线

关联度为一级，预测精度为优。

（5）预测曲线如图 8-37 所示。

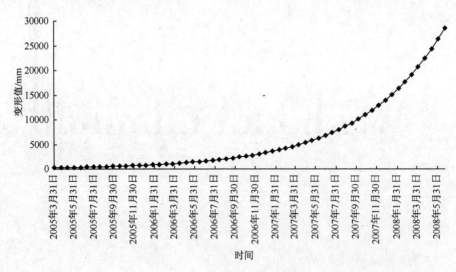

图 8-37 jw348-5 预测曲线图

2. 混沌时间序列预测

表 8-12　等间距原始数据监测表

周期	1	2	3	4	5	6	7
水平位移/mm	0	6.81	8.82	8.77	17.5	26.23	35.02
时间间隔/d	20	20	20	20	20	20	20
周期	8	9	10	11	12	13	14
水平位移/mm	47.3	71.89	111.51	126.7	134.23	143.63	148.42
时间间隔/d	20	20	20	20	20	20	20
周期	15	16	17	18	19	20	21
水平位移/mm	152.08	156.14	160.05	163.92	172.67	176.28	181.08
时间间隔/d	20	20	20	20	20	20	20

　　根据相空间重构理论，对于表 8-12 中的时间序列建立相空间向量。

　　按照前面的关联维数的理论，为研究该滑坡混沌吸引子的特征，在不同相空间中计算了关联维数（图 8-38），结果表明当 $m=3$ 时曲线斜率不再明显变化，因此此系统嵌入维数 $d=3$，说明模拟该滑坡系统必需的实质性变量（即序参量）的个数最少为 3 个。此时混沌吸引子的维数为 0.925，其预测曲线如图 8-39 所示。

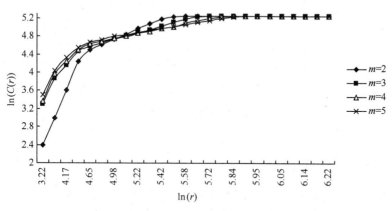

图 8-38　jw348-5 不同维数空间的关联维数

通过上述结论可以建立一个三维相空间，依据三位空间点构造驱动方程。

8.4.5　西帮预测结论

1. 变形历史

　　从 1992 年开始，西帮原设计地表境界外的山坡上出现裂缝。到 1993 年 11

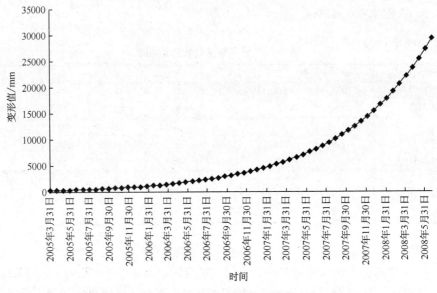

图 8-39　jw348-5 预测曲线图

月，武警十六中队驻地一带，裂缝水平位移达到 270mm，驻地房屋也发生沉陷和裂缝，严重影响十三中队的安全。1995 年雨季以后，裂缝发展速度加快，由于地表裂缝加速扩展，布沼坝露天有几栋宿舍和仓库及矿办公楼、地面截水沟等也相继发生不同程度的裂缝和沉陷。进入 1996 年 7、8 月以后，边坡开始加速下滑，坡体南北裂缝在 346 线附近全部贯通，裂缝最长 500m，宽 50cm，同时边坡上部继续有新裂缝产生。至 1997 年底，坡体上共有大小不等裂缝二十余条，裂缝最长 500m，宽 2m，西帮边坡已产生滑移变形，严重威胁露天矿的安全生产。之后经过减载和加固治理变形得到了控制，但随着开系延深和坡高增大，边坡度形再次增大。

2. 监测结果与发展趋势分析

从边坡位移监测资料及稳定性分析结果可以得出，布沼坝露天矿西帮边坡从 2005 年后（特别是雨季）上部变形量及变形速度开始加大，局部破坡正逐渐形成。随着西帮下部 104 机道以下 980～990 水平采煤工作面的推进，西北帮下部煤层底板将被切脚，边坡稳定性将进一步降低。由监测及预测结果显示，西帮边坡位移逐渐增大，变化速率也在增加，图 8-40 是西帮变形最大区域 340 剖面的位移预测曲线图，由图可以看出，按此发展边坡的稳定性将受到严重影响，甚至可能产生滑坡。

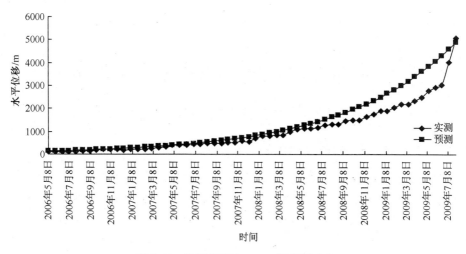

图 8-40　预测模型 jw340-3 的预测对比

第9章 布沼坝露天西帮与北帮到界边坡智能设计

9.1 布沼坝露天矿到界边坡智能匹配设计

9.1.1 到界边坡智能匹配设计技术

对于露天矿山边坡为而言，边坡角大小是影响边坡稳定性的主要因素之一，设计安全而又合理的边坡角，不但能够保证露天矿的安全生产，而且能够提高矿山企业的经济效益。一般在已采露天矿中，坡角在 $30° \sim 60°$ 范围内，坡角每增加 $1°$，则剥离量将减少 $3.43\% \sim 3.91\%$，每减缓 $10°$ 剥离量将增加 $1 \sim 1.1$ 倍。由此可见，如果边坡角设计过小，将增加剥岩量，从而影响矿山的经济效益；边坡角设计过大时，则有可能造成边坡的失稳或产生滑坡的风险，从而严重地影响到矿山的正常生产。因此，边坡角的优化设计，既要保证边坡的稳定性，又要提高经济效益。

传统的边坡角设计方法主要是极限平衡分析与数值模拟法。著者提出一种新的边坡角优化设计的方法，是基于滑移场理论的反分析方法。由滑移场理论可知，通过改变安全系数 F_s 的大小，可以找出与 F_s 相对应的最大剩余推力；当最大剩余推力 $P_{max} = 0$ 时，搜寻出的滑面即为该储备系数条件下的极限状态。由此可以先设定安全系数；即 F_s 取 $1.3 \sim 1.5$，此时如果能够搜寻出该储备系数条件下极限状态滑移面，则代表在此安全系数条件下，边坡角所允许的最大坡角，即安全储备系数条件下的极限状态。如果没有出现滑移面，则代表边坡角设计偏于保守，可以适当提高边坡角（图 9-1）。通过系统地增大坡角微小量并进行搜寻，就可以求出在给定安全储备系数条件下的最大坡角，即给定工程地质条件、限定安全储备系数及相应地层力学参数条件下所允许的最大坡角度。据此，可以确定

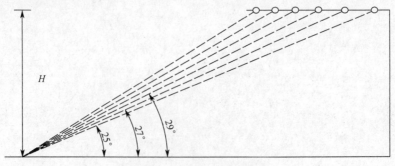

图 9-1 边坡角优化示意图

最佳坡角的设计值，从而实现边坡的优化设计。据此原理，对布沼坝西帮及西北帮边坡进行优化设计，从而为资源有效回收提供技术保障。

9.1.2　布沼坝露天矿到界边坡设计情况

《五期扩建可行性研究报告》（以下简称《五期》）中指出，布沼坝露天矿开采境界参照四期扩建工程初步设计境界圈定原则，重新核算了露天矿最终帮坡角，并按照单斗—汽车工艺重新圈定境界范围。最终境界确定原则如下：

（1）北帮西段沿煤层底板开采，并保证 M301、M302 正常延伸，沿底板开采为前提圈定边坡。

（2）北帮东段按距南盘江地表最小安全距离不小于 150m 圈定边坡。

（3）西帮北段现境界位置压有部分残煤，考虑到边坡稳定因素，继续维持现状，待开采终了前回采此部分剩余煤量。

（4）西帮南段、南帮及东帮南部按煤层底板圈定边坡。

（5）东帮北段按 F_2 断层确定边坡。

根据以上原则确定的开采境界特征如下：

南北长	3.1km
东西宽	2.58km
最终开采深度	350m
开采面积	7.42 km²

布沼坝露天矿地表开采境界拐点坐标如表 9-1 所示。布沼坝露天矿地表境界如图 9-2 所示。

表 9-1　布沼坝露天矿地表开采境界拐点坐标表

拐点编号	X 坐标	Y 坐标	拐点编号	X 坐标	Y 坐标
1	2634919	18119116	9	2631588	18120550
2	2634819	18120164	10	2631509	18120182
3	2635048	18120467	11	2631548	18119990
4	2634923	18121281	12	2631943	18119571
5	2633143	18121662	13	2632101	18119434
6	2632579	18121526	14	2632824	18119067
7	2632231	18121309	15	2633535	18118966
8	2631929	18120994	16	2634248	18119006

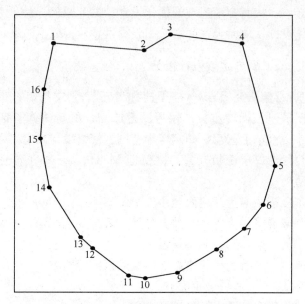

图 9-2 布沼坝露天矿地表境界示意图

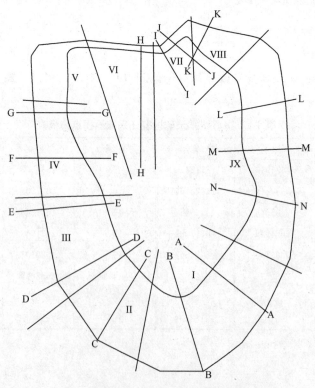

图 9-3 江南井田最终境界边坡工程地质分区

由《五期》可知，根据布沼坝露天最终境界边坡的岩性组成和岩层产状可将整个井田划分为 9 个工程地质分区，如图 9-3 所示，在 9 个工程地质分区内选择了 14 个到界剖面进行稳定性计算，其中 I 区 2 个、II 区 1 个、III 区 2 个、IV 区 2 个、VII 区 2 个。VIII 区 1 个、IX 区 3 个。各个剖面以 A，B，C，D，…，M，N 命名。由于布沼坝露天西帮与西北帮是关键问题，因此，对西帮 E—E、F—F、G—G 和北帮 N5-5 至 N8-8 剖面到界边坡进行安全评价和优化设计。

9.2　西帮 D—D 剖面到界边坡稳定分析与优化设计

9.2.1　西帮 D—D 剖面到界边坡的稳定分析

根据《五期扩建设计》中的到界坡角情况，西帮 D—D 剖面到界边坡在边坡的下部、F_4 断层的上盘煤层底板倾角大约 15°，可沿煤层底板开采，到 F_4 后以 35°的边坡角向上形成边坡，至 930 水平，再沿 N_{1-2} 底板（大约 22°）向上到 1110 水平，在厚度为 40m 左右的第四纪表土中，以 13°的角度形成边坡，总体边坡角为 20°，剖面构造示意图如图 9-4 所示。

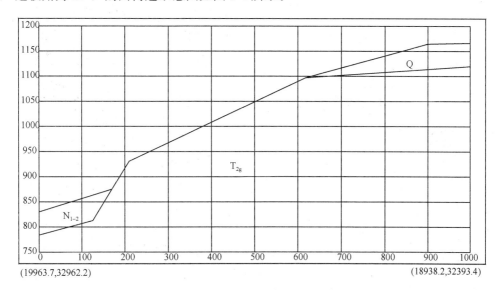

(19963.7,32962.2)　　　　　　　　　　　　　　　　　(18938.2,32393.4)

图 9-4　西帮 D—D 剖面工程地质分布图

应用临界滑移场方法搜寻给定储备安全系数条件下的极限状态滑动面。首先设安全系数取 1.3，根据到界边坡轮廓搜寻极限状态滑移面，其搜寻结果如图 9-5～图 9-7 所示。由搜寻结果可知，在边坡的上部和坡脚处有多条剩余推力大于零的极限状态滑移面存在，但不存在整体滑移面，由此说明到界在安全储系数 1.3 条件下边坡局部达到极限状态，但整体边坡稳定系数大于 1.3。通过调整安全储备系数，继续搜寻其临界状态的储备系数。根据前一次的搜寻结果（图 9-5）调整相应的计算参数。当 $F_s=1.566$ 时，搜寻结果如图 9-8～图 9-10 所示。

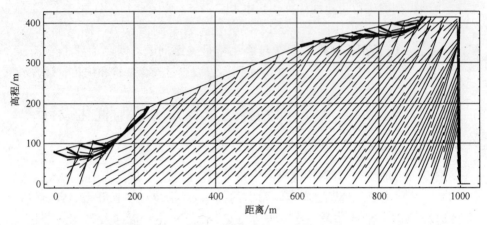

图 9-5　西帮 D—D 剖面到界边坡极限状态滑移面搜寻图（$F_s=1.30$）

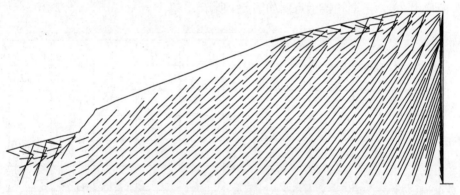

图 9-6　西帮 D—D 剖面到界边坡危险滑动方向场（$F_s=1.30$）

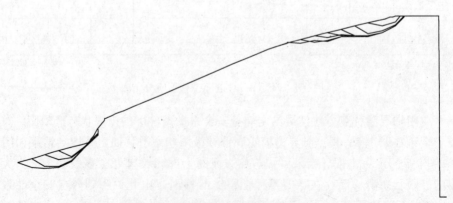

图 9-7　西帮 D—D 剖面到界边坡极限滑动面（$F_s=1.30$）

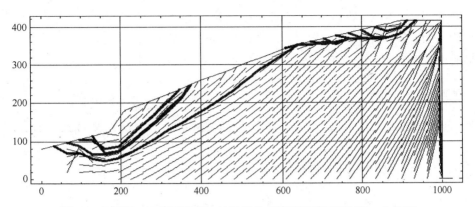

图 9-8　西帮 D—D 剖面到界边坡极限状态滑移面搜寻图 ($F_s = 1.566$)

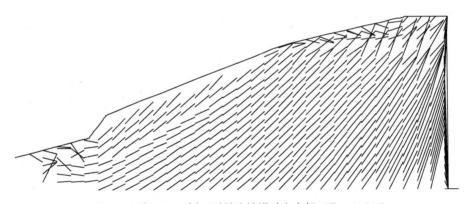

图 9-9　西帮 D—D 剖面到界边坡滑动方向场 ($F_s = 1.566$)

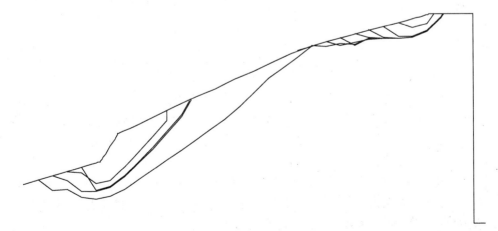

图 9-10　西帮 D—D 剖面到界边坡极限状态滑移面 ($F_s = 1.566$)

　　由图 9-8 至图 9-10 可知，边坡出现剩余推力大于零的整体滑移面。说明到界边坡的整体安全系数接近 $F_s=1.566$。下面再分析边坡局部安全性，调整安全储备系数，取 $F_s=1.0$ 时，搜寻结果如图 9-11～图 9-13 所示。

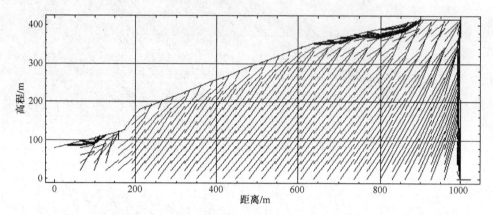

图 9-11　西帮 D—D 剖面到界边坡极限状态滑移面搜寻图（$F_s=1.00$）

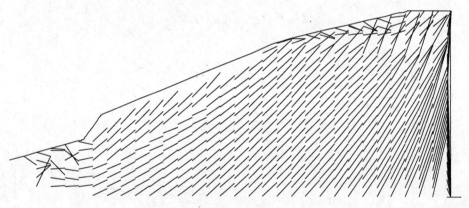

图 9-12　西帮 D—D 剖面到界边坡危险滑动方向场（$F_s=1.00$）

　　由图 9-11～图 9-13 可知，在 $F_s=1.00$ 时，边坡的顶部和坡脚处仍存在剩余推力大于零的危险滑面。说明边坡局部存在不稳定，即安全储备较小，在无任何加固措施的情况下，边坡会出现局部滑坡的危险；但整体边坡的安全系数为1.566，属于稳定边坡。

　　应用 Sarma 法进行稳定性耦合验算，条块划分如图 9-14 所示；地震加速度与垂直方向的夹角为 90°。稳定性计算结果为 $F_s=1.517$，由此说明，到界边坡的整体坡角设计偏于保守，可适当提高边坡角。

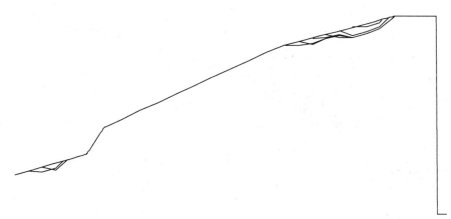

图 9-13　西帮 D—D 剖面到界边坡极限状态滑移面临界滑移场（$F_s = 1.00$）

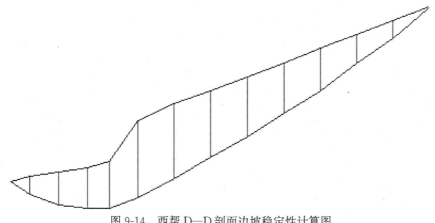

图 9-14　西帮 D—D 剖面边坡稳定性计算图

9.2.2　西帮 D—D 剖面到界边坡的优化设计

根据西帮 D—D 剖面到界边坡的分析与计算结果，原设计边坡角偏于保守，仍有提高边坡角的空间，故对其进行优化设计。

根据滑移场理论用反分析法进行匹配设计。西帮 D—D 剖面原设计边坡总体角为 20°。现以 1°的步长逐步提高坡角设计值，然后再运用滑移场理论进行系统地优化搜寻，在给定安全系数 $F_s = 1.3$ 的条件下，当坡角设计值增加到 23°时，搜寻到极限状态滑移面，搜寻结果如图 9-15～图 9-19 所示。在边坡的下部、F_4 断层的上盘煤层底板倾角大约 15°，可沿煤层底板开采，至 F_4 断层后以 35°的边坡角向上形成边坡，至 1000 水平，再沿 N_{1-2}（大约 18°）向上到 1110 水平，在厚度为 40m 左右的第四纪表土中，以 15°的角度形成边坡。总体边坡角为 23°，优化设计后边坡剖面图如图 9-15 所示。从图中可以看出，坡角增大后剥离量的明显减少，与原设计相比减少剥离岩量为 14853.3m³/m。

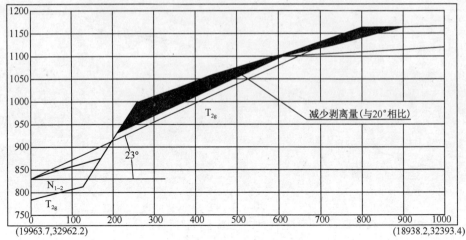

图 9-15   优化设计边坡剖面图（$\alpha=23°$）

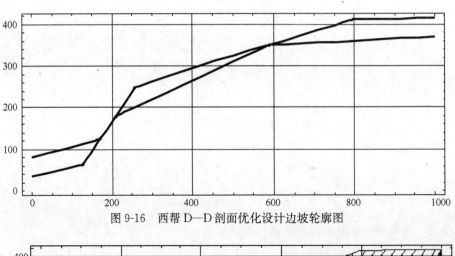

图 9-16   西帮 D—D 剖面优化设计边坡轮廓图

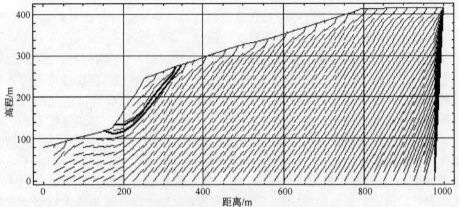

图 9-17   西帮 D—D 剖面边坡极限状态滑移面搜寻图

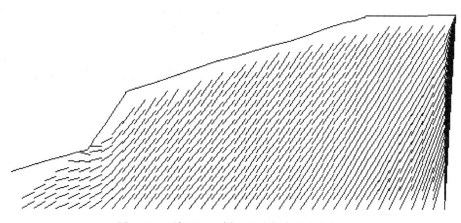

图 9-18   西帮 D—D 剖面边坡危险滑动方向场

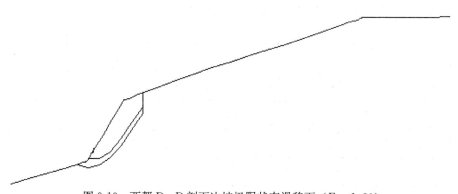

图 9-19   西帮 D—D 剖面边坡极限状态滑移面 ($F_s=1.30$)

在搜出的极限状态滑移面的基础上，运用 Sarma 法进行稳定性耦合分析与验算。条块划分如图 9-20 所示，地震加速度与垂直方向的夹角为 90°。边坡整体

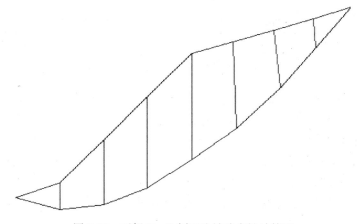

图 9-20   西帮 D—D 剖面边坡稳定性计算图

稳定系数计算结果为 1.293，接近于给定安全系数 1.3。说明边坡角的设计值为 23°时，能够满足稳定性要求。

9.3　西帮 E—E 剖面到界边坡稳定分析与优化设计

9.3.1　西帮 E—E 剖面到界边坡的稳定分析

根据《五期》中的到界坡角，西帮 E—E 剖面在断层 F_4 的上盘，从 840 水平以 18°的坡角推到断层，以 35°的边坡角向上形成边坡，至 997 水平后，再以 18°的角度形成黏土岩边坡，至 1087 水平后，沿石灰岩顶板向上到 1127 水平，在第四纪表土中，以 19°的角度形成边坡，总体边坡角为 25°。剖面图如图 9-21 所示。

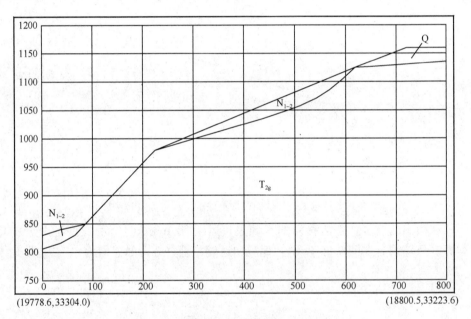

图 9-21　西帮 E—E 剖面工程地质构造图

应用临界滑移场方法搜寻极限状态下的滑移面。设安全系数 $F_s=1.60$ 时，根据到界边坡轮廓搜寻危险滑面，其搜寻结果如图 9-22～图 9-24 所示。由图可知，在给定安全储备 $F_s=1.60$ 条件下，边坡存在剩余推力大于零的极限状态面。说明边坡整体安全储备系数达不到 1.60。调整安全储备继续搜寻，当 $F_s=1.5582$ 时，边坡在 $x=50\text{m}$ 处，最大剩余推力 $P_{max}=2\text{kN}$。此时可近似认为在安全系数为 1.5582 条件下，边坡岩体处于极限平衡状态，搜寻结果如图 9-25～图 9-27 所示。

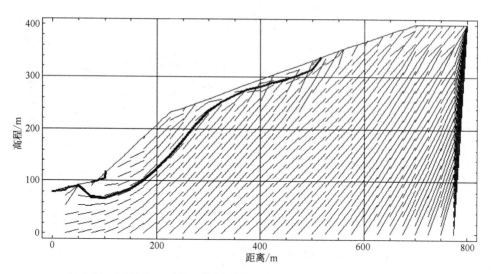

图 9-22　西帮 E—E 剖面到界边坡极限状态滑移面搜寻图（$F_s = 1.60$）

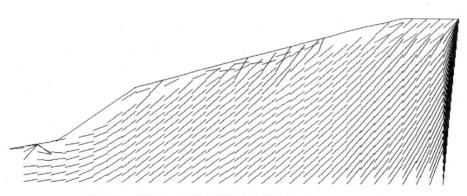

图 9-23　西帮 E—E 剖面到界边坡滑动方向场（$F_s = 1.60$）

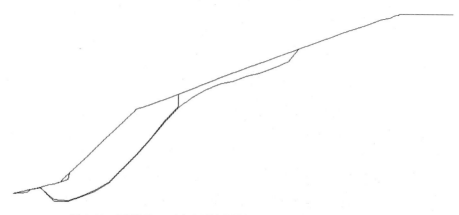

图 9-24　西帮 E—E 剖面到界边坡极限状态滑移面（$F_s = 1.60$）

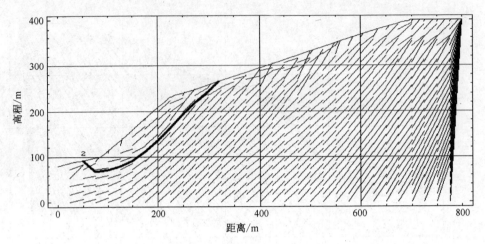

图 9-25　西帮 E—E 剖面到界边坡极限状态滑移面搜寻图（$F_s = 1.5582$）

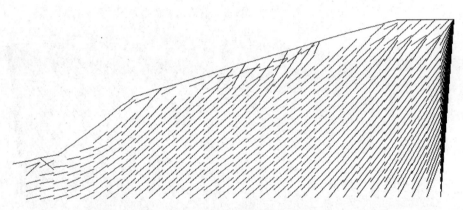

图 9-26　西帮 E—E 剖面到界边坡滑动方向场（$F_s = 1.5582$）

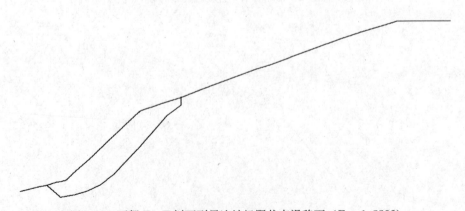

图 9-27　西帮 E—E 剖面到界边坡极限状态滑移面（$F_s = 1.5582$）

根据搜寻出西帮 E—E 剖面的临界状态面可知，边坡整体稳定系数为 1.5582；再运用 sarma 法进行稳定性耦合分析与验算。条块划分如图 9-28 所示，地震加速度与垂直方向的夹角为 90°。稳定性计算结果为 $F_s = 1.543$，由此可知，到界边坡的设计偏于保守，可适当提高边坡角，并进行优化设计。

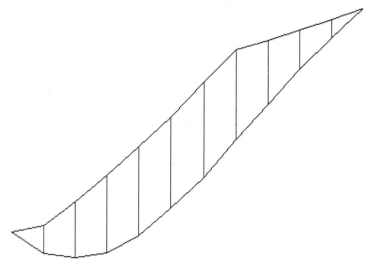

图 9-28　西帮 E—E 剖面边坡稳定性计算图

9.3.2　西帮 E—E 剖面到界边坡的优化设计

根据西帮 E—E 剖面到界边坡稳定性分析可知，原设计边坡角偏于保守，可以进一步优化；根据前述优化设计原理对其进行优化设计。西帮 E—E 剖面到界边坡原设计总体角度为 25°。现以 1°的步长逐步提高坡角。在限定安全系数为 1.3 的条件下，当总体坡角达到 27°时，搜寻到该安全系数条件下的极限状态滑移面，搜寻结果如图 9-29～图 9-32 所示。优化后边坡剖面构成是：在断层 F_4 的上盘，从 840 水平以 18°的坡角推到断层，以 35°的边坡角向上形成边坡，至 979 水平后，再以 24°的角度沿石灰岩顶板向上至 1127 水平形成黏土岩边坡，总体边坡角为 27°，优化后边坡剖面设计如图 9-33 所示。

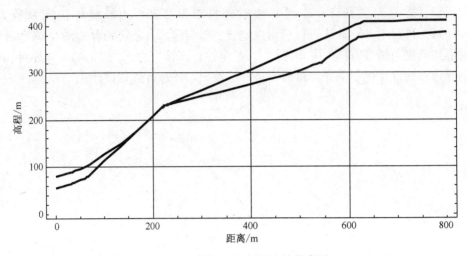

图 9-29　西帮 E—E 剖面边坡轮廓图

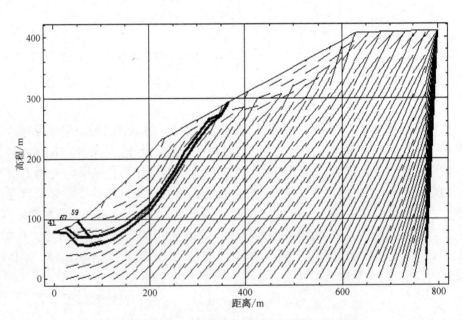

图 9-30　西帮 E—E 剖面边坡极限状态滑移面搜寻图

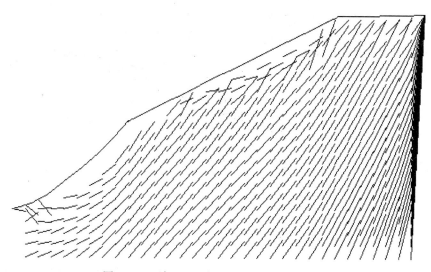

图 9-31　西帮 E—E 剖面边坡危险滑动方向场

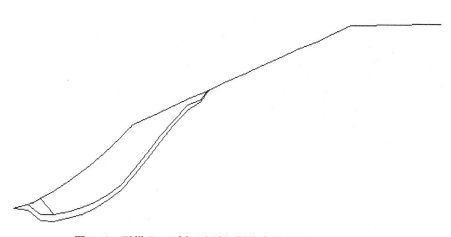

图 9-32　西帮 E—E 剖面边坡极限状态滑移面（$F_s = 1.295$）

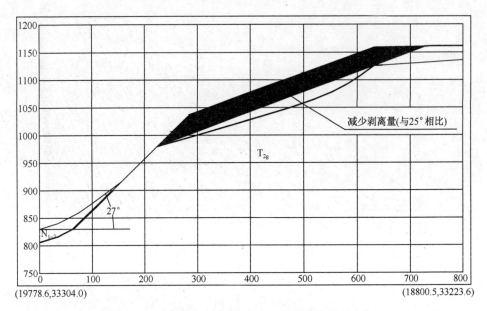

图 9-33　西帮 E—E 剖面边坡优化设计图（α＝27°）

　　在搜寻出的极限状态滑移面的基础上，运用 Sarma 法进行稳定性耦合分析与验算。条块划分如图 9-34 所示，地震加速度与垂直方向的夹角为 90°。边坡稳定系数计算结果为 1.289，接近于给定安全系数 F_s＝1.3。说明边坡角的设计值为 27°时，能够满足稳定性要求。坡角提高后剥离量的明显减小，与原设计方案相比减少剥离量为 14963.3m^3/m。

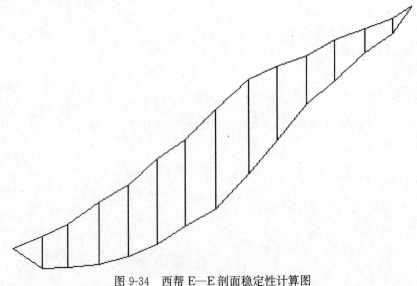

图 9-34　西帮 E—E 剖面稳定性计算图

9.4　西帮 F—F、G—G 剖面到界边坡的稳定性分析

9.4.1　西帮 F—F 剖面到界边坡的稳定性分析

　　根据《五期》中的到界边坡设计，在 F_4 断层东侧，890 水平以下沿煤层底板开采，890 水平以上到 F_4 断层按 18°形成边坡，断层下盘石灰岩按 35°形成边坡，至 1072 水平的黏土岩后，以 18°的坡角形成边坡直到断层下盘的煤层底板，然后沿底板采到第四纪表土层，该段边坡总体坡角约为 21°。剖面设计如图 9-35 所示。

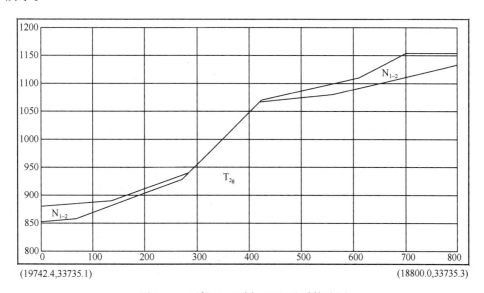

(19742.4,33735.1)　　　　　　　　　　　　　　　　　　　　(18800.0,33735.3)

图 9-35　西帮 F—F 剖面工程地质构造图

　　根据滑移场理论搜寻出西帮 F—F 剖面的极限状态滑移面可知，在设定安全储备系数为 1.686 时，边坡存在一条极限状态滑移面；根据该极限状态滑移面，运用 Sarma 法进行稳定性耦合分析与验算。条块划分如图 9-36 所示；地震加速度与垂直方向的夹角为 90°。计算出边坡稳定系数为 1.427，属于稳定范畴。考虑到西帮 F—F 剖面的开采方案是沿煤层底板开采，已经达到了煤资源开采最大化的要求，故无需再对 F—F 剖面到界边坡进行优化设计。

9.4.2　西帮 G—G 剖面到界边坡的稳定性分析

　　根据《五期》中的到界边坡设计，在 F_4 断层以东，940 水平以下沿煤层底板开采，940 水平以上按 18°的坡角在黏土岩中形成边坡，到达断层后沿断层面向上形成边坡，总体边坡角为 32°。边坡剖面如图 9-37 所示。

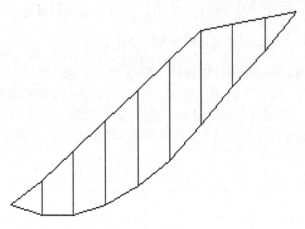

图 9-36　西帮 F—F 剖面边坡稳定性计算图

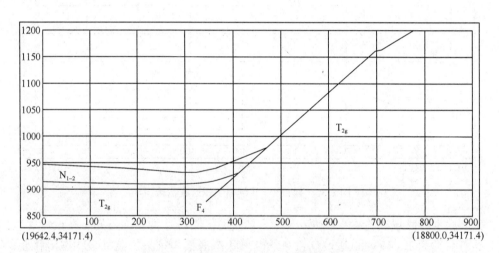

(19642.4,34171.4)　　　　　　　　　　　　　　　　　　(18800.0,34171.4)

图 9-37　西帮 G—G 剖面工程地层分布图

　　根据滑移场理论搜寻出西帮 G—G 剖面的极限状态滑移面，当储备系数 F_s ＝1.366 时搜寻出边坡岩体的极限状态滑移面；据此运用 Sarma 法进行稳定性耦合分析与验算。条块划分如图 9-38 所示，地震加速度与垂直方向的夹角为 $90°$，边坡稳定系数计算结果为 1.293。由此可知，到界边坡的设计能够满足稳定性要求，考虑到该到界边坡也是沿煤底板开采，无需再进行优化设计。

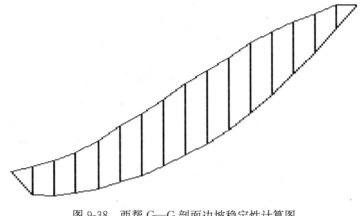

图 9-38　西帮 G—G 剖面边坡稳定性计算图

9.5　北帮 N5-5 剖面到界边坡稳定分析与优化设计

图 9-39 是北帮 N5-5 剖面到界边坡轮廓图，应用临界滑移场方法搜寻给定安全系数条件下的临界状态。设安全系数为 1.30 时，根据到界边坡轮廓搜寻临界状态，其搜寻结果如图 9-40～图 9-42 所示。由图可知，边坡存在多条剩余推力大于零的临界状态面存在，因此，边坡稳定系数小于 1.3，可调整安全储备系数继续搜寻。当安全系数为 1.03 时，边坡在距坡脚 $x=425\mathrm{m}$ 处（坡脚为坐标 0 点），最大剩余推力 $P_{\max}=37\mathrm{kN}$。由此说明在安全储备系数为 1.03 条件下边坡达到极限平衡状态。搜寻结果如图 9-43～图 9-45 所示。

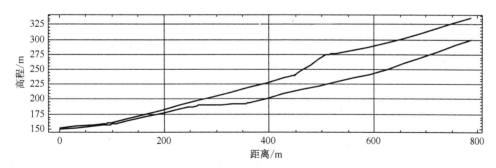

图 9-39　北帮 N5-5 剖面到界边坡轮廓图

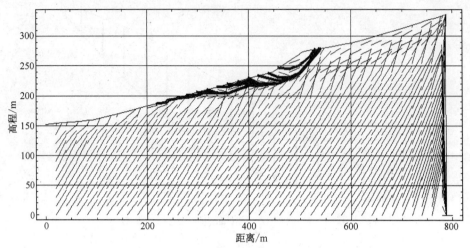

图 9-40 北帮 N5-5 剖面到界边坡滑移面搜寻图（F_s=1.30）

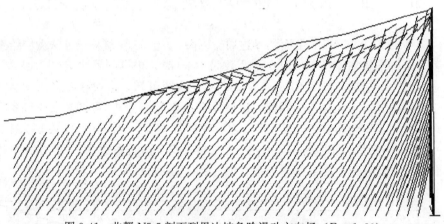

图 9-41 北帮 N5-5 剖面到界边坡危险滑动方向场（F_s=1.30）

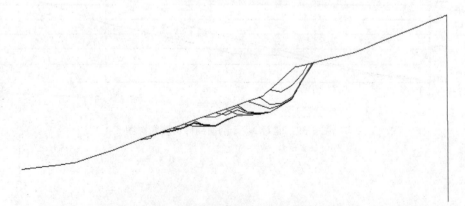

图 9-42 北帮 N5-5 剖面到界边坡极限状态滑移面临界滑移场（F_s=1.30）

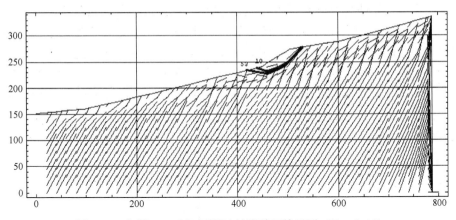

图 9-43　北帮 N5-5 剖面到界边坡滑移面搜寻图（$F_s = 1.03$）

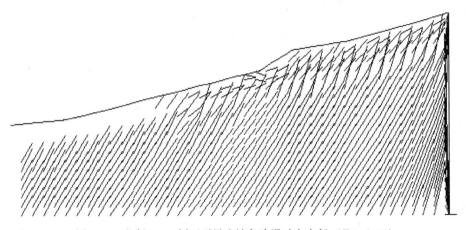

图 9-44　北帮 N5-5 剖面到界边坡危险滑动方向场（$F_s = 1.03$）

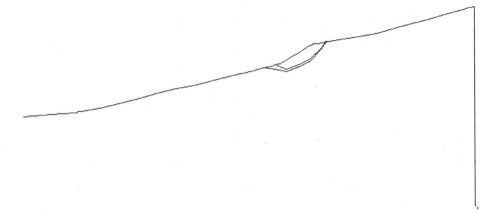

图 9-45　北帮 N5-5 剖面到界边坡极限状态滑移面临界滑移场（$F_s = 1.03$）

根据滑移场理论搜出北帮 N5-5 剖面到界边坡的极限状态滑移面,在安全系数为 1.03 的条件下,边坡岩体整体不存在极限状态滑移面,仅在边坡局部存在着极限状态的滑移面,根据此极限状态滑移面,运用 Sarma 法进行稳定性耦合分析与验算。条块划分如图 9-46 所示,地震加速度与垂直方向的夹角为 90°。边坡稳定系数计算结果为 1.028。由此可知,到界边坡的设计整体稳定性满足要求。但需要在局部采取加固措施以保证边坡的安全型,考虑到该到界边坡也是沿煤底板开采,无需再进行优化设计。

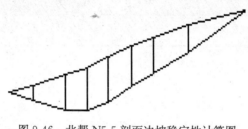

图 9-46　北帮 N5-5 剖面边坡稳定性计算图

9.6　北帮 N6-6 剖面到界边坡稳定分析与优化设计

9.6.1　滑移面搜寻与分析

图 9-47 北帮 N6-6 剖面到界边坡设计轮廓图,应用滑移场理论方法搜寻最危险的滑动面。

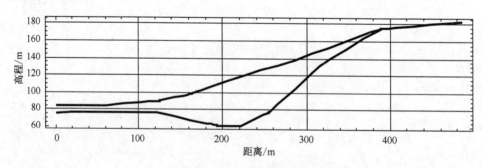

图 9-47　北帮 N6-6 剖面到界边坡轮廓图

当安全系数为 1.54 时,搜寻出极限滑移面,其搜寻结果如图 9-48～图 9-50 所示。

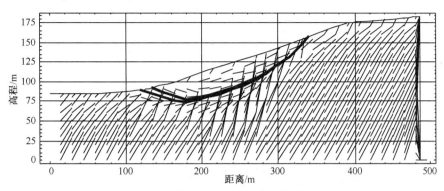

图 9-48 北帮 N6-6 剖面到界边坡滑移面搜寻图（$F_s=0.83$）

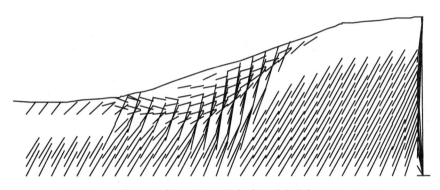

图 9-49 北帮 N6-6 剖面到界边坡危险滑动方向场（$F_s=1.54$）

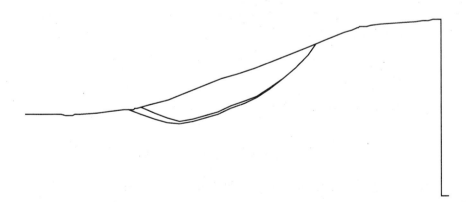

图 9-50 北帮 N6-6 剖面到界边坡极限状态滑移面（$F_s=1.54$）

9.6.2 极限平衡分析

根据滑移场理论搜寻出边坡的极限状态滑移面，再应用极限平衡方法进行耦合分析与验证计算，条块划分如图 9-51 所示，地震加速度与垂直方向的夹角为 90°。边坡稳定系数计算结果为 1.51，边坡处于稳定状态。

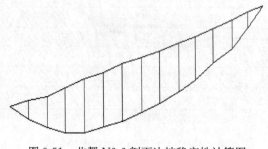

图 9-51　北帮 N6-6 剖面边坡稳定性计算图

9.7　北帮 N7-7 剖面到界边坡稳定分析与优化设计

9.7.1　滑移面搜寻与分析

图 9-52 是北帮 N7-7 剖面到界边坡轮廓图，应用 CSF 方法搜寻最危险的滑动面。

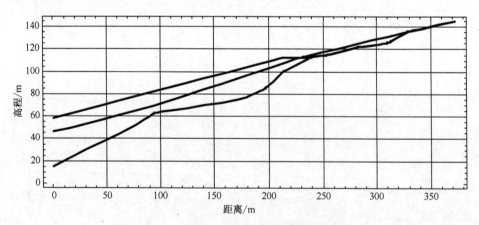

图 9-52　北帮 N7-7 剖面到界边坡轮廓图

设安全系数 $F_s = 1.252$ 时，根据到界边坡轮廓搜寻危险滑面，其搜寻结果如图 9-53～图 9-55 所示。

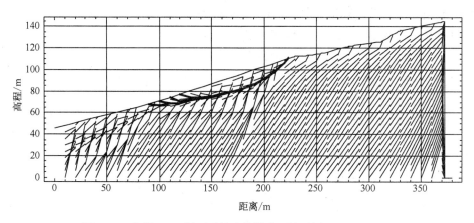

图 9-53　北帮 N7-7 剖面到界边坡滑移面搜寻图（F_s＝1.252）

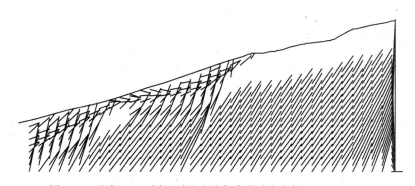

图 9-54　北帮 N7-7 剖面到界边坡危险滑动方向场（F_s＝1.252）

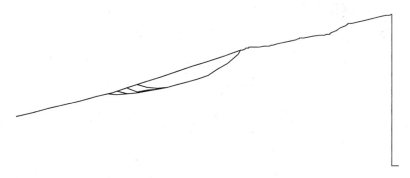

图 9-55　北帮 N7-7 剖面到界边坡极限状态滑移面（F_s＝1.252）

9.7.2　极限平衡分析

根据滑移场理论搜出北帮 N7-7 边坡的危险滑面。条块划分如图 9-56 所示，条块数目划分边坡破坏滑动面为13块，地震加速度与垂直方向的夹角为90°。稳定性计算结果为$F_s=1.24$，边坡处于稳定状态。

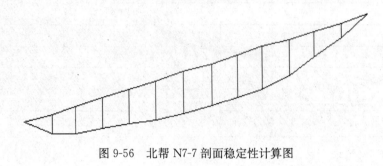

图 9-56　北帮 N7-7 剖面稳定性计算图

9.8　北帮 N8-8 剖面到界边坡稳定分析与优化设计

9.8.1　滑移面搜寻与分析

图 9-57 是北帮 N8-8 剖面到界边坡轮廓图，应用 CSF 方法搜寻最危险的滑动面。

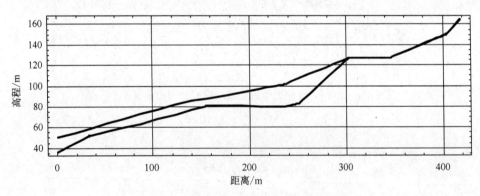

图 9-57　北帮 N8-8 剖面到界边坡轮廓图

设安全系数 $F_s=1.161$ 时，根据到界边坡轮廓搜寻危险滑面，其搜寻结果如图 9-58～图 9-60 所示。

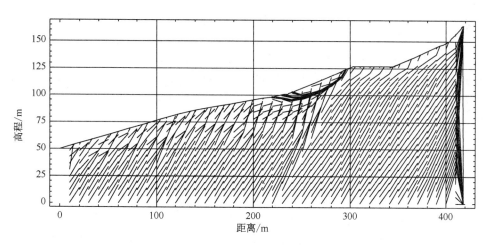

图 9-58　北帮 N8-8 剖面到界边坡滑移面搜寻图（$F_s = 1.161$）

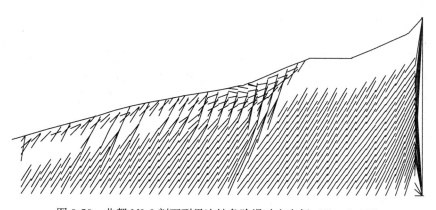

图 9-59　北帮 N8-8 剖面到界边坡危险滑动方向场（$F_s = 1.161$）

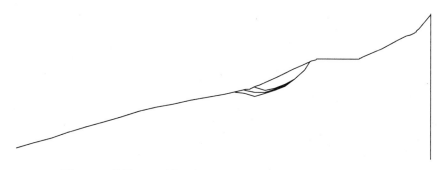

图 9-60　北帮 N8-8 剖面到界边坡极限状态滑移面（$F_s = 1.161$）

9.8.2 极限平衡分析

根据滑移场理论搜出边坡的局部危险滑面。条块划分如图 9-61 所示，条块数目划分边坡破坏滑动面为 7 块，地震加速度与垂直方向的夹角为 90°。稳定性计算结果为 $F_s = 1.15$，边坡状态基本稳定。

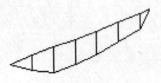

图 9-61 · 边坡稳定性计算图

9.9 西帮及北帮到界边坡优化设计的稳定性评价结论

9.9.1 模糊数学评价

根据 7.12 节模糊数学综合评价方法及其所建立的评价模型，对到界边坡的安全性进行了模糊评价。通过对边坡角的优化设计，可以使资源回收率最高。

由表 9-2 和表 9-3 可知，优化设计后的西帮及北帮各个剖面模糊分析评判值介于较稳定与一般状态之间，偏于一般状态；整体属于稳定，但局部存在划坡的危险。

表 9-2   西帮到界边坡稳定性模糊评价结果

边坡编号	黏聚力/MPa	内摩擦角/(°)	坡角/(°)	坡高/m	最大地震烈度	年均降雨量/mm	评判值(P)
D—D	0.276	28	20	290	7	815	—
评判指数	16.305	14.5	12.35	8.96	6.6	7.7	66.41
E—E	0.268	26.5	25	300	7	815	—
评判指数	16.14	13.938	11.1	8.8	6.6	7.7	64.27
F—F	0.272	26.3	22	270	7	815	—
评判指数	16.222	13.863	11.85	9.28	6.6	7.7	65.51
G—G	0.278	26.5	30	260	7	815	—
评判指数	16.346	13.938	10.25	9.44	6.6	7.7	64.27

9.9.2 综合评价结论

通过对西帮及北帮各个剖面边坡的优化设计及其稳定性综合评价结果（见表 9-4），可以得到如下几点结论：

表 9-3 北帮到界边坡稳定性模糊评价结果

边坡编号	黏聚力/MPa	内摩擦角/(°)	坡角/(°)	坡高/m	最大地震烈度	年均降雨量/mm	评判值(P)
N5-5	0.254	26	13	180	7	815	—
评判指数	15.85	13.75	14.575	10.924	6.6	7.7	69.39
N6-6	0.2	20	15	138	7	815	—
评判指数	14.734	12.16	13.525	11.992	6.6	7.7	66.71
N7-7	0.262	26.3	15	120	7	815	—
评判指数	16.016	13.863	13.525	12.526	6.6	7.7	70.22
N8-8	0.26	25.8	15	116	7	815	—
评判指数	15.9742	13.675	13.525	12.6328	6.6	7.7	70.1

（1）原设计到界边坡角可以适当提高，由此可以减少剥离量，提高经济效益。

（2）从到界边坡的优化设计及其稳定性的综合评价结果来看，西帮及北帮到界边坡整体是稳定的，但局部存在滑坡的危险，需要在生产过程中采取一定的预防措施。

（3）随着开采深度的增加，将会揭露或发现新工程地质条件，因此，需要根据新的变化研究其影响属性，然后采取相应的工程措施，避免重大地质灾害的发生，减少经济损失。

表 9-4 西帮及北帮到界边坡稳定性模糊数学评价结果

剖面	滑移场法	Sarma 法	模糊数学
D—D 剖面	1.3	1.293	基本稳定
E—E 剖面	1.295	1.289	基本稳定
F—F 剖面	1.686	1.427	稳定
G—G 剖面	1.366	1.293	基本稳定
N5-5 剖面局部	1.03	1.028	一般状态
N6-6 剖面	1.54	1.54	较稳定
N7-7 剖面	1.252	1.24	基本稳定
N8-8 剖面局部	1.16	1.15	基本稳定

第三篇　龙桥排土场边坡滑移场及其参数智能匹配设计

第10章　工程地质条件分析

10.1　排土场基底条件

龙桥排土场地处盆地西南侧斜坡地带，距布沼坝露天采场 1km。设计场地坡顶高程 1525 m，坡脚高程 1220 m，相对高差 305 m。地形北西高、南东低，整体向南东方向倾斜，地形坡度陡缓不一，一般下部较缓，坡度 0°~8°，中部较陡，坡度 12°~16°，局部 20°~30°，上部又变缓，坡度 5°~15°，局部 20°，整体平均坡度 13°~15°，顺坡向冲沟或溶蚀沟槽发育。现存边坡 1375 m 高程以上为自然斜坡，1375 m 以下坡段为排弃物料填埋（图 10-1）。

图 10-1　龙桥排土场地貌

排土场基底土层为第四系残坡积层黏土、粉质黏土，呈片状不整合覆于三叠系中统个旧组岩层上，多分布于平缓山坡、山顶、台地、冲沟等地形低凹处，厚度一般变化于 0.5~3.5 m。基底个旧组地层岩性以灰岩为主，呈石芽状大面积裸露。表土层上植被以生长杂草为主，局部农耕地，覆盖区表土层多含植物根系。基底土层与岩层物理力学性质指标分别如表 10-1 和表 10-2 所示。排土场基底地层组成如下：

表 10-1　基底地层物理力学性质表

区域	天然密度 ρ/(g/cm³)	饱和度 Sr/%	孔隙比 e	天然含水量 W/%	压缩系数 a_{1-2}/MPa	直接剪切试验		饱水剪切试验	
						凝聚力 c/kPa	内摩擦角 φ/(°)	凝聚力 c/kPa	内摩擦角 φ/(°)
填土区	1.81	91.8	1.074	35.7	0.322	72.7	15.1	42.5	8.8
未填土区	1.70	83.1	1.224	36.6	0.485	65.8	12.9		

表 10-2　基底岩石物理力学性质指标

岩性	比重	容重/(g/cm³)		饱和吸水性/%	孔隙率/%	岩石单轴抗压强度/MPa	
		风干	饱和			风干	饱和
砂岩	2.720	2.658	2.681	0.858	2.727	1.655	1.086
泥质粉砂岩	2.75	2.52	2.53	6.61	13.45	6.9	6.2
灰岩	2.73	2.66	2.67	0.98	2.98	36.1	36.9

1) 残坡积层（Q^{el+dl}）

岩性以黏土为主，褐红、褐黄色，含水量大，塑性指数大，为高塑性黏土，塑性状态由可塑~坚硬不等，属中~高压缩性土，具膨胀性，饱和度较高，失水收缩较大，按自由膨胀率其膨胀潜势弱~中等。由表 10-1 中数据对比，填土区基底土层与未填土区土层物理力学性质差异性不大，填土区土层经压密后压缩系数略小。基底土层抗水性能差，浸水饱和其力学强度明显降低，构成软弱结构层。基底坡面植被生长有灌木、杂草，排土堆弃后易形成软弱面，对排土场边坡稳定性不利。

2) 基底为三叠系中统个旧灰岩组（T_{2g}、T_2^1）

岩性以蠕虫状灰岩、白云质灰岩为主，部分地段与泥质粉砂岩，砂岩呈层状相间。整体基岩的自身强度不影响排土场稳定性。灰岩为灰、深灰色，中~厚层状，坚硬，性脆，中等~弱风化，溶（裂）隙发育，浅部具层状碎裂结构，强度高。砂岩、泥质粉砂岩为褐黄、灰绿色，薄层状，岩石质软，抗风化能力差，地表强风化，呈碎裂状，强度较低。

10.2　排弃物料的物理力学特征

1) 排弃物料一般特征

龙桥排土场排弃物料来源于布沼坝露天采掘的剥离物。主要剥离物料为第四系坡积、冲洪积、湖沼积层黏土，含炭黏土、粉质黏土、砾砂、粉土、钙华层等表土及其下部新第三系上中新统泥灰岩，少量煤层中泥岩夹矸。

排弃物料为泥灰岩碎块时，一般结构致密均匀，能较长时间透水不崩解，采场平盘数年水沟，沟底泥灰岩一般硬度中等，未崩解，仅部分泥质含量高泥灰有软化现象，据暴露于排土场地表泥灰岩碎块大约 3 个月开始沿裂隙呈网格状裂开，一年后泥灰岩多风化呈 2～6 cm 碎石状，探槽揭露地表 1 m 以下泥灰岩碎块则不易风化，能保持较高强度，岩块单轴饱和抗压强度平均值 1.7 MPa，总体排弃后泥灰岩其渗水性好，承载力较高。

排弃物料为黏土时，经现场饱水试验，大约 5 小时开始软化崩解，8～10 小时完全崩解呈流塑状，而风干后易裂开，槽探壁观察 30 小时风干后，网格状裂隙发育。排弃物料为粉土时，经现场饱水试验 1～3 分钟充分吸水、3～6 分钟完全崩解，粉土、砂性含量高黏土含钙粒，一般风干后固结，具有一定强度。黏土、粉土抗水性能差，较集中堆放地段形成相对软弱结构面（带），对边坡稳定性不利，为边坡失稳主控因素之一。

2）排弃物料物理力学性质

土质排弃物料分层统计物理力学性质指标如表 10-3 所示。对不同深度，不同年限的土质排弃物料物理力学性质指标如表 10-4 所示。现场原位直接剪切试验结果汇总如表 10-5 所示。原位动力触探成果如表 10-6 所示。

表 10-3　土质排弃物料物理力学性质指标

时代成因	岩性	天然密度 $\rho/(g/cm^3)$	饱和度 $Sr/\%$	孔隙比 e	天然含水量 $W/\%$	压缩系数 a_{1-2}/MPa	直接剪切试验		饱水剪切试验	
							凝聚力 c/kPa	内摩擦角 $\varphi/(°)$	凝聚力 c/kPa	内摩擦角 $\varphi/(°)$
Q^{ml} 素填土	粉质黏土	1.89	89.4	0.862	27.9	0.380	57.0	13.6	32.0	8.2
	粉土	1.98					52.8	20.2		
	粉质黏土	1.89	90.9	0.873	28.9	0.340	65.2	13.6	33.1	8.0
	粉土	1.91	73.2	0.662	18.0	0.154	59.7	19.4		
	粉质黏土	1.95	94.8	0.800	27.9	0.285	72.9	14.0	45.2	8.5
	粉土	2.06	95.2	0.593	21.0	0.310	17.0	9.1		

表 10-4　不同年限、不同深度土质排弃物料物理力学性质指标

堆积年代	堆填深度/m	天然密度 $\rho/(g/cm^3)$	饱和度 $Sr/\%$	孔隙比 e	天然含水量 $W/\%$	压缩系数 a_{1-2}/MPa	直接剪切试验		饱水剪切试验	
							凝聚力 c/kPa	内摩擦角 $\varphi/(°)$	凝聚力 c/kPa	内摩擦角 $\varphi/(°)$
1990 年 ～ 1995 年	<10	1.89	91.3	0.867	28.8	0.399	57.7	13.4	29.0	8.6
	10～20	1.91	90.2	0.831	27.2	0.342	61.8	14.9	34.2	8.3
	20～30	1.88	92.4	0.927	31.2	0.275	71.6	13.8	37.8	8.3
	30～40	1.95	90.4	0.741	24.4	0.280	79.4	14.8	34.1	7.4
	>40	1.91	92.0	0.848	28.3	0.356	60.6	11.9	37.6	8.6
1986 年 ～ 1987 年	<10	1.84	85.9	0.924	29.0	0.355	64.7	13.9	12.2	4.6
	10～20	1.90	90.0	0.846	28.0	0.419	42.9	12.1	34.3	8.5
	20～30	1.94	92.0	0.792	26.6	0.345	57.8	13.3	44.3	7.8
	30～40	1.93	91.5	0.806	27.6	0.317	70.0	15.0		
	>40	1.96	95.7	0.795	28.0	0.229	88.2	15.4	45.8	8.6

表 10-5　排弃物料直接剪切试验结果

试验编号	深度/m	试验方法	内摩擦角 $\varphi/(°)$	凝聚力 c/kPa
$\frac{BY}{1}$	2.0	固结快剪	15.90	49.04
$\frac{BY}{2}$	2.2	固结快剪	4.55	30.81
$\frac{BY}{3}$	2.4	固结快剪	16.10	13.47
$\frac{BY}{1}$	2.0	原位快剪	19.70	47.06
$\frac{BY}{2}$	2.5	原位快剪	22.16	24.24
$\frac{BY}{4}$	2.0	原位快剪	4.56	51.50
$\frac{BY}{1}$	2.0	残余抗剪	15.90	49.04
$\frac{BY}{2}$	2.2	残余抗剪	6.20	21.60
$\frac{BY}{3}$	2.4	残余抗剪	18.80	4.50

表 10-6　排弃物料原位动力触探结果

分层	平均值	
	动探锤击数	标贯锤击数
相对松散层 ①	3.9	6.6
相对中密层 ②	4.6	10.5
相对密实层 ③	5.1	

根据以上排弃物料物理力学性质指标统计表数据，排弃物具有以下特征：

（1）排弃物为粉质黏土、黏土，液性指数整体上随深度增加有所减小，压缩系数也有所减小，上部土多呈可塑～硬塑状，属中压缩性土，少量属高压缩性土。下部土多呈硬塑～坚硬状，属中压缩性土。动力触探试验数据均说明整体排弃物下部压密程度好于上部。随着排弃物增高，排弃物还存在自重压密。

（2）由于不同性质物料厚度及密实度分布不均匀性，其物理力学性质变化较大。由现场原位动力触探及原位大面积剪切试验结果均反映出泥灰岩为主物料力学强度高于黏土、砾砂等物料。排弃物料凝聚力、内摩擦角因测试方法不同而存在较大差异性。

（3）按不同深度，不同年限的排弃物料物理力学性质进行对比，其物理力学性质差异性不大，说明排弃物料密实程度主要以排土过程中机械碾压作用关系密切，由于机械碾压的不均匀性，与在年限上排弃物自重压密作用无法进行对比。

10.3　排土场边坡变形与破坏现状

1）边坡局部不稳定特征

边坡不稳定区位于排土场南侧边坡前缘，其边界依据地表变形区圈定，边坡呈不规则长方形，横向宽 520～570m，纵向长 200～230m，面积 115000m²，前缘高程 1231m，后缘高程 1293m，边坡总高度 62m，坡度 0°～5°，倾向南东，为排土到界的台阶状边坡，共由 7 级台阶组成，台阶高 10～15m，平盘宽 20～25m。基底地形平缓，坡度 0°～8°。边坡堆填物（Q_4^{ml}）上部排弃物料为相对松散层，厚度 5.0～21.0m。下部排弃物料为相对密实层，厚度 2.70～18.3m。基底残坡积层（Q^{el+dl}）黏土厚度 0～2.5m，基岩为 T_2^{1-3} 灰岩与泥质粉砂岩、砂岩，呈层状相间。基底 F10 断层附近岩体较为破碎。

边坡在 1279m、1267m 水平两级台阶边缘多出现羽状沉陷拉张裂缝，裂缝断续延伸长 400～500m，口宽 1～12cm，可见深 0.7～1.0m。排土台阶边坡多见小规模滑塌、泥流现象。坡面细、切沟发育，一般沟顶宽 1～3m，底宽 0.5～2.0m，深 1.0～1.6m。勘察结果表明，现状情况下边坡局部处于极限平衡状态，在地震的作用下，边坡将可能处于不稳定状态。

2）排土台阶坍滑

排土台阶坍塌（L_1）位于排土场北侧 805 胶带机旁，发育于高程 1360m 排土台阶上，台阶高 8～12m，坡度 25°～30°，滑坡呈半圆形，滑动方向 140°，横向宽 100m，纵向长 25m，滑床深 1.0～1.5m，方量为 3000m³，滑坡中后缘出现多条沉陷拉张裂缝，断续延伸长 50～90m，裂缝口宽 1～3.5cm，沉陷深 20～40cm，可见深 0.7～1.2m，滑体为煤渣混少量黏性土、夹矸等松散堆积。滑坡由于煤渣自然烧空，在地表水作用下产生，处于滑移阶段，由此破坏排土台阶的稳定性。

排土台阶坡缘沉陷地裂缝发育地段，易汇集地表水沿裂缝渗入，在自身重力作用下，可能发生失稳，边坡破坏模式为圆弧型滑动。勘察报告显示，黏土、粉土为主排土台阶，在水的作用下，排土台阶高 10m 时处于稳定状态，排土台阶高 13.5m 时处于极限平衡状态，排土台阶高 15m 时处于不稳定状态。

3）坡面侵蚀

坡面细、切沟侵蚀区。位于排土场北东侧边界附近，见明显坡面细、切沟侵蚀区，长 430m，宽 200～300m，面积 87500m²，坡面呈台阶状，坡后缘皮带输送带附近见一处常年流淌泉水，在 1342m 排土平盘上形成 3 个集水塘，水塘长 10～20m，宽 8～12m，深 0.60～1.20m，顺坡细、切沟杂乱发育，较大切沟主要有 3 条，延伸长 100～160m，沟口宽 6～10m，底宽 0.80～1.5m，切深 6～

8m，均发育于黏性土、粉土为主，混泥灰岩碎石。该区基底地形为冲沟，雨季易汇集地表流水冲刷或渗入排弃物料，造成坡面水土流失，危害下方排土场运输道路。随着侵蚀发展，将进一步破坏坡体稳定性。

排土台阶细沟侵蚀区位于 B6－1 钻孔旁，高程 1289m 排土台阶上，排弃物料以黏性土、砂土为主，混泥灰岩碎块，细沟侵蚀区台阶段长 250m。台阶高 8～15m，坡度 28°～32°。细沟顺台阶边坎发育，长 10～20m，宽 0.4～1.0m，深 0.40～0.80m，密度每 30m 分布 1 条，台阶坎下部有季节性水渗出。该处台阶易汇集地表水冲刷、掏蚀，随着细沟发展将进一步破坏排土台阶稳定性。

另外一处排土台阶细沟侵蚀区位于 B5－4 钻孔旁，高程 1230m 排土台阶上，排弃物料以黏性土、砂土为主，混有泥灰岩碎块，台阶高 10～15m，坡度 28°～30°，细沟侵蚀台阶段长 150m。细沟顺台阶边坎发育，细沟长 10～15m，宽 0.5～1.2m，深 0.5～1.10m，密度每 40m 分布 1 条。台阶坎下部平台处有一方常年集水塘，长 130m，宽 10～30m，深 0.6～1.0m，水深 0.4～0.6m。该处台阶边坡易汇集地表水冲刷或渗入软化堆填物料，破坏排土台阶边坡稳定性。

4) 地面沉陷

在采运过程中，排弃物料有的是混合物料，也有的是单一性质物料，强度存在差异性，加之排弃物料须经较长时间沉降压实过程，在地表水、地下水的作用下易形成地面不均匀沉陷。另一方面，排弃物料中局部地段混有较集中煤渣堆积，浅部煤渣易自燃烧空，导致出现地面沉陷。

在排土场不同高程排土平盘上地面沉陷坑呈不均匀分布，较集中分布于排土场南侧 1279m 高程平台上，平台宽 230～250m，共见有 8 个沉陷坑，单个沉陷坑长 50～100m，宽 30～60m，陷落深 0.4～0.8m，呈椭圆形或圆形，多见同心圆状沉陷裂缝，裂缝宽度一般 3～8mm。该平台浅部排弃物料以泥灰岩碎块堆填为主，汽车排弃泥灰岩碎块较大，具架空结构，孔隙大。据物探剖面测试，排弃物料堆填不均匀，浅部密实程度相对松散，雨季形成集水凹地或湿地，水流较集中渗入堆填物多形成地面沉陷坑。

10.4　影响排土场边坡稳定的因素

1) 地形地貌

龙桥排土场地处溶蚀构造中山下部盆地边缘缓坡地带，排土堆填后形成台阶状人工堆积地貌，相对高差大，构成坡体物质具有较大的重力势能差，人工堆积台阶为坡体物质的变形或滑动剪出提供了临空面（图 10-2）。

2) 地表水、地下水作用

小龙潭地区 5～9 月为雨季，其最大降雨量为 1140mm/a，最大降雨强度

图 10-2　排土场前缘边坡破坏特征图

59mm/h。大气降水一方面形成地表水浸泡、冲刷坡体，尤其暴雨冲刷、掏蚀易形成坡面侵蚀沟，破坏排土场边坡稳定性，另一方面地表水入渗，软化坡体岩体，降低其强度，并增大坡体物质的重度，增大其重力，从而增加边坡产生变形、破坏的动力。

小龙潭盆地周围溶蚀构造中山区大小冲沟、溶蚀沟槽较发育（图 10-3），其中对排土场有影响冲沟主要有 7 条（G_1、G_2、G_3、G_4、G_5、G_6、G_7）。

图 10-3　G_6 冲沟

各条冲沟的基本形态特征，现状危害及潜在对拟建工程危害如表 10-7 所示。冲沟具有以下特征。

表 10-7　冲沟统计表

编号	发育时期	地层	平均纵坡降/%	汇水面积/km²	规模/m		高程/m		构造	稳定性	沟水流量/(L/s)	现状危害	潜在对拟建工程危害
					主沟长	底宽	最高	最低					
G_1	壮年—老年期	T_2^{1-4}灰岩	18.80	0.08	800	2—10	1450	1300	F_{34}断层横穿冲沟下部	基本稳定	3.0		
G_2	壮年期	T_2^{1-4}灰岩	18.0	0.15	1000	3—8	1540	1360	无	基本稳定	0.5		
G_3	壮年期	T_2^{1-4}灰岩	17.0	0.18	1000	2—10	1520	1350	无	基本稳定	2.0	雨季提供防洪量减少沟固体松散物	雨季汇集地表水流对排土场建设有直接影响
G_4	壮年期	T_2^{1-4}灰岩	12.9	0.14	850	3—5	1450	1340	无	基本稳定	0.4		
G_5	壮年期	T_2^{1-4}灰岩	22.7	0.06	440	1.5—5	1460	1360	F_{10}断层顺冲沟壁通过	基本稳定	0.2		
G_6	壮年期	T_2^{1-3}灰岩	25.0	0.06	800	2—5	1550	1350	F_{10}断层横穿冲沟中部	基本稳定	0.1		
G_7	壮年期	T_2g^{1-2}灰岩	29.0	0.07	720	2—4	1530	1320	F_{10}断层横穿冲沟下部	基本稳定	0.3		

（1）冲沟均属壮年—老年期基本稳定冲沟，主要发育于三叠系碳酸盐岩中。

（2）冲沟均具有横断面呈"V"型，狭窄，纵坡度较缓，水动力较弱。

（3）冲沟底部有少量碎块堆积，沟底两侧灌木丛生，均属季节性水流沟。

图 10-4　排土场台阶边泉水出流点

排土场坡体赋存松散层孔隙水，不具统一连续的地下水位，属局部上层滞水，浅部排土台阶边坎以泉、片流湿润渗出（图 10-4）。基底赋存岩溶裂隙水（区域上处于高水位区排泄带上），以泉水形式出流。排土场内地下水的运移与相对富集，浸湿软化土体，降低土体力学强度，易形成软弱结构面（带），对排土场稳定危害较大（图 10-5）。

图 10-5　排土平台常年积水塘

3）软弱结构面

边坡主要软弱结构面有 Q^{ml} 堆填土与下伏 Q^{el+dl} 黏土、粉质黏土的分界面及 Q^{el+dl} 黏土、粉质黏土与下伏 $T_2{}^{1-3}$ 灰岩分界面。此外，Q^{ml} 排弃物料在采运过程中，排弃物料不均匀，须经较长时间沉降压密，其结构处于松散～中密状态，易接受地表降水渗入软化排弃物料，形成软弱结构带，Q^{el+dl} 黏土、粉质黏土为弱～中等膨胀性岩土，遇水易软化形成软弱结构层（面）。软弱结构面存在易使边坡产生变形、破坏。

4）基底地形

排土场基底原始地形坡度为 $2°\sim11°$，冲沟或溶蚀沟槽发育，有利于地表水入渗汇集。基底 Q^{el+dl} 膨胀土在 $5°$ 以上坡度具备产生滑移条件，对排土场边坡稳定不利。

5）地震

小龙潭地区为Ⅷ度抗震设防烈度区，地震动峰值加速度为 $0.15g$，地震频繁，在地震力作用下，对边坡稳定性将产生影响。

10.5　目前排土场边坡防护工程情况

边坡内疏干排水修建有三岔沟底拱涵，拱涵长 1055.75m，填石渗沟长 244.63m，主要用于排出三岔沟内泉水和排弃物料渗水，坡体下部修建有 3 个挡土坝，1# 挡土坝已填坝，5# 挡土坝完好。三岔沟沟底拱涵出口处为 2# 拦土坝，结构为土石坝，坝体全长 188m，正面坡度为 1∶2，背面坡为 1∶0.5，坝顶宽 10.0m，坝高 2.6m，坝下部 50# 毛石浆砌，沟水从石坝脚排水沟（30cm×40cm）涌出（图 10-6），该坝 1994 年 11 月 25 日完工，目前，石坝完好，基础置于基岩上，坝上部正面为排弃物料堆填至坝顶，背面坡表面厚 30cm，浆砌片石护坡，见水沿坡面渗出，网状护坡部分凹凸变形拉裂（图 10-7），平台处出现多条裂缝，最长 17m，宽 0.5～5cm，近东西走向，均为近年变形所致。

由于该边坡原始地形为三岔沟，易汇集地表水流，排土堆填后遭受地表水流冲刷或渗入，加之堆填物料浅部松散，造成排土台阶边坡出现沉降地裂缝，发生浅层滑塌或坡面侵蚀沟，平台处出现较集中地面塌陷坑，2# 挡土坝护坡见有水流渗出形成集水湿地，引起填土不均匀沉降，造成挡土坝护坡凹凸变形裂开，破坏排土台阶边坡稳定性。

图 10-6　S$_{114}$岩溶大泉暗涵出口

图 10-7　2$^{\#}$挡土坝护坡凹凸变形图

第 11 章　排土场边坡安全性综合评价

11.1　边坡计算参数的确定

排土场基底土层为第四系残坡积层黏土、粉质黏土，厚度一般变化于 0.5~3.5m 之间。基底个旧组地层岩性以灰岩为主，呈石芽状大面积裸露。表土层上植被以生长杂草为主，局部为农耕地，覆盖区表土层多含植物根系。排土场排弃物料来源于布沼坝露天采掘的剥离物。主要剥离物料为第四系坡积、冲洪积、湖沼积层黏土、含炭黏土、粉质黏土、砾砂、粉土、钙化层等表土及其下部新第三系上中新统泥灰岩、少量煤层中泥岩夹矸。

排土场边坡由单一性质或混合物料堆积而成，不同物料分布及混合比例无一定规律，不同性质排弃物料由于降水、蒸发、机械碾压密实程度及负荷条件不同，其抗剪强度指标（凝聚力、内摩擦角）差异性大。一般情况下采用现场原位（天然状态）直接剪切试验，排弃物料为混合土试样。结合勘察报告中所提供的数据（表 10-5），考虑到排弃物中含有泥灰岩、砂土等物料，最终取用稳定性计算参数如表 11-1 所示。

表 11-1　现存边坡各岩土层计算参数统计表

分层		天然重度 $\gamma/(kN/m^3)$	凝聚力 c/kPa	内摩擦角 $\varphi/(°)$	土层厚度 h/m
排弃物料（Q^{ml}）		18.9	35.7	20.9	1.0—114.2
残坡积层（Q^{el+dl}）	未填土区	17.0	65.8	12.9	0.5~3.5
	填土区	18.1	72.7	15.1	
基岩（T_2^1）		26.1	承载力标准值为 1000~3000 kPa		

天然重度值选用野外现场重度测定结果算术平均值，排弃物与基底间接触面的指标取基底表土残坡积层的抗剪强度指标。表土下基岩的物理力学性质较好，勘察报告显示基岩承载力标准值为 1000~3000 kPa，可认为基岩自身的强度不影响排土场的稳定性。小龙潭地区属于Ⅶ度抗震设防裂度区，稳定性计算时须考虑地震作用力。

目前排土场顶部排弃水平高程 1350~1375m，坡底排弃水平高程 1220~1230m，呈不规则长方形，东西宽约 1000m，南北长约 2100m，面积 2.1km²，排土场堆填高度已达 150m，坡面形成 9~11 级台阶，台阶高 10~15m，排土台阶坡面角 25°～26°，总体坡面向南东方向倾斜。现存边坡 1375m 高程以上为自然斜坡，1375m 以下坡段为排弃物料填埋。按照规划，排土场最终排弃高程为 1525m，在高程 1525m 以下尚有排土容量为 347.69×10⁶m³，总堆填高度将达到 300m，设计到界边坡角度为 15°。

　　根据排土场边坡工程地质情况，选取垂直或者近于垂直边坡（排土工作线）走向的 1—1′剖面、2—2′剖面、3—3′剖面为边坡稳定性计算断面。各剖面平面位置如图 11-1 所示，现存边坡与到界边坡剖面轮廓图如图 11-2～图 11-7 所示 。

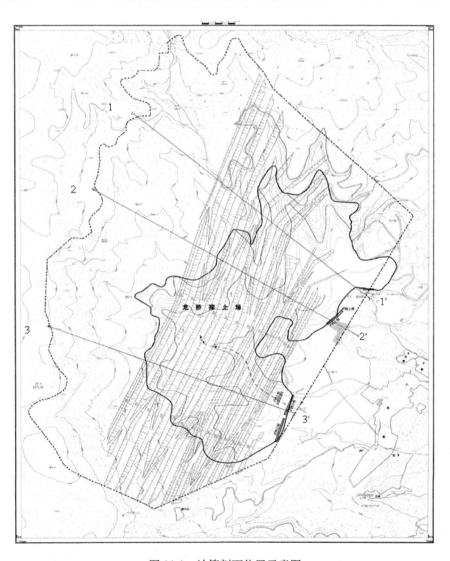

图 11-1　计算剖面位置示意图

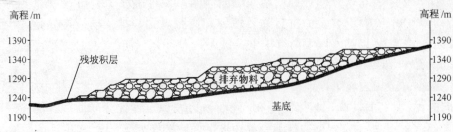

图 11-2 1—1′剖面现存边坡轮廓图

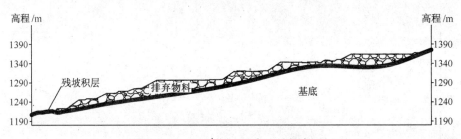

图 11-3 2—2′剖面现存边坡轮廓图

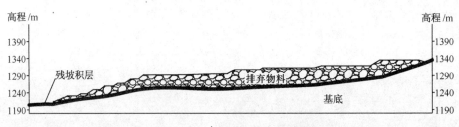

图 11-4 3—3′剖面现存边坡轮廓图

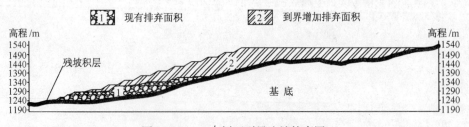

图 11-5 1—1′剖面到界边坡轮廓图

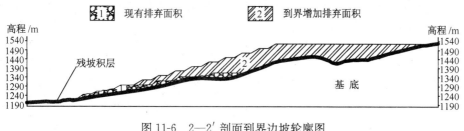

图 11-6 2—2′ 剖面到界边坡轮廓图

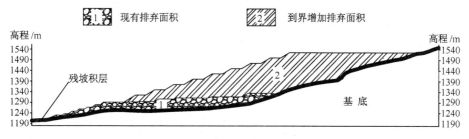

图 11-7 3—3′ 剖面到界边坡轮廓图

11.2 排土场边坡的稳定性评价

极限平衡法是根据力学平衡法分析边坡的受力状态,以及边坡滑体上的抗滑力和下滑力之间的关系来评价边坡的稳定性。

在极限平衡法的各种方法中,尽管每种分析方法都有它的适用范围及假定条件,且得出的计算公式所涉及的因素各不相同,但将它们都归结为极限平衡法,其前提是相同的,所有的极限平衡都有三个前提:

(1)滑移面上实际岩土提供的抗剪强度 τ 与作用在滑面上的垂直应力 σ 存在如下关系:

$$\tau = c + \sigma\tan\varphi \tag{11-1}$$

$$\tau = c' + (\sigma - u)\tan\varphi' \tag{11-2}$$

式中,c、c' 分别为滑移面的凝聚力和有效凝聚力;φ、φ' 分别为滑移面的内摩擦角和有效内摩擦角;σ 为滑移面上的有效应力;u 为滑移面空隙水压。

(2)稳定系数 F(安全系数)的定义为沿着最危险滑移面作用的最大抗滑力(或力矩)与下滑力(或力矩)的比值,即

$$F = 抗滑力 / 下滑力 \tag{11-3}$$

(3)二维(平面)极限分析的基本单元是单位宽度的分块滑体。

利用极限平衡分析方法,分别建立现存边坡与到界边坡的计算模型如图 11-

8～图 11-13 所示。1—1′剖面现存边坡计算模型如图 11-8 所示，1—1′剖面到界边坡计算模型如图 11-11 所示。

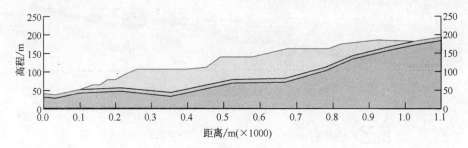

图 11-8　1—1′剖面现存边坡计算模型

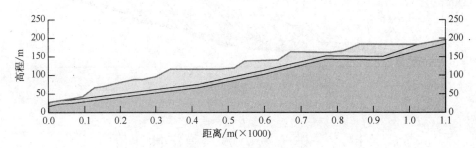

图 11-9　2—2′剖面现存边坡计算模型

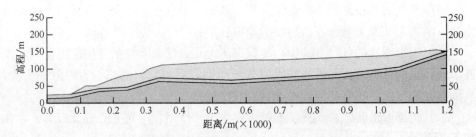

图 11-10　3—3′剖面现存边坡计算模型

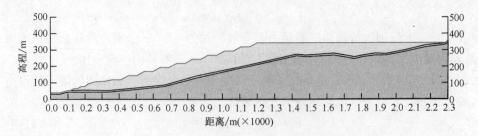

图 11-11　1—1′剖面到界边坡计算模型

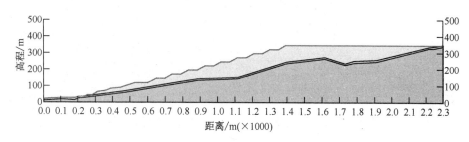

图 11-12　2—2′ 剖面到界边坡计算模型

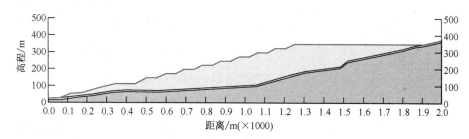

图 11-13　3—3′ 剖面到界边坡计算模型

在模型中，各层岩土体参数如表 11-2 所示。

表 11-2　各层岩土体参数

	排弃物料层	残坡积层	基底岩层
力学模型	Mohr-Coulomb	Mohr-Coulomb	Mohr-Coulomb
容重/(kN/m³)	18.9	18.1	26.1
凝聚力/kPa	35.7	72.7	250
内摩擦角/(°)	20.9	15.1	40
水压力线	0	0	0
孔压系数	0	0	0
孔隙空气压力/kPa	0	0	0

　　根据表 11-2 中参数进行极限平衡分析，求得现存边坡与到界边坡最危险滑移面搜寻结果（图 11-14～图 11-19），计算结果如表 11-3 所示。

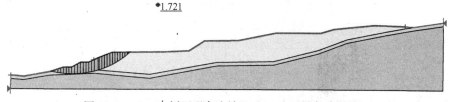

图 11-14　1—1′ 剖面现存边坡 Bishop 法下最危险滑移面

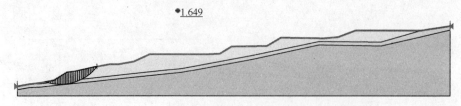

图 11-15　2—2′剖面现存边坡 Bishop 法下最危险滑移面

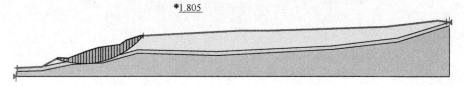

图 11-16　3—3′剖面现存边坡 Bishop 法下最危险滑移面

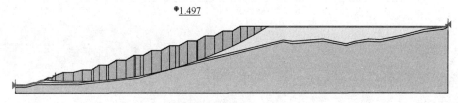

图 11-17　1—1′剖面到界边坡 Bishop 法下最危险滑移面

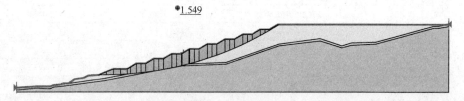

图 11-18　2—2′剖面到界边坡 Bishop 法下最危险滑移面

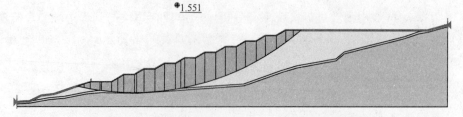

图 11-19　3—3′剖面到界边坡 Bishop 法下最危险滑移面

根据边坡稳定性分析与计算结果，可以得到如下结论：

（1）排土场现存边坡最危险滑移面位于边坡下部，主要是由于现存边坡的基底坡度相对较陡造成的。

（2）原设计到界边坡的最危险滑移面由边坡顶部拉裂开始，随后顺着基底岩层产生移动，说明坡顶和基底表土层是到界边坡不稳定的薄弱部位。

（3）现存边坡的整体安全系数都大于 1.50，而原设计到界边坡整体的安全系数也都在 1.45 以上（表 11-3），由此说明排土场边坡的整体稳定性是有保障的，正常情况下能够满足矿山安全生产的要求。

表 11-3　各个剖面现存边坡与到界边坡安全系数

极限平衡分析法	现存边坡安全系数			到界边坡安全系数		
	1—1′ 剖面	2—2′ 剖面	3—3′ 剖面	1—1′ 剖面	2—2′ 剖面	3—3′ 剖面
Ordinary	1.623	1.543	1.699	1.463	1.523	1.487
Bishop	1.721	1.643	1.805	1.497	1.549	1.551
Janbu	1.616	1.527	1.671	1.466	1.524	1.491
Morgenstern-Price	1.708	1.633	1.797	1.496	1.546	1.541

11.3　边坡的临界滑移场分析技术

11.3.1　边坡临界滑移场理论

边坡临界滑移场技术是在边坡极限平衡条分法基础上发展起来的分析方法。它在很多方面明显优于其他的计算方法，它能准确快速地确定边坡任意形状临界滑移面，全面评价边坡整体和局部稳定性等。首先将边坡体划分成多个条块，再将条块间分成众多状态单元与状态点（图 11-20）。在给定的安全储备系数条件下，过条块线上的任一点都存在有危险滑动方向和最不利推力 P，使最终出口处剩余推力最大。$\tan\alpha$、P 可近似认为沿条块线分段线性分布。根据条块受力平衡（图 11-21），推力计算公式为

$$P_i = \frac{\cos(\alpha_i - \theta_{i-1} - \bar{\varphi}_i)P_{i-1} + \cos(\alpha_i - \beta_0 - \bar{\varphi}_i)W_i\sqrt{1+K_0^2} + u_il_i\sin\bar{\varphi}_i - \bar{c}_il_i\cos\bar{\varphi}_i}{\cos(\alpha_i - \theta_i - \bar{\varphi}_i)}$$

$$(11\text{-}4)$$

$$\beta_0 = \arctan(1/K_0) \tag{11-5}$$

$$\bar{\varphi}_i = \arctan^{-1}(\tan\varphi_i/F_s) \tag{11-6}$$

$$\bar{c}_i = c_i/F_s \tag{11-7}$$

上述式中，F_s 为当前安全系数；W_i 为条块重量，u_i 为条底空隙水压力，K_0 为地震影响系数；c_i、φ_i 分别为剪切面凝聚力、内摩擦角；l_i 为条底边长，α_i、α_{i-1} 分别为本条块、上条块底面倾角；P_{i-1}、P_i 为条块间推力。

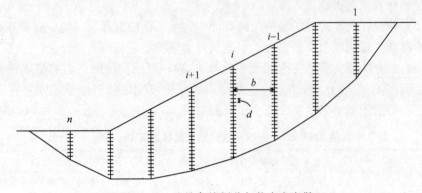

图 11-20　边坡条块划分与状态点离散

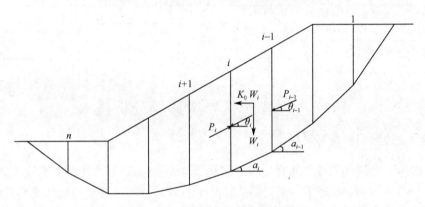

图 11-21　边坡条块受力示意图

对于设定的安全系数 F_s，逐一求出各状态点的最危险滑动方向 $\tan\alpha$，使最终剩余推力极大。调整安全系数，使最大的极大剩余推力为零，得出边坡临界状态下的危险滑动方向场，如图 11-22 所示，进而在此基础上追踪出的临界滑移场如图 11-23 所示。

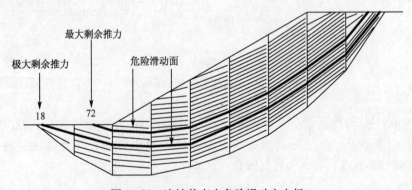

图 11-22　边坡状态点危险滑动方向场

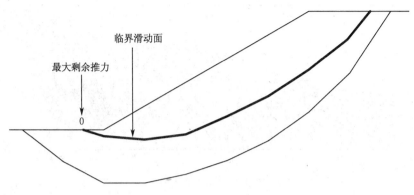

图 11-23　边坡临界滑移场

11.3.2　边坡临界滑移场法分析

边坡临界滑移面搜寻思想是先计算某一假定安全系数 F_s 下所有滑移面的极大剩余推力，比较出其中最大的剩余推力，再根据其中最大剩余推力 P'_{max} 的大小以及滑移面的出现情况判断 F_s 的改进方向，循环迭代 F_s 使 P'_{max} 等于零。在实际操作中，当 P'_{max} 充分接近于零时，所对应的边坡危险滑移场便是边坡给定安全系数条件下的临界滑移场，而此时假定的安全系数便是边坡的实际安全稳定系数。

（1）首先取边坡安全系数 $F_s = 1.00$，现存边坡与到界边坡危险滑移场搜寻结果如图 11-24～图 11-29 所示。

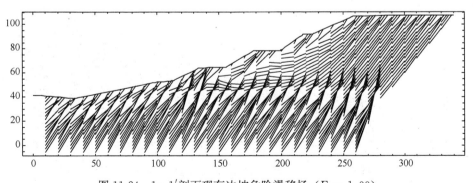

图 11-24　1—1′剖面现存边坡危险滑移场（$F_s = 1.00$）

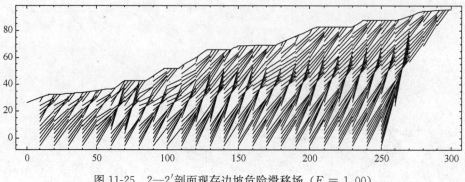

图 11-25　2—2′剖面现存边坡危险滑移场（$F_s = 1.00$）

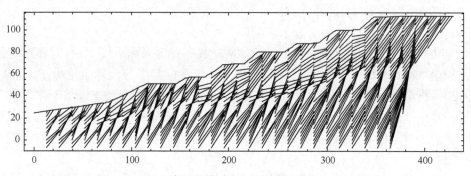

图 11-26　3—3′剖面现存边坡危险滑移场（$F_s = 1.00$）

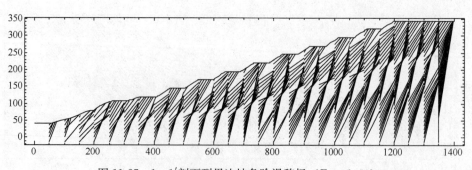

图 11-27　1—1′剖面到界边坡危险滑移场（$F_s = 1.00$）

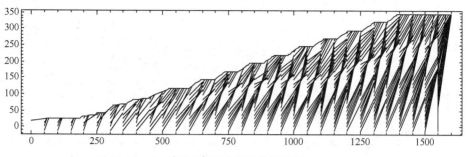

图 11-28　2—2′剖面到界边坡危险滑移场（$F_s = 1.00$）

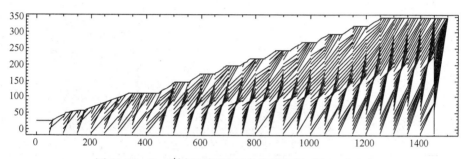

图 11-29　3—3′剖面到界边坡危险滑移场（$F_s = 1.00$）

从边坡危险滑移面搜寻结果图可以看出，当安全储备系数取 $F_s = 1.00$ 时，没有搜寻到危险滑移面，说明边坡实际安全系数都大于 1.00，边坡整体上是稳定的。

（2）按照临界滑移场的搜寻方法，通过系统地改变安全储备系数 F_s 的取值进行优化搜寻，最终确定边坡最大剩余推力 P'_{max} 趋近于零时所对应的边坡危险滑移面，即为实际边坡的安全状态。现存边坡与到界边坡临界滑移场搜寻结果如图 11-30～图 11-35 所示。

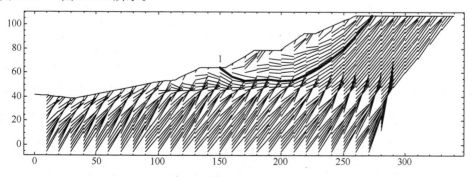

图 11-30　1—1′剖面现存边坡临界滑移场（$F_s = 1.52$）

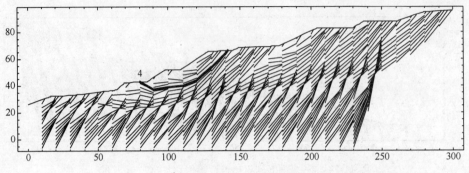

图 11-31　2—2′剖面现存边坡临界滑移场（$F_s = 1.50$）

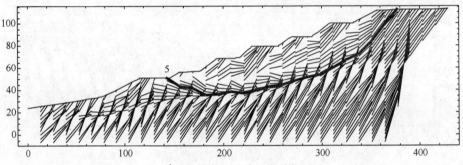

图 11-32　3—3′剖面现存边坡临界滑移场（$F_s = 1.63$）

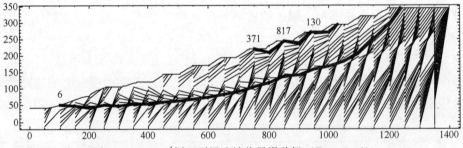

图 11-33　1—1′剖面到界边坡临界滑移场（$F_s = 1.42$）

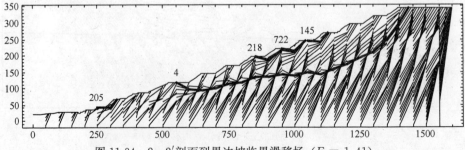

图 11-34　2—2′剖面到界边坡临界滑移场（$F_s = 1.41$）

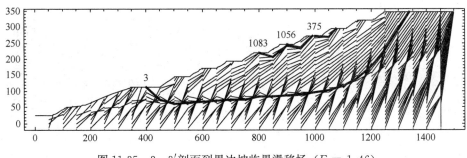

图 11-35　3—3′剖面到界边坡临界滑移场（$F_s = 1.46$）

通过对边坡临界滑移场法的分析与计算，求出排土场现存边坡与原设计到界边坡的安全系数列于表 11-4 中，由此可以得到如下结论：

（1）现存边坡临界滑移面位于边坡中下部，滑移面长度为 50～200m 不等。

（2）原设计到界边坡临界滑移面亦是由坡顶拉裂缝开始，随后沿基底残坡积层层面构成破坏面，说明坡顶与基底表土残坡积层的强度对边坡的整体稳定影响较大。

（3）原设计到界边坡中上部位的部分表面台阶存在危险滑裂面，如坡面排水不畅，雨季容易发生崩塌形成形成泥石流灾害。

（4）现存边坡的整体安全系数都不小于 1.50，而原设计到界边坡的安全系数也都大于 1.40，由此说明了现存边坡与到界边坡在整体上都是稳定的。

（5）常规的极限平衡分析法最危险滑面位置的确定主要基于圆弧滑面经验公式，而临界滑移场法其滑面的确定主要基于边坡条块间剩余推力，利用出口处剩余推力最大确定边坡的临界滑面。对于龙桥排土场这样的多层复合介质、多台阶边坡，临界滑移场法确定的滑面更符合实际。

表 11-4　现存边坡与到界边坡安全系数

边坡临界滑移场法					
现存边坡安全系数			到界边坡安全系数		
1—1′剖面	2—2′剖面	3—3′剖面	1—1′剖面	2—2′剖面	3—3′剖面
1.52	1.50	1.63	1.42	1.41	1.46

11.4　边坡的有限元应力分析

根据现存边坡与原设计到界边坡剖面轮廓图和边坡岩土体力学参数，利用 ANSYS 软件，建立排土场边坡有限元计算模型，其单元网格划分结果如图 11-36～图 11-41 所示。

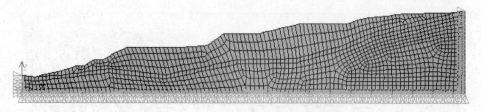

图 11-36　1—1′剖面现存边坡单元网格划分

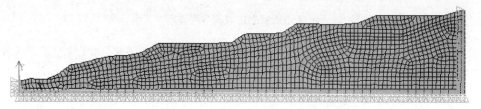

图 11-37　2—2′剖面现存边坡单元网格划分

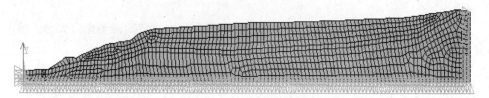

图 11-38　3—3′剖面现存边坡单元网格划分

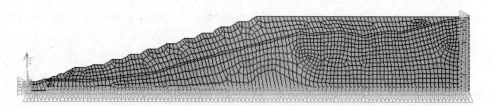

图 11-39　1—1′剖面到界边坡单元网格划分

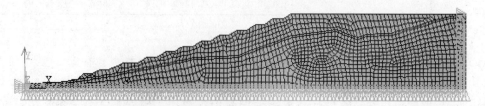

图 11-40　2—2′剖面到界边坡单元网格划分

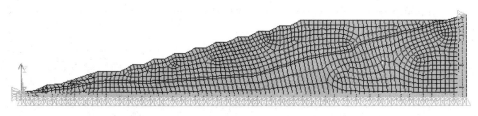

图 11-41　3—3′剖面到界边坡单元网格划分

考虑岩土体变形的弹塑性特点，采用 Drucker-Prager 屈服准则进行模拟分析。经过 ANSYS 程序有限元分析计算，排土场边坡岩土体内的应力等值分布情况如图 11-42～图 11-53 所示。

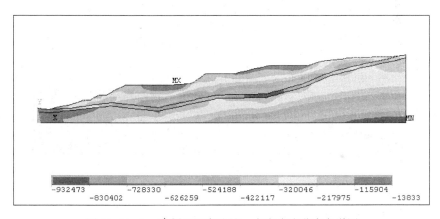

图 11-42　1—1′剖面现存边坡 x 方向应力分布色谱图

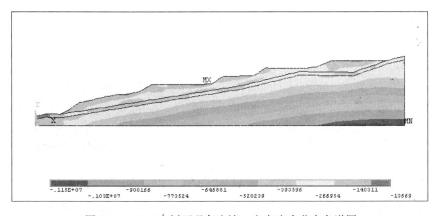

图 11-43　2—2′剖面现存边坡 x 方向应力分布色谱图

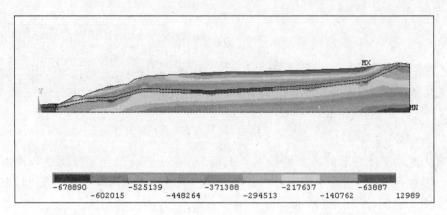

图 11-44　3—3′ 剖面现存边坡 x 方向应力分布色谱图

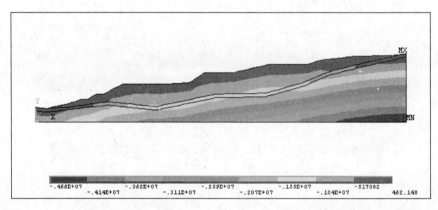

图 11-45　1—1′ 剖面现存边坡 y 方向应力分布色谱图

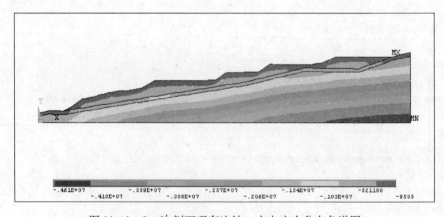

图 11-46　2—2′ 剖面现存边坡 y 方向应力分布色谱图

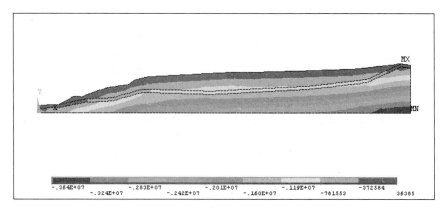

图 11-47　3—3′ 剖面现存边坡 y 方向应力分布色谱图

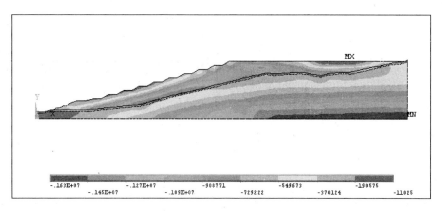

图 11-48　1—1′ 剖面到界边坡 x 方向应力分布色谱图

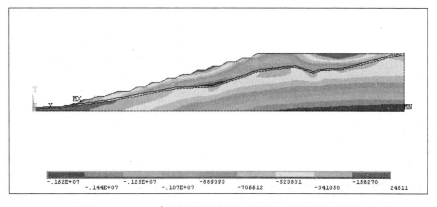

图 11-49　2—2′ 剖面到界边坡 x 方向应力分布色谱图

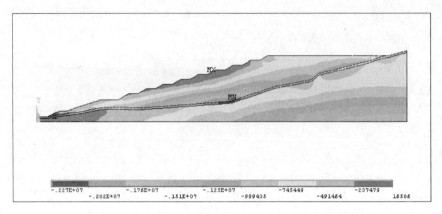

图 11-50 3—3′剖面到界边坡 x 方向应力分布色谱图

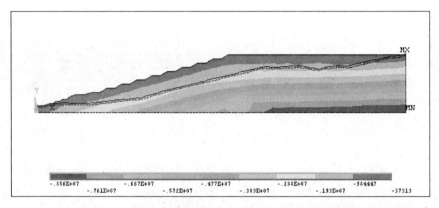

图 11-51 1—1′剖面到界边坡 y 方向应力分布色谱图

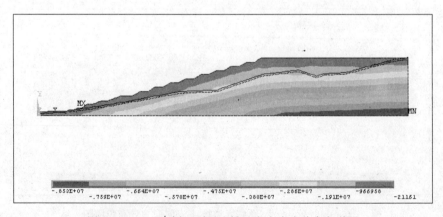

图 11-52 2—2′剖面到界边坡 y 方向应力分布色谱图

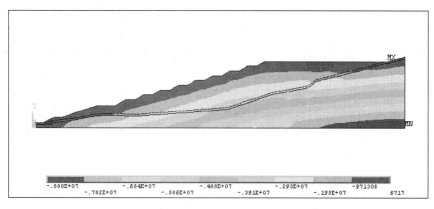

图 11-53　3—3′ 剖面到界边坡 y 方向应力分布色谱图

由边坡岩体有限元数值模拟分析可以得出：

（1）现存边坡与原设计到界边坡岩土体内垂直方向应力分布均匀，该应力由自重引起，呈较均匀的层状分布。

（2）一般基底表土层水平方向应力分布相对较大，且排土台阶高度大的基底水平方向应力也相对较大。

（3）原设计到界边坡上部水平方向应力相对较大，容易形成张裂缝；排土场基底表土层水平分布应力较大，因此排土场边坡安全与否的薄弱部位是基底表土层，在生产中需要考虑基底表土层的抗剪强度对排土场边坡整体稳定性的影响。

11.5　综合评价结论

应用常规极限平衡法、边坡临界滑移场法、有限单元法对排土场现存边坡与到界边坡进行了稳定性综合评价，得出如下结论：

（1）利用常规极限平衡法对龙桥排土场现存边坡及原设计到界边坡进行了稳定性分析，结果表明现存边坡最危险区位于边坡中下部，原设计到界边坡从顶部拉裂面开始，沿着基底形成应力集中，最终产生破坏面；排土场现存边坡整体稳定系数都大于 1.50，原设计到界边坡整体稳定系数都大于 1.45，说明排土场边坡在整体上是安全的，能够满足矿山安全生产的要求。

（2）边坡临界滑移场分析结果表明，排土场现存边坡临界滑移面位于边坡中下部，主要是由于该区域坡度较陡；原设计到界边坡临界滑移面则是从坡上部拉裂处开始，沿着基底残坡积层形成滑面，说明坡上部与基底残坡积层是边坡稳定性的薄弱环节；排土场现存边坡整体稳定系数不小于 1.50，原设计的到界边坡整体稳定系数都在 1.40 以上，说明排土场边坡整体上是稳定性的。

（3）有限元应力分析结果显示，排土场边坡岩土体内垂直方向应力分布均匀，但水平方向应力分布不均，现存边坡高度大的基底表土层及较高排土台阶的基底水平方向应力相对较大，原设计到界边坡上部与基底表土层分布有较大的水平方向应力。

（4）综上分析，排土场现存边坡与原设计到界边坡整体上是稳定的。基底表土层是排土场整体安全与否的薄弱部位，而部分台阶存在危险滑裂面，在雨季容易发生坍塌或形成泥石流灾害，由此需要加强排土场坡面与内部排水措施，并采取适当措施防止发生滑坡或泥石流灾害。

第12章　排土场到界边坡的优化设计

12.1　排土场到界边坡的智能匹配优化分析方法

利用临界滑移场技术，对变形区域内边坡岩体进行危险滑移面的搜寻，可以找到当前条件下边坡的安全系数。反过来，如果给定安全系数，即 F_s 取规定值，在设定的某个边坡角度下如果恰能搜寻出临界滑移面，则代表找到此安全系数 F_s 条件下所允许的最大坡角，说明在此安全储备系数条件下边坡岩体达到极限平衡状态；如果没有出现滑移面，则表明当前设定的边坡角度偏于保守，可以再适当增大坡角；如果搜寻出多条危险滑移面，且都不是临界滑移面，则应当适当减小边坡角度。

通过系统地改变边坡角大小，就可以求出在给定安全储备系数条件下的最大坡角，即给定工程地质条件和相应岩层力学参数所能允许的最大坡角。据此，便可确定最佳边坡角设计值，由此实现排土场到界边坡角的优化设计。

12.2　排土场到界坡角的优化设计

当到界边坡角度取 15°时，由前面章节边坡稳定性分析结果可知，在一般情况下，三个计算剖面的边坡整体安全系数均在 1.40 以上。表 12-1 为《岩土工程勘察规范》（GB50021—2001）规定的边坡允许安全系数。《露天煤矿工程设计规范》（GB50197－94）规定外排土场服务年限超过 20 年时，边坡稳定系数取 1.2~1.5。由此可知，排土场 15°时的到界坡角设计值偏于保守，坡角大小还有增大空间，从而使土地得到有效利用。由于排土场的高度很大，边坡角度的少量增减，都能引起排土场容量的巨大变化，由此带来十分显著的经济效益。所以，在保证长期安全的前提下，确定合理的安全系数，设计最佳的到界边坡角度，可以带来可观的经济效益。

表 12-1　边坡允许安全系数表

边坡安全等级	设计边坡滑动类型		
	平面滑动	折线滑动	圆弧滑动
一级	1.35	1.30	1.30
二级	1.30	1.20	1.15
三级	1.15	1.10	1.05

　　考虑到龙桥排土场的长期存在性，到界边坡稳定系数的选取，主要依据排土场基底工程地质条件的分析和边坡稳定对附近村镇与矿山开采的影响，结合我国其他排土场的实践经验，选取边坡安全储备系数为 1.30。

　　根据边坡工程勘察所提供的资料，排弃物单台阶坡角取 30°，台阶高度取 20～25m 时，单台阶边坡安全系数为 1.057～1.167，台阶高度取 30m 时，边坡安全系数为 0.981，故取单台阶高度为 20～25m 比较合适。分别取到界边坡角度为 16°、17°、18°，三个计算边坡剖面轮廓如图 12-1～图 12-9 所示。

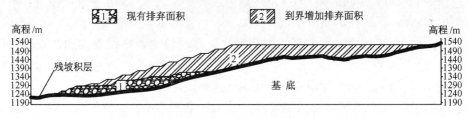

图 12-1　1—1′剖面到界边坡轮廓图（16°坡角）

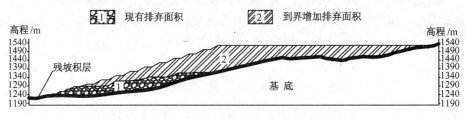

图 12-2　1—1′剖面到界边坡轮廓图（17°坡角）

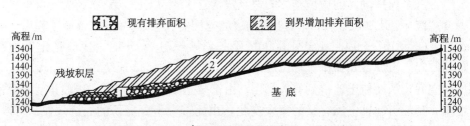

图 12-3　1—1′剖面到界边坡轮廓图（18°坡角）

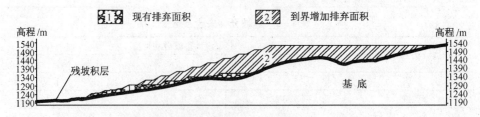

图 12-4　2—2′剖面到界边坡轮廓图（16°坡角）

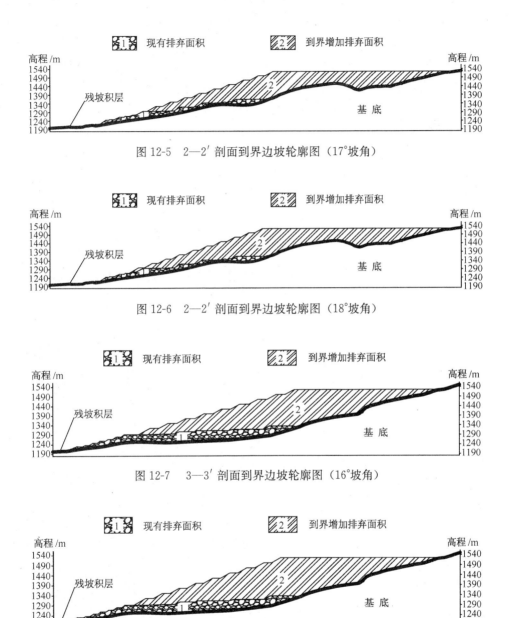

图 12-5　2—2′剖面到界边坡轮廓图（17°坡角）

图 12-6　2—2′剖面到界边坡轮廓图（18°坡角）

图 12-7　3—3′剖面到界边坡轮廓图（16°坡角）

图 12-8　3—3′剖面到界边坡轮廓图（17°坡角）

利用边坡临界滑移场理论方法，分别进行边坡临界滑移场搜寻与分析。设定安全储备系数 $F_s = 1.30$，得出边坡临界滑移场搜寻结果如图 12-10～图 12-18 所示。

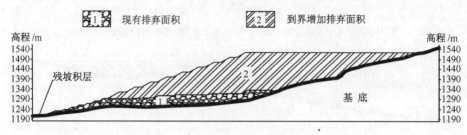

图 12-9　3—3′ 剖面到界边坡轮廓图（18°坡角）

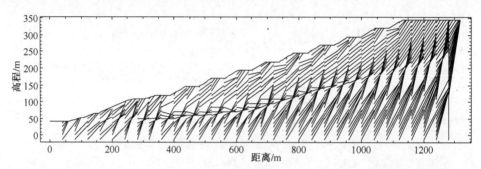

图 12-10　1—1′ 剖面到界边坡临界滑移场（$F_s = 1.30$，16°坡角）

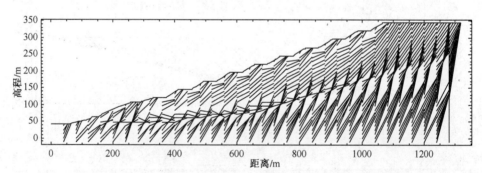

图 12-11　1—1′ 剖面到界边坡临界滑移场（$F_s = 1.30$，17°坡角）

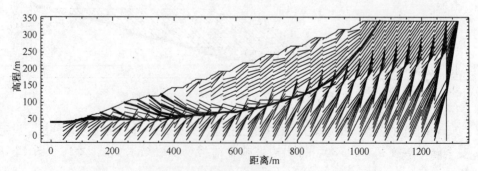

图 12-12　1—1′ 剖面到界边坡临界滑移场（$F_s = 1.30$，18°坡角）

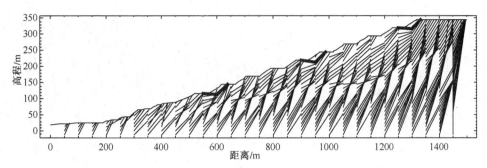

图 12-13　2—2′剖面到界边坡临界滑移场（$F_s = 1.30$，16°坡角）

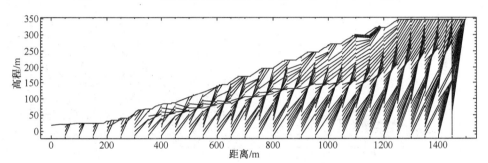

图 12-14　2—2′剖面到界边坡临界滑移场（$F_s = 1.30$，17°坡角）

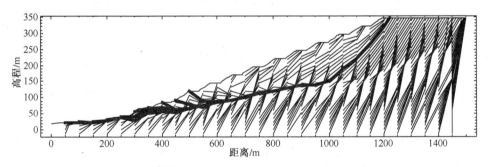

图 12-15　2—2′剖面到界边坡临界滑移场（$F_s = 1.30$，18°坡角）

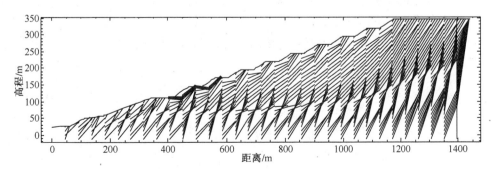

图 12-16　3—3′剖面到界边坡临界滑移场（$F_s = 1.30$，16°坡角）

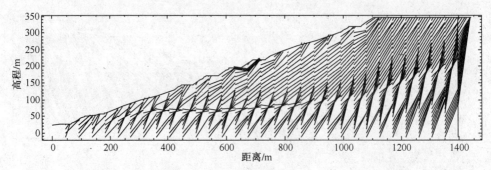

图 12-17　3—3′剖面到界边坡临界滑移场（$F_s = 1.30$，17°坡角）

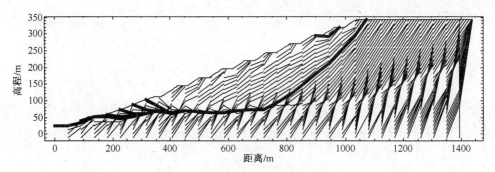

图 12-18　3—3′剖面到界边坡临界滑移场（$F_s = 1.30$，18°坡角）

综合到界边坡三个剖面共九组临界滑移场搜寻结果，可以得出：

（1）当坡角取 16°或 17°时，三个计算剖面均未搜寻到边坡整体的危险滑移面，说明该条件下边坡没有进入临界状态，即边坡安全系数大于 1.30。

（2）坡角取 16°或 17°时，部分剖面的个别台阶进入了该稳定储备系数的临界状态，而相对于整个排土场而言，局部安全系数小于规定储备系数是允许的。

（3）当坡角取 18°时，三个计算剖面均出现整体危险滑移面，说明在此坡角取值下，边坡的安全系数已经达不到 1.30。

（4）由此可知，排土场最佳到界坡角取 17°较为合适。

再利用临界滑移场理论，对到界边坡取 17°坡角时的三个计算剖面进行参数智能匹配设计，最终确定边坡岩体达到极限状态时，稳定系数为 1.301，分析过程如图 12-19～图 12-21 所示。

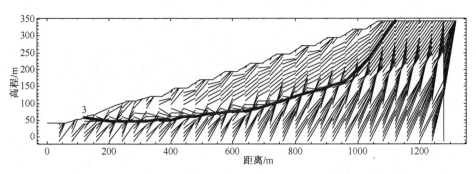

图 12-19　1—1′剖面到界边坡临界滑移场（F_s＝1.301，17°坡角）

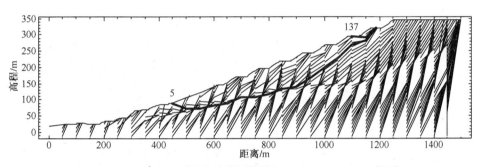

图 12-20　2—2′剖面到界边坡临界滑移场（F_s＝1.302，17°坡角）

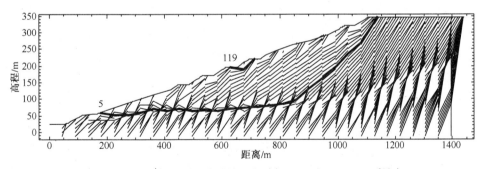

图 12-21　3—3′剖面到界边坡临界滑移场（F_s＝1.319，17°坡角）

　　通过临界滑移场搜寻结果可知，优化设计边坡 1—1′剖面整体安全系数为 1.301，2—2′剖面整体安全系数为 1.302，3—3′剖面整体安全系数为 1.319，皆满足要求。

12.3　排土场优化设计边坡的稳定性验算

　　建立排土场到界边坡取 17°坡角时，三个计算剖面的分析模型如图 12-22～图 12-24 所示。

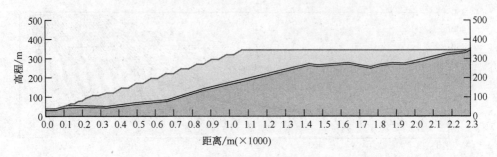

图 12-22 1—1′剖面优化边坡计算模型（17°坡角）

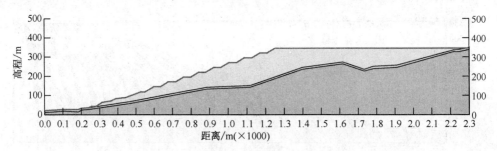

图 12-23 2—2′剖面优化边坡计算模型（17°坡角）

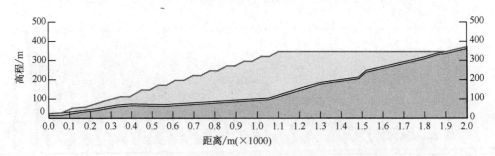

图 12-24 3—3′剖面优化边坡计算模型（17°坡角）

边坡每层岩土体的力学参数如表 10-1～表 10-4 所示，分别进行极限平衡分析，求出优化边坡稳定性的计算图如图 12-25～图 12-27 所示。

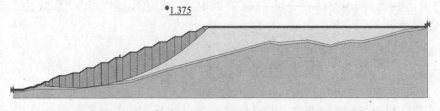

图 12-25 1—1′剖面优化边坡 Bishop 法下最危险滑移面

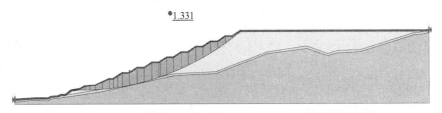

图 12-26　2—2′剖面优化边坡 Bishop 法下最危险滑移面

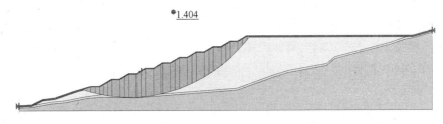

图 12-27　3—3′剖面优化边坡 Bishop 法下最危险滑移面

经过计算，排土场边坡的整体优化后安全系数如表 12-2 所示。结果表明，优化边坡整体安全系数都大于 1.30，满足相关规范的要求。

由于到界坡角的增大，边坡的整体安全稳定性系数有所降低，在生产过程中必须加强边坡的防排水措施，或采取适当措施对排土场边坡危险区域进行加固，防止遇到大规模降水等特殊情况下产生滑坡或泥石流灾害。

表 12-2　优化边坡的安全系数

极限平衡分析法	1—1′ 剖面	2—2′ 剖面	3—3′ 剖面
Ordinary	1.319	1.306	1.306
Bishop	1.375	1.331	1.404
Janbu	1.321	1.308	1.308
Morgenstern-Price	1.365	1.318	1.390

12.4　排土场基底承载力验算

排土场基底表土层强度是决定边坡整体稳定性的重要部位。在以往的研究中，人们更注重从边坡稳定的角度对排土场进行分析，并由此来评价排土场的安全与否，对决定排土场整体稳定的基底承载力是否满足要求关注较少。

龙桥排土场最终设计高度达 300m，基底残坡积层的厚度及其承载力对排土场的稳定以及边坡的变形特性将会产生重大影响。为此研究其基底承载能力，并对其承载力进行验算，以确保排土场的安全。

1）高排土场基底承载力计算方法

地基承载力是指基底单位面积上所能承受荷载的能力。地基的极限荷载能力特指地基在外荷载作用下产生的应力达到极限平衡状态。作用在地基上的荷载较小时，地基处于压密状态。随着荷载的增大，地基中产生局部剪切破坏的塑性区也越来越大。当荷载达到极限荷载时，地基中的塑性区已发展为连续贯通的滑移面，这是地基丧失整体稳定而产生滑动破坏。

排土场基底岩土层由于受到上覆排弃物的压力，荷载将产生较大的压缩变形，直到破坏。特别是在基底排水条件不良的情况下，基底岩土层软化会导致排土场局部破坏并诱发大规模滑移破坏。在上覆荷载作用下，排土场基底极限承载力须满足以下条件：

$$P_u > P_0 K \tag{12-1}$$

式中，P_u 为基底土层极限承载力，kPa；P_0 为上覆排弃物料产生的荷载，kPa；K 为地基承载力安全系数。其中 P_0 由下式确定：

$$P_0 = \gamma_0 h \tag{12-2}$$

式中，γ_0 为排弃物料容重，kN/m³；h 为排弃物料堆填高度，m。

由于目前用于高排土场基底承载力的计算方法是借鉴地基基础理论方法，所以本方案选用太沙基（Terzaghi）极限荷载理论和有色金属所排土场设计规范推荐的方法分别进行分析。

太沙基极限承载力计算公式为：

$$P_u = \frac{1}{2}\gamma b N_\gamma + c N_c + q N_q \tag{12-3}$$

式中，P_u 为基底土层极限承载力，kPa；γ 为土层容重，kN/m³；b 为基础宽度，m；c 为土层凝聚力，kPa；q 为基础埋深产生的荷载，kPa；N_γ、N_c、N_q 为地基承载力系数，与土层内摩擦角 φ 有关，可根据表 12-3 选取。

表 12-3　太沙基极限承载力系数 N_γ、N_c、N_q

$\varphi/(\degree)$	N_γ	N_c	N_q	$\varphi/(\degree)$	N_γ	N_c	N_q
0	0.00	5.71	1.00	25	11.0	25.1	12.7
5	0.51	7.32	1.64	30	21.8	37.2	22.5
10	1.20	9.58	2.69	35	45.4	57.7	41.4
15	1.80	12.9	4.45	40	125	95.7	81.3
20	4.00	17.6	7.42	45	326	172.2	173.3

太沙基极限承载力计算简图如图 12-28 所示。

我国基础工程规范中规定，应用太沙基极限承载力计算式，当基础宽度 $b>$ 6m 时，取 $b=6$m；$b<3$m 时，应取 $b=3$m。在排土场基底承载力计算中，上覆

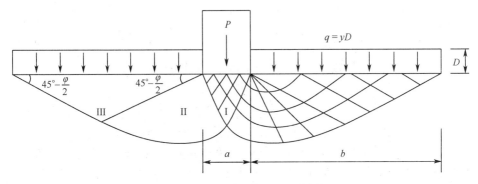

图 12-28　太沙基极限承载力计算简图

荷载作用宽度大于 6m，故基底极限承载力计算式可用下式计算：

$$P_u = cN_c + q_0 N_q + 3\gamma N_\gamma \tag{12-4}$$

式中，q_0 为排土场底部平盘段高产生的垂直荷载，kPa；其余参数意义同式（12-3）。

2）边坡基底承载力验算

根据勘察结果，排土场基底土层容重 γ 为 18.1 kN/m³，凝聚力 c 为 72.7 kPa，内摩擦角 φ 为 15.1°，排弃物料的容重 γ_0 为 18.9 kN/m³；如果排土场最下部第一级平盘段高取 15m，按太沙基理论方法，第二级排弃物料堆填的允许的极限高度为 113 m，如果安全系数取 2，则允许排弃高度为 56.5m。依次可以求得第三级平盘段高为 279m。

如果按有色金属矿山排土场设计规范推荐的方法确定第一级台阶高度：排土场在排土初期基底压实到最大承载力时，排土场的允许排弃高度为 35.77m；排土场处于极限状态允许排弃高度为 42.4m。

由此可以得出排土场设计每一级高度均小于允许值，符合其承载要求。

12.5　结　　论

（1）综合各种方法的计算结果，并参照国内相关工程经验，龙桥排土场原设计到界坡角 15°偏于保守；如能适当增大坡角，可带来很大的经济效益。

（2）利用智能匹配设计技术对到界边坡进行优化设计，最终确定排土场到界边坡的最佳坡角取值为 17°。

（3）对优化设计排土场边坡稳定性进行极限平衡分析，验证了优化设计边坡的整体安全系数能够满足相关规范的要求，优化方案可行。

（4）排土场边坡基底承载力验算结果显示，基底表土层强度能满足安全性要求。

第 13 章　边坡的综合加固措施设计

13.1　边坡危险区域的界定

根据边坡优化设计剖面轮廓和岩土体力学参数，以边坡 1—1' 剖面为例，利用 ANSYS 软件，建立有限元应力计算模型，网格划分结果如图 13-1 所示。

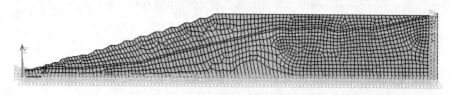

图 13-1　1—1' 剖面优化边坡单元网格划分

经过数值模拟分析，得出优化后的排土场边坡 1—1' 剖面岩土体内 x、y 方向的应力等值分布情况分别如图 13-2、图 13-3 所示。

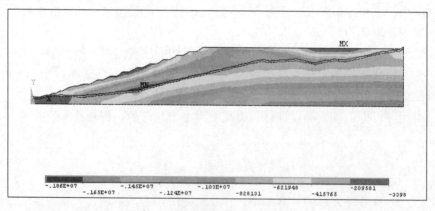

图 13-2　1—1' 剖面优化设计边坡 x 方向应力分布色谱图

优化设计边坡有限元应力分析结果显示，y 方向应力分布比较均匀，而在水平应力分布方面，边坡上部台阶表面有较大的水平应力分布，容易产生张裂缝；如果遇到暴雨，会导致该区域台阶发生坍塌，从而引发滑坡泥石流灾害。另外在边坡脚处也分布有较大的水平应力，需要采取必要的坡脚防护措施。

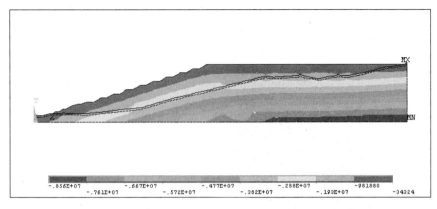

图 13-3　1—1′剖面优化设计边坡 y 方向应力分布色谱图

13.2　边坡综合加固技术的设计

近年来，岩土工程的支挡技术发展很快，结构形式已从单纯依靠墙身自重来平衡边坡土压力的重力式挡土墙，发展为采用支撑、土筋复合结构以及锚固技术等多种新型、轻型支挡新技术，例如，悬臂式、加筋土式、锚定板式等新类型的挡土墙以及抗滑桩、土钉墙、预应力锚索等新型的支挡加固结构。然而，由于各种加固技术的使用都存在局限性，如果不能做到因地制宜，则会导致加固效果不理想，甚至会导致工程事故发生的危险。

13.2.1　边坡加固技术的选择

借鉴国内外加固工程的经验，结合龙桥排土场边坡的工程特点，选择钢筋石笼挡墙、加筋土挡墙与锚定板联合挡墙加固技术。

1. 钢筋石笼挡墙

考虑到龙桥排土场排弃物含水量大的特点，如何既能排水又保证安全是要解决的主要问题。针对这一特点钢筋石笼挡墙成本低、易于施工、排水通畅等诸多优点，国外将钢筋石笼挡墙结构用于边坡加固、坡岸防侵蚀或者路基防冲刷保护等方面已有近一个世纪的历史，近年来，国内也已将钢筋石笼挡墙用于公路边坡（如川藏公路沿线的边坡）、水电站边坡（如龙滩水电站左岸近百 m 高的边坡压脚）的加固。

普通钢筋石笼挡墙的施工方法为：首先采用耐腐蚀、高强度钢筋制作成长方体状的钢筋笼，然后在其内装满碎石即成为钢筋石笼，再将各石笼堆砌在边坡需要加固的位置（图 13-4）。在具体设计和施工过程中，有时会根据需要在挡墙底部浇筑混凝土基座来增强挡墙的抗剪和抗倾覆能力。

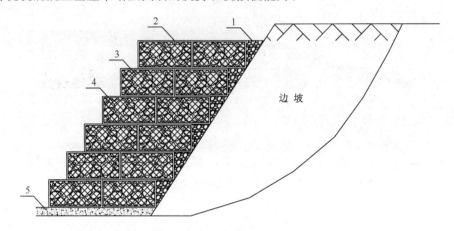

1—边坡与石笼之间的石块；2—钢筋架框；3—笼内块石；4—石笼表面的钢丝；5—挡土墙基座

图 13-4　钢筋石笼挡墙结构及加固原理示意图

2. 加筋土挡墙

加筋土挡土墙由基础、墙面板、帽石、拉筋和填料等几部分组成，如图 13-5 所示。加固原理为：依靠墙后填料与拉筋之间的摩擦力来平衡墙面所承受的水平土压力，并以基础、墙面板、帽石、拉筋和填料等组成复合结构而形成土墙以抵抗拉筋尾部填料所产生的土压力，从而保证挡土墙的稳定，达到加固边坡的效果。

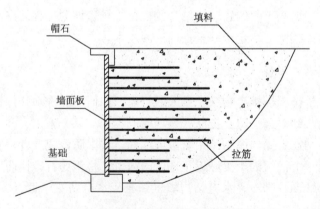

图 13-5　加筋土挡墙结构及加固原理示意图

加筋土挡土墙的优点是：对地基承载力要求较低，属于轻型支挡结构，适合在软弱地基上建造，施工简便，施工速度快，节省投资，少占地，外形也美观。加筋土挡土墙一般应用于支挡填土工程，在公路、铁路、煤矿工程中得到较多的应用。

3. 锚定板挡墙

锚定板挡墙由墙面系、钢拉杆及锚定板和填料共同组成，如图 13-6 所示。墙面系由预制的钢筋混凝土肋柱和挡土板构成，或者直接用预制的钢筋混凝土面板拼装而成。钢拉杆外端与墙面系的肋柱或面板连接，而内端与锚定板连接，通过钢拉杆，依靠埋设在填料中的锚定板所提供的抗拔力来维持挡土墙的稳定。

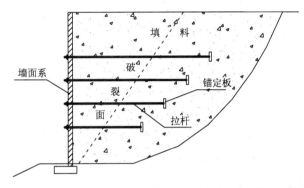

图 13-6　锚定板挡墙结构及加固原理示意图

锚定板挡土墙和加筋土挡土墙都适用于填土的轻型挡土结构，但二者的挡土原理不同。锚定板挡土墙是依靠填土与锚定板接触面上的侧向承载力以维持结构平衡，不需要利用钢拉杆与填土之间的摩擦力。因此它的钢拉杆长度可以较短，钢拉杆的表面可以用沥青玻璃布包扎防锈，而填料也不必限用摩擦系数较大的砂性土。从防锈、节省钢材和适应各种填料三方面与加筋土挡墙技术相比较，锚定板挡土墙都有较大的优越性，但其施工程序要比加筋土挡土墙复杂一些。

13.2.2　边坡加固的综合应用技术研究

综合考虑以上三种边坡加固技术的优势与局限性，结合龙桥排土场边坡工程特性，采取以下两种边坡加固措施：

（1）利用钢筋石笼挡墙来进行排土场边坡下部加固，利用石笼特有的优点，能使排土场边坡底部排水通畅，起到边坡排水与保护下部边坡安全的双重作用。

（2）将加筋土挡墙与锚定板挡墙进行综合设计，使其适用于排土场边坡上部几处危险台阶的加固，以防止坡顶产生张裂缝，同时起到预防泥石流的作用。

综合设计的基本思想是：利用拉筋的摩擦力和锚定板的抗拔力，设计出复合型加固方案。这是既能充分发挥原有加固技术优势，又相互弥补的一种新型复合加固技术，即加筋土-锚定板复合挡墙。

加筋土-锚定板复合挡墙的结构形式如图 13-7 所示，即在原有加筋土挡墙的拉筋末端安装锚定板，形成复合式加固结构。其边坡加固作用原理是：发挥拉筋的摩擦阻力和锚定板的抗拔力，以基座、挡土板、拉筋、锚定板和边坡土体共同组成复合结构以保证挡土墙以及墙后边坡填土的稳定性。

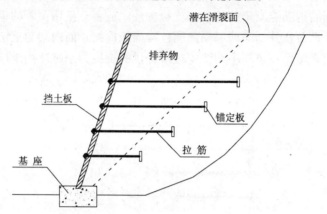

图 13-7　加筋土-锚定板复合挡墙结构示意图

13.2.3　排土场到界边坡综合加固设计

1. **钢筋石笼挡墙设计**

采用钢筋石笼挡墙来进行排土场边坡压脚，即起到加固坡脚的作用，又能起到很好地排水效果。钢筋石笼单元结构尺寸为 2.0m×1.0m×1.0m 和 1.5m×1.0m×1.0m 两种规格，由直径为 12mm 的钢筋焊接编制而成。钢筋石笼分层错缝摆放，堆积高度为 8～12m，同层石笼或与上、下层石笼间的钢筋连接全部采用焊接，石笼所用钢筋需全部做除锈防腐处理。钢筋石笼挡墙底部用 C20 混凝土浇筑成 300mm 厚的基座，底层石笼两侧钢筋向下延伸 200mm 并制作成弯钩，埋置到底部混凝土基座内，如图 13-8 所示，以增强底层石笼与混凝土基座间的摩擦力。

2. **加筋土-锚定板复合挡墙设计**

排土场边坡顶部台阶容易产生张裂缝，如果遇到大规模降水，极易发生坍塌，形成泥石流灾害。若预先在这部分土中沿着应变方向埋置具有挠性的筋带材料形成加筋土，则土与筋带材料摩擦，产生摩擦阻力，可以抑制张裂缝发展。

在拉筋末端连接锚定板，当锚定板受拉筋牵引向前位移时，锚定板对前方土体施加压力，而前方土体由于受压缩而提供的抗力则维持了锚定板的稳定，此措

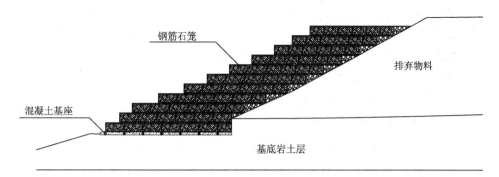

图 13-8　排土场边坡底部加固示意图

施可进一步增强边坡土体的稳定性，其结构形式如图 13-9 所示。

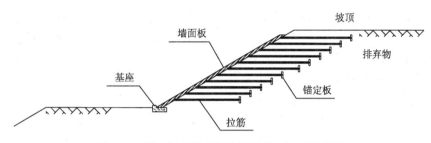

图 13-9　排土场边坡顶部台阶滑裂面加固示意图

　　综合考虑经济性与安全性，对龙桥排土场边坡顶部局部滑裂面采取加固措施，防止边坡表面坍塌和雨季形成泥石流灾害。坡顶台阶垂直高度 25 m，台阶坡角 30°。排弃物料的容重 γ 为 18.9kN/m³，饱和状态下其强度指标为 $c=29.7$ kPa，$\varphi=15.9°$。加筋土-锚定板复合挡墙结构各组成单元的设计如下：

　　（1）墙面板的形状为十字形，其高为 1.0m，宽为 1.5m，厚度为 0.15m，混凝土强度等级为 C20。拉筋采用聚丙烯土工带，宽度为 0.03m，厚度为 0.0023m，每 m 极限拉力为 180kN。每块墙面板分上下两排共设置 4 根，均匀分布在土体中，垂直间距 $S_y=0.6$m，水平间距 $S_x=0.6$m。

　　（2）作用于墙面板的水平土压力 $\sigma_{hi}=K_i\gamma h_i$，$h_i>6$m，所以 $K_i=K_a=0.082$（库仑主动土压力系数），$\sigma_{hi}=K_i\gamma h_i=19.37$kPa，位于此位置处拉筋的垂直应力 $\sigma_{vi}=\gamma h_i=236.25$kPa，拉筋对应的墙面板所受的侧压力 $E_{xi}=\sigma_{hi}S_xS_y=6.97$kPa，拉筋拉力 $T_i=\lambda\sigma_{hi}S_xS_y=10.46$kPa，其中拉筋拉力峰值增大系数 λ 取 1.5。

　　（3）拉筋长度计算。

　　无效段长：按规范 0.3H 法计算，即

$$L_f = \begin{cases} 0.3H & 0 \leqslant h_i \leqslant 0.5H \\ 0.6(H-h_i) & h_i > 0.5H \end{cases}$$

有效段长：$L_a = T/2\sigma_{vi}af = 2.46\text{m}$，其中 $a = 0.03\text{m}$，f 取 0.30。

拉筋的设计计算长度 $L = L_a + L_f$，当墙高大于 3m 时，拉筋最小长度应大于 0.8 倍的墙高，且不小于 5m。拉筋最终长度选取：距离坡顶 15m 深以外采用 21m，距离坡顶 15m 深以内采用 23m。

（4）分板与全墙的抗拔稳定计算。

要求分板的抗拔稳定系数

$$K_{pi} = \frac{S_{fi}}{E_{xi}} = \frac{2\sigma_{vi}aL_a'f + [P]}{\sigma_{hi}S_xS_y} \geqslant [K] = 1.5$$

要求全墙的抗拔稳定系数

$$K_p = \frac{\sum S_{fi}}{\sum E_{xi}} \geqslant [K] = 2.0$$

由于拉筋长度取整数，且要求满足大于 0.8 倍的墙高，计算有效长度为 2.46m，然而实际有效长度为 13.5m 以上。结果显示，分板和全墙的抗拔稳定系数均在 10.0 以上，远远满足抗拔稳定要求。

（5）整体稳定性验算。

按库仑理论计算，计算图示和结果如图 13-10 所示。

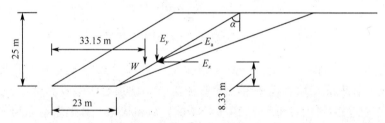

图 13-10 土压力计算示意图

$$E_a = \frac{1}{2}\gamma H^2 \frac{\cos^2(\varphi + \alpha)}{\cos^2\alpha\cos(\delta - \alpha)\left[1 + \sqrt{\frac{\sin(\varphi + \delta)\sin(\varphi - i)}{\cos(\delta - \alpha)\cos(\alpha + i)}}\right]^2} = 485.49 \text{ kN}$$

式中，δ 为墙背摩擦角，$\delta = 90° - \varphi/2 = 82.05°$；$\alpha$ 为墙背与铅垂线的夹角，$\alpha = 60°$；φ 为填土内摩擦角，$\varphi = 15.9°$；i 为填土表面的倾斜角，$i = 0$。

$E_x = E_a\cos(\delta - \alpha) = 449.98 \text{ kN}$

$E_y = E_a\sin(\delta - \alpha) = 182.26 \text{ kN}$

$W = 1 \times 23 \times 25 \times 18.9 = 10867.50 \text{ kN}$

此时，土压力强度沿墙背呈三角形分布，土压力作用点位于 $H/3 = 8.33\text{m}$ 处。

抗滑移稳定性验算结果：

$$K_c = \frac{(W + E_y)f}{E_x} = \frac{(10867.50 + 182.26) \times 0.5}{449.98} = 12.27 > 1.3$$

满足要求。

抗倾覆稳定性验算结果：

$$K_\circ = \frac{M_W + M_{E_y}}{M_{E_x}} = \frac{10867.5 \times 33.15 + 182.26 \times 37.43}{449.98 \times 8.33} = 97.90 > 1.5$$

满足要求。

13.3　排土场边坡优化方案的综合评价

13.3.1　技术合理性分析

排土场的最终堆填高度较大，针对工程地质条件与周边环境条件，考虑到排土场的长期存在性，采用钢筋石笼挡墙技术与加筋土-锚定板复合挡墙加固技术分别对排土场坡脚和上部台阶危险滑裂面进行加固。

由于此类加固方案，所采用的支护结构简单，技术容易掌握，且需要的施工机械较少。钢筋石笼以及组成加筋土的墙面板和拉筋都可预先制作，再运至现场安装。这种装配式的方法，施工简便，快速，可组织流水作业。另一方面，工程施工组织简单，工序少，利于现场管理和指挥。由于拉筋体在填筑过程中逐层埋设，与回填土压实形成柔性结构，墙体及填土的加载作用所引起的地基变形对此类结构影响很小。

虽然加筋土挡墙与锚定板一起搭配使用中，各分项技术都较为成熟，便于进行现场施工指挥和管理。通过与国内外相似工程进行类比，可知所采用的钢筋石笼挡墙以及加筋土-锚定板复合结构在技术上是合理的，效果显著。

13.3.2　经济技术评价

在矿山工业中，露天开采以其独具的优越性而占有很大比例。目前全球所需矿物的三分之二都是露天开采，金属矿山尤为突出。露采大量废土废石的排弃形成排土场。以我国铁矿开采为例，露天开采每年剥离岩土 2.2～3.6 亿吨以上。露天矿排土场占地面积占全矿用地面积的 39%～55%，排土费用占矿山总成本的 13%～16%。为此，合理规划排土工程，科学管理排土作业，不仅是保证全面完成矿山生产任务的必需手段，同时对社会及生态环境的保护也有着十分重要的现实意义。

排土场作为露天矿山生产的重要环节，矿山成本的支出大户，如果因为排土场失稳导致矿山滑坡灾害或者重大工程事故，矿山企业将步履艰难。为此，作为耗能、占地、开支大户的矿山排土场，新技术体系研究直接关系到矿山可持续发展。随着社会的不断发展和进步，社会文明和环保意识的增强，对露天矿排土场的管理水平和稳定性有了更高的要求，排土场增容新技术体系研究迫在眉睫。

在龙桥排土场边坡研究过程中，原设计到界边坡最终坡角为 15°，经分析发现到界坡角取值偏于保守，没有达到土地的充分利用，造成了土地资源的浪费。后经智能匹配设计技术进行优化设计，确定最优到界坡角为 17°。利用三个计算剖面的堆填面积进行比较，得出优化后的排土场边坡与原设计的边坡剖面堆填面积比较结果如表 13-1 所示。由排土场增容百分比可以看出，优化后排土场边坡土地资源利用率相对较高，带来的经济效益十分显著。

表 13-1   优化边坡与原设计边坡剖面堆填面积对比

	1—1′ 剖面	2—2′ 剖面	3—3′ 剖面
15° 坡角	168707 m²	139475 m²	173241 m²
17° 坡角	190917 m²	157411 m²	197053 m²
增容百分比	13.2%	12.9%	13.7%

边坡加固所采用的钢筋石笼挡墙和加筋土-锚定板复合挡墙结构都十分简易，技术容易掌握，需要的施工机械比较少。从经济方面考虑，这两种加固措施对材料要求不高，大量的原材料主要为石笼内的块石和加筋土挡墙后的回填土，而这两种材料皆可以就地取材，其余组件大部分可以预先制作好，再运至现场进行组装，施工简便、快速，这两种加固措施廉价高效，对排土场建设成本投入不会产生太大影响。

（1）采用有限元数值分析方法对优化设计边坡进行危险区域界定，找出边坡顶部和底部分布有相对较大的水平应力。底部是边坡整体稳定性的敏感部位，采取适当措施加以保护，顶部水平应力易产生张裂缝，应进行适当加固支护以防止其在雨季坍塌或引发泥石流灾害。

（2）选择钢筋石笼挡墙技术、加筋土挡墙技术以及锚定板挡墙技术进行综合分析研究，提出了加筋土-锚定板复合挡墙结构形式，并将其与钢筋石笼挡墙技术组合应用于排土场边坡顶部和底部的加固。

（3）最后利用工程类比法对加固方案的技术合理性进行分析，然后进行优化方案的经济性评价，确定优化设计后的排土场堆填容量能提高 12% 以上，带来的经济效益十分显著，采取的边坡加固措施廉价高效，由此论证了优化方案的可行性。

13.4   结   论

排土场作为矿山废弃物料的堆放场地，是露天矿山生产过程中的重要环节，也是矿山成本的支出大户。排土场边坡的稳定与否是影响露天矿安全生产的重要因素之一，如果排土场失稳或滑移、或形成泥石流灾害，不仅会造成矿山生产不能正常进行，而且会危及到周边各种市政设施以及居民生命财产安全。为此，在保证安全的前提下，如何充分利用土地资源、提高矿山效益具有重大意义。著者在前人研究成果的基础上，着重对人工堆积边坡与山坡复合体的滑面搜寻技术、边坡安全性评价方法及其优化设计、边坡加固技术等问题进行了较全面的研究，得出如下主要成果和结论：

（1）综合运用常规极限平衡法、边坡临界滑移场法对龙桥排土场现存边坡和到界边坡进行稳定性分析，获得不同区域边坡的安全度，并确定了边坡滑移面位置。结果显示，现存边坡与原设计的到界边坡在整体上都是安全的。

（2）利用 ANSYS 有限元分析软件，对边坡岩土体内应力分布特点和演变规律进行了分析；结果显示坡顶和基底表土层是边坡稳定性的薄弱部位，这两处水平应力相对较大。坡顶容易形成张裂缝，在雨季容易产生泥石流灾害；基底表土层土体强度需满足稳定性要求，否则会引发大变形甚至滑坡灾害。

（3）根据边坡安全性评价结果，得出原设计到界边坡取 15° 的坡角值偏于保守，土地资源未得到充分利用。由于排土场堆填高度较大，适当增大坡角能带来可观的经济效益。应用边坡智能匹配设计技术，得出到界边坡的最佳坡角为 17°。

（4）采用数值模拟方法对优化设计边坡的危险区域进行界定，发现排土场坡脚处和边坡顶部有较大应力分布，提出了需要对这两处区域采取适当的边坡加固措施，以提高边坡的整体安全性，防止形成滑坡或泥石流灾害。

（5）通过对边坡加固措施进行综合应用研究，提出加筋土-锚定板复合挡墙结构。针对排土场边坡体积大、排弃物料含水量高等特点，综合考虑了经济性与安全性因素，应用钢筋石笼挡墙与加筋土-锚定板复合挡墙技术，对排土场到界边坡的下部和上部台阶危险区进行加固。最后对挡墙结构进行了稳定性验算，保证其设计的合理性。

（6）对排土场优化方案的经济性与技术合理性进行综合分析，得出优化设计后的排土场容量能够提高 12% 以上，所采取的边坡加固措施廉价高效。通过与国内外相似工程进行类比，得出所采用的边坡加固措施技术合理，优化方案切实可行。

参 考 文 献

曹阳,黎剑华,颜荣贵等. 2002. 超高台阶排土场建设决策研究与实践. 岩石力学与工程学报,21(12): 1858~1862

陈传新,刘素丽,张华. 2007. 加筋土挡土墙在蔡家冲换流站工程中的应用. 电力建设,28(3):20~22

陈兰平,王凤. 2000. 数值分析. 北京:科学出版社:109~144

陈庆中等. 2000. 土坡稳定分析最优控制法. 北方交通大学学报,24(1):64~66

陈胜宏,万娜. 2005. 边坡稳定分析的三维剩余推力法. 武汉大学学报,38(3):69~73

陈希哲. 1998. 土力学地基基础. 北京:清华大学出版社

陈志坚,孙英学. 2000. 裂隙岩体力学参数的弱化处理. 江苏地质,1:36~38

陈祖煜. 2001. 边坡三维稳定分析的极限平衡方法. 岩土工程学报,23:5

陈祖煜. 2003. 土质边坡稳定分析. 北京:中国水利水电出版社

崔政权,李宁. 1999. 边坡工程-理论与实践最新发展. 北京:中国水力水电出版社:209~245

杜炜平,颜荣贵. 1998. 高台阶排土场技术及其发展趋势. 矿冶工程,18(1):19~22

杜炜平,颜容贵,古德生. 2000. 超高台阶土场稳坡扩容增源新技术. 中南工业大学学报,31(1):13~16

杜炜平. 1998. 超高台阶排土场稳定新技术研究(硕士学位论文). 长沙:冶金部长沙矿冶研究院

房定旺. 1993. 组合楔体三维剩余推力稳定性分析. 金属矿山,(2):13~17

冯树仁,葛修润. 1992. 矿山边坡岩块稳定性三维分析. 岩土力学,(2):54~63

高云河,刘琳芳. 2004. 经验参数 m,s 对岩体强度的影响. 贵州工业大学学报,(2):81~84

胡厚田,韩会增,吕小平,程谦恭. 2001. 边坡地质灾害的预测预报. 成都:西南交通大学出版社:1~120

栾茂田等. 1992. 土体稳定分析极限平衡法改进及其应用. 岩土工程学报,(增刊):20~29

焦玉勇,葛修润等. 2000. 三维离散单元法及其在滑坡分析中的应用. 岩土工程学报,22(1):101~104

李海光. 2004. 新型支挡结构设计与工程实例. 北京:人民交通出版社

李建明. 2006. 临界滑动场算法的改进及应用. 水文地质工程地质,3:76~78

李彰明. 1997. 模糊分析在边坡稳定性评价中的应用. 岩石力学与工程学报,16(5):490~495

刘端伶,谭国焕,李启光等. 1999. 岩石边坡稳定性和 Fuzzy 综合评判法. 岩石力学与工程学报,18(2): 170~175

刘艳辉,刘大安,李守定等. 2006. 龙滩水电工程左岸 B 区边坡压脚工程效果分析. 工程地质学报,14(2): 239~244

马公望. 2004. 金堆城露天矿排土场稳定性分析. 金属矿山,338(08):32~34

沈良峰,卢建峰,刘学军. 2002. 岩土边坡稳定性分析的模糊综合评判实用方法. 湘潭矿业学院学报,17(3): 71~74

宋建波,刘汉超,于远忠. 2000. 岩体经验强度准则估算岩基强度参数和变形模量的方法. 地质灾害与环境保护,11(4)

宋建波,刘唐生,于远忠. 2001. Hoek-Brown 强度准则在主应力平面表示形式的讨论. 岩土力学,22(1):86, 87~113

宋建波,于远忠. 2000. 基于 Hoek-Brown 强度准则确定均质岩基抗剪强度参数的方法. 西南工学院学报,15 (3):35~38

宋建波,于远忠. 2001. 岩体经验强度准则及其强度参数 m,s 的确定方法. 西南工学院学报,16(1):27~29

宋建波. 2001. 用 Hoek-Brown 准则估算层状岩体强度的方法. 矿业研究与开发,21(6):1~6

孙怀军,张永波.2001.滑坡预报预测的现状和发展趋势.太原理工大学学报,11(6):1～4

孙世国,林国棋等.2004.地下工程开挖对斜坡体影响的研究.市政技术,22(6):22～26

孙世国,冉启发,李国柱.2002.露天边坡与山坡复合体变形随机介质预测方法的研究.岩土工程学报,24(3):
340～342

孙世国,冉启发等.2006.应用临界滑移场技术进行坡角优化设计的方法.中国矿业,15(10):72～74

孙世国,王思敬.1999.地下与露天复合采动效应下边坡破坏机制的数值分析.有色金属设计,26(1):1～2

孙世国,王思敬.2003.露天边坡与周边环境安全综合评价方法的研究.岩石力学与工程学报,22(3):442～445

孙世国,席根喜,韦寒波等.2006.深基坑开挖诱发地下管网形变计算方法的研究.北方工业大学学报,28(3):
86～89

孙世国等.2005.岩石工程开挖对山坡体应力场扰动规律的数值分析.地球与环境,33(3):107～111

唐胜传,黄润秋.2001.岩体质量分类.西南工学院学报,16(4):40～43

唐学军,曹文贵.1999.岩体工程力学参数的确定方法及应用.黄金学报,1(4):314～317

汪勇.2004.露天矿排土场合理台阶高度的确定.金属矿山,332(02):24～26

王思敬,高谦,孙世国.2006.中国露天矿山边坡工程研究进展与展望//第二届全国岩土与工程学术大会论文
集(上册):901～917

王维早,黄刚.2006.边坡原位碎裂岩体的分级方法的研究及应用.岩土工程界,9(3):71～73

王文忠,冉启发,孙世国等.2001.露天边坡与山体边坡复合体稳定性分析.北京:冶金工业出版社

王永博.2003.歪头山矿排土场边坡稳定性分析与评价(硕士学位论文).沈阳:辽宁工程技术大学

王元汉.周晓青.1994.一种改进的边坡稳定分析的条分法//中国土木工程学会第七届土力学及基础工程学
术会议论文集.北京:中国建筑工业出版社:460～463

文海家,张永兴,柳源.2004.滑坡预报国内外研究动态及发展趋势.中国地质灾害与防治学报,3(1):1～3

夏远发,熊传治.1992.边坡稳定性的三维变分分析.岩石力学与工程学报,9(2):120～133

肖位枢.1992.模糊数学基础及应用.北京:航空工业出版社

谢苗诺夫 M K,夏云翔.2005.俄罗斯萨拉托夫水库石笼护岸工程.水利水电快报,26(11):19～22

徐健.2000.Hoek-Brown 强度准则参数的改进算法.重庆大学学报,(4):68～71

徐永刚.2000.影响排土场边坡稳定因素的探讨.中国矿业,21(S1):72～73

颜荣贵,曹文贵,刘文献等.1997.庙儿沟排土场边坡稳定性研究.矿冶工程,17(1):15～19

颜荣贵,刘文钰.1997.排土场表土基底承载能力与土场高度的确定.有色金属(矿山部分),49(1):10～13

杨果林.2002.现代加筋土技术应用与研究进展.力学与实践,24(1):9～17

杨松林等.1999.岩体稳定分析的广义条分法初步探讨.岩土力学,(1):27～31

杨永波,刘明贵.2005.滑坡预测预报的研究现状及发展.土工基础,4(2):1～4

杨志法,张路青,祝介旺.2005.四项边坡加固新技术.岩石力学与工程学报,24(21):3828～3834

云峰,袁宏成.2003.岩体力学参数的估算.西部探矿工程,11:40

曾进群,王文杰,刘东燕.2004.一种简便的预测岩体强度参数的方法.地下空间,24(2):182～184

张国祥,刘宝琛.2003.潜在滑移面理论及其在边坡分析中的应用.长沙:中南大学出版社

张路青,杨志法,祝介旺等.2007.可用于边坡加固的层状网式钢筋石笼挡墙技术.工程地质学报,15(1):
133～138

张渭军等.2004.基于三棱柱体的三维地质体可视化研究.工程地质学报,14(5):715～720

张雄.1994.边坡稳定性分析的改进条分法.岩土工程学报,(3):84～92

张学年等.1996.一种滑坡三维稳定性分析法及其实例//第五届全国工程地质大会文集.北京:地震出版社

张永兴,胡居义,文海家.2003.滑坡预测预报研究现状述评.地下空间,6(2):1～4

张永兴,文海家,欧敏. 2005. 滑坡灾变智能预测理论及其应用. 北京:科学出版社:1~13

张跃,邹寿平,宿芬. 1992. 模糊数学方法及其应用. 北京:煤炭工业出版社

赵学龙,祝玉学,鲁兆明. 2001. 采用广义 Hoek-Brown 强度准则反算滑坡岩体强度. 金属矿山,(03):19, 21~26

周荣军. 2002. 软基底高排土场的基底承载力分析. 岩土工程技术,16(2):79~82

朱大勇,李焯芬,黄茂松等. 2005. 对三种著名边坡稳定性计算方法的改进. 岩石力学与工程学报,24(2): 183~194

朱大勇,钱七虎,周早生等. 1999. 岩体边坡临界滑动场计算方法及其在露天矿边坡设计中的应用. 岩石力学 与工程学报,18(5):567~572

朱大勇,周早生. 1999. 边坡全局临界滑动场(GCSF)理论及工程应用. 土木工程学报,32(3):66~72

朱大勇. 1997. 边坡临界滑动场及其数值模拟. 岩土工程学报,19 (1):63~69

朱大勇. 2000. 边坡临界滑动场方法与应用(I)-理论基础. 水利水电科技进展,20(3):63~66

朱大勇. 2000. 边坡临界滑动场方法与应用(II)-数值模拟. 水利水电科技进展,20(4):65~68

朱凡,严春风,朱可善. 2000. 岩体经验强度准则参数的反分析研究. 重庆建筑大学学报,20(增刊):118~122

祝玉学. 1994. 边坡稳定性分析的三维方法. 金属矿山,(12):6~10,21

邹勇,傅旭东. 2003. 格构锚固技术在治理滑坡中的应用. 岩土力学,(S2):317~320

Bye A R,Bell F G. 2001. Stability assessment and slope design at Sandsloot open pit, South Africa . International Journal of Rock Mechanics and Mining Sciences,38(3):449~466

Castillo E,Revilla J. 1977. The calculus of variations and the stability of slopes. Proc. 9th Int. Confon. Soil Mechanics and Foundation Engrg. C. ,2:25~30

Cheng Y M. 2003. Location of critical failure surface and some further studies on slope stability analysis. Computers and Geotechnics,30(3):255~267

Chen Z,Shao C. 1988. Evaluation of minimum factor of safety in slope stability analysis. Can. Geotech. J. ,25 (4):735~748

Chen Z. 1992. Random trials used in detemuning global minimum factors in slope stability analysis. Can. Geotech. J. , 29 (2):225~233

Chen Z. 1992. Random trials used in determining global minimum factors in slope stability analysis. Can. Geotech J,29(2):225~233

Der Her Lee, Yi En Yang,Hung Ming Lin. 2007. Assessing slope protection methods for weak rock slopes in southwestern Taiwan. Engineering Geology,91(2~4):100~116

Greco V R. 1994. Efficient Monte Carlo technique for locating critical slip surface. J. Geotech. Engrg. ASCE, 122 (7):517~525

Hongjie Yang, Jianhua Wang,Yanqing Liu. 2001. A new approach for the slope stability analysis. Mechanics Research Communications, 28(6):653~669

Li X. 2007. Finite element analysis of slope stability using a nonlinear failure criterion. Computers and Geotechnics,34(3):127~136

Nguyen V U. 1985. Determination of critical slope failure surface. J. Geotech. Engrg. ASCE,111(2):238~250

Wang Jianfeng. 1998. Comparisons of limit analysis solutions and random search solutions on slope critical slip surface . Communications in Nonlinear Science and Numerical Simulation, 3(2):66~71

Yoon W S, Jeong U J,Kim J H. 2002. Kinematic analysis for sliding failure of multi-faced rock slopes . Engineering Geology,67(1~2):51~61